Bernhard Herrman
Robert Streibel

Der Wein des Vergessens

W0172200

Bernhard Herrman
Robert Streibel

Der Wein des Vergessens

Roman

Residenz Verlag

Das Weingut Eschenhof Holzer hat aus Anlass des Erscheinens einen »Wein des Vergessens« gekeltert. (www.eschenhof-holzer.at)

Dieses Buch wurde mit Unterstützung
der Kulturabteilung der Stadt Wien gedruckt.

Bibliografische Information der Deutschen Nationalbibliothek
Die Deutsche Nationalbibliothek verzeichnet diese Publikation in
der Deutschen Nationalbibliografie; detaillierte bibliografische Daten
sind im Internet über http://dnb.dnb.de abrufbar.

www.residenzverlag.at

© 2018 Residenz Verlag GmbH
Salzburg – Wien

Umschlaggestaltung: BoutiqueBrutal.com
Coverfoto: Winzer Krems, fotografiert von Dr. Franz Haas, Parteifotograf der
NSDAP in Krems, Archiv Robert Streibel
Typografische Gestaltung, Satz: Lanz, Wien
Lektorat: Jessica Beer
Gesamtherstellung: CPI books GmbH, Leck

ISBN 978 3 7017 1696 8

*»Nie hätte ich geglaubt, dass ich in einen
so abenteuerlichen Roman verwickelt werde.«*
(PAUL JOSEF ROBITSCHEK, TAGEBUCH)

*»Es ist unmöglich meinen ganzen Leidensweg zu schildern.
Ich müsste buchstäblich ein Buch verfassen.«*
(AUGUST RIEGER, EXPOSÉ V. 1. JULI 1946)

Ein paar Worte vorab …

Wenn es nach der »Winzergenossenschaft Krems« ginge, dann hätten Sie nur ein Buch mit leeren Seiten in Händen. Das Umblättern wäre nur eine andere Form des Schweigens.

In insgesamt drei E-Mails an den Vorstand der Winzergenossenschaft hatten die Autoren (erstmals am 15. September 2015) um ein Gespräch gebeten, in dem sie über das Vorhaben des Buches und ihre Recherchen berichten wollten. Der zentrale Satz der letzten elektronischen Post vom 31. Juli 2017 lautete: »*In unserer Beschäftigung mit der Vergangenheit und der NS-Zeit geht es uns nie darum, die nachfolgende Generation für etwas verantwortlich zu machen, wichtig ist es jedoch, dass sich jedes Unternehmen seiner Geschichte stellt.*« Die Reaktion auf das letzte E-Mail kam prompt am Morgen des folgenden Tages: ein Anruf von Direktor Franz Ehrenleitner, Geschäftsführer und – laut Homepage der Winzer Krems – »Denker und Lenker« des Unternehmens, sowie Träger des Ehrenrings der Stadt Krems. Seine Botschaft war klar und im Befehlston gehalten: »Lassen Sie uns endlich damit in Ruhe! Ich will Ruhe, ein für alle Mal! Wir haben darüber nichts zu sagen, ich will mich damit nicht beschäftigen, ich bin ein christlich denkender Mensch, ich habe viel Gutes getan, ich blicke in die Zukunft. Ich fordere Sie auf, uns in Ruhe zu lassen! Wenn Sie das nicht tun, werden wir unsere Schritte unternehmen! Wir blicken in die Zukunft. Wir sollten selbstbewusster sein, wir Österreicher. Immer schauen wir in die Vergangenheit. Ich weiß, dass alles für rechtens erklärt wurde, und das ist es. Wen interessiert das? Mich nicht. Es ist schon viel, dass ich Sie anrufe. Ich will mich nicht mit Ihnen treffen. Was soll das für einen Sinn haben? Warum? Ich habe dafür keine Zeit. Ich bin 1954 geboren. Wer gibt mir meine beiden Onkel zurück, die im Krieg gefallen sind? Mein Vater ist schwer krank aus der Kriegsgefangenschaft zurückgekommen, das ist emotional für mich. Es gibt keine Zeitzeugen, die wirklich wissen, wie es gewesen ist, aber ich sage Ihnen, ich werde mit Ihnen nicht sprechen und mich auch nicht mit Ihnen treffen, und kein Mitarbeiter der Winzer Krems wird mit Ihnen sprechen. Ich muss nicht über diese Dinge sprechen, mich interessieren auch keine Tätowierungen, auch wenn viele Menschen heute tätowiert sind. Und wenn ich nichts über die Homosexuellenehe sagen will – bin ich deswegen ein schlechter Mensch? Ich bin kein Politiker, ich muss nichts sagen und ich will nichts sagen. Manche Dinge kann ich nicht ändern, und wenn ein Erdrutsch in Chile ist, so will ich das nicht sehen, denn ich kann nichts tun. Ständig werden wir mit solchen Meldungen bombardiert.« Auf den Einwand, dass die »Winzer Krems« durch diese Gesprächsverweigerung vielleicht in einem schlechten Licht erscheinen könnten, meinte Vorstand Ehrenleitner, dass die »Winzer Krems« schon ganz andere Dinge überlebt hätten. »Wir haben auch den Weinskandal überlebt und hatten gar nichts damit zu tun gehabt. Ich bin nicht verantwortlich für das, was passiert ist, Punkt! Aus! Lassen Sie uns in Frieden! Es geht doch immer um Wiedergutmachung, um Zahlungen! Das ist doch immer so, da müssen dann die Firmen zahlen. Lassen Sie uns in Frieden. Wen interessiert das heute?«

Mit dem Weinskandal haben die »Winzer Krems« tatsächlich nichts zu tun, mit ihren eigenen Ursprüngen schon. Die »Winzergenossenschaft Krems« – gegründet im Sommer des »Anschlussjahres 1938« – war nur durch die »Arisierung« des Weingutes der jüdischen Eigentümer Paul Josef Robitschek und seiner Mutter Johanna ermöglicht worden.

Den Vorstand der »Winzer Krems« hat die eigene Unternehmensgeschichte nicht interessiert, die Autoren aber sehr wohl.

Am Anfang der Vorgeschichte steht ein kleines Haus in Salzburg-Elsbethen, das Bernhard Herrman von seiner kinderlosen Cousine Ingrid Herzog 2008 geerbt hatte. Im Nachlass fand sich auch eine versperrte Metallkassette, eine Art Mini-Tresor, 40 cm lang, 30 cm breit, 30 cm hoch. Der Inhalt bestand aus Briefen, Dokumenten, amtlichen Schreiben und Fotos. Einige der Adressaten und fotografisch Abgebildeten waren Bernhard Herrman bekannt, die meisten nicht. In den Schriftstücken tauchte immer wieder der Name »August Rieger« auf. Diesen Namen kannte er aus Erzählungen seiner Mutter. Sie hatte immer von einem »Baron Rieger« geschwärmt, von seiner stattlichen Erscheinung, seiner sonoren Stimme und seinem imponierenden Auftreten. Aber sie sprach auch von gewaltigen Schulden und davon, dass er einen jüdischen Geliebten gehabt hätte, einen Wiener Weingroßhändler. Auch Albert, der Mann ihrer Schwester Margarethe, sei mit dem Baron »innig« gewesen. Und dann gab es in der Kassette einige Schreiben mit Hakenkreuzstempel, datiert von 1938, in denen es um »Paul Josef Israel Robitschek« ging, Weinhändler und Eigentümer des »Sandgruben-Gutes Krems«. Der Name »Sandgrube« machte die Autoren stutzig. War »Sandgrube 13« nicht die Adresse der »Winzergenossenschaft Krems«, des niederösterreichischen Vorzeigebetriebs schlechthin, der seinen Wein höchst erfolgreich in alle Welt exportiert? War nicht der 2002er-Jahrgang unter großem Presserummel vom Vorstand Ehrenleitner als Wein für den Wiener Opernball präsentiert worden? Was aber hatte jener Paul Josef Israel Robitschek mit der »Sandgrube 13« zu tun? Was mit der »Winzergenossenschaft Krems«? Die Neugier war geweckt. Ob sich auf der Homepage der »Winzer Krems« vielleicht ein Hinweis auf diesen Paul Josef Israel Robitschek fände? Unter der Rubrik »Geschichte« fand sich dort zwar kein Hinweis auf ihn, aber ein Satz machte stutzig: »*1938 gründeten verantwortungsbewusste Winzer der Hauerinnung Krems und Stein die WINZER KREMS.*« Da stellte sich sofort die Frage: Worin bestand im Jahr des sogenannten »Anschlusses« Österreichs an Nazi-Deutschland die »*Verantwortung*« der Gründungswinzer in Krems? Auffallend war der Beiname »Israel«. Denn den Beinamen »Israel« oder »Sarah« erhielten von den Nazis ausschließlich Juden und Jüdinnen. Dass Paul Josef Robitschek mit den Winzern Krems etwas zu tun hatte, war damit klar. Also lag es nach einigen Gesprächen und Überlegungen für die Autoren nahe, gemeinsam den historischen Tauchgang in ein offenbar sehr gut verstecktes Stück Kremser Wirtschaftsgeschichte zu unternehmen. Dafür standen Tausende Seiten an Dokumenten zur Verfügung: Tagebücher, Briefe, der Arisierungsakt »Winzer Krems / Paul Josef und Johanna Robitschek« der NS-Vermögensverkehrsstelle, lagernd im Österreichischen Staatsarchiv, NS-Gauakten, Gestapo- und Volksgerichtshofakten, Akten der Rückstellungskommission sowie Aussagen von Zeitzeugen und direkten Nachkommen der Familie Robitschek in Caracas / Venezuela und in den USA, in Florida und in New York. Also gab es doch – anders als Herr Ehrenleitner vermutete – außer den historischen Dokumenten auch Zeitzeugen, die wissen, wie es damals wirklich gewesen ist. Jedenfalls war es sehr anders, als Hans Frühwirth in seinem Buch »Der Kremser Wein und die Kremser Weinkultur« (2005) die Leserinnen und Leser glauben machen möchte, wenn er behauptet: »Der Keller des 1938 geflüchteten Paul Robitschek, von einem Treuhänder verwaltet, war frei. Er wurde zu einem der damaligen Zeit entsprechenden Preis angekauft. Dass es kein ›unredlicher Erwerb‹ war, wurde 1947 von einem Beamten des Volksgerichtshofes bestätigt.« Und weiters suggeriert Frühwirth unterschwellig das Klischee der »jüdischen Gier und Unredlichkeit«: »Trotzdem forderte 1946 der nunmehr in Venezuela beheimatete Robitschek die Rückstellung des Kellers ein. Die völlige Erfüllung seiner Forderung (eine Million) hätte die Genossenschaft schwer geschädigt oder sogar zu deren Auflösung geführt. (…) Im Juni 1948 kam nach einem Lokalaugenschein unter dem damaligen Obmann Gottfried Preiß ein Vergleich zustande: Die WG zahlte einen Abschlagsbetrag von S 600.000 und kaufte damit den Keller zum zweiten Male.« Frühwirth erwähnt nicht, dass der angeblich »der damaligen Zeit entsprechende« Kaufpreis von 22.000 Reichsmark auf ein Sperrkonto überwiesen worden und so dem Fiskus des Dritten Reiches zugefallen war und nicht den jüdischen Eigentümern.

Erstaunlich an Frühwirts Text über die Winzergenossenschaft Krems ist auch, dass das Wort »Nationalsozialismus« kein einziges Mal vorkommt. Frühwirth blendet damit ganz bewusst die Gründungsgeschichte aus, die Profiteure in Krems, die anti-jüdische NS-Gesetzgebung (»Entjudung«) und deren dramatische Auswirkungen auf das Schicksal der jüdischen Eigentümer der Sandgrube und das ihrer Freunde.

Nach achzig Jahren ist es nun Zeit, die Wahrheit über die Gründungsgeschichte der Winzergenossenschaft im Sommer 1938 ans Licht zu bringen.

1

Fronleichnam: Es liegt was in der Luft …

»Wir brauchen eine Aller-Weltkirche,
wo jeder seine Andacht verrichten kann nach seiner Art,
ob Christ oder Jude, Mohammedaner oder Buddhist,
es gibt nur einen einzigen Gott, der für alle ist.«
(PAUL JOSEF ROBITSCHEK, TAGEBUCH)

Die Kremser Landstraße ist mit frisch gemähtem Gras bestreut. An den Hausmauern lehnen Birkenstämme, deren grünes Laub bereits etwas verblasst und welk ist. An ein paar Stellen blitzt es blutrot aus dem Grün der Straße und dem Gezweig an den Wänden. Auch anlässlich dieses Fronleichnamsumzugs 1937 haben die Nazis wieder Flugzettel gestreut …

»Ankommen Krems Bahnhof Donnerstag 27. Mai mit Frühzug. Im Hotel Alte Post für 12 Uhr Tisch reservieren. Freuen uns Dich und Grete zu sehen. Alles Liebe. Gustl, Robi, Erzsi«. Albert Herzog, der Empfänger des Telegramms, hat den Auftrag sogleich ausgeführt. Er ist nicht nur der Privatsekretär des Wiener Weingroßhändlers Paul Josef Robitschek und von dessen Kompagnon August »Baron« von Rieger, sondern seit Anfang März 1937 auch ihr Verwalter für das Weingut Sandgrube in Krems.

An Telegramme wie dieses ist Albert Herzog gewöhnt. Diesmal nutzen seine Dienstherren das verlängerte Wochenende, um sich wieder einmal in Krems zu zeigen und ein wenig auszuspannen. Albert freut sich auf ihren Besuch, denn es ist schon ein paar Wochen her, dass er sie gesehen hat. Schmunzelnd fragt er sich, welch extravagante Kleidung der Herr Baron diesmal tragen wird. Ein fliederfarbenes Hemd? Den hellen Leinenanzug mit Stecktuch in dunklem Violett? Dazu vielleicht den hellen Panama oder gar den neuen cremefarbenen Borsalino? Was immer der Herr Baron auch anziehen wird, er wird an diesem hohen katholischen Feiertag garantiert ein auffälliger Farbtupfer im festlich-bunten Weichbild der Kleinstadt sein. Und sicherlich wird Paul Josef Robitschek – wie immer – einen dezent-klassischen Anzug aus feinstem, englischem Tuch tragen oder ein sportliches Knickerbocker-Ensemble.

Als Gustl und Paul, begleitet von Erszi Farkas, am Fronleichnamstag mit dem Frühzug aus Wien ankommen, warten Albert Herzog und seine Frau Margarethe bereits am Bahnsteig. Albert im Kalmuck, der Wachauer Winzerjoppe, und Gretl im Dirndlkleid. Gemeinsam wollen sie an der Fronleichnamsprozession teilnehmen, denn alle Fünf lieben Spektakel, und so ein Umzug, besonders in einer ländlichen Region, kann einem mit seinem Pomp schon sehr ans Herz greifen: die kleinen Mädchen in ihren weißen Kleidern, Rosenblätter streuend, die kleinen Buben mit Schärpen geschmückt, der Priester, die goldene Monstranz in Händen, würdevoll schreitend unter dem »Himmel«, einem reich bestickten Baldachin, den vier ernst blickende Männer tragen, Weihrauchfässer schwingende Ministranten mit vergoldeten Kruzifixen an langen Stangen. Dazu spielt die Blasmusik, und die Gläubigen, viele in Tracht, sprechen Gebete und singen Lieder: »Hier liegt vor deiner Majestät im Staub die Christenschar …«, »Meerstern ich dich grüße … oh Maria hilf! … Gottesmutter süße … oh Maria hilf! … Hilf uns allen … in unsrer tiefen Not …«

Ja, religiöse Feste gehen den Fünf zu Herzen, sei es ein katholisches Hochamt im Stephansdom mit Weihrauchschwaden und Orgelbrausen, seien es die Gesänge des Kantors in der großen Synagoge in Wien, sei es eine erbauliche Predigt in der evangelischen Kirche in der Dorotheergasse, gehalten von Pfarrer Hans Rieger, dem Bruder des Herrn Baron, oder eben eine Prozession wie diese in Krems. In Wien besucht man nach der religiösen

Erbauung stets einen Heurigen. Hier in Krems werden sie nach dem Umzug in die »Alte Post« gehen. Dort, davon ist Albert überzeugt, wird es sicher wieder heiter werden, wenn der Paul und der Gustl Schnurren aus dem Wiener Gesellschaftsleben erzählen und die Erszi mit ihrem Lachen alle Gespräche im Speisesaal übertönt.

Und so reihen sich die Fünf in die Prozession ein, knieen manchmal mit den Gläubigen vor den Birkenaltären nieder, schlagen das Kreuzzeichen, singen Lieder mit und senden Gebete zu Gott und Jesus Christus, dem göttlichen Erlöser, weniger aus religiöser Ergriffenheit, denn der feierlichen Stimmung wegen. Aber, wenn man genauer schaut, kann man sehen, dass manche in der Schar der Gläubigen neben Jesus, dem jüdischen Erlöser aus Nazareth, noch eine andere Lichtgestalt verehren, einen Erlöser aus Deutschland mit Polterstimme und rechteckigem Schnauzer unter der Nase. In der Menge hat Robitschek einige dieser »Doppelgläubigen«, wie Gustl diese katholischen Nazis einmal genannt hat, an winzigen Hakenkreuzansteckern erkannt, die sie – obwohl verboten – kaum sichtbar am Rockrevers tragen. Ihm scheint, dass sie die Worte im »Vaterunser«: »… Dein Reich komme, Dein Wille geschehe …« mit besonderer Inbrunst sprechen.

Ja, wenn der Jude Paul Josef Robitschek und der Protestant August Rieger so einträchtig nebeneinandergehen, spürt man, dass sie einander auf besondere Weise zugetan sind. Und seit ein paar Monaten ist Albert Herzog, der Katholik, der Dritte in ihrem Männerbund. Wo die modisch auffällig gekleideten Herren auftreten, da schenkt kaum noch jemand den beiden hübschen Frauen in ihrer Begleitung Beachtung. Das wird auch heute so sein. Da helfen selbst die tief dekolletierten Dirndlkleider von Erszi und Gretl als Blickfang nichts. Bei manchen Tischgesellschaften sind Frauen die Zierde der Herrenrunden, hier sind sie Aufputz und Alibi zugleich.

Müde vom frühen Aufstehen und von der Zugfahrt und hungrig nach der Prozession, begeben sich die Fünf nach dem Schlusssegen zum Essen in die »Alte Post«. Der Gasthof ist eine gute Wahl. Denn der Besitzer ist immerhin bei der Vaterländischen Front und – als glühender Anhänger von Kanzler Kurt Schuschnigg – ein Feind der Nazis.

Als Erster betritt Gustl den Gastraum. Er hat die Lässigkeit zu warten, bis die Blicke der Anwesenden auf ihn gerichtet sind. Das ist immer und überall so. Auch in Krems war es bisher nie anders. Eilfertig ist ein Kellner zur Stelle und geleitet die kleine Feiertagsgesellschaft zum reservierten Tisch. Gustl, ob seiner Kleidung und seines vornehmen Gebarens von den Gästen verstohlen, aber interessiert beäugt, geht voran. Aber die Blicke hier in der Wachau sind nicht stumm, und so ist eine geflüsterte Bemerkung deutlich vernehmbar: »Die Warmen sind wieder da! Und so ein G'wand an so einem Feiertag! Wärmer geht's nicht mehr! Das Arschloch sollt' man ihnen zunähen!« Mit der ihm eigenen Noblesse ignoriert August Rieger die Worte und tut, als habe er nichts nicht gehört. Die heitere Stimmung soll nicht getrübt werden. Man nimmt Platz, grüßt mit freundlichem Nicken die Gäste an den Nachbartischen und bestellt zu essen und zu trinken. An einem der Tische erblickt er den Weinbauern Franz Aigner mit einigen Freunden. »Sonderbar«, denkt Rieger, als er den Aigner erblickt, »dass die Nazis jetzt auch schon in der ›Alten Post‹ sitzen …« Einer aus Aigners Tischrunde kann es sich nicht verkneifen, zu Robitschek hinzustänkern: »Irgendwann werden die Juden nichts mehr zu bestellen haben! Auch hier in Krems nicht mehr!« Schlagartig ersterben Wortgeraune und Besteckgeklimper. Die meisten Gäste senken die Köpfe und starren auf ihre Teller. Die Luft im Speisesaal fühlt sich plötzlich eisig an, als wäre ein Frostschauer durch Türen und Fenster gegangen. Unausgesprochen hängt die Frage im Raum: Wie wird der Angepöbelte reagieren? Paul Robitschek erhebt sich langsam vom Sessel, nimmt – Brust heraus, Bauch hinein – stramme militärische Haltung an, reißt den rechten Arm hoch und ruft im Kasernenhofton, Hitlers Sprechduktus nachahmend, zu Aigner und seiner Männerrunde hin: »Jaaawolll, mein Führer!« Erlösendes Gelächter erfüllt den Gastraum. Robitscheks kleines,

rechteckiges Oberlippenbärtchen, jenem von Hitler nicht un-
ähnlich, hat der Parodie Authentizität verliehen. Die Munterkeit
ist zurück, die Essbestecke klimpern und die Gespräche nehmen
wieder ihren Lauf. In der Tat, Paul Josef Robitschek ist nicht nur
ein guter Weinhändler, sondern besitzt auch schauspielerisches
Talent. Bei Gesellschaften in Gustls Wohnung in Wien warten
die Gäste in den letzten Jahren immer schon darauf, dass er zu
vorgerückter Stunde wieder den Hitler gibt. Diese Verhöhnung
und Beleidigung des Führers, tönt es erbost von Aigners Tisch
her, noch dazu durch einen Juden, die wird dem Herrn Robitschek und auch dem Herrn Baron noch leidtun! Darauf können sie Gift nehmen! Und auch der Herr Sandgruben-Verwal-
ter brauche nicht so blöd zu grinsen und die Damen schon gar
nicht! Heute mögen sie sich in aller Öffentlichkeit noch einen
Jux auf Kosten des Führers erlauben und über ihn lachen. Aber
der Tag wird kommen, da wird ihnen allen, wie sie da sitzen, das
Lachen gründlich vergehen. Wie es ihre Art ist, lacht Erzsi Farkas
über diese Drohungen von Aigners Kameraden am lautesten und
streichelt Paul dabei verzückt und anerkennend die Wange.

Später, beim Verlassen der »Alten Post«, schnappt August
Rieger Äußerungen des Erstaunens auf. »Na, die trauen sich
was!«, meint einer, und ein anderer: »Das sind vielleicht komische Vögel!«

2

August Rieger, der »Herr Baron«

»Ein seltsamer Charakter mit einer ganz großen Herzensgüte,
viel zu gut für die heutigen Menschen.«
(PAUL JOSEF ROBITSCHEK, TAGEBUCH)

Wer also sind diese drei als »komische Vögel« bezeichneten Herren, die in der »Alten Post« Aufsehen erregt haben? August Rieger, der »Herr Baron«, und Paul Josef Robitschek sind seit etwa zwölf Jahren nicht nur Freunde und Geschäftspartner, sondern auch ein Liebespaar. Beide sind gebürtige Wiener und nennen einander »Gustl« oder »Gusti« und »Paul« oder »Robi«. Sie sind Anfang vierzig, wohlhabend, sehen blendend aus, haben tadellose Manieren und sind stets elegant und immer nach der neuesten Mode gekleidet. Wenn die Anlässe es erfordern, wechseln sie bisweilen zwei- oder dreimal am Tag die Garderobe. Sie blättern gern in Modemagazinen, haben das Theatermagazin »Die Bühne« abonniert und legen größten Wert auf ein gepflegtes Äußeres: sauber geschnittene Haare, manikürte Hände, glattrasierte, gecremte und gepuderte Wangen, darauf ein Hauch Rasierwasserduft. Bei August Rieger ist der Wille zum guten Aussehen so stark, dass er, wann immer er einen Spiegel entdeckt, seinem Bild darin wohlgefällig zulächelt und dabei zugleich kontrolliert, ob die Frisur noch sitzt und ob nicht eine Nachmittagsrasur nötig wäre. Beide sind der festen Überzeugung, dass ein gepflegtes Äußeres und kultiviert-weltläufiges Auftreten in gutsitzender Kleidung unabdingbar für geschäftlichen Erfolg seien. Beide sind weltoffen und weitgereist, können sich aber nicht vorstellen, jemals an einem anderen Ort zu leben als in ihrer geliebten Geburtsstadt Wien.

Finanziell geht es beiden gut. Bei Paul Robitschek ist klar, woher das Geld stammt: Er ist Weingroßhändler, er besitzt in

Wien Häuser und Weinkeller sowie Rieden in Krems und in der Steiermark. Doch wie es August Rieger möglich ist, sich ein so luxuriöses Leben zu leisten, etwa jedes Jahr drei Wochen Sommerfrische im internationalen Luxushotel »L'Europe« in Bad Gastein zu verbringen, das ist für viele ihrer Freunde ein Rätsel. Gustl hat einfach Geld – oder eben manchmal nicht; und alle sprechen ihn mit »Herr Baron« an, ohne dass jemand mit Sicherheit zu sagen wüsste, ob er tatsächlich adeliger Abstammung ist.

Seit einiger Zeit kursieren unter den Freunden Gerüchte, dass Gustl finanzielle Schwierigkeiten hätte und entmündigt sei. Dennoch folgen alle immer gerne seinen Einladungen nach Bad Aussee in seine Hotelpension zum Wandern und Baden. Manchmal nur für einige Tage, manchmal gleich für ein paar Wochen. Die meiste Zeit des Jahres aber lebt August Rieger in Wien – zur Miete – im zweiten Bezirk, in der Praterstraße 46, im ersten Stock auf Tür Nummer 6. Seine Wohnung ist groß, hat hohe Räume und ist, wie man zu sagen pflegt, »herrschaftlich« eingerichtet. »Du wohnst so plüschig wie der Makart, der Malerfürst«, meinte einer seiner Freunde. Immer schon hatte August Rieger den Ehrgeiz, »fürstlich« zu wohnen. Mächtige, achtzehnflammige Kristalllüster lassen die großen Räume erstrahlen. Entlang der tapezierten Wände stehen dunkle Truhen und wuchtige Schränke, manche mit geschnitzten Beinen, die in Adlerklauen oder Löwenpranken enden. In allen Zimmern ticken auf kleinen Wandkonsolen Uhren, stehen zierliche chinesische Vasen. Im großen Salon zeigt eine mächtige Standuhr die Zeit an. Große, weiche Teppiche decken die Böden und machen den Tritt lautlos. Auf ihnen stehen, zu geschmackvollen Gruppen arrangiert, repräsentative, altertümlich anmutende Sessel und Tischchen, mächtige Fauteuils, Stehlampen und lange Esstische. Auf den Sofas und Ohrenstühlen liegen Kissen und Decken aus Brokat. In seinem Schlafzimmer, über dem Kopfende seines breiten Empirebetts, schweben zwei pausbäckige Barockengel. Es habe, behauptet Rieger, Marie-Antoinette gehört, der glücklosen, von französischen Revolutionären geköpften Tochter der Kaiserin Maria-Theresia. In jedem Zimmer hängen Tapisserien, große und kleine Ölbilder in glänzenden, schwarzen und vergoldeten Rahmen. Zwar sind sie nicht von großem Wert, doch ergänzen sie den eleganten Gesamteindruck. Vor den Fenstern hängen weiße Spitzenvorhänge mit grünen Seitenteilen aus schwerem Samt. Wenn sie zugezogen sind, dringt kein Licht herein oder nach draußen, und bei geschlossenen Fenstern dämpfen sie fast vollständig den Lärm und die Geräusche der geschäftigen Praterstraße. Wenn August Rieger, wie meist im Sommer, zu früher Stunde die Vorhänge öffnet und die erste Morgendämmerung den großen Salon in ihr rosafarbenes Licht taucht, herrscht da fast die andächtige Stille einer Kapelle. Gustl liebt den morgendlichen Blick auf die Praterstraße, diesen von Alleebäumen gesäumten Boulevard. Auch wenn Österreich nach dem Zusammenbruch der Monarchie von einem machtvollen Imperium zu einem kaum lebensfähigen, republikanischen Kleinstaat geschrumpft ist, so hat sich die Praterstraße doch das kosmopolitische Flair des habsburgischen Vielvölkerstaates bewahrt. Noch immer ist sie – wie zu Kaiser Franz Josephs Zeiten – eine Avenue der Betriebsamkeit. Gemeinsam mit der Taborstraße bildet sie die pulsierende Schlagader des zweiten Bezirks, der Leopoldstadt. Auf den breiten Gehsteigen herrscht geschäftiges Treiben. Dicht gedrängt reihen sich große und kleine Kontore aneinander, Cafés und Läden mit schön arrangierten Waren. Manchmal öffnet Rieger in der warmen Jahreszeit frühmorgens ein Fenster, einfach nur, um die Geräusche der beginnenden Geschäftigkeit hereinzulassen. Für ihn als Musik liebenden Menschen, der gerne und gut Klavier spielt, ist das, was von draußen zu ihm heraufdringt, eine berauschende Symphonie: Da rasseln beim Öffnen der Geschäfte die hochschnellenden Rollläden aus Wellblech, da rufen Händler und Lieferanten, da hupen Autos, da klingeln die ersten Straßenbahnen, da quietschen ihre stählernen Räder in den Schienen, da rumpeln und rattern die Lastfuhrwerke auf den Pflastersteinen, da scheppern beladene Handwägelchen und knirschen ihre eisenbereiften Holzräder, da klirren die Hufeisen Lasten ziehender Pferde und da bellen die Hunde. Manchmal mischt sich in diese morgendliche Polyphonie auch der Singsang der Leierkastenmänner auf ihrem Weg in den Prater oder das Glockengeläute der Kirche zu Sankt Nepomuk, die Riegers Wohnung schräg gegenüberliegt, wie auch das anrüchig beleumundete Café »Alhambra«, wo, wie Rieger es ausdrückt, »Lebedamen« ihrem Geschäft nachgehen.

Rieger ist von mittelgroßer Statur, einen Meter sechsundsiebzig groß. Seine selbstsichere Art lässt ihn stattlich erscheinen. Er kommt nicht einfach zu Besuch, zu einem Geschäftstreffen, einem Amtstermin oder einer Abendgesellschaft, nein, er erscheint. Nach einer knappen militärischen Verbeugung heißt es stets: »Gestatten, Baron von Rieger.« Durch sein Auftreten gelingt es ihm meist mühelos, jedes Gegenüber von seiner adeligen Herkunft zu überzeugen. Jene, die nicht so recht daran glauben, halten ihn zumindest für einen amüsanten, höchst gebildeten und kultivierten Müßiggänger, einen Lebemann mit Etikette, einen stets perfekt gekleideten wienerischen Dandy. Wenn Hausmeister Schmittner seiner ansichtig wird, macht er einen tiefen Bückling und grüßt – untertänigst – den »Herrn Baron«.

Durch seine Weltläufigkeit und Großzügigkeit hat Rieger es verstanden, seine Wohnung zu einem beliebten Treffpunkt lebenslustiger und einflussreicher Leute aus Wirtschaft, Politik und Kultur zu machen. Seine Hausbälle, Soireen, Musikabende und Tanzpartys dauern fast immer bis in die frühen Morgenstunden. Jedes Mal, wenn er eine Gesellschaft gibt, staunt Hausmeister Schmittner, wer da aller an seiner Portierloge vorüber- und in den ersten Stock zum Herrn Baron schreitet: Männer im Frack und Frauen in extravaganten Abendroben. Aber manchmal ist Schmittner schon irritiert. Als einmal ein Nachbar von ihm wissen wollte, was denn da wieder los sei, eben habe er Herrn Raoul Aslan vom Burgtheater und die Schauspielerin Alma Seidler zum Herrn Baron hochsteigen sehen, da antwortete Schmittner augenzwinkernd, der Herr Baron feiere wahrscheinlich wieder einmal eine Orgie. Unter seinen Gästen seien oft zahlreiche ältere Herren, aber auch auffallend schöne junge Männer. Aber, Spaß beiseite, meinte Schmittner, der Herr Baron feiere natürlich keine Orgie. Er habe eben oft ein buntes Volk zu Gast. Es handle sich meist um Geschäftstreffen. Allerdings, so der Hausmeister, habe er einmal einen späten Gast zur Türe des Herrn Baron geleitet, und als diese geöffnet wurde, sei schwüle Musik und Lachen aus der spärlich beleuchteten Wohnung auf den Gang gedrungen, und er meinte, er habe zwei Herren gesehen, einen alten und einen jungen, die einander ungeniert liebkost hätten. Aber sicherlich habe er, Schmittner, sich nur getäuscht, denn unter den Gästen des Herrn Baron seien manchmal auch sehr junge, knabenhafte Damen mit Bubikopf in Anzug und Krawatte. Und, Gott bewahre, er wolle dem Herrn Baron keinesfalls eine Anrüchigkeit nachsagen oder gar andichten; nein, auf keinen Fall, denn der Herr Baron sei ein nobler Herr, der mit Trinkgeld nicht knausere, wenn er, Schmittner, manchmal, weit nach Mitternacht, Gäste aus dem Haus lassen muss.

Auch in den Cafés, wo Rieger seine Freunde und Geschäftspartner trifft, Zeitung liest oder Kaffee trinkt, vornehmlich im Café Siller am Donaukanal, erweisen ihm die Kellner mit einer Verbeugung und einem »Habedjehre, Herr Baron« ihre Reverenz. Immer erregt auch die Vielfalt, manchmal die Farbigkeit seiner maßgeschneiderten Garderobe allgemeines Staunen. Selbstverständlich sind auch alle seine Schuhe handgefertigt. Im Winter trägt er dicke Mäntel mit Pelzkragen und über den Schuhen graue Filzgamaschen. In den Übergangszeiten, zu Frühlings- oder Herbstbeginn, schlüpft er in einen hellen, englischen Staubmantel, im Sommer bevorzugt er leichte, helle Anzüge, in den Sakkos immer ein Stecktuch und am Kopf meist einen hellen Panama. In seiner Hotelpension in Bad Aussee wiederum zeigt er sich in Steireranzug, Lederhosen, weißen Stutzen und festen Wanderschuhen. In die Oper, ins Theater und zu besonders festlichen Anlässen oder gesellschaftlichen Ereignissen geht er in Lackschuhen und Frack, mit weißem Seidenschal und Zylinder. Ein Bekannter meinte einmal: »Der Gustl ist ein rechtes Chamäleon.«

Rieger ist zwar redegewandt, meist spricht er das weiche Wienerisch der guten Gesellschaft, und hat vollendete Umgangsformen, aber fürs Geschäftliche mangelt es ihm gehörig an Talent.

Im engsten Freundeskreis gilt er deshalb weniger als Geschäftsmann, sondern eher als »Meister des geschäftigen Müßiggangs«, dessen Maxime »leben und leben lassen« lautet. Und weil sein Hotelbetrieb so gut wie keinen Gewinn abwirft, hat Rieger schon vor Jahren Kapital ins Geschäft seines Liebes- und Lebenspartners Paul Josef Robitschek gesteckt und ist dessen stiller Teilhaber geworden. Wann immer Paul zur Erweiterung des vom Vater geerbten Weingeschäfts Geld braucht, Gustl hilft – sofern vorhanden – mit entsprechenden Summen aus oder bürgt mit seiner Hotelpension für Pauls Bankkredite. Die Liebe zu Paul und die Teilhaberschaft in dessen Weingeschäft geben Gustl nicht nur Sicherheit, sondern auch eine Aufgabe im Leben.

3

Paul Josef Robitschek, der Weingroßhändler

»Er war unermüdlich tätig. Immer in Bewegung.
Nie gönnte er sich Ruhe.«
(Brief von Leo Arthur Robitschek)

Im Gegensatz zu seinem Lebensgefährten ist Paul Josef Robitschek ein hart arbeitender und scharf kalkulierender Weinhändler. Seine Firma hat ihren Sitz in einem einstöckigen Haus im 19. Wiener Gemeindebezirk, in der Heiligenstädterstraße, auf Nummer 67, dort, wo Wien schon ins Umland ausläuft. Im Parterre des um 1870 am Fuß eines steilen Abhangs erbauten Gebäudes befinden sich das Büro und die Kellerei. Im ersten Stock liegen Pauls Wohnräume und eine kleine Terrasse mit Blick auf die Stadtbahnbögen. Hinter dem Haus, hügelan, erstreckt sich eine fast zwei Hektar große weitläufige Wiese mit Obstbäumen.

Robitscheks Heiligenstädter Weinkellerei ist bestens eingeführt und zählt zu den größten in Österreich. Sie besteht aus drei über hundert Meter langen, gewölbten, miteinander verbundenen Tunnelröhren in Ziegelbauweise, gut ausgestattet mit Gleisanlagen für Transportloren, riesigen Lagerfässern, Betonbottichen, Pumpen- und Filteranlagen, mit Hunderten Metern an Weinschläuchen, einer Flaschenbefüllanlage und Flaschenregalen. Konkurrenten wie die Sekterzeuger Schlumberger und Kattus haben schon lange ein neidvolles Auge auf Robitscheks Betrieb geworfen. Wegen der riesigen Kellerröhren hätten sie die Immobilie nur zu gerne für die Lagerung ihrer Schaumweine genutzt. Zu Robitscheks Unternehmen gehören zwei Lastwagen und ein schwarzer PKW, ein Weingut in Mahrensdorf bei Fehring in der Steiermark sowie das Weingut Sandgrube mit Kellerei in Krems. Es gehört Paul Robitschek weitgehend allein, nur an einem geringen Teil hat auch seine Mutter Johanna Eigentumsanteile. Das Firmenschild über dem Heiligenstädter Kontor wie auch der Briefkopf spiegeln die Größe des Unternehmens: Weingut Paul J. Robitschek, Krems an der Donau in der Wachau, Niederösterreich, mit den berühmten Rieden Weinzierlberg, Sandgrube, Marthal, Thalland.

Um die Weingärten in Krems kümmern sich die Winzer Leopold Zeiner und Franz Paradeiser. Sie besorgen den Rebschnitt, die Schädlingsbekämpfung, die Weinlese und das Pressen der Trauben. Auf Zeiner und Paradeiser kann sich Robitschek verlassen, und die Pächter schätzen ihn, weil er ihnen immer Arbeit und guten Lohn gegeben hat, auch in wirtschaftlich schlechten Zeiten. Dass die beiden Winzer Robitscheks Rieden aufs Beste bestellen, beweist die seit Jahren gute Ernte und die Qualität der Weine. Robitschek vermarktet sie stets erfolgreich als »Wachauer Qualitätsweine«.

Doch nicht nur das Weingeschäft, auch das Künstlerische liegt in der Familie. Johanna Robitschek, Pauls Mutter, 1868 in Magyarbel in Ungarn geboren, ist die Tochter des Weinhändlers Moritz Reiser und eine resolute Frau. Ihr Bruder ist der in Wien hochgeschätzte Architekt Ignaz Reiser, zu dessen Bauten etwa die Zeremonienhalle und das Verwaltungsgebäude der Israelitischen Abteilung des Wiener Zentralfriedhofs zählen. Emil Robitschek, Pauls Vater, 1857 in Jungbunzlau, heute Mladá Boleslav in Tschechien, geboren, betreibt seit 1896 auf dem Mathildenplatz 1, heute Gaußplatz, in der Nähe des Wiener Augartens äußerst erfolgreich eine Flaschenbierhandlung und einen Fasshandel. Außerdem ist Emil Robitschek (gemeinsam mit Meschulim Scharfstein, seinem Sohn Paul Josef Robitschek und Bernhard Sinnreich) Geschäftsführer der Weinverwertungsgesellschaft mit einem Stammkapital von immerhin 600.000 Kronen (1,2 Mill Euro) sowie Teilhaber der Weingroßhandlung von Adolf Blau, Nordwestbahnhof (Magazin VII). In einem Notariatsakt aus dem Jahr 1920 legte er fest, dass seiner Frau die Hälfte des jährlichen Reingewinns, rückwirkend ab dem Geschäftsjahr 1919, zusteht. Sie habe ihn in »selbstloser und aufopferndster Weise« bei der Führung des Geschäfts unterstützt und ihm »fast den größten Teil des Einkaufs der Weine, die hiezu nötigen Reisen abgenommen«. Sollte in einem Geschäftsjahr kein Reingewinn anfallen, so verpflichte er sich, einen Betrag von 50.000 Kronen zu bezahlen. Als Emil Robitschek 1921 starb, belief sich das hinterlassene Vermögen auf 1,1 Millionen Kronen.

Paul Josef Robitscheks Unternehmen ist also gut organisiert und steht wirtschaftlich auf einem soliden Fundament, weil er stets – wie sein Vater – als guter Geschäftsmann seine Chancen rasch erkennt und zupackt. Bei Banken nimmt er nur so viel Kredit auf, wie er problemlos zurückzahlen kann. Gewinne investiert er sofort in die Erweiterung des Geschäfts. Sein Geschäftssinn hat ihn wohlhabend, aber nicht rücksichtslos oder hochmütig gemacht. Er ist unermüdlich tätig. Immer in Bewegung. Nie gönnt er sich Ruhe. Regelmäßig reist er durch Österreich: zu Winzern in die Wachau, nach Röschitz ins Weinviertel, nach Purbach ins Burgenland, in die Steiermark, nach Ungarn und Jugoslawien. Besonders gern fährt er nach Italien, nach Triest, wo er beste Kontakte zur Firma Cusin unterhält. Um »im Geschäft zu bleiben« oder »neu ins Geschäft zu kommen«, besucht er persönlich Hotels und Gaststätten in ganz Österreich. Egal, wie groß oder klein der Auftrag ist, Robitscheks Motto heißt: »Kleinvieh macht auch Mist.«

In geschäftlicher Hinsicht bereitet ihm nur Gustl, sein »Liebchen«, Kopfzerbrechen. Denn wenn Gustl Geschäfte macht, dann kommt es oft vor, dass er unter jener Summe abschließt, die er leicht hätte lukrieren können. Sobald Kunden an sein Mitgefühl appellieren, wird Gustl schwach. Aus Höflichkeit und Nachgiebigkeit schafft er es kaum, nein zu sagen. Und bleibt ihm ein Gewinn, dann verbraucht er ihn, statt ihn sofort ins Unternehmen zu investieren. Trotz seiner großen Liebe zu Gustl macht Paul sich keine Illusionen über dessen geschäftliche Fähigkeiten. Seinem Tagebuch vertraut er an: »Seine größte Untugend war: Er konnte niemandem etwas abschlagen.« Aber so ist er eben, sein geliebter Gustl – ein schwankender, weicher Mensch, nicht geschaffen fürs harte Verhandeln und Feilschen. Ein Träumer.

So unterschiedlich ihre Charaktere auch sind, sie lieben einander und sind einander eng verbunden. Was sollte daher auch falsch daran sein, dass sie seit Jahren als Paar in Gustls Wohnung zusammenleben? Ist denn, fragen sie sich immer wieder, die Liebe von Mann zu Mann wirklich so anders als jene zwischen Mann und Frau? Gustls Bruder Hans, ein in Wien allseits bekannter protestantischer Pfarrer und Theologe, befremdet zwar ihre Beziehung, und er kann jede Menge biblischer Argumente dagegen anführen, aber schließlich tröstet er sich mit dem Satz: »Gott ist bei den Liebenden«.

Zwölf Jahre ist es jetzt her, seit Gustl und Paul einander in Grinzing beim Heurigen gefunden haben. Paul saß in einer größeren Runde und unterhielt sich angeregt mit Erzsébet Farkas, einer eleganten, jungen Dame aus einer gutbürgerlichen, jüdischen Budapester Familie, die seine Geschäftsfiliale in Budapest leitet. Paul liebt seine »Erzsi«. Aber seine Liebe hat Grenzen. Er liebt ihren Witz und ihr herzliches Lachen, mehr nicht. Allerdings hat sie auch eine dunkle Wesensseite. Von einem Augenblick auf den anderen kann sie den Glanz und das Strahlen in den Augen verlieren und in tiefe Schwermut fallen. Immer, wenn er bemerkt, dass ihr Gemüt in Melancholie versinkt, versucht er, sie aufzuheitern: »Erszi, du meine große Liebe, was ist mit dir?« Ja, wäre er Frauen zugetan, Paul hätte sicher um ihre Hand angehalten. Ihre Eltern hätten die Heirat begrüßt. Auch seine Mutter Johanna wäre froh über die Heirat ihres Sohnes gewesen. Aber sie hat sich nie etwas über die Neigung ihres Sohnes vorgemacht.

An jenem Heurigenabend saß Gustl an einem anderen Tisch in Begleitung irgendeines bedeutungslosen, aber durchaus hübschen Burschen. Irgendwann hat Paul einen flüchtigen Blick aufgefangen. Dann haben sich ihre Blicke abermals getroffen. Und dann immer wieder. Aber nicht mehr zufällig, sondern gewollt. Ein wundersamer Schrecken hat Paul durchzuckt. Später hat ihm Gustl gestanden, dass ihm ebenfalls ein Zittern durch den Körper gegangen sei. Auch seine Blicke waren nur anfangs zufällig. Was war das doch für ein verrückter Moment gewesen, im Frühsommer 1926 in Grinzing, der ihr Leben auf den Kopf gestellt hat! Es war Liebe auf den ersten Blick gewesen. Am Schanktisch des Heurigen sind sie dann miteinander ins Gespräch gekommen. Ein wenig scheu anfangs und verkrampft plauderten sie zunächst übers Wetter und den herrlichen lauen Abend, dann entdeckten gemeinsame Vorlieben für Cafés und gewisse Etablissements in Wien. Und die folgenden Einladungen ins Café Siller am Donaukanal, dem Treffpunkt der besseren Wiener Gesellschaft, hatten sie schon mit mutigerer Stimme ausgesprochen. Im Juli war Paul dann – ganz in gutbürgerlicher Wiener Tradition – mit seiner Mutter auf Sommerfrische gefahren. Zuerst auf den Semmering und danach zwei Wochen ans Meer, nach Venedig, wo sie am Lido logierten. Aus Venedig schrieb er Gustl eine Postkarte und fragte: »Warum melden Sie sich nicht?« Daraufhin gingen Telegramme hin und her, und kaum aus Italien zurück, hat sich Paul mit Gustl getroffen; und von da an waren die beiden unzertrennlich.

Auch wenn Paul und Gustl einander in Liebe zugetan sind, so sind sie nicht unempfänglich für die Reize junger Männer. Besondere Geistesgaben sind ihnen dabei nicht so wichtig wie gutes Aussehen, Witz und Manieren. Und so gibt es seit Jänner 1937 in ihrem Leben den 24-jährigen Albert Herzog, einen schlanken, verheirateten Burschen mit schimmernden, braunen Augen. Wegen seiner geringen Körpergröße nennen sie ihn den »kleinen Herzog« oder einfach nur ihren »Kleinen«. Besonders August Rieger fühlt sich stark zu dem um 17 Jahre Jüngeren hingezogen.

4

Albert Herzog, der Aufsteiger: vom Maurer zum Gutsverwalter

»Der Albert is' a 175er und die Gretl nur die Alibifrau.«
(Karl Herrman, Justizwachebeamter, Schwager von
Albert Herzog)

Albert kam 1913 in Pola zur Welt und wurde katholisch getauft. Seinen Vater, Johann Herzog aus Hinterschneeberg bei Bad Gastein, hatte es 1911 beruflich in die Hafenstadt an der Adria verschlagen, wo er für die kaiserliche Marine als Zimmermann und Baupolier arbeitete. In Pola lernte er das Zimmermädchen Josipa Drelje-Jelaska aus Split kennen, und als sich herausstellte, dass seine um mehr als ein Jahrzehnt jüngere Geliebte von ihm schwanger war, war es für ihn, der einst Berufssoldat gewesen war, eine Sache der Ehre, sie zu heiraten. Von da an wurde aus der istrischen Josipa eine Josefine; und als die kleine Familie – mit dem kleinen Albert und ihrer mittlerweile geborenen Tochter Rosalia – 1916 nach Wien übersiedelte, wurde sie eine wienerische »Fini«. Herzogs waren nicht reich, aber das Baupoliergehalt des Vaters reichte für ein angenehmes Leben, für ein kleines Glück, das bereits an einem neblig-nasskalten Novembertag 1916 zerbrach. Johann Herzog rutschte auf einem regennassen Brett aus, stürzte vom schlecht gesicherten Baugerüst, erlitt einen Schädelbasisbruch und verstarb zwei Tage später im Allgemeinen Krankenhaus in Wien. Nur mit größter Sparsamkeit und unter äußersten Entbehrungen brachte Alberts Mutter sich und ihre zwei Kinder als Näherin, Packerin, Bedienerin und Putzfrau über die Runden. Weil das Geld trotz aller Entbehrungen nie reichte, mussten die Drei in immer beengtere Wohnverhältnisse umziehen. Schließlich landeten sie in einer Zinskaserne in der Engerthstraße 140, auf Tür Nummer 14, im zweiten Bezirk. Ihr neues Zuhause bestand aus einem dunklen Wohnzimmer, das in einen düsteren Lichthof schaute, einem Kabinett und einer winzigen Küche. Wasser und Mehrparteienklosett befanden sich am Gang. Nein, Albert war kein Glückskind, er hatte bei seiner Geburt keinen goldenen Löffel im Mund gehabt. Nach acht Klassen Volksschule wurde er Maurerlehrling. Kurz vor dem Ende der Lehre verliebte er sich in die Blusennäherin Margarethe Babis, die älteste der vier Töchter des Damenschneidermeisters Franz Babis, der sich in einem Straßenladen in der Wolfgang-Schmälzl-Gasse im zweiten Bezirk als Stückmeister für Konfektionsfirmen mehr schlecht als recht durchs Leben brachte. Bis zu 16 Stunden arbeitete er an manchen Tagen, oft auch an den Wochenenden und manchmal die Nächte durch. Von der Liebschaft seiner Tochter mit dem Maurergesellen war Meister Babis wenig begeistert. Besonders wurmte ihn, dass Gretl sich – sein Verbot missachtend – heimlich mit Albert traf. Nicht auszudenken, wenn sie schwanger würde! Gegen seinen Willen heirateten die beiden. Mangels eigener Wohnung blieb Albert weiterhin bei seiner Mutter und Margarethe bei ihrer Familie. Sie zahlte Kostgeld und sparte, so gut es ging, um irgendwann von zu Hause wegzukommen. Aber immer wieder waren die Finanzen von Schneidermeister Babis so katastrophal, dass er sich von seiner Tochter ihr mühsam Erspartes borgen musste. Einmal sogar 300 Schilling, also drei Monatslöhne, die er nicht zurückzahlen konnte. Babis machte sich Sorgen, wovon die beiden eigentlich leben sollten. Sie waren doch genau solche Habenichtse wie er. Besonders störte ihn, dass sein Schwiegersohn ständig seinen klammen Geldbeutel und sein Dasein als Maurergeselle bejammerte. Oft schmiss Albert die Arbeit hin. Öde sei sie und anstrengend, langweilig und schlecht bezahlt. Was Albert vorschwebte, war ein aufregendes, abwechslungsreiches, nicht alltägliches Leben. Gastwirt, sagte er immer wieder, das wäre was für ihn. Er und Gretl wären ein ideales Gespann. Denn er konnte witzig sein,

Klatsch- und Tratschgeschichten erzählen, gut zuhören, und er mochte es, unter Menschen zu sein. Gretl war eine gute Köchin. Auch sie wollte nichts wie weg aus ihrem ärmlichen Leben als Blusennäherin. Sie konnte sich nicht vorstellen, ein Leben lang Knopflöcher zu säumen, Krägen zu endeln, Borten auf Bettwäsche zu nähen oder Monogramme hineinzusticken. Doch um den Traum vom eigenen Gasthaus wahr werden zu lassen, fehlte ihnen das Geld, und Kredit bekamen sie keinen. So versuchten sie es mit einer Hühnerfarm in Weikersdorf bei Wiener Neustadt, die ihnen Alberts Mutter finanzierte. Zwei Mal brannte der Hühnerstall ab und die Hennen verkohlten. Sie weinten dem Projekt nicht nach, denn schnelles Geld war auch mit Eiern nicht zu verdienen, die Verkehrswege waren lang, und so gaben sie das Eiergeschäft wieder auf. Auf die Frage ihres Vaters, wie Gretl sich ihre Zukunft mit ihrem Habenichts nun vorstellte und wovon sie und ihr Mann jetzt leben wollten, antwortete Gretl: »Wir werden jetzt hochstapeln.«

Aber dann veränderte ein Lottogewinn alles. Mit einem Achtel-Los der Klassenlotterie gewann Schneidermeister Babis am 3. April 1936 tatsächlich 125.000 Schilling. Paradiesische Zustände! Babis gab sofort die Schneiderei auf und beschränkte sich aufs Ausgehen und Spendieren, denn lange hatte es sich nicht verheimlichen lassen, dass er jetzt ein gemachter Mann war. Bittsteller sonder Zahl fanden sich täglich bei ihm ein. Gretl kam das rege Kommen und Gehen bei ihrem Vater sonderbar vor, und so frage sie ihn halb im Scherz: »Hast du vielleicht gar einen Haupttreffer in der Klassenlotterie gemacht? Ich hab' ja in der Zeitung gelesen, dass ein Schneidermeister im zweiten Bezirk gewonnen hat.« Und Franz Babis bejahte freudestahlend.

Auch Albert Herzog glaubte, der Lottogewinn seines Schwiegervaters könne das Jahr 1936 ebenfalls zu seinem Glücksjahr machen. Und weil ihm das Wirtsgeschäft immer noch im Kopf herumspukte, versuchte er seinen Schwiegervater erneut davon zu überzeugen. Außerdem beklagte er, dass Gretl zur Hochzeit von ihm keine Aussteuer bekommen hatte. Er würde das Geld sozusagen als kleine Nach-Aussteuer betrachten. Es sei sicher investiert. Essen und Trinken müssen die Leute immer, und er kenne da eine Gaststätte mit Kegelbahn im dritten Bezirk, die auf einen Käufer wartete. Franz Babis ist gewillt, dem Paar den Herzenswunsch zu erfüllen. Um 50.000 Schilling kauft er das überschuldete Gasthaus in der Gärtnergasse 9. Endlich würden sie, dank des Gelds des Schneidermeisters, in eine eigene, wenn auch kleine Wohnung zu ziehen. Und weil Gretl Hunde, besonders große Hunde, liebte und immer schon einen haben wollte, schaffte sie sich auch gleich einen ausgewachsenen Bernhardiner an und nannte ihn Barry.

Beim Kaufabschluss lernten Albert und sein Schwiegervater zwei elegante Herren kennen, die hohe Forderungen an den pleite gegangenen Vorbesitzer hatten: Paul Josef Robitschek und August Rieger. Ihr seriöses Auftreten machte tiefen Eindruck auf Albert, den angehenden Gastwirt. Vor allem jenes des Herrn Rieger, der sich ihm als »Baron von Rieger« vorstellte. Albert ist von August Riegers gewählter Sprechweise und weltmännischem Auftreten fasziniert. Rieger wiederum umgarnt den Jungunternehmer mit Charme und Warmherzigkeit. Als Halbwaise hat sich Albert Herzog schon sein Leben lang nach einer Vaterfigur gesehnt. Jetzt glaubte er, sie in August Rieger gefunden zu haben. Immer wieder sagt er zu seiner Frau: »Gretl, der Baron ist einfach nett, er ist wirklich sehr nett zu mir.« Auch Gustl gefällt der fesche Bursche vom Augenblick des Kennenlernens an.

Franz Babis kauft schließlich das Gasthaus, begleicht die Schulden des Vorbesitzers bei Robitschek und anderen Gläubigern und übergibt Tochter und Schwiegersohn die Gaststätte. Nur dem Schneidermeister kommt der Baron irgendwie seltsam vor. Die gecremten und leicht gepuderten Wangen ... Besonders irritiert ihn ein perlenbesetztes Goldkettchen an des Barons rechtem Handgelenk, und der Herr Robitschek duftet nach Flieder ... aber ... was ging ihn das an? ... gar nichts. Vielleicht täuschte er sich ja ... aber in seinem Innersten ist Schneidermeister Babis überzeugt, dass die beiden mehr sind als nur Geschäftspartner.

Für das junge Paar ist das Glück zu rasch gekommen. Weder Albert noch Gretl verstehen etwas von Gastronomie oder Buchführung, und Freunde geregelter Arbeit sind sie auch nicht. Sie stellen sofort einen Kellner, zwei Schankburschen und eine Köchin an. Außerdem beschäftigt Albert noch seine Mutter als Putzfrau und seine Schwester Rosalia als Küchenhilfe. Gretl und Albert sind jetzt zwar Wirtsleute, schlafen aber meist bis Mittag, tauchen irgendwann gegen Abend im Geschäft auf, halten Gäste frei, trinken mit ihnen und vertrauen dem Kellner die Kasse an, was sich bald als fatal erweist, denn die Abrechnungen stimmen nie. Statt die Gäste zu unterhalten und gute Laune im Lokal zu verbreiten, verschwindet Albert immer öfter mit dem Herrn Baron in die Nacht, meistens dann, wenn viel zu tun ist. Er habe Geschäftliches mit dem Baron zu besprechen, dafür sei Ruhe nötig, sagt er zu Gretl, die ihrem Gatten regelmäßig antwortet: »Das ist schön und gut, aber warum dauern eure Geschäftstreffen immer bis in die frühen Morgen?«

Weil es keine ordentliche Buchführung gibt, beginnen sich rasch Schulden anzuhäufen, und nach nur drei Monaten ist das Gasthaus, das Albert und Gretl ein solides Leben hätte ermöglichen sollen, konkursreif. Am 3. Jänner 1937, ihrem letzten Tag als Wirtin, zieht Gretl das Grammophon auf und legt ihre Lieblingsplatte auf. »Es wird im Leben dir mehr genommen als gegeben«, tönt Joseph Schmidts schmelzende Stimme aus dem Schalltrichter, »ja, das ist so im Leben eben, das merke dir … du musst es lernen, es steht dein Schicksal in den Sternen, es wird entschieden in den Fernen und niemals hier …« Tränenfeuchten Auges singt Gretl mit. Als die Stahlnadel am Ende des Liedes in der Leerrille kratzt, hebt sie den Tonarm weg, nimmt die Platte vom Teller, schiebt sie in die Papierhülle, legt sie auf die Theke, schließt den Schalltrichter und sperrt das Gasthaus für immer zu. Albert ist gar nicht mehr im Lokal erschienen. In seinem Taschenkalender notiert er am 3. Jänner 1937 lediglich: »Geschäft Gärtnergasse übergeben.«

Der zweite Versuch von Gretl und Albert, sich eine Existenz zu schaffen, ist kläglich gescheitert. Die durch ihre Misswirtschaft entstandenen Schulden muss Schneidermeister Babis begleichen, weil er als Bürge und Zahler für alles Finanzielle gradezustehen hat. Unter den Schulden sind erneut große Forderungen von Paul Robitschek und August Rieger, mit denen auch Albert einen Weinliefervertrag abgeschlossen hat.

Aber das sollte für Babis nicht die einzige niederschmetternde Nachricht an diesem Tag bleiben. Vom Gewinn des Schneidermeisters hatte auch ein Agent der Phönix-Versicherung erfahren. Er hatte den in Geldangelegenheiten völlig unbedarften Schneider zu einer Aktienspekulation im Wert von 50.000 Schilling überredet. Noch reicher, hatte er versprochen, würde der Herr Schneidermeister werden. Bis zu seinem Tod könne er ein sorgenfreies Leben ohne Arbeit führen. Und Babis ließ sich überreden, in Phönix-Aktien zu investieren. Und da die Phönix-Versicherung in einem aufsehenerregenden Finanzskandal bankrottgegangen war, waren nun auch die investierten 50.000 Schilling weg. Alles Geld war dahin, und der Agent auf Nimmerwiedersehen untergetaucht.

An diesem eisigen Januartag geht Franz Babis also nicht nach Hause, sondern in ein Wirtshaus in Praternähe und betrinkt sich. Am nächtlichen Nachhauseweg, in seinem Suff heftig schwankend und gelegentlich an Hausmauern Halt und Stütze suchend, lallt er immer wieder in die Finsternis, er verfluche »den Baron und den Juden, die zwei warmen Brüder«, und den faulen Schwiegersohn noch dazu. Auch die Tochter solle ihm nicht mehr unter die Augen kommen. Zu Hause brüllt er in seinem Rausch weiter, er droht, sich umzubringen, weil er die Schande nicht überleben würde, doch zuvor, so flucht der Schneidermeister, werde er den Schwiegersohn und den Rieger und den Robitschek umbringen. Seine Frau beschwört ihn, doch endlich still zu sein, die Nachbarn müssten ja nicht alles hören. Doch er hört nicht auf. Er brüllt, bis ihm die Stimme versagt und er bewusstlos neben seiner verschreckten Gattin und den beiden jüngeren Töchtern auf dem Küchenboden landet.

Das Gasthaus ist weg und der Schuldenberg riesig. Albert ist verzweifelt und Gretl ratlos. Beide wissen nicht, wie sie die

Schulden je zurückzahlen und sich aus dieser misslichen Lage befreien sollen. Doch dann schlägt Gretl vor, Albert solle sich doch an den Rieger wenden. »Red mit dem Baron, du kennst ihn doch besser als ich, und er weiß, wie es jetzt um uns steht. Der Rieger und der Robitschek müssen uns helfen, sonst sind wir erledigt!«, fleht Gretl ihren Mann an.

5

»Der Jugend muss geholfen werden ...«
Albert und Gretl in der neuen Welt

»Gustl behandelte uns als Seinesgleichen. Wir waren
nicht Bedienstete, sondern gehörten eben zum Hause.«
(Brief von Albert Herzog an seine Frau Margarethe)

Das glücklose Gastwirtsehepaar ahnt nicht, dass Paul Josef Robitschek und August Rieger sich schon längst Gedanken über
ihre Zukunft gemacht haben. Besonders Albert tut ihnen leid.
Sie haben ihn gern um sich, und eigentlich, wenn sie es recht
bedenken, haben sie mit dem jungen Burschen immer viel Spaß
gehabt und viel gelacht. »Der Jugend«, meint Paul schließlich,
»muss geholfen werden.« Gustl pflichtet ihm bei, und so sind
die Schulden von Albert und Gretl plötzlich kein Thema mehr.
August Rieger sucht schon seit Längerem eine gute Köchin und
Haushälterin und Paul Robitschek jemand Verlässlichen als
Aufsicht am Kremser Sandgrubengut. Und so ziehen Albert und
Margarethe um den Dreikönigstag im Jänner des Jahres 1937 bei
Rieger in der Praterstraße ein – ins Dienstbotenzimmer. Beide
werden neu eingekleidet. Albert bekommt auf Riegers Kosten
zwei Anzüge geschneidert und Gretl zwei modische Kleider.
Sie ist jetzt Köchin und eine Art Hausdame beim Baron, und
Albert beginnt am 1. März 1937 offiziell und mit schriftlicher
Vereinbarung als »Volontär« in Robitscheks Weinkontor in
Heiligenstadt, »um kaufmännisch und buchhalterisch, ferner
in der Kellerwirtschaft und im Weinbau praktisch ausgebildet
zu werden und alle damit zusammenhängende Arbeit zu erlernen, da er dermalen keinen Erwerb besitzt. Aus Gefälligkeit hat

er von Herrn Robitschek die Erlaubnis erhalten, sich bei ihm zu beschäftigen und auszubilden.« Verbunden damit ist ein 850-Schilling-Darlehen Robitscheks an Herzog. Albert erklärt in der Vereinbarung auch, »dass er für den Krankheits- oder Unfallsfall keine wie immer gearteten Ansprüche an Herrn Paul Robitschek hat«. Dass Albert jetzt unter seinem Dach wohnt, freut den Herrn Baron besonders.

Die Zeiten, in denen Gretl sich die Fingerkuppen wundnadelte und Albert sich am Baugerüst mit Ziegel und Mörtel abmühen musste, sind vorbei. Durch das Leben mit ihren neuen Dienstherren tut sich für die beiden Habenichtse plötzlich jene bürgerlich-elegante Welt auf, nach deren Glanz sie sich immer gesehnt haben. Jetzt begleitet Albert den Herrn Baron und den Herrn Paul ins Kino, ins Theater, in die Oper, zu Geschäftsessen und manchmal in spezielle Etablissements für Herren. Alberts kleiner Taschenkalender des Jahres 1937 wird zur Chronik seines Aufstiegs: Sonntag 17. Jänner: Stadttheater »Die lustige Witwe«, abends mit Robi und Rieger beisammen. Montag, 18. Jänner: Robi, Rieger, Nachtmahl, dann Kino »Der Jäger vom Fall«. Am Dienstag, dem 26. Jänner, nehmen Paul und Gustl Albert mit in die Oper zu Richard Wagners »Tannhäuser«. Alberts lapidarer Kommentar: »Sprödes Stück«. Dienstag, 2. Februar: Mittag Robi angerufen wegen Krems mitfahren. Samstag, 6. Februar: Abends Bärenmühle, Robi, Rieger, Herzog. Montag, 15. Februar: Abends mit Robi, Rieger bei Silovic essen. Montag, 22. Februar: Früh, Ring abgesperrt wegen Deutschem Gesandten Neurath. Mit Grete im Kino. 25. Februar: Geburtstagsfeier Robi. Samstag 27. Februar: Abends mit Robi und Rieger im Kino – Premiere. Sonntag, 7. März: Mit Robi, Rieger nach Krems. Ich bleibe dort. 13.000 Liter umgeleert. Mittwoch, 10. März: Abend mit Robi, Rieger und meiner Frau bei Koci. Donnerstag, 11. März: ½ 7 Fahrt Krems Westbahn, 11 Uhr Krems, 3 Autos geladen. Abends dortgeblieben. Freitag 12. März: Fässer gefüllt, abends nach Hause 7 Uhr. Dann enden die Eintragungen im Taschenkalender.

Albert und Gretl erleben auch, was es bedeutet, wenn Gustl und Paul ein Fest für ihre Freunde geben. Erlesene Speisen und Weine werden aufgetischt, feine Liköre, Schnäpse, Kaffee und Süßigkeiten gereicht und es wird viel gelacht. Sie werden Wilhelmine Sandrock vorgestellt, der Schwester der berühmten Schauspielerin Adele Sandrock. Publikumslieblinge vom Theater wie Raoul Aslan, Alma Seidler oder Paul Hörbiger unterhalten sich mit ihnen. Erich Meder, der Schlager- und Wienerliedschreiber, ist manchmal mit seinem Lebensgefährten dabei. Vor allem erstaunt sie, wie unbefangen die Gäste, die aus allen politischen, religiösen und weltanschaulichen Lagern stammen, miteinander reden: Monarchisten, Christlichsoziale, Offiziere der Vaterländischen Front, des Bundesheers, Sozialdemokraten, Nationalsozialisten, Katholiken, Protestanten und Juden. Alle fühlten sich wohl bei Gustl und Paul.

Am meisten befremden Albert und Grete die Nationalsozialisten in diesem Freundeskreis. »Das will mir nicht in den Kopf«, sagt Albert einmal zu Rieger, »weil … der Herr Paul ist doch Jude.« Vor allem auch, weil es den Anschein hat, als ob die Nazis in nicht allzu ferner Zukunft die Macht in Österreich übernehmen könnten. Und wenn man den Blick nach Deutschland richtet, dann verheißt das für Juden nichts Gutes, und »harmlos« könne man die Nazis ja wohl nicht nennen. Erst ein paar Jahre ist es her, dass ein Kommando Hakenkreuzler in das Kanzleramt in Wien gestürmt ist, auf Kanzler Dollfuß geschossen und ihn in seinem Amtszimmer hat verbluten lassen. Die Nazi-Attentäter wurden hingerichtet, doch dies brachte keinen Frieden. Die Antwort der »illegalen« Nazis ließ nicht lang auf sich warten. Sie sprengten Brücken und Bahngeleise in die Luft, brachten Züge und Straßenbahnen zum Entgleisen und gefährdeten dabei das Leben Unschuldiger. Böller haben sie geworfen, Angst und Schrecken haben sie verbreitet, um die Grundfesten des Staates zu erschüttern und das Staatsgebäude einzureißen; und jetzt sind sie gerade dabei, Kanzler Schuschnigg, der die illegalen Nazis als »Terroristen« bezeichnet hat, schwer in Bedrängnis zu bringen.

Beschwichtigend erklärt Rieger den beiden, dass seine und Pauls nationalsozialistischen Freunde keine schlechten Menschen seien, keine Fanatiker wie die Nazis in Deutschland. Sie seien jetzt einfach nur »Wiener mit neuen Ansichten«, vergleichbar mit dem Bürgermeister Karl Lueger. Der hat auch gegen die Juden gehetzt und dennoch viele jüdische Freunde gehabt. Reden und Handeln seien im Politischen in Österreich eben nicht immer eins. Da sei viel Theaterdonner dabei. Man solle die Politiker an ihren Taten messen. Gretl und Albert mögen bedenken, dass Antisemit zu sein, ja nicht zwangsläufig bedeute, gegen Juden gewalttätig zu werden. In ihrem Freundeskreis jedenfalls spiele es keine Rolle, ob jemand Christ, Jude, Protestant oder sonst was sei. Anständig müssten die Freunde sein und verlässlich. Und wie zu sehen ist: Alle – ausnahmslos – schätzen und mögen den »Robi«. Keiner macht blöde, antisemitische Anspielungen oder Witze. Auch wissen die nationalsozialistisch gesinnten Freunde, dass er, der August Rieger, ein Mitbegründer der Vaterländischen Front ist und ein Anhänger des durchlauchtigsten Erzhauses Habsburg. Und hat das eine Auswirkung auf ihre nationalen Freunde? Auf deren Verhältnis zu ihm? Nein! »Alle kommen sie gern zu uns.« Damit war das Thema »Nazis im Freundeskreis« erledigt.

Grete bewährt sich als gute Köchin und aufmerksame Hausdame, Albert ist anstellig und geschickt in Robitscheks Weingeschäft. Schließlich macht ihn Paul Robitschek Ende März 1937 zum Verwalter der Sandgrube in Krems, um dort nach dem Rechten zu sehen. Auch Gretl, die jetzt mit ihm in das Kremser Weingut übersiedelt, ist glücklich. »Endlich, Albert«, sagt sie mit Blick auf ihren Bernhardinerhund, »endlich hat der Barry genug Auslauf.«

Als »Aufseher« von Robitschek und Rieger kontrolliert Herzog in der Sandgrube die Pächter, zahlt ihre Löhne und berichtet seinen Dienstherren wöchentlich über das Wachstum der Trauben. Nur manch böswillige Abfälligkeit und Mutmaßung über das Verhältnis von August Rieger und Paul Robitschek, die ihm aus den Kremser Winzerkreisen zu Ohren kommt, verschweigt er ihnen – wie etwa die aufgeschnappte provokante Frage, wer von den beiden nun der Mann sei und wer die Frau …

6

Franz Aigner und der Weingarten der Lüste

»Da der Jude widernatürlich veranlagt war,
behaupteten Gerüchte, Rieger sei des Juden Bettknabe.«
(FRANZ AIGNER, NS-ORTSBAUERNFÜHRER VON KREMS)

»Aigner, stell dir vor, der Baron und der Robitschek … in der Sandgrube … im Weingarten, auf einer Decke, nebeneinander, und tun Handerl halten … der Rieger mit nacktem Oberkörper und der Jud' nur im Unterleiberl. Gefreut haben sie sich über die Maisonne«, sagt der Weinbauer Wilhelm Heiminger und fährt fort, dass am Kopfende der grünen englischen Decke, auf der die beiden gesessen seien, ein geflochtener Picknickkorb gewesen sei und daneben ein Weinkühler, und auf einem Tablett mit Weintraubenmuster seien zwei Gläser gestanden. Zugeprostet hätten sie sich … und dann … geküsst … Und einer habe den anderen mit kleinen Brötchen und Pasteten gefüttert … »Aigner, das hat mir einer von unseren Weinbauern gesteckt. Er hat's mit eigenen Augen gesehen, hat er g'sagt! Er schwört's bei seinem Leben und seinem Augenlicht: Die zwei sind echte Warme!«

»Zwei Männer … Handerl halten … und küssen«, empört sich Franz Aigner, »das will ich mir gar nicht vorstellen …« Schon das Verhältnis eines Ariers zu einer Jüdin oder einer Arierin zu einem Juden ist jedem aufrechten Nationalsozialisten ein Graus. Aber eine Affäre zwischen zwei Männern, noch dazu einem Arier und einem Volljuden … das setzt noch eins drauf! Das ist für Aigner mehr als Rassenschande, das ist … das Letzte! Schändlich, zutiefst widerlich und verabscheuungswürdig … typisch jüdische Geilheit!

Wieviel und was jener Winzer, der Augenzeuge dieser Idylle gewesen sein will, tatsächlich beobachtet hat, wie lange und wie weit entfernt von den beiden er zwischen den Rebstöcken gestanden ist, ob er das Geschehen von seiner Position aus überhaupt hätte unbemerkt beobachten können, das war für Franz Aigner, den Kremser NS-Ortsbauernführer, nicht mehr wichtig. »Erst bei der Fronleichnamsprozession mitgehen mit den Katholen, dann Mittag essen in der ›Alten Post‹, den Führer beleidigen und dann ab auf die Decken … Eine Schweinerei!«

Immer wieder läuft diese Szene in Aigners Kopf ab. Und mit jeder Wiederholung wird seine Wut größer. Bequem haben sie sich's gemacht. Alles haben sie in die Riede oberhalb der Sandgrube getragen, nobel muss alles sein, ein Tablett mit einer französischen Einlegearbeit zum Abstellen für die Gläser. Zwei Männer, die miteinander was haben – und einer davon ein Jud'. Für die Falotten aus Wien ist alles so einfach! Da liegen sie miteinander im Weingarten, und weil sie so auf der faulen Haut liegen können, kriegen die anderen, die kleinen Hauer, keine Luft und kein Geld mehr für ihren Wein und können kein Brot für ihre Familien kaufen. Die Systemzeit muss ein Ende haben! Der Schuschnigg muss weg. Da brauch' ich gar nicht erst den Heiligen Werner anrufen, der nutzt nix. Wir Weinbauern müssen das selbst in die Hand nehmen. Was helfen die alten Legenden, die Weinheiligen. Dem Werner haben die Juden die Kehle durchgeschnitten, ein armer Bursch, ein Taglöhner. Hat der nicht auch in einem Weingarten gearbeitet? Den haben's doch auch ausbluten lassen. Die jüdischen Weinhändler sind wie Hyänen, da fließt kein Blut mehr, aber sie pressen uns aus, einen Bettel werfen sie uns hin, 30 Groschen für den Liter … und wir haben keine andere Wahl. Aber wir werden die Händler und das Kapital schon brechen. Dafür kämpf' ich, dafür bin ich eingesperrt worden. Den Kampf geb' ich nie und nimmer auf, davon lass' ich mich nicht abbringen. »Ehret die Arbeit und achtet den Arbeiter!«, hat der Goebbels geschrieben, und so wird's auch bei uns sein. Im Weingarten liegen und schmusen! Haben noch nie einen Spaten in der Hand gehabt, noch nie eine Hacke in ihren manikürten

Fingern! Wie sollten die auch zupacken. Wenn's bei uns heraußen sind, dann liegen's nur faul herum. Das ist ihr Zugang zum Wein: trinken und verkaufen. Bis es soweit ist mit den Reben … wissen die überhaupt, wieviel Angst wir da ausstehen – vor dem Frost, der Trockenheit, der Fäule … davon haben die doch keine Ahnung! Machen sich die Händ' nicht schmutzig. Kommen nur, um zu schauen, wie der Wein wächst, wie geerntet wird. Vom Rebschnitt haben sie keine Ahnung, vom Wipfeln nicht, da gibt es immer jemand, der das für sie erledigt. Dafür haben sie immer wen, so arme Tagelöhnerschweine wie den Zeiner und den Paradeiser, und die müssen kuschen. Sie ernten, wo sie nicht gesät haben, und vermehren ihr Kapital, ihren Reichtum. Doch das muss anders werden! Wenn wir an die Macht kommen, dann sollen die Kleinen endlich das Sagen haben. Ich hab's immer gesagt – und ich werd's immer sagen: Die Winzer müssen sich zusammenschließen in einer Genossenschaft. Viele Kleine sind zusammen groß. Ja: »Gemeinnutz geht vor Eigennutz!«

Im Unterschied zu den beiden feinen Herrn aus Wien ist der Franz Aigner aus Krems-Weinzierl aus einem anderen Holz geschnitzt! Er weiß, wann ein gutes Weinjahr zu erwarten ist, er spürt den Frost und den Hagel im Voraus. Und er fühlt es ganz deutlich: Jetzt steht eine Schönwetterperiode bevor, eine, wie sie das Land noch nie gesehen hat. Ein Schönwetter-Dauerhoch. Nicht nur für die Winzer, auch für die kleinen Leute. Das Wetter lässt sich nicht beeinflussen, und das Räuchern hilft nicht gegen den Frost. Aber diese Schönwetterperiode, auch die politische, die kommen wird, haben sie als Nationalsozialisten schon jahrelang herbeigesehnt und herbeigebombt. Nicht alle haben das gerne gesehen. Aber viel Zulauf haben sie bekommen, weil die von der SA es auch in Krems haben krachen lassen. Das Echo der Böllerschläge hallt noch immer in den Köpfen nach. Wie der Pfarrer von Stein so vor dem weggesprengten Portal zum Pfarrhof gestanden ist, da hat er sich wohl zum ersten Mal überlegt, ob er weiterhin den Arbeitslosen die Unterschrift unter einer Bürgschaft für deren christlich-sittliches Verhalten verweigern wird, wenn sie zu ihm kommen und um Arbeit bitten. Dass der Pfarrer über das Schicksal von Arbeitslosen entscheidet, das ist ein Skandal, das ist Diktatur mit dem Kruzifix. Und wenn einer dem Pfarrer nicht passt, dann sagt der nur: »Dich habe ich aber noch nie in der Kirche gesehen, für dich unterschreibe ich nicht!« Und der ausgesteuerte Arbeitslose steht da, ohne Einkommen, mit nichts, nur mit seiner Wut. Ja, herbeigebombt haben wir Nationalsozialisten das politische Schönwetter. Jetzt ist es nur mehr eine Frage der Zeit, von Monaten vielleicht, vielleicht nur von Wochen, bis das Hakenkreuz überall in Österreich wehen wird.

Lang schon kämpft der Aigner Franz für die Bewegung. Im September 1929 ist er der NSDAP in Krems beigetreten, der Hauptmann Leopold hat ihn angesprochen, auch der war ein Winzer, bevor er zum Militär gegangen ist. Jetzt ist er Gauleiter der illegalen NS-Bewegung. Wenn er, der Franz Aigner, abergläubisch wäre, würde er seine NSDAP-Mitgliedsnummer im Lotto setzen: 115.717. Da gibt es nicht viele, die eine so niedrige Nummer haben. Seit 1931 gehört er zum SA-Sturm 1/49 in Krems. Und vor dem Verbot der Partei ist er in SA-Uniform vor jüdischen Geschäften gestanden und hat den Kundinnen und Kunden Angst gemacht: »Kauft's nicht beim Juden!« Nach dem Verbot der Partei ist er wegen »Nationalsozialistischer Betätigung und Geheimbündelei« verhaftet und zu vier Monaten Arrest verurteilt worden. Das macht ihn nicht nur zu einem bewährten, geschätzten und wichtigen Mitglied im Netzwerk der Kremser Nationalsozialisten, sondern, als verurteilter Nationalsozialist, auch zu einem besonders verdienten Parteigenossen. Aber bald, ereifert sich Aigner, werden wir es allen heimzahlen, den Christlichsozialen, denen von der Vaterländischen Front, den Juden und – warum herumreden – den Pfaffen, diesen, wie er sie nennt, »katholischen Kuttenbrunzern«.

Aber noch heißt es für Aigner warten! Denn noch läuft alles in den gewohnten Bahnen. Die Winzer Zeiner und Paradeiser kümmern sich – wie seit Jahren schon – um die Weingärten von Robitscheks Sandgrubengut, bringen die Spritzmittel auf und düngen den Boden. Dieser Albert Herzog, »der Zwerg«, wie sie ihn nennen, oder »das Würschtl von der Sandgrube«, kontrolliert alles. Und seine Frau Gretl spaziert derweil mit ihrem Bernhardiner durch die Rieden.

In Wien geht das Leben von Gustl und Robi seinen gewohnten Gang. Sie genießen das Zusammensein, gehen in die Oper, ins Theater, ins Kino, schließen Verträge mit Wirten und Weinhändlern und lassen sich's wohl sein. Gustl wird den Sommer 1937 wieder im Hotel L'Europe in Bad Gastein und in seiner Hotelpension in Aussee verbringen. Paul wird mit seiner Mutter wieder für ein paar Wochen nach Venedig fahren, an den Lido, er wird von dort aus geschäftliche Abstecher nach Triest, zur Firma Cusin, machen und nach Split, und dann noch ein paar Tage zu Gustl nach Aussee fahren. Und noch während der Sommerfrische werden sie sich auf den Beginn der Herbstsaison in Wien freuen, auf die Gesellschaften, die Opern- und Theaterbesuche und die Ballsaison. Besonders aber auf die alljährliche Praterfahrt im Fiaker, die schon zu einer Art Ritual in ihrem Leben geworden ist. Mit ihr lassen sie, wie immer nach dem Sommer, das Vergangene hinter sich und blicken erwartungsvoll in die Zukunft.

7

Die Entmündigung

»Was wär' der Mensch ohne Rituale.«
(AUGUST RIEGER)

Das Ritual ihrer Fiakerfahrt findet meist am ersten Sonntag im September statt, zu Beginn der Wiener Herbstmesse. Schon am Vortag bestellen sie den Herrn Franz, den Fiaker, der seinen Standplatz gleich neben der Stephanskirche hat. Wenn der Herr Franz den Herrn Paul und den Herrn Baron einmal im Jahr kutschiert, dann ist das Trinkgeld immer fürstlich und der Sonntag mit dieser einen Fahrt ausgefüllt. Wenn die beiden den Herrn Franz am Kutschbock sitzen sehen, dann ist es, als wären sie aus der Zeit gefallen. Den Bart trägt er noch wie weiland seine Majestät, der Kaiser Franz Joseph. Auch seinen Modegeschmack hat die Republik nicht ändern können. Gustl und Paul mögen den Franz, weil auch sie in ihrem Herzen kaisertreu geblieben sind. Im Unterschied zu ihm haben sie sich allerdings längst mit den neuen politischen Gegebenheiten abgefunden. Die alljährliche Ausfahrt mit Franz ist daher auch fast so etwas wie eine kindische Reminiszenz. Seinen Namen, das hat ihnen der Herr Franz einmal verraten, hat er aus Verehrung seiner Eltern für den Kaiser erhalten. Denn immerhin ist er am gleichen Tag wie die apostolische Majestät geboren worden, an einem 18. August. Dieser kalendarische Zufall war für die Eltern, als treue Untertanen des Hauses Habsburg, bei der Namensgebung entscheidend.

Auch Gustl und Paul haben fast am gleichen Tag Geburtstag, im Februar, allerdings mit einem Jahr Unterschied. Gustl ist am 24. Februar 1896 und Paul am 26. Februar 1897 in Wien zur Welt gekommen. Nimmt es da Wunder, dass sie ein Paar werden mussten? Im Sternzeichen sind sie Fische. Beide glauben zwar nicht an Astrologie, lesen aber dennoch gern das Horoskop. Fische, heißt es, müssen mit dem Strom schwimmen. Oft dauere es bei Fische-Geborenen seine Zeit, bis sie ihre richtige Bestimmung im Leben finden. In der Zwischenzeit würden sie auch Übergangsberufe ausüben. Das hat August Rieger irgendwann einmal aufgeschnappt, und daher war es für ihn nie ein Problem, keinen richtigen Beruf zu haben. Ist es nicht auch eine Kunst, das Leben zu genießen? Macht nicht auch er immer wieder gute Geschäfte? Jetzt läuft es finanziell für ihn gerade nicht so gut, aber wer merkt das schon? Gut, Paul weiß davon und ein paar Freunde. Paul weiß eben immer alles über ihn. Paul ist zu ihm gestanden, als er 1934 gezwungen war, sich entmündigen zu lassen. Gustls Bruder Hans, der evangelische Pfarrer, hat alles dafür Nötige in die Wege geleitet, in die Wege leiten müssen. Gustl ist ihm jetzt noch dafür dankbar. »Entmündigung!« Ein schreckliches Wort. Gustl hat jetzt einen Vormund, den Rechtsanwalt Dr. Otto Koritschoner. Dass es der geworden ist, das wiederum hat Paul eingefädelt. Der Doktor Koritschoner ist nämlich ein Spezialist als Kurator und Masseverwalter. Er vertritt Gläubiger bei Liquidationen von Firmen. Die Kanzlei vom Koritschoner ist nur ein paar Häuser von Gustls Wohnung entfernt. Er war auch schon ein gelegentlicher Weinkunde von Paul. Auch Koritschoner hat zu diesem drastischen juristischen Schritt geraten, zumal schon die Pfändung und Versteigerung von Gustls gesamtem Vermögens drohte. Beide, der Pfarrer Hans Rieger und der Anwalt Koritschoner, argumentierten vor Gericht, »dass die vorgelegten Wechsel zur Gänze gefälscht waren. Begreiflicherweise haben diese Vorgänge Herrn Rieger außerordentlich aufgeregt und erschöpft. Der Grund ist nicht eine Geisteskrankheit pathologischer Art, sondern eine durch den Sachverhalt bedingte Maßnahme anlässlich eines schweren Betruges, der unter Ausnützung der Gutmütigkeit des Herrn Rieger verübt wurde.« Rieger erinnert sich schon gar nicht mehr, was noch alles im Gerichtsbeschluss gestanden ist. Er hat nur noch die Formulierung im Kopf: »wegen Geisteskrankheit voll entmündigt«. Im Verdrängen war Gustl immer schon Meister. Es ist ihm stets leichtgefallen, sich die Welt schönzureden. Gustl ist eben ein Operetten-Mensch. Wenn er am Klavier sitzt, seine Finger über die Tasten gleiten lässt und so vor sich hin spielt, dann glaubt er, ja, dann spürt er förmlich, dass alles in seinem Leben genauso gut ausgehen wird wie auf der Operettenbühne, und irgendwie hat das ja nach allen Turbulenzen auch immer gestimmt. Aber nicht von alleine, sondern weil stets jemand da war, der ihm die Steine aus dem Weg geräumt und seine Schulden übernommen hat. »Niemand muss das wissen, Gustl«, hat der Paul damals gesagt. Ganz tief war seine Stimme dabei, ganz langsam hat er die Worte gesetzt. »So werden keine Geschichten begonnen, Gustl, sondern Schlusssteine gesetzt. Das haben wir jetzt mit der Entmündigung geschafft, und jetzt ist alles gut.« Dabei sind sie in den wuchtigen, gepolsterten Armstühlen in Gustls Wohnung gesessen, und Paul hat Gustls Hand festgehalten. »Die Entmündigung, Gustl, hat sein müssen, sonst hättest du alles verloren. Das, was da passiert ist, wird nicht das Ende sein, glaub mir's.« Paul hat Gustl wegen dessen Schulden noch nie Vorwürfe gemacht. Aber wie hoch musste die Summe wohl sein, dass die Entmündigung notwendig war?

Mit der Inka-Filmgesellschaft hatte Gustl nämlich eine finanzielle Grenze überschritten. Wo hat er nur diesen Josef Fuchs kennengelernt? Wie hatte es der geschafft, dass ihm Gustl Deckungswechsel ausgestellt hat? Wie hatte der Gustl von seinen leuchtenden Augen geschwärmt und von seinen innovativen Ideen! Der Fuchs, hat Gustl zu Paul gesagt, habe erkannt, wie wichtig das Kino sei – und noch sein werde. Die Reichen haben ihre Kasinos, ihre Nachtlokale, ihre Rennen, Redouten und Reisen. Die Armen haben nicht viel mehr als das Kino.

Paul war nicht eifersüchtig auf Fuchs, er war sich Gustls Liebe sicher. Gustl hat geglaubt, der Josef Fuchs würde Filme machen, die den Nerv der Zeit treffen, der Fuchs hätte einen Riecher dafür. Etwa mit Südtirol: Ein Tiroler kehrt nach dem Krieg in die Heimat zurück. Überall sitzen die Feinde. Und durch sein Haus verläuft die Grenze … Die Filme vom Fuchs würden nicht nur die Sehnsucht nach Romantik bedienen, sie wären auch ein gutes Geschäft. Und der Christus-Film »Golgotha« würde ein internationales Projekt werden mit Berlin und Paris. Für die Inka-Filmgesellschaft hatte Fuchs bereits die Unterstützung des Dominikanerordens gewonnen, der für das Christus-Projekt 50.000 Schilling überwiesen hatte. Gustl ist mit Fuchs für dieses Filmprojekt zwar nicht nach Berlin und Paris gereist, aber nach Bratislava. Dort hat ihn Fuchs mit Ladislaus Schäfer, seinem Kompagnon, bekannt gemacht. Der hat dort eine Filmschule, wo vorgeblich die neuen Stars für die UFA und für Hollywood ausgebildet würden. Für den geplanten Christus-Film hat Gustl mehr als 54.000 Schilling locker gemacht und gleich auch die Bürgschaft für die anderen Film-Financiers übernommen. Wie konnte er nur so naiv sein und glauben, dass hier, finanziert durch die Fantl-Garage, einen Tapezierermeister aus Bratislava und drei bis vier Privatpersonen, ein neuer Christus-Monumentalfilm entstehen würde? Noch bevor die Inka-Film Konkurs angemeldet hat, ist der Schwindel in Bratislava aufgeflogen. Es hat mehr als fünftausend Geschädigte gegeben, die geglaubt hatten, durch die Filmschule von Ladislaus Schäfer in Bratislava zum Star zu werden. Josef Fuchs hat Gustl händeringend versichert, selbst betrogen worden zu sein. Er habe nicht gewusst, dass der Schäfer nur die Beiträge von Interessentinnen für die Schule kassiert und dabei – schändlicherweise – sexuelle Gegenleistungen als karrierefördernd hingestellt hatte. Zu diesem Zeitpunkt hätte Gustl vielleicht noch aussteigen und sein Geld von Josef Fuchs zurückfordern können, doch wenige Monate später saß der Fuchs im Gefängnis. Das Geld war weg und Gustls Traum vom Dasein als mächtiger Filmproduzent zerplatzt. Gustl fiel in tiefe Melancholie und wollte sich aus Scham das Leben nehmen. Er war voller Verzweiflung, weil er glaubte, er habe durch den Skandal seine Reputation in der Wiener Gesellschaft verloren, und in Adelskreisen sei er gänzlich unten durch. Lilli Zeigswetter, eine tiefgläubige, ebenfalls hoch verschuldete Seelenverwandte, versuchte ihn damals mit einem Brief, »geschrieben um Mitternacht«, aufzurichten: »Lieber Gustl! Ich höre, dass Du wieder in Verzweiflung bist, und da ist es meine heilige Pflicht als Deine alte

Freundin am Platz zu sein. Ich bitte Dich, lieber Gustl um Gotteswillen, tue nichts, was Du eine Ewigkeit lang bereuen müsstest und würdest! Das längste Leben ist nicht einmal wie eine Sekunde im Vergleich zur Ewigkeit! Und der liebe Gott schickt uns nicht mehr, als wir tragen können! Und wenn wir etwas gefehlt haben, so müssen wir die Konsequenzen tragen; das ist wahrer Heldenmut, und so ein Mensch steht trotz allem hoch da. Werfen wir aber das Leben von uns, so machen wir gar nichts damit gut. Es wäre ja eine neue unrechte Tat und außerdem die größte Schuld vor Gott und außerdem eine erbärmliche Feigheit! Und die Ehre? Das ist ein Begriff, den sich die Menschen selbst geschaffen haben, und das Einzige, das man nie mehr gut machen kann, ist die freiwillige Flucht aus dem Leben! Eine ganze Ewigkeit muss man dafür büßen und Qualen erleiden, die man mit den grässlichsten leiblichen und seelischen Qualen dieses Lebens nicht annähernd vergleichen kann! Denke an deine schon alten kranken Eltern! Könntest Du ihnen nach einem langen, kummervollen Leben diesen Todesstoß versetzen, selbst, wenn sie an einen Unfall glauben würden? Mamas Liebling bist ja doch Du. Glaube mir, so schlecht es mir geht, so sehr ich bis zum Hals in Schulden stecke, wenn ich den Betrag hätte, ich würd' ihn Dir sofort geben, um Dich vor einem Schritt zu bewahren, der Dir die Ewige Verdammnis eintrüge, denn Gott ist höchst gerecht und muss strafen, was wir nicht mehr sühnen können. Und die Meinung der verschiedenen Leute? An der kann einem doch wirklich nicht so viel liegen, dass man ihnen die ewige Seligkeit opfern würde! Mir zuliebe warte, bis Gott Dich abberuft, ich bitte Dich inständigst! Vertraue auf Gott, Er wird Dir helfen! Vertraue auf Maria, die ja unsere Mutter ist. Gute Nacht, mit tausend Grüßen und Küssen in alter treuer Freundschaft. Deine Lilli.«

Das Filmabenteuer war aber nicht Gustls einziges finanzielles Experiment gewesen. Bereits im Jahr 1927 hatte er sich ein kleines Hotel in Bad Aussee gekauft. Diese Investition war zumindest etwas Solides – mit Wänden und einem Dach. Und die Adresse Obertressen 28 bot einen guten Blick auf den Dachstein. Mit dieser erfolgreichen Investition konnte auch Paul etwas anfangen. In diesem Fall wusste er wenigstens, wo Gustls Geld war. Aber jetzt bei diesem Filmprojekt? Die Entmündigung war die einzige Möglichkeit gewesen, um Gustl vor den vielen, von Fuchs und Schäfer in Umlauf gebrachten gefälschten Wechseln und weiteren Gläubigerforderungen zu schützen, und ihn davor zu bewahren, weitere desaströse Geschäfte zu tätigen.

Der Christus-Film von Josef Fuchs wurde nie gedreht, und auch nicht das Heimat-Epos über Südtirol. Doch es gab eine Auferstehung für Gustl, ein Leben nach »Golgotha«. Als vorgezogenes Geburtstagsgeschenk hatte Paul seinen glücklosen und unglücklichen Filmfinancier Gustl zu einer Filmpremiere geladen. Am 30. Jänner 1936 fand in Anwesenheit von Bundespräsident Miklas und Kardinal Innitzer die Österreichpremiere des Films »Das Kreuz von Golgotha« von Julien Duvivier statt – synchronisiert von einer österreichischen Firma. Als sich die Sonne verdunkelte, die drei Kreuze sich gegen die düsteren Wolken abhoben und Blitze über die Leinwand zuckten, glaubte Gustl für einen kurzen Moment, sein Geld sei doch gut investiert gewesen. Er meinte, Szenen seines gescheiterten Filmprojekts wiedererkannt zu haben. Hatte ihm nicht Josef Fuchs genauso den Schluss des Filmes geschildert?

Paul war in seiner Liebe so großzügig, dass er Gustl, wie zur Bestätigung dieses Traums, unter dem Mantel, den sie im Kino über ihre Beine gelegt hatten, ans Knie griff und ihm tröstend den Oberschenkel streichelte. Jaja, »Fische müssen mit dem Strom schwimmen«, so war es im Jahreshoroskop gestanden, das Gustl sich ausgeschnitten hatte. Und Gustl war ein brillanter Schwimmer.

Sein Leben änderte er trotz Entmündigung nicht. Er besuchte weiterhin seine Caféhäuser, bevorzugt das Café Siller am Donaukanal, die Bars, die Oper, und manchmal mit Albert Herzog, seinem »Kleinen«, das Café Habsburg – speziell für Herren. Die Geschäfte überließ er Paul. Aber wenn er ein Geschäft anbahnte, dann musste er es – seit dem Inka-Skandal – Paul wissen lassen. Trotz alledem bewegte sich der Herrn Baron weiterhin in der noblen Wiener Gesellschaft, flink wie ein Fisch im Wasser.

Aber wie lange würden er und Paul noch in Österreich mit dem Strom schwimmen können? Noch fühlten sie sich in der politischen Mehrheit der Christlichsozialen und der Vaterländischen sicher. Kanzler Schuschnigg war für sie der Garant ihrer Sicherheit. Gegen den Strom schwammen nur die Nazis, die Sozialdemokraten und die Kommunisten. Die Kaisertreuen verhielten sich abwartend und nährten ihre Illusionen auf eine Rückkehr der Erzhauses.

Was die Nationalsozialisten betraf, da beruhigte Gustl seinen Robi immer: Das mit den Nazis und dem Antisemitismus, dem Judenhass, das werde schon nicht so schlimm werden, auch wenn die Nazis in Österreich das Regiment übernähmen. Das habe ihm auch der Ferdinand Schmidt von der Polizeidirektion versichert. »Paul, unser Freund Ferry ist zwar ein Nazi, ein illegaler NSDAPler und SSler, und trotzdem bestellt er seinen Wein nur bei dir, und das seit Jahren. Wein kennt eben – Gott sei Dank – keine Politik. Wein verbindet, und bei einem guten Tropfen verschwimmen alle Grenzen.« In der Tat liebte Dr. Ferdinand Schmidt den Veltliner aus Paul Robitscheks Kremser Sandgrube und freute sich jedes Mal, wenn er von Paul und Gustl mit seinen Freunden zur Weintaufe in den Kremser Keller eingeladen wurde. In wenigen Wochen ist es wieder so weit. »Anfang November, Paul, da werden der Ferry Schmidt, der Ingenieur Gratzenberger, der Sobolak, auch ein Illegaler, ein SSler, und der Alteneichinger wieder zu uns in die Sandgrube zu einer Kellerpartie kommen. Hoch wird's wieder hergehen, Paul, lustig wird's werden, der Albert wird der Mundschenk sein, und sicherlich werden alle wieder über Nacht bleiben. Und am Sonntag, wenn wir alle einen schweren Schädel und einen sauren Magen haben, wird anständig gefrühstückt, und die Gretl wird im Dirndl ihren Schweinsbraten mit Knödeln servieren. Na, Paul, sind das nicht schöne Aussichten? Ist das nichts zum Freuen? Trübsal blasen, lieber Paul, das bringt auch nix.«

8

Vor dem Abgrund

»Jeder Mensch hat eine Lebensberechtigung, ob er weiß,
gelb oder schwarz ist. Es darf sich daher keiner überheben,
keiner besser dünken und sich mehr einbilden.
Nicht nach den Parolen Hitlers. Ich war nie ein Freund
der Politik, diesmal habe ich mich hinreißen lassen,
meine Meinung zu äußern.«
(PAUL JOSEF ROBITSCHEK, TAGEBUCH)

Das Wetter für die Praterausfahrt 1937 ist ideal. Wolkig bei
23 Grad. Gewitter werden Wien erst in der Nacht erreichen,
Westwind weht, ein gutes Zeichen. Der Sommer am Meer, in
Bad Gastein und Aussee war schön gewesen, und auch mit
dem Fiaker in den Prater zu fahren, ist immer schön. Aber am
ersten Sonntag im September, wenn die Herbstmesse eröffnet
wird, ist es am schönsten. Gustl und Robi werden auf alle Fälle
die Lebensmittelabteilung und die Erfindermesse in der Rotunde besuchen.

Heute fahren sie nur zu zweit von der Praterstraße 46 los,
und sie sind schweigsamer als sonst. Erzsi Farkas ist zwar gerade
zu Besuch aus Budapest in Wien, hat aber keine Zeit mitzukommen. Verwandtenbesuche. Ebenso wenig Pauls Mutter.

Als sie in den Fiaker einsteigen und losfahren, weiß Paul
nicht, ob er Gustl von dem Vorfall erzählen soll, der ihn mehr
als nur erschreckt hat. Seit einigen Tagen fühlt er sich beobachtet und irgendwie verfolgt. Seit Donnerstag hat er dieses un-
gute Gefühl. Da ist ihm was Seltsames vor der Kellerei in der
Heiligenstädterstraße widerfahren. Ein junger Bursch, dem er
zuvor noch nie begegnet ist, ist gradewegs auf ihn zugegangen.
Als er auf der gleichen Höhe mit Paul war, hat er sich vor ihn

hingestellt, ihm direkt vor die Füße gespuckt und ohne Scheu deutlich vernehmbar gerufen: »Heil Hitler! Saujud, dreckiger!« Dabei hat er ihn angefunkelt, als würde der Beschimpfung gleich ein Faustschlag folgen. Paul war so geschockt, dass er gar nicht mehr darauf geachtet hat, wohin der junge Mensch danach verschwunden ist. Kurz hat er überlegt, ob er wirklich als Jude sofort erkennbar war. Er trug doch keinen Hut, keine Kippa, er hat keine Beikeles, keine Hakennase. Keines der Nazi-klischees trifft auf ihn zu, die der »Stürmer«, dieses grässliche Nazi-Hetzblatt von Julius Streicher, das man hie und da auch in Wien sieht, ständig verbreitet. Und doch wusste ihn ein wild-fremder, offenbar nationalsozialistisch gesinnter junger Mann sofort einzuordnen und ihm gehörig Angst zu machen. Paul be-griff die Szene nicht. Er geht mit Gustl ab und zu in die Kirche, in die Synagoge, er trägt in Krems auch gerne den Kalmuck, die Winzerjoppe, und in Aussee, wenn er mit seiner Mutter in der Pension vom Gustl logiert, Lederhose und Bergschuhe, und er liebt Wagner-Musik, wenngleich er den »Ring« nur alle zwei, drei Jahre sehen muss. Waren Gustl und er in den letzten Jah-ren zu gutgläubig gewesen? Waren sie blind gewesen? Paul hatte seinen Bruder Leo nicht verstanden, der 1933 nach Palästina ausgewandert war. Für sich selbst hatte er keinen Grund zum Auswandern gesehen. Warum sollte er? Er liebt Wien, Wien ist seine Heimat. Er ist hier geboren und aufgewachsen. Er ist, das beansprucht er für sich, Wiener und glühender österreichischer Patriot.

Die Nazi-Exzesse der letzten Zeit, die sich vornehmlich gegen Juden, aber auch gegen politisch Andersdenkende, rich-ten, haben ihm und Gustl die Augen geöffnet und den Blick dafür geschärft, auf welch gesellschaftlich und politisch dün-nem Eis sie sich während der letzten Jahre bewegt haben. Sie hatten die Risse in der Oberfläche nicht gesehen, nicht sehen wollen. Jetzt fielen ihnen Zeichen und Szenen ein, die sie schon vor Jahren, ja Jahrzehnten, hätten stutzig machen sollen. Immer hatten sie weggehört, ja manchmal sogar mitgelacht, wenn in ihrer Anwesenheit Witze über Juden oder Homosexuelle gemacht wurden. Gleich nach dem Weltkrieg, im Sommer 1919, hatte der »Deutschösterreichische Schutzverein Antisemitenbund« in der Leopoldstadt immer wieder zu Pogromen aufgerufen, und Vereinsmitglieder hatten, mit Spazierstöcken bewaffnet, einen bedrohlichen Bummel entlang des Donaukanals gemacht. Bald danach sind die Nationalsozialisten aufgetaucht, haben ihre Zeitungen im Bezirk verteilt, um die nichtjüdischen Bewohner gegen ihre jüdischen Nachbarn aufzuhetzen. Im Dezember 1929 hatte August Rieger in seinem Kalender »Verschwender / Krawall Produktenbörse« notiert. Als sie von der Aufführung des »Verschwenders« im Volkstheater nach Hause kamen und an der Taborstraße 10 vorbeifuhren, sahen sie einen großen Menschenauflauf. Beim »Café Produktenbörse« waren die Fensterscheiben eingeschlagen, auf der Straße lagen Schlagstöcke, einige Männer lehnten mit blutverschmierten Gesichtern an der Hausmauer. Die Uniformen konnten Gustl und Robi nicht sofort erkennen. Bei einer der obligaten Weihnachtsfeiern, die August Rieger zu geben pflegt, hatten sie auch über diesen Vorfall gesprochen. Und ein Journalist hatte gemeint, von einem Pogrom könne in diesem Fall keine Rede sein. Die Heimwehrmänner hätten sich eben nur geärgert, dass sie nicht bedient worden wären. Die demokratischen Zionisten hatten im Café eine Versammlung abgehalten, ein Referent berichtete über den Antisemitismus in der Sowjetunion. Und dann schlugen die Heimwehrmänner das Lokal kurz und klein. Man sollte glauben, man hätte mit den Roten und den Nazis zumindest gemeinsame Feinde. … Die Politik schien Gustl und Robi eben zu kompliziert und wäre doch so einfach zu verstehen: Wenn es gegen die Juden geht, ist alles andere zweitrangig.

Drei Jahre später wurde ein jüdisches Bethaus in der Großen Sperlgasse gestürmt und verwüstet. Mit Stahlruten haben die Nazis auf die Betenden eingeschlagen. Letztes Jahr, als Paul und Gustl an einem Sonntag mit dem Fiaker in der Hauptallee zum Lusthaus auf eine Nachmittagsjause unterwegs waren, haben sie ein paar Juden mit Schläfenlocken in schwarzen, zerschlissenen Mänteln auf einer Bank sitzen gesehen. Jugendliche Nazis mit

Hakenkreuzarmbinden und einem Megaphon haben sich von hinten an sie herangeschlichen und dann »Juden raus!« gebrüllt. Die offensichtlich bettelarmen Kerle sprangen in Todesangst auf und rannten davon. »Haut's ab, ihr dreckigen Kaftanjuden!«, haben ihnen die Halbwüchsigen nachgerufen und sich dabei gebogen vor Lachen. Als Paul und Gustl Zeugen dieser Szene wurden, widerte sie diese Attacke zwar an, aber sie taten sie doch noch als Streich von dummen Rotzlöffeln ab. Aber heute, im Herbst 1937? Seit der Szene vor dem Kontor scheint es Paul, als säße jetzt er auf jener Bank. Ob sich Gustl wohl noch an die damalige Szene erinnern wird, wenn sie gleich an dieser Bank vorbeikommen werden?

Doch als sie an ihr vorüberfahren, spricht Gustl nur über das neue Max Reinhardt-Gastspiel, über die nächsten Einladungen, über die neueste Mode, über die bevorstehende Weinernte in der Sandgrube und in der Steiermark und über die Ballsaison, kurzum: Er redet über alles, nur nicht über Politik, die von Tag zu Tag komplizierter und unübersichtlicher wird. Welche Partei sollten sie unterstützen? In ihrem Herzen wissen sie es, aber das Haus Habsburg steht öffentlich nicht zur Debatte. Außerdem ist Politik nicht gut fürs Geschäftemachen. Die längste Zeit gab es einfach zu viele Gruppierungen. Jetzt ist es wieder einfacher geworden, in der Vaterländischen Front ist alles unter einem Dach, aber vorher gab es den Landbund, die Christlichsozialen, die Heimwehr. Zu Kaisers Zeiten hat Ruhe geherrscht. Manche haben gesagt, es sei eine »Friedhofsruhe« gewesen, aber Nazi-Exzesse gegen Juden hat es nicht gegeben.

Vieles ist auch an ihnen vorbeigezogen, ohne dass sie es richtig mitbekommen hätten: Schlägereien, verhinderte Bombenanschläge, verwüstete Synagogen. Alles ist in ihrer Nachbarschaft passiert, und doch schien der Judenhass bis jetzt weit weg zu sein und nichts mit ihnen zu tun zu haben. All das waren nur Zeitungsmeldungen, die sie nicht betrafen.

Als der Fiaker schon nahe dem Lusthaus ist, überlagern freundlichere Erinnerungen Pauls düstere Überlegungen. Der Automobil-Blumenkorso kommt ihm in den Sinn. Hatten er und

Gustl nicht fünf- oder gar sechsmal daran teilgenommen? Mit dem geschmückten Auto waren sie immer Anfang Mai durch die Praterallee gefahren, auf der sie jetzt der Herr Franz kutschiert. Links und rechts ein Spalier applaudierender Zuschauer. Die letzte Triumphfahrt liegt erst drei Monate zurück. Heuer hat Gustl zum Schmücken seines schwarzen Renaults körbeweise blauen Enzian und Almrausch aus Aussee mitgebracht. Erszi und Gretl haben die Blumen auf der Kühlerhaube angebracht. Damit alles wie frisch von der Alm aussah, waren die Blumen samt dem Wagen in einem Kühlhaus abgestellt worden. Die Farben der Blumen leuchteten wie ein Bergsee aus blauem und grünem Licht. Dieser Blumenschmuck war eine Erinnerung an den ersten Blumenkorso, an dem Paul und Gustl teilgenommen hatten. Nach dem Krieg, im Jahr 1925, ist die Tradition des Blumenkorsos wieder aufgenommen worden. Das war auch der erste Korso, bei dem nicht Kutschen, sondern Autos den Ton angegeben haben. Zwei Jahre später konnten Paul und Gustl im Wagen des Weinhändlers Adolf Blau mitfahren. Damals hat das Auto vom Adi Blau den Dritten Preis gewonnen. Blaus Wagen ist unmittelbar hinter dem von Richard Gerin die Praterallee hinuntergefahren. Die Angestellten von Blau haben sich mit Flieder und Schneeball viel Mühe gegeben. Doch hinter dem Wagen von Richard Gerin sah er fast mickrig aus. Gerins Fahrzeug war unter dem Blumenschmuck gar nicht mehr erkennbar. Enzian und Almrausch, das hat der Kletterer, Fußballer, Bobfahrer und Skiläufer sicherlich alles selbst gepflückt, meinten die Damen neben Paul und Gustl damals. Der Richard Gerin – was für ein Bild von einem Mann! Im Krieg mit zahlreichen Tapferkeitsmedaillen ausgezeichnet, stattlich, durchtrainiert, ständig ein Lächeln im Gesicht, von den Damen umschwärmt. Hat immer eine gute Figur gemacht – ob im Skipullover oder im Smoking am Opernball. Der Gustl hat sich an ihm gar nicht sattsehen können und ist nach dem Korso sogar zu ihm hingelaufen, um Autogramme zu holen, eines für sich und eines für Erszi.

Bei diesem Blumenkorso hatten sie auch den Wagen von Friedrich Goldstein ins Schlepptau genommen, einen »Perl«. Ja, ein »Perl« aus der Fabrik in Liesing ist zuverlässig, wohlfeil und zeichnet sich durch geringe Betriebskosten aus. Immerhin sind die meisten Taxis in Wien »Perls«. Die Taxis fahren, aber der Wagen vom Goldstein wollte nicht anspringen. Er hat ihnen leidgetan, aber ein Abschleppseil hat Goldstein wieder ein Lächeln ins Gesicht gezaubert. Bis heute sind sie mit ihm in Verbindung, eine Glasschleiferei betreibt er in der Schmalzhofgasse 18. Beim Goldstein hat Robi auch die Freundschaftsbecher gravieren lassen. Seither trinkt Gustl bei feierlichen Anlässen aus dem Pokal mit dem Schriftzug Paul und Paul aus jenem, auf dem August steht. Im Februar mit den Pokalen bei einem gepflegten Essen anzustoßen, ist seither ihr Geburtstagsritual.

Beim Blumenkorso zwei Jahre später sind sie hinter dem Auto der Gräfin Olly von Götzen gefahren. Die Fünf-Uhr-Tees der Gräfin in der Prinz-Eugen-Straße oder in Hietzing sind immer etwas Besonderes. Zweimal war Gustl mit Robi bei der Gräfin eingeladen gewesen und beim letzten Mal, es ist gerade ein Jahr her, haben sie diesen Essad Bey kennengelernt. War der jetzt Jude oder Moslem? Ein Jude, der Moslem wurde, ein Schriftsteller und noch dazu ein schöner Mann. In Deutschland war für ihn jetzt kein Platz mehr, aber immerhin hat er ein nobles Quartier in Wien gefunden: Kärntner Ring 15. Keine schlechte Adresse. Da würde auch Gustl gerne wohnen.

Gustl und Robi jedenfalls waren für den Herbst 1937 gerüstet. Zum »Rheingold« am Dienstag würde August Rieger eine neue schwarz-weiße Fliege zum Smoking tragen. Nach den Farben der letzten Saison war auch bei Frauen nun schwarz-weiß en vogue. »Du hast hoffentlich nicht vergessen? Am Dienstag haben wir unser Abonnement in der Staatsoper. Wir beginnen wieder einmal mit dem ›Ring‹.« Gustl plante stets das Kulturprogramm für beide. Er liebte Wagner, und Paul teilte seine Leidenschaft, wenngleich nicht mit derselben Heftigkeit. Die nächste Woche würde also Wagner gewidmet sein. Zum Glück liegt diesmal zwischen den Vorstellungen jeweils ein Tag. Gustl Rieger und der Wälsungenruf, der Liebestod oder Wotans Abschied von Brünhilde …
Im Dunkel der Oper tastet er bei diesen Musikpassagen immer

vorsichtig nach Robis Hand, etwa dann, wenn Alberich der Liebe entsagt, wohl um sich zu vergewissern, dass dieser Liebesverzicht nur für die Sänger auf der Opernbühne, aber nicht für ihn gilt.

Gustl verehrt für Josef Kalenberg. Leider singt der diesmal nur den Loge. Keiner stirbt als Siegfried so vollendet wie er. Auf dem Klavier in Riegers Wohnung in der Praterstraße steht ein Foto von Kalenberg als Siegfried im weißen Rüschenhemd, mit einem fast weiblichen Lockenschwung in seiner Ponyfrisur. Eine gewisse Ähnlichkeit mit August Rieger ist nicht zu verkennen. Als wären sie Brüder. Kalenberg ist Gustls Schwarm. Paul weiß, dass Gustl deren viele hat, die Kultur bietet zahlreiche Möglichkeiten, aber weil Gustl in gewisser Weise von ihm abhängig ist, gibt das Paul eine Sicherheit, die ihn immun macht gegen Eifersucht.

Kurz vor der Rotunde fällt August Rieger ein großes, bisher unerfülltes Wunschbild ein: Pauls Auto beim Blumenkorso, geschmückt mit Eichenlaub, und im Wagen steht Josef Kalenberg als Siegfried und daneben Gustl mit Hut und Augenklappe als Wotan. Vielleicht wäre auch noch Platz für einige Rheintöchter … Gretl vielleicht, vielleicht Erszi, oder gar – dabei schmunzelt er – Albert, sein »Kleiner«? Vielleicht, hofft Gustl, wird er demnächst bei einer Gesellschaft wieder mit Kalenberg ins Gespräch kommen können, vielleicht können sie beim nächsten Blumenkorso mit dieser Wagner-Szenerie für neidische Blicke sorgen. Als Gustl dem Albert Wochen später von seinem Fantasiebild erzählt, lacht der nur und sagt: »Gustl, du hast vielleicht Vorstellungen!«

Als der Herr Franz sie am Abend nach Hause kutschiert, ahnen Gustl und Robi nicht, dass sie gerade die allerletzte gemeinsame Praterfahrt ihres Lebens unternommen und in der Rotunde ihren letzten Rundgang gemacht haben, denn zwei Wochen später wird das Ausstellungsgelände durch einen Brand vernichtet und für immer aus dem Stadtbild von Wien verschwunden sein, und Lotte Lehmann, die mit Kalenberg in Wagners »Ring« auf der Bühne stand, wird zum letzten Mal als Sieglinde in Wien aufgetreten sein.

Die drei Monate bis zum Jahreswechsel vergehen rasch. In der Praterstraße beobachtet Gustl vom Fenster aus wie sich das Laub der Bäume prachtvoll verfärbt, wie es braun und welk wird und wie nach und nach die Herbststürme die toten Blätter von den Ästen wehen. In der Sandgrube in Krems überwacht Albert Herzog die Traubenlese, das Pressen und das Füllen der Fässer mit dem frischen Traubensaft. Allerheiligen geht mit Friedhofsbesuchen ins Land. Gustl legt am Matzleinsdorfer Friedhof Blumen auf das Familiengrab und Paul einen Stein auf das Grab seines Vaters am Zentralfriedhof in der Israelitischen Abteilung. Am 11. November feiern sie ausgiebig den Faschingsbeginn und essen Martinigansl. Die Kellerpartie in der Sandgrube mit Schmidt, Gratzenberger, Sobolak und Alteneichinger war wieder ein voller Erfolg. Am Heiligen Abend sind Gustl, Paul, dessen Mutter, Albert und Gretl dann ergriffen vor einem großen, prächtig geschmückten Christbaum gestanden, geschmückt mit Kerzen, Silberkugeln und glitzerndem Lametta, unter dem, in schönes Papier verpackt, Geschenke für alle lagen. Der Bescherung folgte ein opulentes Essen. Danach ging es noch zur Mitternachtsmette in den Stephansdom. Aber ebenso haben sie gemeinsam Chanukka, das jüdische Lichterfest, gefeiert. Am letzten Tag des Jahres 1937 brauste ein heftiger Schneesturm über Wien hinweg, und Tausende Arbeitslose jubelten, weil sie mit dem Schneeschaufeln wenigstens ein paar armselige Schillinge verdienen konnten.

Das neue Jahr 1938 wurde von der Pummerin eingeläutet und mit einem Riesenfeuerwerk begrüßt. In den Theatern und Kinos, in den noblen und proletarischen Gaststätten wurde der Jahreswechsel mit Champagner, Sekt, Wein und Bier ausgiebig begossen. Auf Seite eins der »Wiener Neuesten Nachrichten« wünschte der Vorstand der Pan-Arischen Union allen Mitgliedern, Freunden und Gönnern im In- und Ausland ein glückliches neues Jahr. Der Opernball 1938 war wie stets ein rauschendes Fest. Gustl hat dort Kanzler Schuschnigg und Bundespräsident Miklas persönlich seine Reverenz erwiesen und – verspätet zwar – Neujahrsglück für alle ihre kommenden Entscheidungen gewünscht, hat mit in- und ausländischen Adeligen und Diplomaten Smalltalk geführt, beseligt zahllose Damenhände geküsst und etliche Walzerrunden gedreht.

Die Ballsaison ist auch die Zeit, in der Paul die alljährliche große Geschäftsreise durch Österreich plant. »Das Geldverdienen«, sagt Paul zu Gustl, »darf trotz aller Vergnügungen nicht zu kurz kommen, denn der 1937er-Veltliner der Sandgrube lagert bereits fertig in Fässern und Flaschen und ist bereit zum Verkauf. Gustl will Paul begleiten, doch Paul lehnt ab und meint, es sei wichtiger, dass Gustl sich in Wien um das Geschäft kümmere, jetzt, wo alle jungen Weine sicherlich reißenden Absatz finden würden. Und so ist Paul Josef Robitschek Ende Februar alleine aufgebrochen und mit der Bahn nach Vorarlberg gefahren. Und Gustl wartete währenddessen in Wien sehnsüchtig auf Pauls täglichen Anruf und auf seine Rückkehr.

9

März 1938: Finis Austriae

»*Zur Zeit der Revolution weilte ich in Innsbruck*
auf einer Geschäftstour.«
(PAUL JOSEF ROBITSCHEK, TAGEBUCH)

Paul Josef Robitschek schaut in seinen Taschenkalender und
dann auf die Uhr. Freitag, der 11. März 1938, kurz vor halb acht
Uhr abends. Der Tag war alles andere als beschaulich verlaufen,
und er ist froh, dass seine Geschäftsreise in den Westen Österreichs endlich vorbei ist. Diesmal waren die Abschlüsse für den
neuen Veltliner der Sandgrube Krems eine Qual. Jetzt, alleine im
Erste-Klasse-Abteil des Expresszugs von Innsbruck nach Wien,
fühlt er sich erschöpft und verlassen. Kopf- und Rückenschmer-
zen peinigen ihn, die rechte Niere tut ihm weh, der Hals schmerzt,
weil die Mandeln wieder einmal geschwollen sind. Längst schon
hätten sie entfernt werden sollen. Auch das wechselhafte März-
wetter, einmal regnerisch kalt, dann wieder sonnig und föhnig
warm, sowie seine beginnende Zuckerkrankheit haben ihm stark
zugesetzt und ihm wiederholt Herz- und Kreislaufbeschwerden
bereitet. Der Zug hätte bereits vor gut zwei Stunden losfahren
sollen. Aber die Abfahrt wird einfach nicht freigegeben.

Eine Woche war er in Vorarlberg unterwegs, hat Wein an
Kunden geliefert und Rechnungen kassiert. Ein Tag war trost-
loser als der andere gewesen. Jeden Abend hat er sich matt und
missgelaunt zu Bett gelegt, aber kaum geschlafen. Meist hat er
sich die Nacht hindurch im Bett unruhig hin und her gewälzt
und ist morgens wie gerädert aufgestanden. Mit vielen Kunden
hat er Ärger gehabt und mit manchen heftige Auseinanderset-
zungen. In Dornbirn etwa mit Ernst Janner vom Gasthaus »Zum
Hirschen«, der auch mit Wein handelt. Janner hat ihn beschul-

digt, minderwertigen, zu säurehaltigen Wein geliefert zu haben. Zudem hat Janner zu Robitschek gesagt, er sei zum gänzlich falschen Zeitpunkt gekommen. Er habe überhaupt kein Geld, um die offenen Rechnungen zu begleichen, denn eigentlich sei er schon seit Monaten zahlungsunfähig. Auch wisse er gar nicht, ob und wie lange er noch das Hotel weiterführen könne. Aber selbst, wenn er Geld hätte, für Robitscheks minderwertiges Judengepantsche würde er, Janner, nichts bezahlen. Wenn Robitschek sich mit zwanzig Prozent der Summe begnüge, dann würde seine Frau dafür eine Bürgschaft unterschreiben. Wenn nicht, gehe er eben in Konkurs. Auch das Treffen mit Josef Pfanner, einem anderen Geschäftsmann aus Dornbirn, endete im Streit. Als es ans Zahlen ging, war Pfanner der ursprünglich vereinbarte Literpreis plötzlich zu hoch. Andere Vorarlberger Kunden wollten Zahlungserleichterungen. Robitschek hat sie ihnen gewährt. Nur wenige haben anstandslos bezahlt. Hätte er nicht ein paar neue Kunden gewonnen, die Tour durch Vorarlberg wäre ein reines Verlustgeschäft geworden. Von Dornbirn ging die Reise dann nach Innsbruck, um dem »Hotel Central« eine Waggonladung Wein und Cognac zu übergeben. Das »Central« war die letzte Station dieser Geschäftstour – und die ihm widerwärtigste.

In die Ecke des Zugabteils gedrückt, schaut Paul müde aus dem Fenster. Erst jetzt, wie er so dahockt und ungeduldig auf die Abfahrt des Zuges wartet, spürt er, wie viel Kraft ihn diese Tage in der Enge der österreichischen Provinz gekostet haben. Besonders die Aufregungen des heutigen Abreisetages.

Hier, so allein in Innsbruck, hat er gespürt, wie sehr er Wien vermisst, das Großstädtische, seine Freunde, die Kino-, Opern- und Theaterbesuche mit seinem geliebten Gustl und dem kleinen Herzog. Vor allem aber vermisste er sein »Mutterl«, sein »Ein und Alles«. Von allen Menschen, die Paul kennt, ist sie es, die ihn immer am besten trösten kann, wenn er schlechte Laune hat, bedrückt ist und niedergeschlagen, oder wenn die Geschäfte nicht gut laufen, wie jetzt eben. Sie ist immer guten Mutes und voll Zuversicht. Stets findet sie die richtigen Worte zur Aufhellung seiner Stimmung. Wie gerne hätte er jetzt ein paar liebevolle Worte von ihr gehört oder eine Berührung von Gustl gespürt. Der hätte ihm den Arm um die Schultern gelegt und ihn an sich gedrückt. Wohl hat Paul mit beiden täglich telefoniert, aber die Ferngespräche waren nur ein schwacher Ersatz. Gott sei Dank würde er morgen wieder in seinem geliebten Wien sein, bei Gustl und seiner »Frau Mamá«. Durch das Zugfenster beobachtet Robitschek im Dämmerdunkel ein hektisches Treiben auf den Bahnsteigen.

Großen Anteil an seinem augenblicklichen Unwohlsein und seiner Bedrücktheit hat der Geschäftsbesuch im »Hotel Central«. Seit seiner Ankunft musste er sich mit dem Hotelier Falkner herumstreiten. Noch jedes Mal, seit er mit ihm geschäftlich in Verbindung steht, hat ihm Falkner bei der Übernahme einer Weinlieferung Schwierigkeiten gemacht. Auch diesmal wieder. Falkner, ein gebürtiger Wiener, hat 1928, vor zehn Jahren, das »Hotel Central« übernommen und darin ein Alt-Wiener Kaffeehaus eingerichtet, um, wie er immer stolz betonte den Innsbruckern ein wenig von dem Charme, dem Flair und dem Kosmopolitischen der Wiener Kaffeehäuser zu bieten. Doch von Internationalität und Weltläufigkeit hatte Robitschek nie etwas bemerken können. Für ihn war das »Central« lediglich der tirolerische Abklatsch eines Wiener Kaffeehauses, ein Kosmos, in dem sich engstirnige, älplerische Naturen um Wiener Kaffeehaustischchen drängen. Bei seiner Ankunft vor acht Tagen hatte ihn der Rezeptionist gebeten, kurz Platz zu nehmen und zu warten, der Herr Direktor Falkner käme bald. Robitschek möge sich die Wartezeit mit Kaffee und Zeitunglesen verkürzen. Der Kaffee ginge natürlich auf Kosten des Hauses.

Und Robitschek hatte Platz genommen, hatte sich Kaffee servieren lassen und begonnen, Zeitungen durchzublättern. Er hatte auch zu lesen versucht. Aber die Gäste am Nebentisch unterhielten sich so laut, dass er sich nicht konzentrieren konnte. Lautstark hatten sie von Deutschland geschwärmt, wo wirtschaftlich und politisch alles besser sei als hier in Österreich, weil dort der Hitler und die Nationalsozialisten regierten. Und sie meinten zu wissen, wer an der seit Jahren andauernden politischen und wirtschaftlichen Misere in Österreich schuld war: ihr unsäglicher Tiroler Landsmann, der amtierende Bundeskanzler Kurt Schuschnigg, die Katholischen und natürlich die mit Schuschnigg und seiner Regierung verbandelten Juden! Erlösung von dieser christlich-verheuchelten und verjudeten österreichischen Diktatur sei nur von Hitler und den Nationalsozialisten zu erwarten. Auch in Österreich müssten endlich – wie in Deutschland – klare Worte gesprochen und mit dem Judengesindel aufgeräumt werden. Alle Parteien hat der Hitler aus Deutschland hinausgefegt – die Kommunisten, die Sozialisten, die Unionisten, die Christlichen, und wie dieses demokratische Gesocks sonst noch geheißen hat. Ja, der Adolf hat in Deutschland ein wahres Wunder vollbracht! Er hat die zerstrittenen Deutschen unterm Hakenkreuz geeint und zu einer verschworenen Volksgemeinschaft gemacht. Er hat ihnen nach dem verlorenen Weltkrieg wieder ihre Ehre zurückgegeben. Er hat Deutschland wieder groß gemacht. Deutschland ist wieder wer in der Welt. Das hat man bei der Olympiade 1936 gesehen. Alle waren sie in Berlin. Aus der ganzen Welt. Sogar die Franzosen haben beim Einzug ins Olympiastadion dem Führer mit gestrecktem Arm den Deutschen Gruß entboten. Seit Hitler an der Macht ist, muss sich niemand mehr schämen, Deutscher oder Deutsche zu sein. Und schließlich seien ja auch die Österreicher Deutsche … irgendwie …

Robitscheks Tischnachbarn hatten sich in Rage geredet. Vor allem habe der Adolf in kürzester Zeit die Arbeitslosigkeit in Deutschland abgeschafft. Er hat eben eine anständige Beschäftigungspolitik gemacht. Niemand hungert mehr, niemand muss mehr aus Not den Gashahn aufdrehen. Die Schlote der Stahlwerke rauchen wieder. Die Autobahn wird gebaut. Die Armee wird aufgerüstet. Deutschland hat die besten Panzer der Welt, die schnellsten Flugzeuge, die größten Bomber, Kanonen und Schlachtschiffe. Auch der Soldat ist wieder wer in Deutschland. Militärisch können sich da alle anderen Länder eine Scheibe abschneiden von der Deutschen Wehrmacht. Und der Hitler ist mit allen undeutschen Elementen Schlitten gefahren, nicht nur mit den krummnaserten Juden, diesen Ganoven. Nein, auch mit den

Kommunisten und Sozialisten, diesem arbeitsscheuen roten Gesindel, das nach dem Krieg jahrelang in den Städten immer nur Krawall gemacht hat. Und seit die Nürnberger Rassengesetze in Deutschland gelten, sind die Juden keine Mitbürger mehr, keine Volksgenossen. Nur noch geduldete Fremde. Die Nazis haben sie aus den Ämtern gejagt, und in der Politik und der Wirtschaft haben sie nichts mehr zu sagen. Nicht wie hier, in Österreich. In Deutschland haben sie den Zeitungs-Juden, diesen Volksverrätern, schon das Lügenmaul gestopft und die jüdische Lügenpresse zusammengestutzt. Und für alle übrigen unbelehrbaren Schmarotzer gibt's in Bayern einen besonderen Ort: Dachau. Dort bringt man, wie man hört, den Arbeitsscheuen, den Tachinierern, den Taugenichtsen, den Homosexuellen, aber auch den Juden, diesen Volksschädlingen, in der gesunden bayrischen Luft endlich das Arbeiten bei. Dort lernen sie zum ersten Mal wirkliche Arbeit kennen. Nur ehrliche Arbeit für die deutsche Volksgemeinschaft macht frei.

Ja, so ein Konzentrationslager wie in Dachau, das sei schon eine gute Sache. Auch in Österreich täte man so ein Lager brauchen, in dem die krummen Lebenswege der Volksschädlinge wieder geradegebogen werden. Wenn der Hitler eines Tages kommt – und kommen wird er, da fährt die Eisenbahn drüber – dann wird's garantiert auch in Österreich so ein Lager für alle asozialen Schmarotzer und arbeitsscheuen Juden geben. Die fleißigen und anständigen Volksgenossen und -genossinnen haben dagegen nichts zu befürchten. Für die gibt's in Hitlers Tausendjährigem Reich genügend Arbeit bei gutem Lohn. Am Bau, in der Rüstungsindustrie. Und wenn der Adolf erst einmal da ist, dann wird's mit Österreich auch wieder aufwärtsgehen und alles wird so gut werden wie in Deutschland! Eine regelrechte Arbeitsschlacht würde geführt werden, wie im Reich. Man muss ja nur in den »Völkischen Beobachter« oder den »Stürmer« schauen. Ja, den Hitler, den hat die Vorsehung den Deutschen geschickt. Er ist ein Gottgesandter wie unser Herr Jesus!

Robitschek hatte versucht, sein entsetztes Gesicht so gut wie möglich hinter der Zeitung zu verbergen. Beschmutzt hatte er sich gefühlt von diesem Gegeifere. Sogar jetzt noch, im Zugabteil, ist er schockiert und fassungslos; und immer noch brennt in ihm ein Gefühl der Scham, dass er so feige war und kein Wort gesagt hat. Er war einfach nur froh gewesen, dass die Gäste am Nachbartisch nicht wussten, dass er Jude war. Ihr dummdreistes, gehässiges Gerede hatte ihn zur Tagebuchnotiz veranlasst, das »Central« sei nichts anderes als ein »Nazi-Hotel« und Innsbruck ein »Nazi-Nest«.

Schließlich ist Falkner an Robitscheks Tisch erschienen. Gönnerhaft hat er ihm auf die Schulter geklopft und ihn laut und lachend begrüßt: »Na, Robitschek, Sie alter Jud', woll'n S' mich wieder einmal über's Ohr hauen! Scherz beiseite, Robitschek, und nix für ungut!« Diese witzelnde Niedertracht hatte die Blicke der Umsitzenden auf Robitschek gezogen. So dick die Haut auf Pauls Seele mit den Jahren im Geschäftsleben auch geworden war, es war ihm nie gelungen zu ignorieren, wie zutiefst es ihn beleidigte und kränkte, als Jude und Geschäftsmann ständig unter dem Generalverdacht zu stehen, ein Ganove, ein Gauner zu sein, nur darauf bedacht, seine nichtjüdischen Geschäftspartner zu betrügen.

Die Wein- und Cognaclieferung hatte er mit Falkner schon vor Monaten in Wien vereinbart. Wie immer hatte Falkner die besten Qualitäten gefordert, zu niedrigsten Preisen und angenehmsten Konditionen. Und Robitschek hatte in der Lieferung nur den besten Wein der Sandgrube und der Preis war, wie von Falkner gewünscht, moderat gewesen – zwölftausend Schilling. Auch die Zahlungsbedingungen waren angenehm gewesen: mittels Wechsel – fällig in drei Monaten – oder drei Prozent Skonto bei Barzahlung. Falkner war damals mit diesem Geschäftsabschluss mehr als zufrieden gewesen. »Hand drauf, Robitschek, Sie alter Jud'! Schlagen S' ein!«, hatte es damals im Heiligenstädter Weinkontor geheißen. Aber Robitschek hatte sich bei Geschäftsabschluss nicht von Falkners Jovialität täuschen lassen. Schon vor seiner Abreise aus Wien hatte er befürchtet, Falkner werde die üblichen Schwierigkeiten machen. Erst würde er die Ware übernehmen, danach beanstanden, und schließlich – wegen mangelnder Qualität – nur die Hälfte oder gar nichts bezahlen wollen. Deshalb hatte sich Robitschek in Wien vorsorglich amtliche Prüfungszertifikate über die einwandfreie Qualität seines Weins besorgt. Ahnend, dass die Zahlung, sollte er die gesamte Ware an Falkner ausliefern, nur schleppend und erst nach einer gerichtlichen Klage erfolgen würde, hatte er nur einen Teil der Lieferung – im Wert von 1500 Schilling – an Falkner ausfolgen lassen. Und prompt war eingetreten, was Robitschek befürchtet hatte. Falkner hatte sich am nächsten Tag gemeldet: Ein Drittel des Weines sei ein Dreck. So seien sie eben, die Juden, lauter Betrüger, die einem anständigen Hotelier nur das Weiße aus den Augen nehmen wollen. Nur ausnahmsweise würde er, Falkner, diese miese Lieferung zum halben Preis übernehmen. Außerdem hätte das 100-Liter-Fass Cognac nur 68 Liter enthalten. Er, Falkner, werde Schadenersatz fordern.

Robitschek hatte die Beanstandungen sofort mit Falkner klären wollen, doch der war plötzlich nicht zu erreichen gewesen. Im Büro hieß es, der Chef sei verreist. Robitschek solle einfach den Rest liefern und der Herr Direktor werde – nach seiner Rückkehr – die Angelegenheit mit Herrn Robitschek beim nächsten Besuch in Wien persönlich regeln. Doch Robitschek hatte sich auf diesen Handel nicht mehr eingelassen. Die im Innsbrucker Bahndepot lagernde restliche Weinlieferung ließ er nach Wien zurückschicken. Nach etlichen Telefonaten hatte Falkner dann schließlich doch die 1.500 Schilling für die Teillieferung bezahlt. Ernüchtert musste Robitschek resümieren, wenn man alle Transport- und Reisekosten in Betracht zöge, dann sei ihm »per Saldo nichts geblieben. Falkner ist nichts als ein schlauer, ganz gemeiner Nazi. Solche Gaunerstücke in primitiver und raffinierter Art sind zu Dutzenden vorgekommen. Wie die Beispiele zeigen, ist die Basis der Nazis nur Räuberei.«

Robitscheks Erschöpfungszustand und seine Niedergeschlagenheit kamen aber nicht nur von den Streitereien mit den Kunden, den Wetterkapriolen, seinen körperlichen Beschwerden und der ständigen Schlaflosigkeit während der letzten Tage. Auch die angespannte politische Lage hatte das Ihre dazu beigetragen. In den ersten Tagen nach seiner Ankunft in Innsbruck waren in den Geschäftsauslagen, auf Plakatwänden und Litfasssäulen ausschließlich das Kruckenkreuz, das Symbol der vaterländischen Regierung, und Portraits von Kanzler Schuschnigg zu sehen gewesen. Aber mit jedem Tag wurden die Kruckenkreuze im Stadtbild Innsbrucks weniger und die Hakenkreuze und Hitler-Bilder mehr. Es war unübersehbar, die Nationalsozialisten drängten an die Macht. Auch das, was er während seiner Tage in Innsbruck in den Zeitungen gelesen, im Radio, in den Gasthäusern und Cafés gehört und erlebt hatte, hatte ihm klargemacht, dass sich über Österreich ein politisches Unwetter zusammenbraute. Und heute, am 11. März 1938, dem Tag seiner Rückreise nach Wien, hatte es sich entladen.

Begonnen hatte der Tumult bereits am frühen Vormittag. Robitschek saß noch beim Frühstück, den Koffer hatte er bereits zur Bahn bringen lassen, als sich das »Café Central« mit uniformierten SA-Männern und Zivilisten mit Hakenkreuzarmbinden zu füllen begann. Den Wort- und Gesprächsfetzen konnte er entnehmen, dass sich Hitler-Anhänger und Parteiformationen der Nationalsozialisten auch in anderen Lokalitäten und Gasthäusern Innsbrucks versammelten, dass die Polizei dabei war, Straßensperren zu errichten und Maschinengewehre gegen die Nationalsozialisten in Stellung zu bringen. Daraufhin hatte er mit Gustl telefoniert und gefragt, wie die Lage in Wien sei. Nach dem Gespräch wusste Paul, und dass auch dort der Teufel los war. »Robi«, hatte Gustl entsetzt gesagt, »du kannst dir nicht vorstellen, was sich in den Straßen abspielt! Überall Nazis und Hakenkreuze!« In der Praterstraße sei es schon in der Nacht zu einer Schlägerei zwischen jugendlichen Kommunisten und Hitlerjungen gekommen, zwischen SA-lern und jungen Heimwehrlern, die dabei waren, Kruckenkreuze und »Ja zu Schuschnigg« mit Kalkfarbe auf die Gehsteige und Straßen zu pinseln, um für die angekündigte Volksabstimmung über die Unabhängigkeit Österreichs am kommenden Sonntag, dem 13. März 1938, zu werben. Verletzte habe es gegeben, die Rettung sei gefahren, aber die Polizei nur halbherzig eingeschritten. »Es fühlt sich an«, hatte

Gustl gemeint, »als ob Österreich vor dem Kollaps steht. Umsturz liegt in der Luft.« Er, Gustl, werde jetzt nicht mehr auf die Straße gehen, sondern das Radio einschalten und die Ereignisse zu Hause abwarten. Da sei es am sichersten. Er, Paul, solle auf sich aufpassen und morgen, nach seiner Ankunft in Wien, auf keinen Fall ins Geschäft nach Heiligenstadt fahren, sondern sich ein Taxi nehmen und gleich zu ihm in die Praterstraße kommen. Auch wisse er nicht, was am Sandgrubengut in Krems los sei. Er warte schon dringend auf einen Anruf von Albert oder Gretl. Jedenfalls, hatte Gustl gemeint, sehe es nicht danach aus, als ob das alles nur eine kurze, schnell vorübergehende Aufwallung der Volksseele sei.

Robitschek erhebt sich von seinem Sitz, drückt im Stehen das Kreuz durch gegen die Nierenschmerzen, streckt sich, tritt aus dem Abteil in den Gang des Waggons und beobachtet das jetzt hell erleuchtete Bahnhofsgebäude. Bedienstete tragen große rote Tuchrollen. Der Fahrdienstleiter hat eine Hakenkreuzbinde am Oberarm. Inständig hofft Paul, dass der Zug bald losfährt. Er will einfach nur weg aus Innsbruck, weg aus diesem Felsenkessel in den Alpen.

Nach dem Telefonat mit Gustl hatte Robitschek das »Café Central« verlassen, um trotz Chaos in den Straßen noch ein paar Mitbringsel zu besorgen. In den meisten Geschäftsauslagen prangten nur noch Hitler-Bilder und Hakenkreuzfähnchen. Eingekeilt in der Menschenmenge, die die Straßen und Gehsteige verstopfte, war Robitschek nur langsam weitergekommen. Alles um ihn herum war beängstigend und wunderlich zugleich. Männer und Frauen standen auf den Dächern der Straßenbahnen und brüllten: »Sieg Heil!« Das Straßenpflaster hallte wieder vom Marschtritt uniformierter Formationen von SA, SS und Hitlerjugend. »Die Fahne hoch!«, hatten sie gesungen, »die Reihen fest geschlossen! SA marschiert mit mutig festem Schritt!« Und die Leute auf den Gehsteigen hatten den Marschierenden applaudiert, Hakenkreuzfähnchen geschwenkt und in den Gesang der Marschkolonnen eingestimmt: »Die Straße frei den braunen Bataillonen. Die Straße frei dem Sturmabteilungsmann!

Es schau'n aufs Hakenkreuz voll Hoffnung schon Millionen. Der Tag für Freiheit und für Brot bricht an …« Aus den Fenstern wurden Blumen auf die Marschierenden geworfen und viele winkten freudig. Ein Marschblock aus Frauen trug ein straßenbreites Transparent gegen die geplante Volksabstimmung: »Alle für Österreich ohne Schuschnigg«. Immer wieder skandierte die Menge: »Wir stimmen nicht ab! Wir stimmen nicht ab!« Stürmischer Beifall. Lautstark wurde Kanzler Schuschnigg als »Volksverräter« beschimpft und sein Rücktritt gefordert. Binnen weniger Stunden hatte sich Innsbruck, ja, das ganze »Heilige Land Tirol«, in einen brodelnden nationalsozialistischen Hexenkessel verwandelt. Nachdem Robitschek einem Trupp Jugendlicher begegnet war, der immer wieder »Juda verrecke!« brüllte, hatte er sich in einer Trafik eine Hakenkreuzanstecknadel besorgt und sie gut sichtbar am Revers seines Mantels befestigt. Dann war ein junger Mann in SA-Uniform mit einer Forschheit, die keinen Widerspruch duldete, auf ihn zugeschritten, und hatte ihm ein Papierfähnchen mit Hakenkreuz in die Hand gedrückt. Robitschek, der sein Grausen weglächelte, hatte nicht gewagt, die Annahme zu verweigern. Statt »Nein, danke« zu sagen, war ihm nur ein »Dank'schön« über die Lippen gekommen. Und er hatte das Fähnchen geschwenkt und Begeisterung gemimt. Fast hatte sich ihm dabei der Magen umgedreht. Er steckte fest im Strom begeisterter Nazis, der ihn einfach weiterschob. Das Gedränge dieser johlenden, fanatisierten Menge wurde so stark, dass er Angst bekam, zerquetscht zu werden und in diesem Meer aus hochgereckten Armen und törichter Begeisterung zu ertrinken. Dann durchbrachen SS- und SA-Formationen die Straßensperren und Polizeiketten. Aber die Polizei schoss nicht, sondern zog sich zurück. Mehr und mehr Passanten verstärkten die Marschblöcke. Sie forderten die Absetzung des »Volksverräters Schuschnigg«. Lautsprecherwagen informierten die Demonstranten über die Ereignisse in Wien. Nirgends waren die Nazikolonnen auf Widerstand gestoßen. Innsbruck war fest in nationalsozialistischer Hand. Für Robitschek hatte »der braune Teufel in der Stadt Einzug gehalten«, wie er seinem Tagebuch anvertraute.

Paul Robitschek schaut abermals auf die Uhr. Kurz nach halb acht. Durch das Abteilfenster sieht er, wie Uniformierte und Zivilisten lachend und immer wieder »Heil!« rufend die Bahnsteige mit Hakenkreuzwimpeln dekorieren. Bahnbeamte mit Hakenkreuzarmbinden und SA-Männer bedeuten ihnen, Ruhe zu bewahren. Robitschek schiebt das Fenster auf und fragt in die Menge, was das Lärmen zu bedeuten hätte. »Der Schuschnigg wird im Radio reden …« Dann hört er jemanden rufen: »Lasst's keinen Juden raus! Die Grenzen zu Deutschland sind ab jetzt dicht! Kein Jud' verlässt Innsbruck! Und keiner von den Vaterländischen!« Jubel braust auf. Robitschek schließt das Abteilfenster und lässt sich in den gepolsterten Sitz sinken. Er macht sich keine Illusionen mehr. Von jetzt an haben Juden in Österreich nichts mehr zu lachen. Aber hatten sie das je? Ein Gebirge aus Angst beginnt sich in ihm aufzutürmen. Was würden die kommenden Tage, Monate und Jahre bringen? Hier, in Innsbruck, im Abteil des Nachtzuges nach Wien, sieht er seine Zukunft als jüdischer Geschäftsmann in Österreich zerfallen. Das Gefühl zu versteinern macht sich breit und ein kaltes Grauen kriecht in ihm hoch. Wann fährt dieser verdammte Zug endlich ab!? Als er sieht, dass große Hakenkreuzfahnen gehisst werden, schließt er die Augen. Ab jetzt werden – wie in Deutschland – Fahnenwälder das Land überziehen, von allen Fahnenstangen in Österreich werden Hakenkreuzflaggen wehen. Vom Neusiedlersee im Osten bis zum Bodensee im Westen, vom Salzburger Untersberg und dem Böhmerwald im Norden bis zu den Karawanken im Süden, selbst auf den höchsten Spitzen der Alpen werden Hakenkreuzwimpel neben den Gipfelkreuzen im Wind flattern. Plötzlich der Ruf: »Einsteigen!« Das Krachen zufallender Waggontüren reißt Paul Robitschek aus seiner Erstarrung. Er sieht, wie eine Signalkelle am Bahnsteig geschwenkt wird. Dann ein Pfiff, ein Ruck, die Puffer der Waggons knallen aneinander, weißer Dampf zischt aus dem Fahrwerk der Lokomotive und die anrollenden Räder ächzen und quietschen in den Achsen. Endlich! Endlich! Nach Stunden quälenden Wartens ist die Abfahrt nach Wien freigegeben worden. Das Letzte, was Robitschek sieht, sind Menschen am Perron, die einander freudig um den Hals fallen, lachend auf die Schultern klopfen und in den Armen liegen. Die große Bahnhofsuhr zeigt 19 Uhr und 48 Minuten. Dann schließt Robitschek erleichtert die Augen und lauscht nur noch auf den Rhythmus der Räder. Schneller und schneller rollt der Zug aus dem Innsbrucker Bahnhof in die Nacht. Österreich ist Nazi-Land geworden.

10

»Wach auf, deutsche Wachau!«

»Die Begeisterung der Massen hatte keine Grenzen!«
(Niederösterreichische Landzeitung, 16. März 1938)

Während Paul Robitschek in Innsbruck noch inständig hofft, der Nachtzug nach Wien möge endlich losfahren und ihn aus dieser älplerischen Hakenkreuzhölle wegbringen, warten in Krems, wie überall in Österreich an diesem 11. März 1938, viele vor den Rundfunkgeräten auf die angekündigte Kanzlerrede. Um 19 Uhr 43 meldet sich Kurt Schuschnigg von seinem Amtssitz am Ballhausplatz in Wien. Gefasst, zwischen den Sätzen immer wieder Pausen machend, erklärt er, er müsse – im Auftrag des Bundespräsidenten – das österreichische Volk über die Ereignisse dieses Tages informieren. Die Deutsche Reichsregierung habe der österreichischen Regierung ein Ultimatum gestellt und vom Bundespräsidenten gefordert, dass ein Bundeskanzler und eine Regierung nach den Wünschen Deutschlands zu bestellen sei. Andernfalls würden deutsche Truppen in Österreich einmarschieren. Er, Kurt Schuschnigg, als österreichischer Bundeskanzler, stelle vor der Welt fest, dass Nachrichten über Arbeiterunruhen, bei denen Ströme von Blut geflossen seien, sowie Nachrichten, die Regierung sei nicht mehr Herr der Lage und könne nicht mehr für Ordnung sorgen, von A bis Z erfunden seien. Um ein Blutvergießen zu vermeiden und damit nicht Deutsche auf Deutsche schießen würden, habe das Bundesheer den Auftrag erhalten, sich beim Einmarsch deutscher Truppen ohne Widerstand zurückzuziehen. Er, Schuschnigg, und seine Regierung würden der Gewalt weichen.

Nach zweieinhalb Minuten, um 19.48 Uhr, verabschiedet sich Kurt Schuschnigg aus seinem Amt mit den Worten: »Gott schütze Österreich!« Und in diesem Augenblick bricht, wie überall im Land, auch in Krems, ein Sturm des Jubels los. Fenster werden aufgerissen, Arme zum Hitler-Gruß hinausgestreckt, es wird »Sieg Heil!« gerufen, Hakenkreuzfahnen werden gehisst. Menschen drängen aus den Häusern, umarmen einander, lachen, brüllen wieder und wieder »Heil Hitler!«, »Sieg Heil!« und »Juda verrecke!«, singen das Horst-Wessel-Lied, singen »Wenn's Judenblut vom Messer spritzt!« und »Deutschland, Deutschland über alles«. In Anspielung auf Schuschniggs Rücktritt skandieren einige: »Der Kurt is' furt, die Missgeburt, jetz' geht's uns guat!« Braun und schwarz uniformierte Abteilungen von SA und SS marschieren triumphierend in forschem Gleichschritt. Auf den Bürgersteigen stehen die Leute Spalier, lärmen, singen, brüllen Parolen. Sogar kleine Kinder entbieten den Marschkolonnen mit erhobenen Ärmchen den deutschen Gruß. Ein mächtiger, siegestrunkener, von Zukunftshoffnungen berauschter Menschenwurm wälzt sich durchs nächtliche Krems und verwandelt die Stadt in ein schnatterndes, singendes, rauschend-wogendes Lichter-, Fahnen- und Fackelmeer. Parteigranden halten markige Reden und richten devote Gruß- und Dankesadressen an ihren Führer und Befreier Adolf Hitler und an Arthur Seyß-Inquart, ihren neuen nationalsozialistischen Kanzler. Stolz strahlt aus den Gesichtern und Begeisterung. Etliche haben Tränen der Rührung, der Erlösung, in den Augen. Die ständige Angst, als Mitglied oder Sympathisant der seit fünf Jahren verbotenen NSDAP verhaftet, verurteilt und eingesperrt zu werden, ist von ihnen abgefallen. Das Geduckte ihres Auftretens haben sie abgestreift wie eine Schlange ihre Haut. Binnen zwei Stunden besetzen die Kremser Parteigenossen von SA und SS, ohne auf größeren Widerstand zu stoßen, sämtliche Behörden und Ämter und reißen die Macht an sich. Was für ein Tag! Was für ein Freudentag für jeden aufrechten österreichischen Nationalsozialisten! Welche Metamorphose hat sich binnen Stunden in Österreich vollzogen!

Auch Franz Aigner, 38 Jahre alt, Landwirt und Weinbauer in Krems, Weinzierl Nr. 53, ist begeistert und ergriffen. Endlich ist der NSDAP, seiner »Bewegung«, die Macht in die Hände gelegt. Endlich ist der fünfjährige Kampf zum Sturz der ständestaatlichen Diktatur siegreich zu Ende gebracht. Endlich ist diese in seinen Augen lebensunfähige Missgeburt von Staat Geschichte. Endlich wird Österreich das, was es schon seit 1918 hätte sein sollen: ein Teil des Deutschen Reiches. Mit einem Schlag sind auch für den Weinbauer Franz Aigner und seine im Hof versammelten Kameraden die bleischweren grauen Jahre der Hoffnungslosigkeit, der Illegalität vorbei. Jetzt, da sich die politische Lage schlagartig geändert hat, wird der Aigner Franz seine Funktion als NS-Ortsbauernführer von Krems aufnehmen. Mit Hitler – und im Zeichen des Hakenkreuzes – werden jetzt endlich auch in Österreich gute Zeiten anbrechen. Und er, der Ortsbauernführer Franz Aigner, wird das Seine zum wirtschaftlichen Aufbau der Wachau beitragen. Seit Jahren ist der leidenschaftliche Winzer überzeugt, die Weinwirtschaft in Krems, in der Wachau überhaupt, gehöre völlig umgekrempelt und auf eine neue Basis gestellt. Seit Jahren schon hat er den Wunsch und die Absicht, eine Winzergenossenschaft zu gründen. Nur waren bisher die Umstände nicht danach. Vor 36 Jahren, 1902, wollten die Kremser Hauer schon einmal eine Genossenschaft gründen, aber das Vorhaben ist am Geld, an der Kleingeisterei, an der Zerstrittenheit und Sturschädeligkeit der Winzer gescheitert. Vor allem aber daran, dass niemand da war, der willens und entschlossen war, diesen Plan gegen alle Widerstände durchzusetzen. Aber jetzt, unter den neuen politischen Voraussetzungen, wird Aigner alles daransetzen, dass die Gründung einer Winzergenossenschaft in Krems gelingt, und dereinst werden die Vorstände der Genossenschaft auf die Erfolge ihrer Vorgänger im Weinbau verweisen und sich dabei voll Dankbarkeit auch immer an ihn, an den Ortsbauernführer Franz Aigner und Gründer der Winzergenossenschaft Krems, erinnern.

Als Sitz der Winzergenossenschaft Krems hat er schon seit langem die Sandgrube, das Weingut des Juden Robitschek, ins Auge gefasst. Aigner, mit einem Hang zu kräftigen, nicht unbedingt jung zu trinkenden Weinen, weiß sehr genau, was für ein besonderes Terroir die Sandgrube darstellt, und dass die Trauben der Sandgruben-Riede exzellente, gehaltvolle Weine ergeben. Überhaupt hat Robitscheks Sandgrubengut alles, was Aigner für seine geplante Winzergenossenschaft braucht: die besten Rieden, das größte Presshaus und den größten Lagerkeller. Allerdings weiß er noch nicht, wie er in den Besitz von Robitscheks Weingut kommen soll, doch ist ihm diesbezüglich nicht bang, denn seit Langem schon hat er die feste Zusage seines Parteigenossen, des Gaubauernführers Wilhelm Heiminger, dass dieses »Judengut«, sobald sich die Zeiten ändern, nur in die Hände von Aigner und seiner Winzergenossenschaft kommen dürfe – und werde. Und jetzt ist es so weit. Jetzt haben sich die Zeiten geändert!

»Es ist ganz klar, dass ich sofort nach dem Umbruch als Vorstandsmitglied der Winzergenossenschaft trachtete, dieses Judengut für die Winzergenossenschaft zu erwerben (...)«, wird Franz Aigner bei seiner Vernehmung vor dem Gaugericht im Mai 1939 aussagen. Und wenn jetzt endlich der rassische Grundsatz der NSDAP durchgesetzt wird: »Gleiches arisches Blut in einem gemeinsamen Reich«, dann wird für Juden wie den Robitschek kein Platz mehr sein im Deutschen Reich. Die Juden werden nicht nur aus dem Geschäftsleben in Österreich verschwinden, sondern aus dem ganzen Land. Entweder gehen sie freiwillig ... und wenn nicht, dann wird man sie eben zum Gehen zwingen. Und wenn sie gehen, dann am Bettelstab, das hat der dicke Reichsmarschall Göring gesagt, denn alles, was die Juden besitzen, das haben sie den Deutschen ja sowieso gestohlen. Jawohl! Aber heute, an diesem Jubeltag, sollen keine Zukunftspläne gewälzt werden! Heute Nacht wird nur die nationalsozialistische Revolution gefeiert, der Sieg, der Umbruch, der Anschluss an Deutschland, die neue Zeit! Viele lassen im Suff rachedurstigen Fantasien freien Lauf, was sie mit all jenen machen werden, von denen sie als »illegale Nazis« denunziert, verhaftet, verurteilt und eingesperrt worden sind. Jetzt werden die Tage der Rache anbrechen. Jetzt werden offene Rechnungen beglichen werden. Selbstverständlich werden auch die Kremser

Juden bezahlen. Die haben ja auch, wie alle Juden, die Fleißigen, Anständigen und Sparsamen immer betrogen.

Franz Aigner und seine Kameraden hält es nicht mehr in Weinzierl. Sie müssen in die Stadt. Den Lastwagen hat Aigner schon vor Stunden geschmückt. Von jeder Ladebordwand hängt eine Hakenkreuzfahne, in den hohlen Halterungsstangen für die Abdeckplane stecken Reisigzweige. Auch auf der Motorhaube prangt ein großes Hakenkreuz. Aigner startet den Laster. Mit abgeblendeten Scheinwerfern fährt er in den Hof. Als seine dort versammelten Kameraden, Winzer, Arbeitslose und der Oberlehrer in SA-Uniform, das geschmückte Fahrzeug erblicken, applaudieren und jubeln sie und prosten einander mit dicken Viertellitergläsern zu: »Auf den Sieg! Auf die Macht! Auf den Führer!« Es ist nicht ihr erster Schluck an diesem Tag und es wird nicht ihr letzter bleiben. Jetzt werde man alle aufwecken in Krems, und »aufwecken« ist auch das Stichwort für den Oberlehrer, der inbrünstig Heinrich Streckers »Wachaulied« anstimmt:

»Was rauscht so bang der Donaustrom
durchs weite deutsche Land?
Von Burg zu Burg die Frage geht,
wann denn die Ostmark aufersteht,
ob auch der Bruder endlich heimwärts fand,
heim ins große Vaterland!«

Den Refrain singen alle mit. Den Text haben sie sich gemerkt, weil ihnen der Herr Oberlehrer bei ihren Kellertreffen das Lied auf einem Grammophon schon etliche Male vorgespielt hat. Im Rhythmus der Melodie schwingen sie die dickwandigen Weingläser.

»Wach auf, deutsche Wachau!
strömt der Ruf durch das Donautal.
Wach auf, deutsche Wachau!
ruft die Schar aus Erz und Stahl.
Bleib stark, mein deutsches Österreich,

kein Baum fällt auf den ersten Streich.
Wach auf, deutsche Wachau.
Heil dir, Nibelungengau.«

Dann intoniert wieder der Oberlehrer, der »G'studierte«, wie sie ihn nennen, solo und mit Inbrunst:

»Und lauter dringt die Feindesschar,
bezahlt mit fremdem Gold,
zu knechten uns mit frechem Mut,
da wallt es auf das deutsche Blut.
Ein ganzes Volk sich den Verräter holt,
wer es auch immer wagen sollt'.«

Wiederum bricht dröhnend der Refrain aus den Kehlen der Kameraden, und diesmal stampfen sie mit den Füßen forsch den Takt, als sollte das Dröhnen bis nach Krems zu hören sein. Nach dem Lied werden sie mit dem Lastwagen zum Steinertor fahren und dann durch die Stadt. Denn alle sollen sehen, dass Weinzierl schon längst aufgewacht ist! An Schlaf ist nicht zu denken. Gemeinsam heben sie zur letzten Strophe an:

»Doch einmal wird das Morgenrot
aus dunkler Nacht ersteh'n,
und von der Donau bis zum Rhein
ein einig Volk von Brüdern sein.
Von all den Burgen seh' ich Fahnen weh'n,
und unsere Helden auferstehn!«

Jetzt ist kein Halten mehr. Die Gläser sind geleert. Animiert – einige schon mit sichtbar erregt roten Wangen – klettern sie auf den Laster. Heute und für die nächsten tausend Jahre sind sie, die bisher »ewigen Verlierer«, die Sieger.

Doch – wie überall in Österreich – ist auch in Krems nicht allen zum Jubeln zumute. All jene, die immer schon gegen Hitler und die NSDAP waren, Sozialdemokaten, Christlichsoziale, Kommunisten, Monarchisten, hat an diesem Tag ein eisiges Erschrecken überkommen und Todesangst. Aber nicht nur die politisch Andersdenkenden, auch die Kremser Juden. Wie hatten fanatisierte Hitlerjungen, SA- und SS-Männer unter ihren Fenstern gesungen?

»... Wetzt die langen Messer auf dem Bürgersteig!
Lasst die Messer flutschen in den Judenleib!
Blut muss fließen knüppelhageldick ...
Kommt einst die Stunde der Vergeltung,
sind wir zu jedem Massenmord bereit ...«

Und die Furcht der politischen Gegner ist begründet: Denn kaum hatte Kanzler Schuschnigg seine Rücktrittsrede beendet, setzte – wie überall in Österreich – auch in Krems eine Verhaftungswelle ein. Es schien, als hätten die Schergen der Nationalsozialisten bereits vor den Türen ihrer Gegner gewartet.

Während in Krems karnevaleske Feierlaune herrscht, sitzen Albert und Margarethe Herzog in der Wohnstube des Winzerhauses der Sandgrube und schauen einander ratlos an. Auch sie haben Schuschniggs Rede im Radio gehört. Dass das für Robitschek und Rieger nichts Gutes verheißt, ist Albert sofort klar, und dass die Nazis wohl bald bei ihnen vor der Tür stehen werden, auch. Hand in Hand treten Albert und Gretl in den finsteren Hof. Fröstelnd und schweigend schauen sie in die nachtschwarzen Hügel. Schwanzwedelnd ist ihnen der Bernhardiner Barry gefolgt. Mit himmelwärts gereckter Schnauze schnüffelt er in die Nachtluft. »Schau, als ob er die Gefahr schon wittern tät' ...«, sagt Herzog und sperrt – ganz gegen seine Gewohnheit – das große schmiedeeiserne Hoftor des Robitschek'schen Sandgrubenguts ab.

11

Die Stadt steht Kopf

»Die Stadt stand Kopf, nichts als Demonstrationen für Hitler. Es wurde abwechselnd geschrien. Grauenhaft war das Bild.«
(Paul Josef Robitschek, Tagebuch)

Es ist kurz nach acht Uhr abends am 11. März 1938. Das Radio läuft leise. Die schweren Samtvorhänge im Salon sind zugezogen, um den Lärm und das Parolengeplärr von der Straße ein wenig zu dämpfen. Nur die Stehlampe neben dem Fauteuil, in dem August Rieger sitzt, gibt spärliches Licht. Auch er hat Kanzler Schuschniggs Rücktrittsrede gehört und ist noch immer schockstarr und fassungslos. Noch vor zwei Wochen hatte Schuschnigg im Parlament eine vor Patriotismus, Kampfesfreude und Widerstandswillen strotzende Rede über die Unabhängigkeit Österreichs gehalten. Riesige Lautsprecheranlagen hatte er auf den Straßen, Plätzen, in den Kinos und Theatern von Wien aufstellen lassen, auch in allen größeren Städten Österreichs, sodass er von möglichst vielen gehört werden konnte. Österreich, hatte er verkündet, müsse Österreich bleiben! Und unabhängig! Immer wieder hatte der tosende Applaus der Parlamentarier seine Rede unterbrochen. Schuschnigg hatte erklärt, es gehe nicht um *Nationalismus*, nicht um *Sozialismus* und nicht um *nationalen Sozialismus*, sondern um *Patriotismus*! Er vertraue auf den Herrgott, der das Land schon nicht alleine lassen werde. Am Schluss der Rede hatte er den Abgeordneten entgegengebrüllt: »Drum Kameraden … bis in den Tod – rot, weiß, rot!« Frenetisch war der Jubel gewesen, donnernd der Applaus und begeistert die Rufe: »Heil Schuschnigg!«, »Heil Österreich!« Minutenlang. Auch noch vor zwei Tagen hatte Schuschnigg in Innsbruck eine umjubelte Rede gehalten, in der er eine Volksabstimmung über die Unabhängigkeit Österreichs für den 13. März angekündigt hatte. Und jetzt das! Vor fünfzehn Minuten hat der christliche Kanzler Schuschnigg kleinmütig das Land Hitler überlassen. In seiner Rundfunkansprache war keine Rede mehr vom kämpferischen Widerstand gegen die Nationalsozialisten oder von der Unabhängigkeit Österreichs. Auch die überall groß angekündigte Volksabstimmung hat er abgesagt. Dabei war sogar noch heute, an diesem 11. März, auf vielen Postämtern die Parole »Mit Schuschnigg für ein freies Österreich! Ja! Jeder Österreicher stimmt mit Ja!« auf die Briefumschläge gestempelt geworden. Hätte er das bei der Briefaufgabe nicht selbst gesehen, er würde es nicht glauben. Aus Gustls Sicht sind Kanzler Schuschnigg und Bundespräsident Miklas, die höchsten Repräsentanten des Landes, vor Hitlers Drohungen feige eingeknickt und haben die Regierungsgeschäfte widerstandslos dem Nationalsozialisten Arthur Seyß-Inquart übergeben. Gustl hat Tränen in den Augen. Niemand ist mehr da, um Widerstand zu leisten und Österreich gegen die Nationalsozialisten und den Einmarsch deutscher Truppen zu verteidigen. Wo ist die patriotische Heimwehr, wo die Vaterländische Front, wo das Bundesheer? Binnen weniger Stunden haben die deutschen und österreichischen Nationalsozialisten alle Hoffnungen auf Unabhängigkeit zunichte gemacht. Die Rieger so verhassten Hakenkreuzler haben die Macht an sich gerissen. Zudem macht er sich große Sorgen um Paul. Hoffentlich ist der schon auf der Heimreise nach Wien …

Wiederum wird im Radio eine wichtige Rede angekündigt. Rieger blickt auf das Zifferblatt der großen Standuhr. Die Zeiger stehen auf 18 Minuten nach acht, als sich Seyß-Inquart meldet, der jetzt die Regierungsgeschäfte führt: »Männer und Frauen in Österreich! Deutsche Volksgenossen! Im Hinblick auf die Ereignisse des heutigen Tages und unter besonderer Berücksichtigung der Ereignisse, denen wir jetzt entgegengehen, stelle ich fest, dass ich mich – als Innen- und Sicherheitsminister – nach wie vor im Amte befinde und mich verantwortlich fühle für die Aufrechterhaltung der Ordnung und Ruhe in diesem Lande …«
Dann fordert er alle Österreicherinnen und Österreicher auf, in

den nächsten Stunden und Tagen besonders diszipliniert zu sein. Widerstand gegen den Einmarsch der deutschen Wehrmacht komme selbstverständlich nicht in Frage. Die wichtigste Pflicht sei es jetzt, Ruhe zu bewahren und Ordnung zu halten. Kundgebungen dürfen nie den Charakter exzessiver Demonstrationen annehmen. In diesem Sinn seien besonders die nationalsozialistischen Ordnungs- und Sicherheitsformationen gefordert, auf die eigenen Gesinnungsgenossen einzuwirken.

Nach vier Minuten, um 20.22 Uhr, beendet Seyß-Inquart seinen Aufruf: »Harret aus! Tretet zusammen und helfet, dass wir einer glücklichen Zukunft entgegengehen!«

Rieger schaltet die Lampe aus, geht im Dunklen zum Fenster, schiebt sich vorsichtig durch den Vorhangspalt, öffnet leise und schaut hinunter. Gegenüber, vor dem »Café Alhambra«, rufen einige alkoholisierte junge Männer: »Freibier für alle! Alle ins Puff!« In diesem kleinen Nachtlokal sind heute nicht nur alle Lampen mit rotem Seidenpapier verkleidet, der Wanddekor besteht bereits aus roten Hakenkreuzfähnchen. Nebenan plündern Jugendliche das Lebensmittelgeschäft von Ida Markus und stillen lachend ihren Hunger. Zuvor haben sie das Geschäft des Altmetallhändlers Greif verwüstet. Vor dem Pelzgeschäft Engelstein fordert ein SS-Mann Einlass, einen kläffenden, zähnefletschenden Köter an der Leine: »Aufmachen, Judensau! Aufmachen!« Schon am Vormittag wurde Samuel Engelstein gezwungen, im Damenpelzmantel sein Geschäft mit einem Davidstern und dem Schriftzug »Jud« zu beschmieren. Umstehende Gaffer beginnen mit den Fäusten gegen den heruntergelassenen Rollladen zu trommeln. »Mach auf, Engelstein! Komm raus!« Militärstiefel und Zivilistenschuhe treten so lange gegen das Schloss, bis der Wellblechladen hochschnellt. Glas splittert und Holz. Die Eingangstür geht zu Bruch. Die Meute dringt ins Geschäft. Zwei Jugendliche zerren Samuel Engelstein auf die Straße, ohrfeigen ihn, stoßen ihn zu Boden und lassen ihn liegen. Während sich der Geschlagene hochrappelt, schleppt der Mob Pelze, Teppiche, Möbel und Hüte aus dem Geschäft und verschwindet damit in der Nacht. Von einem Weinkrampf geschüttelt, lehnt der gedemütigte und ausgeraubte Pelzhändler an der Hauswand.

Rieger schließt entsetzt das Fenster, setzt sich wieder in den Fauteuil und stiert ins Dunkel. Das Schrillen der Türklingel reißt ihn aus der Dumpfheit. Er knipst die Stehlampe wieder an und geht zur Tür. Als er öffnet, stehen Max Weisinger, ein Angestellter von Paul, und sein Bruder vor ihm. Beide weiß im Gesicht. Rieger bittet sie herein. Stockend schildert Max Weisinger, dass SA-Männer unter »Machts auf, ihr Saujuden!«-Geschrei erst mit Fäusten gegen die Wohnungstür seiner Nachbarn geschlagen und sie dann eingetreten hätten. Durch das Guckloch konnte er beobachten, wie die Leute aus ihrer Wohnung auf den Gang gezerrt, angespuckt und verprügelt wurden. Dann haben die SA-ler mit den Worten: »Das braucht's jetzt eh nicht mehr!« Geld, Schmuck, Uhren, Teppiche, Bettwäsche und Geschirr aus der Wohnung getragen, Familienfotos zu Boden geworfen, zertreten und Möbel aus dem Fenster auf die Straße gekippt. Er werde, sagt Weisinger, so schnell wie möglich aus Österreich verschwinden. Egal wohin. Nur weg. Weg aus Wien. Weg aus Österreich! Weg von den Nazis. So schnell wie möglich und so weit weg wie möglich. Wenn das Ausplündern der jüdischen Geschäfte, das er am Weg hierher gesehen hat, so weitergeht, gibt es in ein paar Tagen kein jüdisches Geschäftsleben mehr in Wien.

Eine Stunde nach Ankunft der Weisinger-Brüder drängen sich mehr als ein Dutzend verängstigter Juden in Riegers Wohnzimmer. Aus dem Haus gegenüber sind Samuel Engelstein und Ida Markus zu ihm geflohen, deren Beraubung Rieger vom Fenster aus beobachtet hat. Mit ihnen war der Rechtsanwalt Rudolf Zertern gekommen. Weil die Drei August Rieger als freundlichen, hilfsbereiten Nachbarn kennen, haben sie sich zu ihm gewagt. Aus Mariahilf ist Friedrich Goldstein, der Glasschleifer, gekommen, den Gustl und Paul seit dem Blumenkorso im Vorjahr immer wieder getroffen haben und der an diesem Abend bereits wortwörtlich vor den Scherben seiner Existenz steht. Anwesend sind auch Pauls 70-jährige Mutter Johanna, ihre Enkelin, die 19-jährige Erika Therese, die Tochter von Pauls Bruder Leo, der nach Palästina ausgewandert ist, das Ehepaar Adolf und Gisela Blau, frühere Geschäftspartner von Paul, und der Weinhändler Moritz Kraus. Sie alle haben ihre Wohnungen und Geschäfte fluchtartig verlassen, um nicht plündernden und randalierenden Nazis in die Hände zu fallen. Alle haben sie Schuschniggs Rede gehört. Einhellig erklären sie, in dem Augenblick, als der Kanzler gesagt habe: »Gott schütze Österreich!« und danach die Bundeshymne wie ein Abgesang auf Österreich gespielt wurde und gleich danach zünftige Nazilieder und zündende Märsche aus dem Radio dröhnten, da hätten sie gewusst, dass sie als Juden von jetzt an Freiwild seien und nirgendwo mehr sicher sein würden. Denn wer sollte, sagt Weisinger, wer wollte, wer würde uns Juden jetzt noch vor den Übergriffen der Nazis schützen? Polizisten? Die tragen alle bereits Hakenkreuzarmschleifen. Das österreichische Bundesheer? Das hat Befehl, in den Kasernen zu bleiben und die deutsche Wehrmacht ungehindert einmarschieren zu lassen. August Rieger, ihr lieber Gustl, ist jetzt der Einzige, dem sie noch vertrauen, bei dem sie sich sicher fühlen, auf den Verlass ist. Sie hoffen, sich bei ihm wenigstens so lange verstecken zu können, bis der ärgste Gewalt- und Machtrausch der Nationalsozialisten verflogen ist. Dann werde man ja sehen, ob das Leben und der Alltag wieder in ruhigen Bahnen verlaufen würde, dann würde man wissen, ob man als Jude in Österreich wird bleiben können, oder ob es besser sei, das Land schleunigst zu verlassen.

Für Gustl ist es selbstverständlich, den Freunden und Bekannten Unterschlupf und Schutz zu bieten, sie zu verstecken und zu verköstigen. Die Wohnung ist groß genug und die Speisekammer gut gefüllt. Alle denken an Paul und hoffen, er möge die Zugfahrt von Innsbruck nach Wien ohne Belästigungen und unbeschadet überstehen und bald bei ihnen sein.

Im Salon, wo alle beisammenstehen, bietet Gustl Alkoholisches an, in der Hoffnung, die Angst seiner unerwarteten Gäste ein wenig betäuben zu können. Die Herren nehmen Cognac, die Damen Likör. Alle sind müde und erschöpft, zugleich aber überwach vor Angst und Nervosität. Niemand denkt an Schlaf.

Gedämpft durch die schweren Vorhänge dringen wieder und wieder »Heil!«-Rufe, das Horst-Wessel-Lied und »Deutschland, Deutschland über alles« herein. Niemand wird in dieser Nacht ruhig schlafen können. Dennoch richtet man behelfsmäßige Schlafgelegenheiten her. Nach Mitternacht spricht noch Major Klausner, der Führer der österreichischen Nationalsozialisten, im Radio: »Österreich ist frei geworden, Österreich ist nationalsozialistisch. Durch das Vertrauen des ganzen Volkes emporgetragen, ist eine neue Regierung gegründet worden, die nach den Grundsätzen unserer herrlichen nationalsozialistischen Bewegung ihre Kräfte für Glück und Frieden dieses Landes einsetzen wird. Wieder ist ein Umbruch in unvergesslicher Disziplin verlaufen. Wenn es noch eines Beweises bedurft hätte, dass uns die Macht auch in diesem Staate gebührt, war es diese einzigartige spontane Erhebung und Machtergreifung. Niemand wurde etwas zuleid getan … Unser Ziel ist erreicht: Ein Volk, ein Reich, ein Führer! Heil unserem Führer, Heil Hitler!« Allen krampft sich bei diesen Worten das Herz zusammen. Die Nazis lügen sich eine hässliche Gegenwart schön. Rieger schaltet das Radio ab.

Gegen zwei Uhr früh geht August Rieger schließlich zu Bett. Ruhelos wälzt er sich hin und her. Die Aufregungen der letzten 24 Stunden, das ständige Lärmen und Johlen in der Praterstraße, lassen ihn keinen Schlaf finden. In der Dunkelheit seines Schlafzimmers überkommen ihn Zweifel und Nachtgespenster, wenn er sich die Zukunft in einem nationalsozialistischen Österreich ausmalt. Schließlich sieht er keinen Sinn mehr darin, länger im Bett zu bleiben. Gegen sieben Uhr morgens steht er auf und kleidet sich an. Leise, um die vor Erschöpfung endlich eingeschlafenen Gäste nicht zu wecken, schleicht er in die Küche. Einige Herren schlafen sitzend in den Fauteuils und Lehnsesseln, einige auf Matratzen am Boden, die Frauen auf den Sofas. Eigentlich will er die Wohnung nicht verlassen, weil Paul doch hoffentlich bald kommen wird. Auch will er seine jüdischen Freunde und Bekannten nicht alleine lassen, die sich zu ihm geflüchtet haben. Zudem hat er Angst, verhaftet zu werden, weil er als

»Judenfreund« und Geschäftspartner eines Juden bekannt ist. Vor allem will er sich nicht der Menge aussetzen, die noch immer in der Praterstraße lärmt, Radau macht und sich unter Parolengebrüll und Fahnenschwenken Richtung Innenstadt bewegt, um das Spektakel der einmarschierenden deutschen Wehrmacht zu erleben, eine Parade mit Panzern, Kampfflugzeugen, Infanteristen, Polizeieinheiten und Militärmusik. Das Frohlocken dieser geballten Dumpfheit widert ihn an.

Doch er muss wohl oder übel seine Wohnung verlassen. Er hat Schneidermeister Babis versprochen, den neuen Anzug abzuholen. Babis wartet sehnlichst auf das Geld. Nach dem Verlust seines gesamten Lottogewinns und einer Phase, in der er seine Verzweiflung in Alkohol ertränkt hat, hat er die Schneiderei wieder aufgesperrt und ist – wie eh und je – in Geldnot. Kaum kommt etwas herein, ist es auch schon wieder ausgegeben. Schließlich hat er noch immer für zwei seiner vier Töchter zu sorgen, für Hedwig und Hertha. Gerade hat er wieder größere Schulden bei Stoffgeschäften, Kohlenlieferanten und Lebensmittelhändlern. Das Semestergeld für Hedwig ist fällig, die kurz vor dem Diplom an der Kunstgewerbeschule steht. Herta verdient als Lehrling nur ein paar mickrige Groschen. Also macht sich Rieger auf den Weg, weil ihm ein gegebenes Wort heilig ist. Als er schon im Flur vor der Haustüre steht, ruft ihm Hausmeister Schmittner aus der Portierloge nach: »Heil Hitler, Herr Baron!« Rieger, gedankenverloren, wie er ist, hat Schmittner übersehen. Er dreht sich um, sagt »Grüß Gott, Herr Schmittner, einen schönen Tag noch!« »Herr Baron«, tönt es zurück, »mit Verlaub, aber ab heut' heißt's: ›Heil Hitler!‹, nicht mehr ›Grüß Gott‹. Nicht vergessen! Jetzt wird's auch für uns kleine Leute besser. Sie werden S' schon seh'n!« Rieger ignoriert die Zurechtweisung, tritt aus dem Haus, wendet sich nach rechts und macht sich auf den Weg in die Wolfgang-Schmälzl-Gasse zur Schneiderei von Franz Babis. Rasch schreitet er an beschmierten, zerstörten Geschäftsportalen vorbei, an uniformierten SA-Männern und Zivilisten mit Hakenkreuzarmbinden, die davor stehen und rufen: »Kauft nicht bei Juden!«, »Kauft nicht bei Juden!«, »Kauft nicht bei Juden!« …

»Was für Idioten!«, denkt Rieger, Und ganz gegen seine sonst so gewählte Art sich auszudrücken, sagte er halblaut: »Solche dumpfen Viecher!«

Als er sich dem Praterstern nähert, sieht er, wie Leute ein mit Kalk auf den Sockel des Tegetthoff-Denkmals gepinseltes Portrait des gestürzten Kanzlers Schuschnigg wegschrubben. Rieger schnappt das Wort »Reibpartie« auf und sieht, wie SA-Männer einen älteren Mann und seine Frau herbeischleppen. Sie weint still vor sich hin. Er streichelt ihr die Hand. Bürsten werden ihnen in die Hand gedrückt; sie müssen auf die Knie gehen und mit einigen anderen an der Parole »Ja zu Österreich« und an Kruckenkreuzen auf den Denkmalstufen herumscheuern. Das Gesicht von Kanzler Schuschnigg und alle Schriftzüge verwandeln sich im Laugenwasser in Schmierflecken und weißgraue Rinnsale. Die Umstehenden klatschen und lachen. »Endlich Arbeit für die Juden! Wir danken unserem Führer! Nieder mit den Juden!«

Rieger zwingt seinen Blick weg von der Gruppe denkmalscheuernder Juden in Richtung Riesenrad und Prater. Alle, die da johlen und lachen, das sind nicht mehr seine Wiener, das ist nicht mehr sein Wien. Das ist eine einzige Widerlichkeit. Er denkt an Albert, der sich noch nicht vom Kremser Weingut gemeldet hat. Dabei wüsste er nur zu gern, was in der Sandgrube los ist. Wenn es hier in Wien derart widerliche Ausschreitungen gibt, dann ist es durchaus möglich, dass in Krems ähnlich gewalttätig gegen Juden und ihr Eigentum gewütet wird. Krems gilt ja schon lang als Nazi-Nest, als Hochburg der deutschen Burschenschaftler und Hakenkreuzler. Schließlich wissen die Kremser Winzer auch, dass der Paul Jude ist. Und Rieger weiß, dass viele Kremser Weinbauern Paul nicht wohlgesonnen sind. Wenn sie schon nicht Parteimitglieder sind, so sympathisieren doch viele von ihnen mit den Nationalsozialisten und ihren Ideen. Franz Aigner kommt Rieger in den Sinn. Was der jetzt wohl vorhat? Bisher hat er sich als illegaler Nazi immer still verhalten, aus Angst, noch einmal eingesperrt zu werden. Aber jetzt sind die Nazis aus ihren Löchern gekrochen und spielen sich als Herren auf. Glaubt Aigner vielleicht, dass Paul Robitschek nicht weiß, dass er schon

lange auf die Sandgrube spekuliert hat? Er hat doch immer –
und nicht nur still für sich – von einer Winzergenossenschaft in
Krems geträumt mit Sitz in der Sandgrube. Nie hat er ein Hehl
daraus gemacht, dass Pauls Gut am geeignetsten dafür wäre.

Als Rieger in der Wolfgang-Schmälzl-Gasse das kleine
Straßenlokal betritt, in dem sich die Schneiderei befindet, ist
nicht nur Meister Babis anwesend, sondern auch Herr Werfel, ein pensionierter Uhrmacher. Beide sind zu Zeiten Kaiser
Franz Josephs aus Galizien nach Wien zugewandert. Ungläubig
schauen sie Rieger an. »Sie trauen sich heut' auf d' Straßen?«
Dem alten Werfel steigen Tränen in die Augen. Seine Nachbarn,
sagt er, mit denen er seit über dreißig Jahren Tür an Tür wohnt,
haben in der Nacht Einlass gefordert. Als er geöffnet hat, haben
sie sich in die Wohnung gedrängt. »So, Werfel, das gehört jetzt
alles uns. Schleichen Sie sich mit ihrer schirchen Tochter ins Ge-
lobte Land.« Wäre Schneidermeister Babis nicht gewesen, Werfel
und seine Tochter wären auf der Straße gestanden und hätten
unter der Reichsbrücke oder sonstwo im Freien übernachten
müssen. So haben sie wenigstens hier, im Hinterzimmer der
Schneiderwerkstatt, Unterschlupf gefunden. »Für meine Erna«,
sagt Werfel, »steht fest, sie wird auswandern; und mich, ihren
alten Vater, will sie mitnehmen.« Sie wisse im Augenblick zwar
nicht, wie sie das alles bewerkstelligen werde, aber hier, in Wien,
wolle und könne sie nach den Demütigungen nicht mehr bleiben.
Doch Werfel zögert und fragt ganz verzagt: »Wohin soll denn
ich, ein armer jüdischer Rentner, in meinem Alter noch gehen?
Ich bin 65. Wer braucht einen alten, zittrigen Uhrmacher? Wer
tät mir noch Arbeit geben? Und selbst wenn … meine Augen
machen's nimmer … Die kleinen Räder, Schrauben und Federn,
mein ganzes Leben lang … Nein, nichts mehr zu machen. Am
besten wär's, Gift zu nehmen.«

Rieger probiert den Anzug, Babis überprüft die Nähte und
die Passform. Der Anzug sitzt perfekt. Rieger zahlt und verabschiedet sich. Den Anzug, sagt er, würde er in ein paar Tagen
holen lassen, wenn alles wieder ruhig wäre. Dem Herrn Werfel
und seiner Tochter wünsche er alles Gute und viel Glück. Rieger

hastet nach Hause, denn Paul müsste jetzt bald in Wien ankommen. Vielleicht ist er schon da.

Übermüdet und mit sechs Stunden Verspätung kommt Paul Josef Robitschek gegen 14 Uhr schließlich in Wien an. Alle Bahnsteige des Westbahnhofs sind mit Hakenkreuzwimpeln dekoriert. Rasch durchschreitet er die ebenfalls fahnengeschmückte Ankunftshalle. Der Vorplatz bietet ein ähnliches Bild wie Stunden zuvor Innsbruck: Große Hakenkreuzfahnen blähen sich an Fahnenmasten, SA- und SS-Trupps ziehen in Formation durch die Straßen, hintendrein Lederhosenträger in weißen Hemden und Wadelstutzen. Auf den Bürgersteigen stauen sich die Zuschauer. Aus Lautsprecherwagen dröhnt Marschmusik. Ringsum ohrenbetäubendes Johlen, Pfeifen und Rufen: »Sieg Heil!« und »Heil Hitler!« Auf den Ladeflächen von Lastwagen drängen sich lachende Menschen im Siegesrausch, im Taumel der Begeisterung über das Ende Österreichs. Immer wieder tönt aus der jubelnden Menge der Ruf: »Juda verrecke!« Trotz Trubel, Gedränge und Geschiebe findet Robitschek ein freies Taxi. Er hebt seinen Koffer und die Aktentasche auf den Rücksitz und nimmt neben dem Chauffeur Platz.

Im Schritttempo rollt der Wagen durch die lärmende, wogende Menge in Richtung Gürtel. Immer wieder stockt der Verkehr, immer wieder muss die Fahrt unterbrochen werden, immer wieder behindern Menschenmassen das Fortkommen, blockieren Marschformationen die Straßen, kommt der Verkehr zum Erliegen. Als der Wagen nach etlichen Umwegen und Verzögerungen schließlich doch den Donaukanal überqueren kann und die Leopoldstadt erreicht, traut Robitschek seinen Augen nicht. Geschäftsportale und Auslagenscheiben sind mit Davidsternen beschmiert und mit monströsen Karikaturen: Gesichter mit vorquellenden Augen unter dicken Lidern, mit krummen Nasen, wulstigen Lippen, Kinnbärtchen und Schläfenlocken. Und immer wieder in großen Lettern die Schriftzüge: »Raus du Sau«, »Ab nach Dachau«, »Talmud-Gauner«, »Aber hurtig raus«, »Kauft nicht bei Juden«, am häufigsten aber »Jud« und

»Judensau«. Auf einer Hauswand sieht er ein Strichmännchen am Galgen hängend. Vor etlichen Geschäften, die durch diese Schmierereien als jüdisch gebrandmarkt sind, halten SA-Männer Wache; breitbeinig, in triumphierender Pose, manche mit verschränkten Armen vor der Brust. Robitschek fragt sich, ob auch die Fassade seines Geschäfts in der Heiligenstädterstraße beschmiert ist? Ob auch vor seinem Geschäft ein Nazi Wache hält und Kunden daran hindert, es zu betreten? Und was ist in Krems los? Was beim Gut in Mahrensdorf in der Steiermark? Sobald er bei Gustl ist, muss er den Albert sofort anrufen. Er sieht Männer und Frauen, die sich in Hauseingänge flüchten, er sieht rennende Juden im Kaftan, verfolgt von einer Meute Hitlerjungen, und Polizisten mit Hakenkreuzbinden, die der Menschenhatz amüsiert und tatenlos zusehen. Robitschek erkennt sein geliebtes Wien nicht mehr. Er hat das Gefühl, als bewege er sich nicht durch die ihm bestens vertraute Stadt, sondern durch einen grausigen Albtraum mit Wien als Kulisse. Hat Leo, sein älterer Bruder, der vor acht Jahren nach Palästina ausgewandert ist, am Ende doch Recht behalten mit seinen Warnungen, dass es eines nicht allzu fernen Tages den Juden in Österreich wieder an den Kragen gehen werde wie im Mittelalter? Dass Juden wieder auf Scheiterhaufen verbrannt würden? Leo hatte nicht länger in Österreich leben wollen, in diesem, wie er immer gesagt hatte, Land des Neids, der Häme, der Hinterfotzigkeit und der Judenhasser. Leo wollte den Tag nicht erleben, an dem die Nazis in Österreich an die Macht kommen würden, egal, ob demokratisch gewählt oder durch einen Staatsstreich. Hat er nicht schon vor Jahren auf die politische Entwicklung in Deutschland hingewiesen? Leo wollte, dass Paul mit ihm nach Palästina geht. Aber Paul hatte keine Sekunde ans Auswandern gedacht. Warum hätte er weggehen sollen? Er war tief verwurzelt in Wien. Wien war seine Heimat. Er war ein österreichischer Patriot! Palästina? Was war Palästina denn schon! Zerklüftete Hügel mit karger Vegetation und schlechter Wasserversorgung. Was hätte er dort sollen? Den neuen Judenstaat aufbauen, von dem Theodor Herzl geträumt hat? Unter härtesten klimatischen Bedingungen Obst und Gemüse anbauen? Olivenbäume pflanzen? Weingärten anlegen? Brunnen graben? Den Wüstenboden pflügen? In einer schäbigen Baracke hausen? Sich mit Briten und Arabern herumschlagen? Nein, das ist für Paul nicht in Frage gekommen.

Das Taxi hält vor Gustls Haus in der Praterstraße. Der Gehsteig ist übersät mit Hakenkreuzen und Hakenkreuzfähnchen aus Papier. Robitschek zahlt und steigt aus.

Kaum im Hausflur, hört Paul eine vertraute Stimme. »Habe die Ehre, Herr Robitschek. Samma auch wieder da?« Es ist Hausmeister Schmittner. Paul bittet ihn, ihm beim Tragen behilflich zu sein. Schmittner war ihm stets hilfreich zur Hand gewesen, doch jetzt bedauert der Hausmeister, nein, leider, er habe keine Zeit, er müsse zum Ring, dort sei heute ordentlich was los und das wolle er sich nicht entgehen lassen.

Robitschek schleppt mit Mühe sein Gepäck in den ersten Stock, drückt den Klingelknopf, und kaum ist das Schrillen verklungen, öffnet Gustl schon die Tür und zieht Paul ins Vorzimmer, wo sie einander erleichtert um den Hals fallen.

Aus dem Salon dringen gedämpfte Stimmen. Als Paul eintritt, wird es still. Als Erste küsst ihm seine Mutter Johanna die Wangen und die Hände. Dass er nur heil von der Geschäftstour zurück sei, das sei jetzt das Wichtigste! Dem Herrgott sei Dank! Danach umarmen, küssen und drücken ihn alle Übrigen. Paul setzt sich erschöpft in einen Fauteuil, Gustl bringt ihm Cognac. »Erzähl! Wie war die Fahrt? Bist belästigt worden?« Paul verneint, aber er sei die ganze Zeit in Todesangst gewesen. »Die Revolution in Innsbruck war erschütternd. Man sah dort, in der Heimatstadt Schuschniggs, viele seiner Anhänger, die mit traurigen Gesichtern das Kruckenkreuz trugen. Es wurde ›Heil Hitler‹ geschrien. Viele von den Schuschnigg-Anhängern haben dabei sicher ›Tod Hitler!‹ gedacht. Der ehemalige Justiz-Staatssekretär vom Schuschnigg, der Karwinsky, ist auch im Zug gewesen, wurde aber erkannt und verhaftet.« Die Rückfahrt sei eine einzige Qual gewesen. Weil die deutsche Grenze gesperrt war, sei die Abkürzung über das deutsche Eck nicht möglich gewesen. Es sei eine einzige Schleicherei durchs Inntal gewesen.

Jeder Bahnhof zwischen Innsbruck und Wien sei hell erleuchtet und beflaggt gewesen. In jeder Station seien SA-ler oder Polizisten mit Hakenkreuzarmschleifen durch die Waggons gegangen und hätten Leute kontrolliert und verhaftet. Er sei unbehelligt geblieben, wahrscheinlich, weil er ein kleines Hakenkreuz am Revers des Sakkos stecken hatte, das er sich noch vor der Abfahrt in einer Trafik in Innsbruck gekauft hatte. Das sei wahrscheinlich seine Rettung gewesen. Das sei schon makaber gewesen: Ein Hakenkreuz rettet einen Juden vor den Nazis. Jetzt sei er nur froh, dass er wieder hier sei.

Daraufhin schildern alle, was ihre Augen gesehen und ihre Ohren gehört haben. Und plötzlich fragt jemand: »Wie soll's mit uns weitergehen? Was sollen wir machen?«

Wiederum ist die Antwort einhellig: »Weg! Fort! Nur weg aus Österreich!«

»Weg?«, fragt Pauls Mutter. »Weg, … ja, gut und schön … aber wohin?« Dann meint sie, man solle nichts überstürzen, so schlimm wie's jetzt sei, würde es nicht bleiben, das ginge wieder vorbei. Die jungen Nazis, die jetzt Radau machten, seien einfach nur eine vulgäre Horde junger Fanatiker ohne Manieren und Würde. Die würden jetzt ein paar Tage entsetzlich arrogant und wichtigtuerisch umherlaufen. In Zeiten von Umwälzungen sei es immer zu Exzessen gegen die Juden gekommen.

Es gelte jetzt, sagt Gustl, kühlen Kopf zu bewahren. Alle sollten vorerst hier in der Wohnung bleiben und abwarten und schauen, was die nächsten Tage bringen würden. Hier, bei ihm, seien sie sicher und hätten nichts zu befürchten. Paul schaut Gustl entgeistert an und fragt, ob er das ernst meine.

Gustl antwortet, er habe schon mit Ferry Schmidt telefoniert, der sei jetzt Polizeichef von Wien. »Der Ferry ist auch bei der SS und er hat mir versichert, wir haben nichts zu befürchten. Wir sollen ihn anrufen, wenn was wäre, er regelt das dann. Wir sollen nur nicht auf die Straße gehen. Der Ferry hasst das auch, was da jetzt geschieht, und er wird gegen die Plünderer was unternehmen. Paul, du kennst doch den Ferry so gut wie ich. Der ist doch unser Freund, und das wird er bleiben.«

Am nächsten Tag, am Sonntag, dem 13. März 1938 – jenem Sonntag, an dem die von Kanzler Schuschnigg angesetzte Volksabstimmung über die Unabhängigkeit Österreichs hätte stattfinden sollen – tritt das Gesetz über die Wiedervereinigung Österreichs mit dem Deutschen Reich in Kraft.

In nüchternem Juristendeutsch wird verkündet: Gemäß Artikel I ist Österreich jetzt »ein Land des Deutschen Reiches«. In Artikel II wird für Sonntag, den 10. April 1938, eine »freie und geheime Volksabstimmung (…) über die Wiedervereinigung mit dem Deutschen Reich« verfügt.

Und im Reichsgesetzblatt wird verlautbart: »Das derzeit in Österreich geltende Recht bleibt bis auf Weiteres in Kraft. Die Einführung des Reichsrechts in Österreich erfolgt durch den Führer und Reichskanzler oder den von ihm hierzu ermächtigten Reichsminister.«

Ohne dass sie es ahnen, wird dieser Passus über die Einführung des Reichsrechts in Österreich noch eine gewichtige Rolle im Leben von Paul und Gustl spielen.

12

Abschlussbilanz

*»Ich ahnte sofort nach dem Umbruch die
weitere Entwicklung.«*
(PAUL JOSEF ROBITSCHEK, TAGEBUCH)

Im Salon sitzen einander Paul Josef Robitschek und August
Rieger in schweren Fauteuils gegenüber. Die Vorhänge sind
zugezogen. Kein Licht soll nach draußen dringen. Zwischen
ihnen, auf dem Tisch, im Lichtkegel einer Stehlampe, zwei
Cognacgläser und mehrere aus Zeitungen herausgerissene Seiten. Paul deutet auf die Blätter auf den Tisch: »Bis jetzt, Gustl,
haben die Nazis nur jüdische Wohnungen und Geschäfte ge-
plündert, Waren geraubt, ›beschlagnahmt‹, wie sie's nennen,
Geld gestohlen und Sachen demoliert. Mein Mutterl glaubt
immer noch, dass die Aktionen gegen uns Juden bald vorbei
sein werden. Ich hab' ihr gesagt, dass das naiv ist. Die Nazis
haben immer gegen uns Juden gehetzt. Das gehört zu ihrem
Parteiprogramm. Vor ein paar Tagen hat der Schmidt Ferry, der
jetzt auch Gestapo-Chef in Wien ist, mir gegenüber die Andeutung gemacht, dass es für uns Juden in Österreich bald sehr eng
wird. Es wird so kommen wie in Deutschland. Wer vernünftig
ist, sollte ans Auswandern denken. Ich soll's mir auch überle-
gen. Weil … über kurz oder lang nehmen uns die Nazis nicht
nur unser Geld weg, sondern auch die Grundstücke, Häuser,
Betriebe. … Schau her …« Robitschek zieht einen Zeitungs-
ausschnitt aus der Brusttasche seines Sakkos, und hält ihn in
den Lichtkegel. Im ›Landboten‹ vom 26. März steht unter der
Überschrift »Treuhänder für verlassene jüdische landwirtschaftliche Betriebe« Folgendes zu lesen: »In den letzten Tagen
sind wiederholt Fälle vorgekommen, dass landwirtschaftliche

Betriebe von ihren jüdischen Eigentümern oder Pächtern ohne Hinterlassung einer geregelten Verwaltung im Stich gelassen oder von Betriebsmitteln entblößt wurden. Es ist auch zutage gekommen, dass jüdische landwirtschaftliche Betriebe derart asozial und unordentlich geführt wurden, dass die Interessen der Volksgemeinschaft und insbesondere der Volksernährung im hohen Maße gefährdet erschienen. Um eine geregelte Betriebsführung und die Ziele der Erzeugungsschlacht zu sichern, hat das Ministerium für Land- und Forstwirtschaft angeordnet, dass Betriebe der oben geschilderten Art einer zentralen kommissarischen Leitung treuhänderisch unterstellt werden. Mit dieser wurde Dr. Rudolf Hoschek-Mühlhaimb betraut. Die Zentralstelle befindet sich in der Niederösterreichischen Landes-Landwirtschaftskammer, erster Stock, ehemals Präsidium. Es sind demnach dorthin alle Anfragen und Meldungen in Angelegenheiten der oben angeführten Betriebe oder weitere Fälle zu richten.«

Das mit der »kommissarischen Leitung« und den »Treuhändern« ist erst der Anfang, soviel ist Paul klar, und dass der nunmehrige Parteigenosse Ortsbauernführer Aigner immer schon auf das Kremser Gut und insbesondere auf den großen Sandgrubenkeller spekuliert hat, ebenfalls. Für Paul steht fest: Er wird Österreich verlassen, weiß jedoch noch nicht, wann und wohin. Für den Betrieb glaubt er, eine gute Lösung gefunden zu haben: Das Geschäft und den Kremser Betrieb wird er an Gustl verkaufen, der als stiller Teilhaber ohnehin eine Menge Geld drin stecken hat. Den Heiligenstädter Keller will er ihm auf zehn Jahre verpachten und den Gewerbeschein auf ihn ummelden. Zurecht befürchtet Paul Robitschek, dass die Nazis sonst den Betrieb beschlagnahmen, und wenn das geschieht, ist auch Gustls Geld weg, dessen stille Teilhaberschaft nicht in den Geschäftsbüchern aufscheint. »Ich schlag' vor«, sagt Paul, »wir machen eine Soll- und Haben-Rechnung. Alle Verbindlichkeiten, Steuern, Bankkredite kommen auf den Tisch, dein Betriebskapital wird eingerechnet … und dann finden wir gemeinsam einen realen Kaufpreis. Mit einem Kaufvertrag, deiner Eintragung ins Grundbuch in Krems und ins Handelsregister in Wien, mit allem halt, was dazugehört, kannst du dann das Geschäft ganz legal unter deinem Namen weiterführen. Ich hab' den Verkauf an dich auch mit dem Schmidt Ferry und dem Gratzenberger Karli von der Handelskammer schon besprochen. Beide finden den Vorschlag großartig und haben mir unbedingt zu dem Schritt geraten, weil … noch gelten die österreichischen Gesetze. Noch ist ein Kaufvertrag zwischen einem Juden und einem Arier dem Gesetz nach erlaubt und nicht genehmigungspflichtig. Aber beide sind überzeugt, das wird sich ganz schnell ändern, und dann gelten die reichsdeutschen Gesetze auch in Österreich. Wenn du das Geschäft jetzt schnell übernimmst, dann geht alles noch glatt über die Bühne. Die Übernahme wird dir niemand verweigern oder streitig machen. Weil … du … na ja, du bist halt jetzt ein ›Arier‹. Den neuen Herrn in der Nazi-Wirtschaft kann's nur recht sein, wenn du das Wiener Geschäft und das Kremser Gut kaufst. Ein Jud' weniger heißt für die Hakenkreuzler: ein arisches Geschäft mehr – und, wie sie sagen, ein rassefremder Konkurrent weniger. Und wenn der braune Spuk vorbei ist, dann gibst du mir das Geschäft unter Gegenverrechnung wieder zurück. Gustl, was meinst du dazu?«

Die beiden sind sich einig, und das Rechtliche sollen Dr. Koritschoner und Dr. Schwab in den nächsten Tagen regeln. Schwab soll die Kaufverträge machen und Koritschoner soll sofort Gustls Entmündigung aufheben lassen, denn als Entmündigter kann er keinerlei Rechtsgeschäfte abschließen. Die Aufhebung der Entmündigung gelang problemlos.

»Aber«, sagt Paul zu Gustl, da wäre noch etwas. »Meine Schulden bei dir werden sich in nächster Zeit noch beträchtlich vergrößern, weil ich in den kommenden Monaten auf deine materielle Hilfe bei der Abwicklung meiner Verbindlichkeiten und der Deckung der Ausreise- und Existenzspesen im Ausland angewiesen sein werde. Wenigstens für die erste Zeit.« In den Geschäftsbüchern werde die Summe natürlich nicht aufscheinen können. Sonst werde man Gustls Hilfe vielleicht einmal als Betrug bezeichnen. »Gustl, dass ich das von dir zusätzlich verlang', ist entsetzlich für mich. Das kannst' mir glauben. Und dass ich von dir getrennt sein werd', daran mag ich schon gar nicht denken. Da werd' ich ganz verzweifelt. Du weißt, wie lieb ich dich hab'.« Aber, sagt Paul, es werde sein müssen, er müsse aus Österreich weggehen. Er wolle einfach nur wieder ohne Angst und Demütigungen leben.

Robitschek lässt den Kopf in den Nacken sinken und starrt an die Zimmerdecke. Und er fragt sich, wie er mit der Angst und dem Trennungsschmerz zurechtkommen wird. Wird er daran zerbrechen?

Mit einem Mal ist ihm, als hätte ein magnetischer Sog das Schiff seines Lebens erfasst und als treibe er unausweichlich auf eine einsame Insel in der endlosen Weite des Meeres zu, wo ihn nichts als langsames Verhungern, Verdursten, Verdämmern und Sterben erwartet. Auch sorgt er sich um seine Mutter und um Leos Tochter Erika, seine Nichte. Rieger beruhigt ihn: Für die Erika werde sich sicher eine Lösung finden, ein Visum nach England vielleicht mit Hilfe von Ferdinand Schmidt, dem jetzt auch die Grenzpolizei untersteht. Und um Pauls Mutter werde Gustl sich persönlich kümmern, sollte ihre Ausreise nicht möglich sein. In den Kaufvertrag solle eine diesbezügliche Regelung zu ihrer Versorgung aufgenommen werden, und einstweilen solle sie bei ihm, Gustl, wohnen, da sei sie sicher.

Lange noch sitzen sie im Salon, schweigen, trinken Cognac und gehen erst weit nach Mitternacht zu Bett.

Am nächsten Tag, es ist Samstag, der 28. März 1938, sitzt Paul über den Geschäftsbüchern. »Ich machte selbst die Übergabe und Abschluss-Bilanz«, schreibt er in sein Tagebuch. Er rechnet stundenlang, führt Telefonate mit Kunden und legt schließlich mit Gustl den Kaufpreis und die Zahlungsmodalitäten fest. Auch die Versorgung von Pauls Mutter Johanna findet Berücksichtigung in Form einer monatlichen Zahlung. August Rieger verpflichtet sich ein paar Wochen später in einer Vereinbarung vom 24. Juni 1938, ihr monatlich eintausend Reichsmark auszuzahlen und für sie »die Licht-, Telephon- und Zinsrechnung« ihrer Wohnung monatlich zu begleichen; »dies wird von mir aus durchgeführt.« Johanna will aber vorerst nur hundert Reichsmark wöchentlich ausbezahlt bekommen. »Die wöchentlichen a conto-Beträge« könne sie »jeweils am Freitag in der Zeit von 2–6 Uhr nachmittags beheben. Hochachtungsvoll August Rieger.«

Um ganz sicher zu sein, dass es von Seiten der NS-Behörden keine Einwände gegen den Kauf der Sandgrube gibt, zeigt August Rieger den Kaufvertragsentwurf dem Kremser Bürgermeister Dr. Hermann Stingl, dem Bezirkshauptmann von Krems, Hofrat Dr. Schauer, sowie der Gewerbebehörde Krems. Er legt Baron Dr. Hoschek-Mühlhaimb bei der Niederösterreichischen Landes-Landwirtschaftskammer den Vertrag vor, ebenso der Wiener Bezirksleitung der NSDAP in Döbling. Er lässt ihn sogar von der Gestapo-Leitstelle Wien prüfen. Sie verlangt als einzige Behörde Änderungen, die Rieger auch vornehmen lässt. Gleichzeitig wird Paul Robitschek von der Gestapo aufgefordert, »in kürzester Zeit Deutschland zu verlassen«.

Weil es von behördlicher und von NSDAP-Seite keinerlei Einwände gegen eine grundbücherliche Eigentumsübertragung von Robitschek an Rieger gibt, glauben beide, die größte Hürde zur Erhaltung der Sandgrube Krems und des Wiener Weingroßhandels genommen zu haben.

13

In den Fängen der lokalen NS-Bürokratie

»Die Kremser Winzergenossenschaft hatte aus
verständlichen Gründen das Hauptinteresse,
eine geeignete Kellerei zu erwerben, um den Betrieb
überhaupt aufnehmen zu können.«
(FRANZ AIGNER, IM VERHÖR VOR DEM VOLKSGERICHTSHOF
AM 7. OKTOBER 1946)

Drei Wochen ist es her, seit Adolf Hitler in Wien vom Balkon der Hofburg unter dem Jubel Tausender den Eintritt seiner Heimat Österreich in das Deutsche Reich verkündet hat. Wo immer Hitler redete, beschwor er die Energie, den Schöpfergeist und den Durchsetzungswillen der Nationalsozialisten sowie das Zusammengehörigkeitsgefühl des deutschen Volkes. Volk und Regierung würden in beglückender Weise ineinander übergehen.

Auch Franz Aigner hat die nationalsozialistische Energie, die mit Hitler ins Land gekommen ist, vom ersten Tag an mitgerissen.

In den drei Wochen seit dem Anschluss hat er sich tatkräftig der Gründung seiner »Winzergenossenschafts-Kellerei nach Reichsdeutschem Muster« gewidmet. Rasch ist es ihm gelungen, prominente Kremser Persönlichkeiten für einen Proponenten-Ausschuss zu gewinnen: Oskar Dorn, den Direktor der Lehranstalt Krems, Matthias Fally, den Wirtschaftsverwalter der Stadt Krems, Adolf Wassermann, den Obmann des Weinbauvereins Krems, Gottfried Rohrhofer vom Weinbauverein Stein, die Herren Josef Hinterholzer, Johann Tandner und

Georg Mayer von der Hauerinnung Krems-Stein, die Winzer Gottfried Preiß, Karl Fiegl, Josef Doppler, Johann Scheitz, Ferdinand Seif und den Parteigenossen Josef Pichler. Auch zur Niederösterreichischen Landwirtschaftsbank hat Aigner schon wegen eines Kredites zum Ankauf der Robitschek-Kellerei Kontakt aufgenommen. Alles ist bestens im Laufen. Allerdings hat er ein großes Problem: Das Weingut des Juden Robitschek steht nicht zum Verkauf. Wie Aigner dieses Problem bisher auch gedreht und gewendet hat, es hat sich keine gesetzliche Lösung zur Übernahme der Sandgrube finden lassen. Obwohl die Nationalsozialisten jetzt unumschränkt in Österreich regieren und er Ortsbauernführer ist, kann er nicht einfach zum Grundbuchsgericht in Krems gehen und dem Richter sagen: »So, jetzt sind wir an der Macht! Ab jetzt gehört das Sandgrubengut des Juden Robitschek uns Winzern von Krems, weil wir den Keller und die Weingärten unbedingt für unsere gemeinnützigen Zwecke brauchen.«

Wie also, fragte sich Aigner ständig, kommt er an Robitscheks Weingut, ohne gegen noch immer geltendes österreichisches Eigentumsrecht zu verstoßen? Denn eines will er unbedingt vermeiden: Dass der Erwerb des »Judengutes«, wie Aigner das Sandgrubengut stets bezeichnet, jemals mit Raub, Diebstahl, Erpressung oder illegaler Bereicherung in Verbindung gebracht werden kann.

Die Übernahme dürfe nie nach »unredlichem Erwerb« aussehen. Was könnte Aigner in dieser vertrackten Lage tun? Gerüchteweise hat er zwar von den höheren Parteigenossen in Krems gehört, es werde eine Verordnung kommen, welche jüdischen Besitz unter NS-Verwaltung stellt, aber wann, das wisse man nicht. Aigner ist ratlos, bis ihn die Parteigenossen auf die neue Verordnung über verlassene jüdische Betriebe hinweisen. Derartige Betriebe seien der »Niederösterreichischen Landes-Landwirtschaftskammer« in Wien zu melden und einer »kommissarischen Leitung« zu unterstellen. Zuständig dafür ist der Parteigenosse Baron Dr. Rudolf Hoschek-Mühlhaimb, den Aigner ja gut kennt.

Aigners Grübeln hat ein Ende. Diese Verordnung bestätigt ihm, was in der NSDAP immer schon Grundsatz war: Die Juden müssen aus dem Wirtschaftsleben verschwinden. So rasch wie möglich. Was für eine glückliche Fügung des Schicksals! Denn weder Paul Robitschek noch seine Mutter Johanna, die Miteigentümerin der Sandgrube, und auch nicht August Rieger, Robitscheks Kompagnon, haben sich seit dem »Anschluss« am Kremser Gut blicken lassen. Alle drei, hat Aigner den Eindruck, sind wie vom Erdboden verschluckt. Am Weingut ist lediglich dieser Albert Herzog, der dort als eine Art Verwalter nach dem Rechten sieht, und seine Frau mit ihrem großen Fleischerhund. Ist das nicht Beweis genug, dass die jüdischen Eigentümer ihre Kremser Kellerei und den Weingartenbesitz im Stich gelassen haben? Für Aigner ist damit der Tatbestand der »Vernachlässigung« erfüllt und somit die Voraussetzung für eine »kommissarische Verwaltung« gegeben. Er muss nur noch die Sandgrube dem Parteigenossen Hoschek-Mühlhaimb melden und sich – als Ortsbauernführer – am besten gleich selbst als »kommissarischer Verwalter« ins Spiel bringen. Hoschek-Mühlhaimb wird sicher sofort die Beseitigung des angezeigten »Missstandes« durch Einsetzung eines kommissarischen Verwalters veranlassen. Auch ist Aigner überzeugt, am Gut genügend Beweise dafür zu finden, dass der Jude Robitschek nicht nur schlecht und unordentlich gewirtschaftet, sondern sich auch seinen Pächtern gegenüber – den Winzern Leopold Zeiner und Franz Paradeiser – asozial verhalten hat. Tatsächlich hat sich Aigner laut Aussage von Albert Herzog »bemüht, bei den Weingartenpächtern der Firma Robitschek schriftliche Bestätigungen über das asoziale Verhalten Riegers und seine Beziehungen zu Robitschek zu erlangen, und als Zeiner und Paradeiser es ablehnten, wahrheitswidrige Behauptungen zu bezeugen, ihnen angedroht, er werde sie alle hinauswerfen, wenn er den Besitz haben werde«.

Und dann ist da auch noch die Sache, die ihm der Parteigenosse Willi Heiminger zu Fronleichnam im Vorjahr hinterbracht hat: der Robitschek und der Rieger, händchenhaltend und küssend im Weinberg ... Wer weiß, wofür dieses Wissen noch gut sein wird. Homosexuelle stehen außerhalb des Gesetzes ... und wenn der Jud' Mätzchen macht, oder sein Kompagnon, dann kann man der Gestapo ja einen kleinen Tipp geben. Die interessiere sich immer für das Treiben von warmen Brüdern.

Sobald Aigner als »kommissarische Aufsicht« bestellt sein wird, dann werden auch die Tage von diesem Albert Herzog am Gut gezählt sein, der sich dort als Kellermeister aufspielt, aber nie das Winzerhandwerk erlernt hat. Dieser Herzog, dieser mickrige, 25-jährige Niemand, ist weniger als ein Nichts. Früher oder später, das weiß der Aigner Franz schon jetzt ganz genau, wird er ihn und seine Frau samt ihrem Hund vom Gut jagen.

Die Meldung an Parteigenossen Hoschek-Mühlhaimb nach Wien ist Aigners erster Schritt zum Erwerb des »Judengutes« für die Winzer Krems. Denn eines ist ihm klar: Die neuen NS-Behörden werden dem Juden Robitschek mit Verordnungen und Gesetzen dermaßen auf die Zehen treten, dass er seinen Besitz gerne verkaufen und Österreich verlassen wird. Auch er, Franz Aigner, wird als »Beauftragter des Proponenten-Ausschusses« zum Ankauf der Sandgrube fest mittreten.

Und so trifft sich Franz Aigner selbigen Tages, es ist der 5. April 1938, mit seinem Vorgesetzten, dem Kremser »Kreisbauernführer« Johann Dietl, und ersucht ihn um den Auftrag, Robitscheks Gut begutachten zu dürfen, denn schließlich habe er als Ortsbauernführer den Hinweisen von Kremser Hauern auf Missstände und schlechte Bewirtschaftung der Sandgrube durch den Juden Robitschek nachzugehen. Das sei keine persönliche Willkür. Er erfülle lediglich seine Aufsichtspflicht. Bei der Begehung von Robitscheks Gut hätte Aigner gerne Zeugen dabei, die etwas vom Weinbau verstünden: den Matthias Fally, den Wirtschaftsverwalter der Stadt Krems, und den Karl Kurz, den Fachlehrer für Weinbau in der niederösterreichischen landwirtschaftlichen Lehranstalt. Zu dritt würden sie alles korrekt protokollieren, wenn möglich, in Anwesenheit von Robitschek und Rieger. Mit dem Protokoll könne dann der Herr Kreisbauernführer die notwendigen Schritte zur Einsetzung eines »kommissarischen Leiters« veranlassen. Er, Aigner selbst, wäre dafür wohl die geeignetste Person.

Und Kreisbauernführer Dietl stimmt Aigners Vorschlag sofort zu. Am selben Tag noch schildert Kreisbauernführer Dietl
Baron Hoschek-Mühlhaimb den Sachverhalt, der seinerseits
sofort ein Schreiben an seinen Vorgesetzten, den Parteigenossen Dr. Johannes Graf Hardegg richtet, den »beauftragten Vertrauensmann des Staatskommissars in der Privatwirtschaft«:
»Auf Ansuchen der Kreisbauernschaft Krems wird für die
Weingärten in den Sandgruben bei Krems des Paul Josef Robitschek, Wien XIX., eine kommissarische Aufsichtsperson zu
bestellen sein, für welche der Bauernschaftsführer Franz Aigner
in Krems vorzuschlagen sein wird. Die Bestellung wird begründet mit groben kulturellen Missständen. Heil Hitler!« Damit hat
Aigner die Behördenmaschinerie zur Beraubung Robitscheks
in Gang gesetzt.

Schon am nächsten Tag, dem 6. April 1938, erscheint Aigner
frühmorgens gemeinsam mit Karl Kurz und Matthias Fally am
Weingut und behauptet dem überraschten Albert Herzog gegenüber, er sei ab jetzt der neu bestellte kommissarische Verwalter
der Sandgrube und habe den Auftrag, den Zustand des Gutes zu
überprüfen. Dabei hat Aigner ein offizielles Bestellungsschreiben noch gar nicht in Händen …

Erwartungsgemäß fällt der Befund von Aigner, Kurz und
Fally vernichtend aus: Der Jude Robitschek habe gravierende
Fehler zu verantworten: Die Rebstöcke der jungen Weingärten
seien falsch geschnitten – drei bis vier Zapfen mit je vier bis sechs
Augen. Diese Art des Rebschnitts brächte zwar kurzfristig eine
große Ernte, aber die Weinstöcke würden dadurch geschwächt
und bald an Holzschwund leiden. Zudem würde durch diese Art,
den Wein zu schneiden, nur eine mindere Qualität erreicht, die
nicht einmal an die Kremser Durchschnittsqualität heranreiche.
Üblich seien beim Rebschnitt nur zwei bis vier Zapfen mit ein
bis zwei Augen. Erschwerend käme hinzu, dass die notleiden-

den Kremser Weinbautreibenden möglicherweise, um ebenfalls einen größeren Ertrag zu bekommen, dazu verführt werden könnten, beim Rebschnitt dieses üble Vorgehen des Juden Robitschek nachzuahmen. Das Kremser Anbaugebiet würde sehr rasch von einem Qualitäts- zu einem Quantitätsgebiet herabsinken. Das müsse unbedingt verhindert werden.

Aber es gibt noch einen Punkt, den Aigner unbedingt im Protokoll haben will: Robitscheks Geschäftsgebaren: »(...) Es ist erwiesen, und wird Oberinspektor Wasmer der Finanzlandesdirektion in Wien bestätigen können, dass Weine aus Quantitätsgebieten (minderwertige Produkte) von der Firma angekauft wurden, diese Mengen für das Freilager Wien gemeldet, von dort aus für Krems umgemeldet wurden, der Wein jedoch direkt von der Produktionsstätte, ohne das Freilager in Wien zu berühren, nach Krems abgeführt wurde. Diese Zustände werden schon seit langer Zeit von der Weinhauerschaft in Krems kritisiert und wird eine diesbezügliche Abstellung dieser Zustände von derselben gefordert. Krems, am 6. April 1938. Heil Hitler! Karl Kurz, Matthias Fally, Franz Aigner«

Mit Amtssiegel und Unterschrift bestätigen der Kremser Bürgermeister Stingl und Direktor Dorn von der landwirtschaftlichen Lehranstalt, dass die Herren Fally und Kurz zu den »getätigten Feststellungen befugt und qualifiziert« sind. Als letzter unterschreibt Franz Aigner das Protokoll und drückt den Stempel der Bezirksbauernkammer Krems auf das Dokument mit dem Vermerk: »Zur Kenntnis und weiterer Amtshandlung weitergeleitet! Heil Hitler!«.

Erst am nächsten Tag, am Donnerstag, dem 7. April 1938, erhält Aigner sein Bestellungsdekret: »Gemäß der Verordnung vom 22. März 1938, betreffend die Regelung der Personalangelegenheiten in der Privatwirtschaft und den Durchführungsbestimmungen vom 29.3.1938, werden Sie hiemit als kommissarische Aufsichtsperson für die Weingärten in der Sandgrube bei Krems des Paul Josef Robitschek, Wien XIX., bestellt. Sie haben Ihre Tätigkeit gemäß der erlassenen Dienstanweisung auszuüben.«

Um ganz sicher zu gehen, dass die zuständigen NS-Behörden auch tatsächlich alle rechtlichen Hebel zur Übernahme der Sandgrube in Bewegung setzen, fährt Ortsbauernführer Aigner nach Wien und trägt seine Wünsche nochmals mündlich Dr. Hoschek-Mühlhaimb vor und weist dabei auch auf die Möglichkeit hin, der Jude Robitschek könnte möglicherweise mit dem Arier Rieger einen Kaufvertrag abschließen. Was dann? Auch seien ihm Gerüchte zu Ohren gekommen, Rieger habe einen derartigen Vertrag bereits abgeschlossen. Wenn das stimme, dann dürfe ein derartiger Vertrag auf keinen Fall genehmigt werden. Stattdessen sollen die Behörden schnellstens den Verkauf der Robitschek-Kellerei und der Weingärten an die Hauerinnung Krems in die Wege leiten.

Und Hoschek-Mühlhaimb erfüllt Aigners Wunsch. Am nächsten Tag lässt er durch ein Schreiben – datiert mit Samstag, den 9. April 1938 – die Kremser Kreisbauernschaft wissen, dass die Genannten unter keinen Umständen ohne Zustimmung der hiesigen Stelle ihre Eigentumsrechte an Dritte übertragen dürfen. Hievon wolle auch der Stadtverwalter der Stadtgemeinde Krems verständigt werden. Er zeichnet mit »Heil Hitler! Der Kommissar für besondere Verwendung.« Einen Durchschlag dieses Schreibens mit dem Vermerk: »Zur Kenntnisnahme mit dem Beifügen, dass eine unmittelbare Weisung des Ministeriums für Land- und Forstwirtschaft vorliegt«, erhalten auch Paul Josef Robitschek und seine Mutter Johanna.

Von da an wissen Robitschek und Rieger: Es ist hoch an der Zeit zu handeln.

Noch am Samstag, dem 9. April 1938, treffen sich Paul Josef Robitschek, seine Mutter Johanna und August Rieger bei Rechtsanwalt Dr. Heinz Schwab in der Postgasse 14, weil am nächsten Tag, dem 10. April, die von Hitler angekündigte Volksabstimmung über den Anschluss Österreichs an das Deutsche Reich stattfinden soll.

Der Kaufvertrag über das Sandgrubengut wird unterschrieben und die Unterschriften notariell beglaubigt. Und – um ganz sicher zu gehen – machen Robitschek und Rieger den Anwalt auf das Verkaufsverbot des kommissarischen Verwalters Franz Aigner aufmerksam. Doch Dr. Schwab beruhigt sie und meint, dass das einfach nur ein schikanöser Willkürakt des Herrn Ortsbauernführers und der Kreisleitung Krems sei, rechtlich ohne jede Bedeutung. Denn für ein derartiges Verbot gäbe es keinerlei gesetzliche Handhabe, weil immer noch österreichisches Recht gelte. Und dem sei mit dem Kaufvertrag Genüge getan. Alles sei rechtskonform. Rieger müsse nur noch in Krems zu Gericht gehen und sich als neuer Eigentümer der Sandgrube ins Grundbuch eintragen lassen.

Albert Herzogs Staunen ist groß, als Franz Aigner und Matthias Fally am Montag, dem 11. April 1938, nur zwei Tage nach der Begutachtung des Weingutes, abermals bei ihm auftauchen. Diesmal begleitet vom Weinsteuerbeamten Leopold Karl sowie von zwei uniformierten SS-Männern des Kremser Sturmbannes I/52: SS-Oberscharführer Wilhelm Kugler und SS-Scharführer Friedrich Walter. Mitgekommen ist auch Robitscheks Pächter Leopold Zeiner, der sich – gemeinsam mit dem Winzer Franz Paradeiser – seit Jahren um Robitscheks Weingärten kümmert. Alle sechs, wie sie vor Herzog stehen, sind noch aufgekratzt und freudig erregt von der nächtlichen Abstimmungsfeier über den Anschluss Österreichs ans Deutsche Reich. Alle haben sie Hitler ihr »Ja« gegeben. In Krems und Stein waren fast hundert Prozent der Stimmberechtigten für den Anschluss. Wiederum ist es – wie am 11. März – zu Freudenkundgebungen gekommen. An die elftausend Kremser Volksgenossinnen und Volksgenossen haben sich zu einem Fackelzug formiert. Wiederum haben Tausende Begeisterte vom Straßenrand aus den Marschierenden zugejubelt. Und wiederum hat es auf dem Pfarrplatz in Krems eine Treuekundgebung für Hitler gegeben, mit einer schneidigen Ansprache von Rechtsanwalt Dr. Mühlwerth, dem Gauredner und Kreiswahlleiter.

Kurz, bündig und forsch im Ton erklärt Franz Aigner dem verwirrten Albert Herzog, dass er ab sofort als »kommissarischer

Verwalter« das Weingut übernehmen würde. Dazu sei eine Inventarisierung aller am Gut vorhandenen Dinge erforderlich. Denn alles müsse seine Ordnung haben. Niemand solle später einmal behaupten können, dem Juden Robitschek oder seiner Mutter sei von Aigner oder sonst jemandem Unrecht getan oder gar etwas geraubt worden.

Und Robitscheks Kremser Besitz wird penibel protokolliert: »48 Fässer, Gesamtinhalt 149.800 Liter, eine Baumpresse und Lesegeschirr, eine Weinpumpe–Handpumpe, eine Motorhebelweinpumpe, eine Motorkreiselpumpe (Vogl), fünf Weinschläuche, eine Flaschenwaschmaschine, ein Flaschenfüllapparat, ein Niederdruckdampfkessel, ein Weinfilter Ariston für 20 Schichten, eine Flaschenkorkmaschine, ein Kohlensäureimprägnierapparat, ein Flascheneinweicher, eine hydraulische Presse, eine Schraubenpresse mit Handdruck, drei Poronosporaspritzen, ein Schwefler, ein Kultivator. Im Kellerstüberl vorhanden: ein Tisch, zwei Lotterbetten, zwei Stühle, ein Ofen, 62 Stück verschiedenes Dekorationsgeschirr, ein Luster und ein Teppich. Weinvorrat: 613.35 Hektoliter, davon 306.78 Hektoliter in Fässern und 306.57 Hektoliter in Flaschen, Gesamtvorrat: 613.35 Hektoliter. Flaschenvorrat: 14.033 Doppelliterflaschen und 2970 Siebenzehntel-Bouteillen. Heil Hitler! Krems, am 11. April 1938.«

Bis auf den Pächter Leopold Zeiner unterschreiben alle Anwesenden das Protokoll des Inventars.

Zwei Tage nach der Inventarisierung des Sandgrubengutes, es ist Mittwoch, der 13. April, erreicht Franz Aigner ein weiteres Etappenziel: Der Weinbauverein Krems, die Vertreter des Weinbauvereines Stein und jene der Hauerinnung Krems und Stein beschließen »einstimmig und freiwillig« die Gründung der Winzergenossenschaft Krems »nach reichsdeutschem Muster«. »Parteigenosse Aigner ist mit den Vorarbeiten der Winzergenossenschafts-Kellerei betraut.« Alle, die Aigner schon vor Wochen für den Proponenten-Ausschuss geworben hatte, unterschreiben das Dokument.

Acht Tage danach, am 21. April, schickt Aigner das Keller-Inventar der Sandgrube an den Parteigenossen Dr. Hoschek-Mühlhaimb und fordert, dass die Pächter weiterbeschäftigt würden und Dünger, Spritzmittel und Draht anzuschaffen seien. Zusätzlich seien die Gehälter für Zeiner und Paradeiser zu bezahlen. Selbstverständlich habe diese und alle folgenden Kosten für den Weiterbetrieb des Gutes der Jude Robitschek zu tragen. Auch die Aufwandskosten des kommissarischen Verwalters …

Von den Missständen, die Aigner bei der erst zwei Wochen zurückliegenden ersten Begehung aufgelistet hat, ist plötzlich nicht mehr die Rede: »Der Stand der Weingärten ist im Allgemeinen befriedigend.« Aigner kann die behaupteten Missstände nicht länger aufrechterhalten, denn dann brächte er die beiden »arischen« Pächter, erfahrene Kremser Winzer, ins schiefe Licht, da sie es ja sind, die seit Jahren für den Rebschnitt und den Zustand der Weingärten Robitscheks verantwortlich sind.

Zielstrebig arbeitet Aigner mit der NS-Bürokratie in Wien und Krems auf die endgültige Übernahme des Besitzes hin und hofft, dass der Robitschek schnell in die Knie gehen und die Sandgrube an die Winzer Krems verkaufen wird.

Vier Wochen ist es jetzt her, seit Robitschek und Rieger mündlich ihre Kaufvereinbarung getroffen haben, nun sollte einer grundbücherlichen Übertragung des Sandgrubengutes an Rieger nichts mehr im Wege stehen. Und so begibt sich August Rieger am Freitag, dem 29. April 1938, in Begleitung von Albert Herzog zum Bezirksgericht Krems und übergibt dem Grundbuchbeamten das Gesuch auf Eigentumsübertragung sowie den notariell beglaubigten Kaufvertrag. Der Beamte erklärt Rieger, wenn er ein Duplikat bringe, dann könne er das Original des Kaufvertrags wieder zurückbekommen. Hocherfreut antwortet Rieger, dass Albert Herzog, sein Sekretär, in den nächsten Tagen eine beglaubigte Kopie des Vertrages vorbeibringen und dafür das Original übernehmen werde.

Man verabschiedet sich höflich und wünscht einander ein schönes Wochenende. Erleichtert und zuversichtlich verlassen

Rieger und Herzog das Kremser Gerichtsgebäude. Doch kaum haben die beiden die Amtsräumlichkeit verlassen, greift der Grundbuchbeamte zum Telefon und ruft in der Kreisleitung Krems an: Der Jude hat die »Sandgrube« und alles, was dazugehört, seinem Kompagnon August Rieger verkauft, und der will sich jetzt – als neuer Eigentümer – ins Grundbuch eintragen lassen …

Nach diesem Anruf ist in der Kreisleitung Feuer am Dach. Kreisleiter Dum verständigt sofort Kreisbauernführer Dietl von dieser unerwarteten Entwicklung. Der wiederum informiert sogleich Ortsbauernführer Franz Aigner. Der fühlt sich von Robitschek und August Rieger überrumpelt, übergangen und ausgebootet. Aigners Ärger ist auch deshalb so groß, weil er nach seiner Ernennung zum Verwalter der Sandgrube mit Rieger sogar kurz über einen Ankauf des Gutes für die Winzergenossenschaft Krems gesprochen hat. Rieger hat ihm bei diesem Gespräch in Robitscheks Namen ein Gegenangebot gemacht: Der Herr Ortsbauernführer erhalte Geld, wenn er auf die Kaufabsicht verzichte. Das hatte Aigner als Bestechungsversuch angesehen und daher strikt abgelehnt. Dann hat Rieger vorgeschlagen, der gesamte Kremser Besitz könne an die noch in Gründung befindliche Winzergenossenschaft »preiswürdig« verkauft werden. Letztendlich sei alles nur eine Frage des Preises. Natürlich hatte es sich in Kremser Parteikreisen bereits herumgesprochen gehabt, dass Rieger mit einem Kaufvertragsentwurf beim Kremser Bürgermeister und beim Bezirkshauptmann gewesen war und dass beide keinerlei Einwände dagegen gehabt hatten. Natürlich hatten die Kreisleitung Krems und Ortsbauernführer Aigner von diesen Gesprächen erfahren. Aber sie dachten: »Das traut sich der Jud' niemals.« Nie, meinte Aigner, hätte es zu diesem Vertrag kommen dürfen. Aigners Plan, Robitscheks Sandgrubengut zum Sitz der »Winzergenossenschaft Krems« zu machen, scheint sich mit einem Mal in Luft aufzulösen. Aber das wird Aigner nicht zulassen. Diesen Triumph wird er dem Juden und seinem »Bettknaben« Rieger nicht gönnen. So leicht wird

Aigner das Weingut, auf das er meint, alleinigen Anspruch zu haben, dem »Herrn Baron« nicht überlassen, nein, Aigner ist keiner, der klein beigibt, der gleich den Schwanz einzieht, wenn einmal der Wind des Schicksals rauer bläst. Schließlich ist er es, der als »kommissarischer Verwalter« am »Judengut« das Sagen hat – und niemand sonst. Somit ist das Recht auf seiner Seite. Ohne seine Zustimmung ist ein Verkauf der Sandgrube »unzulässig«. Deshalb hat er ja dem Robitschek und seiner Mutter sein Verkaufsverbot schriftlich zukommen lassen. Es ist für Aigner nicht zu akzeptieren, dass Robitschek und Rieger sich einfach über seine Vorschriften hinweggesetzt haben. Aigner ist felsenfest davon überzeugt, der Kaufvertrag sei ungültig, weil er seine Zustimmung dazu nicht gegeben habe. Auch in der Kreisleitung ist man sich einig, dass nur die Winzergenossenschaft Krems ein Anrecht auf das »Judengut« hat.

Die grundbücherliche Eigentumsübertragung an Rieger muss mit allen Mitteln verhindert werden. Und so sind alle zusammen, die Kreisleitung sowie die Kreis- und Ortsbauernführung, entschlossen, die Eigentumsübertragung an August Rieger zu hintertreiben, Kaufvertrag hin oder her, gültig oder nicht.

Während Rieger und Robitschek sich in Wien ihres Coups erfreuen, gehen die Parteigenossen in Krems daran, den beiden einen Strich durch die Rechnung zu machen. Aigner fordert vom Grundbuchbeamten die Herausgabe des Kaufvertrages. Doch der erklärt ihm, er dürfe ihn nicht herausgeben, weil er an die Reichsstatthalterei geschickt werden müsse, zwecks Überprüfung und Genehmigung – oder eben Nichtgenehmigung …

14

Die Kunst der Verschleierung

»... da R. Jude war und Österreich zu diesem
Zeitpunkt bereits verlassen haben dürfte,
da er nicht auffindbar war ...«
(FRANZ AIGNER IM VERHÖR AM 7. OKTOBER 1946)

Schon am übernächsten Tag, dem 1. Mai, tauchen Franz Aigner
und Kreisleiter Dum, sein goldenes Parteiabzeichen demonstrativ an der Uniform, in der Sandgrube auf. Lautstark äußern
sie ihren Ärger über den ihrer Meinung nach widerrechtlichen
Kaufvertrag. Herzog könne dem Robitschek und dem Rieger ausrichten, ihr nicht genehmigtes Vorgehen werde schwerwiegende
Konsequenzen haben. Das Herumgebrülle der beiden schüch-
tert Albert Herzog ein. Er weiß nichts darauf zu antworten, ge-
schweige denn, was jetzt zu tun sei. Gretl, seine Frau, bewahrt
trotz der Drohungen kühlen Kopf, Albert solle an Paul und Gustl
schreiben, die beiden seien telefonisch nicht erreichbar.

Diese neue Hakenkreuz-Welt ist für Albert Herzog höchst
verwirrend: Dem Nationalsozialisten Franz Aigner gehört das
Gut zwar nicht, aber er hat das volle Verfügungsrecht darüber.
August Rieger, als neuer Eigentümer der Sandgrube, muss für
alle Ausgaben aufkommen, die zum Weiterbetrieb durch den
Nationalsozialisten Aigner notwendig sind, darf aber über sein
Eigentum nicht frei verfügen. Was für eine verkehrte Welt ...

Noch unter dem Eindruck des Besuchs vom Vortag schreibt Herzog am nächsten Tag ganz förmlich an seinen Dienstherrn: »Sehr
geehrter Herr Robitschek! Herr Aigner fühlt sich verletzt und ist
enttäuscht, weil die Gründe statt an die Winzergenossenschaft

an Herrn Rieger geschrieben wurden. Er ist der Meinung, dass der Herr Rieger es mit ihm nicht ehrlich meint. Herr Robitschek, der Herr Aigner braucht Geld. 380 Schilling für frühere Käufe, und separat für Zeiner und Paradeiser, und außerdem kommt er im Laufe dieser Woche nach Wien, und er werde alles regeln (Was er damit meint?) Herr Robitschek, bitte, der Herr Rieger soll mir eine Karte schreiben, wann er Sonntag rauskommt, auch Herr Aigner will ihn gerne sprechen. Werde Herrn Rieger von der Bahn abholen. Morgen werde ich im Grundbuch nachsehen, ob alles überschrieben ist. Vorläufig den besten Gruß von meiner Frau sowie von mir. Lasse Herrn Rieger schön grüßen (...) Ansonsten ist in Krems und bei uns alles in Ordnung bis auf das schlechte Wetter, es regnet schon seit Sonntag abends ununterbrochen. Hochachtungsvoll Herzog«.

Das Wetter ist tatsächlich seit Tagen schlecht. Die Temperaturen sind bis auf minus sieben Grad Celsius gefallen. Die Kirschen und Marillen sind vernichtet. Die Weinstöcke haben großen Schaden erlitten. »Die Tragweite des Frosteinbruchs kann noch gar nicht ermessen werden«, weiß das Wochenblatt »Der Bauernbündler« zu berichten.

Noch immer erbost, dass Robitschek und Rieger ihn übergangen haben, holt Franz Aigner, in Absprache mit der Kreisleitung und Richter Dr. Christelbauer vom Kreisgericht Krems, zum Gegenschlag aus. Seine Strategie ist einfach: Weitere Parteistellen und Behörden in den Fall involvieren, um Druck auf Rieger und Robitschek auszuüben und ihnen klar zu machen, dass in dieser Angelegenheit mit dem Ortsbauernführer und der Kreisleitung in Krems nicht zu spaßen und das letzte Wort noch nicht gesprochen sei.

Die Parteigenossen beschließen, mit einem neuen, antijüdischen Gesetz gegen den Kauf vorzugehen: Seit 27. April 1938 ist die »Verordnung über die Anmeldung des Vermögens von Juden« in Kraft. Sie berufen sich auf den Passus: »Die Veräußerung oder die Verpachtung eines gewerblichen, land- oder forstwirtschaft-

Johanna Robitschek, die Mutter von Paul und Leo

Paul Robitschek

August Rieger

Erszi Farkas

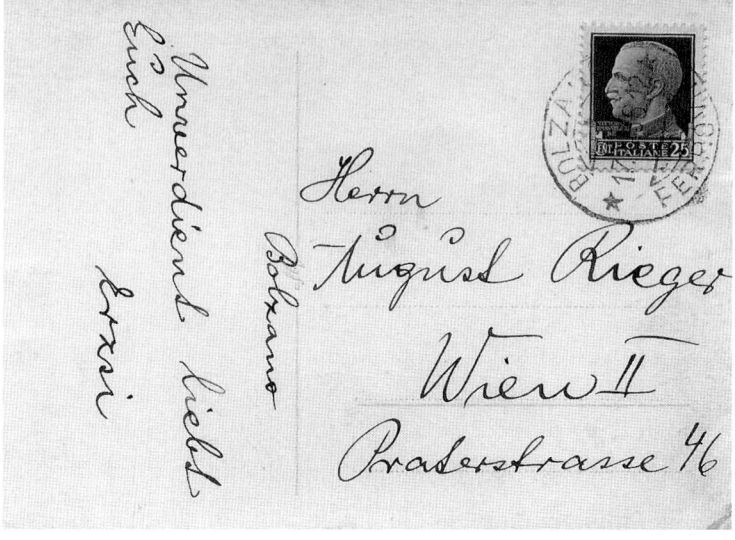

Widmung von Erzsi Farkas auf der Rückseite des Fotos

Albert Herzog

Telegramm von August Rieger an Albert Herzog, 23.1.1938

Albert und Margarete Herzog

Margarete Herzog und ihr Hund Barry

Pension Rieger in Aussee

Margarete Herzog im alten Sandgrubengut, 1937

Frühlingsfest im Keller der Sandgrube, 1938

Schlafzimmer von August Rieger, Praterstraße 46

Fest bei August Rieger, Praterstraße 46

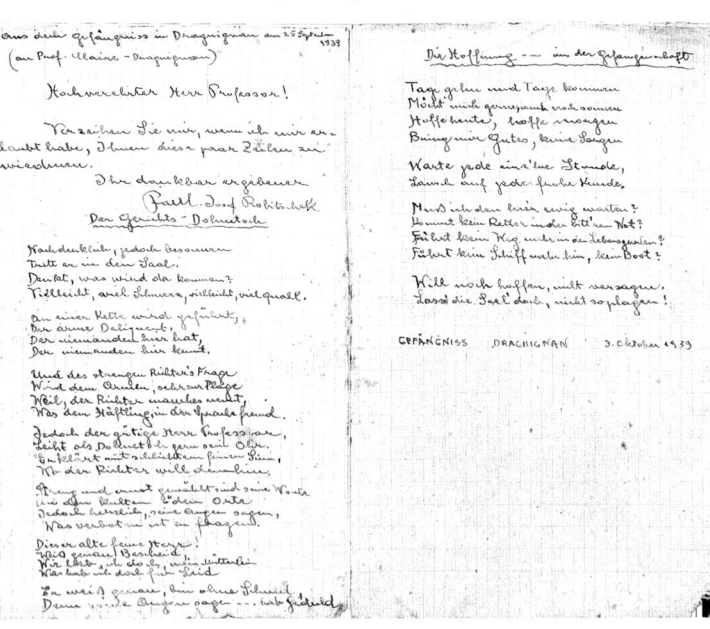

Tagebuch Paul Robitschek in der Gefangenschaft in Draguigan

Ein Stück meines Lebensromanes

Ich will euch die Geschichte erzählen
mit der gestrigen Nacht fing es an, ich schlief
endlich auf meinem harten Lager ein, da sah
ich einen langen Parade-Zug von aufgeputzten
Wagen mit vielen Menschen. Die Menge schrie
wie besessen und als ich nunehr näher kam
hörte ich es sei der Kaiser Otto. Ich wusste
dass ich in der Fremde wär. Ich kam näher
und schrie, es lebe der Kaiser, ich bin vom
alten Österreich! Da bellten die Hunde
im Gefängnis-hof und ich erwachte. Die heutige
Nacht schlief ich kurze Zeit ein, auf einmal
erhielt ich die Nachricht, ich habe noch für
dieses Jahr nicht die Taxe für unsere Friedhofs-
gruft bezahlt, die war schon im Verfall
und wieder bellten die Hunde und ich
erwachte. Den ganzen Tag (heute ist der
19 Sept 1939) verfolgen mich die Gedanken,
was machen alle die ich liebe daheim,
und sie nur gebe und ist ihnen kein Leid
wiederfahren. Wann werd ich sie wieder
sehn, wie werd ich sie wiedersehn, ob
ich sie werd' wiedersehn, so verfolgt es
mich den ganzen Tag. Ich erlebe mit
offenen Augen wachend am Tage nur
traurige Visionen. Krank, schwach und
elend habe ich die Freiheit erlebt. —
Mit einem Wanderstab in Lumpen als ein
Greis, trotz ich die Reise in die alte Heimat
an. Endlich finde ich nach Hause.
Da höre ich die schreckliche Kunde
mein Mütterl ist nicht mehr, sie hat
ausgelitten. Vom Schmerz gebeugt
was ich weiter und auch mein
Liebchen, ich finds nicht. Da geh' ich zum

Tagebuch Paul Robitschek

Mein lieber Gustl!

Traurig klang Deine liebe Stimme rette mich. Du musst doch fühlen wie weh' mir alles tut. Auch meinen guten Willen musst Du doch akzeptieren ich bin doch kein Unmensch. Du hast mir vieles gesagt, was nicht notwendig war und mir weh' tut — — doch verstehe ich es war im letzten Kämpfen. Du hast doch all' dies nicht notwendig, lebe, wie wir leben müssen, schweige selten Tant von Dir, alle falsche Scham, dies hat mit Ehre nichts zu tun. Du bist ein Träumer und musst endlich an ... wachen. Es ist nicht das erste mal dass Du solche Dummheiten machst, aber leider kann ich diesmal nicht mit. Ich bin kein so reicher Mann wie Du glaubst, so werden rechne mit jeden Bolivar, jung und gesund, bin ich auch nicht, wenn ich weiter leben will, darf ich nicht heute schon alles realisieren.

Nun zu Dir, folge mir fahre sofort weg von Wien, lasse Führer und Herzog eine Vollmacht sage Du bist in Deutschland lasse Du die Nachrichten durch Erika zusenden und schicke sie wieder durch sie. Ich habe bei Frau Sander es so geregelt, dass Du

Letzter Brief von Paul Robitschek an August Rieger, Caracas 1950

Grab von Paul Robitschek in Caracas

August Rieger am Klavier in seiner Wohnung in Heiligenstadt

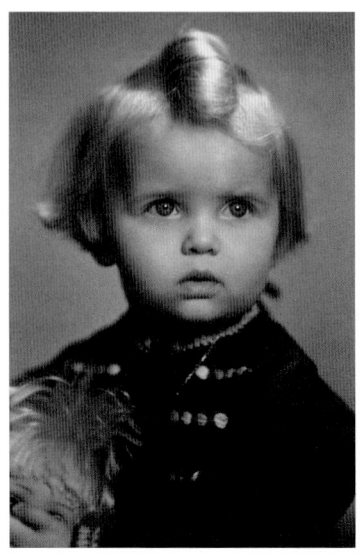

Ingrid »Guggi« Herzog als
kleines Mädchen

Albert Herzog in der Badewanne
von August Rieger

August Rieger mit Margarete und Ingrid Herzog, Venedig 1952

Albert Herzog beim Sonnenbaden, Arlberg

Ingrid Herzog im Geschäft in der Wolfgang-Schmälzl-Gasse

lichen Betriebes bedarf der Genehmigung, wenn an dem Rechts-
geschäft ein Jude als Vertragschließender beteiligt ist.«

Richter Christelbauer lässt Riegers Grundbuchseingabe
samt Kaufvertrag an die Reichsstatthalterei (Landesregierung)
in Wien schicken »mit dem Ersuchen um allfällige nachträg-
liche Genehmigung, weil laut Auskunft der Kreisleitung der
NSDAP in Krems die Verkäufer Juden sind«. Aigner ist zufrieden. Fürs Erste ist es ihm mit dieser Finte gelungen, »den Kaufvertrag Robitschek-Rieger der grundbücherlichen Eintragung
zu entziehen«.

Aber nicht nur gegen Robitschek, auch gegen August Rieger
hat die Kreisleitung Trümpfe in der Hand. Seit etwas mehr als
einer Woche ist die »Verordnung gegen die Tarnung jüdischer
Geschäfte« in Kraft: »Ein deutscher Staatsangehöriger, der aus
eigennützigen Beweggründen dabei mitwirkt, den jüdischen
Charakter eines Gewerbebetriebes bewusst zu verschleiern,
wird bestraft.«

Um Rieger und Robitschek zu zermürben und noch mehr
unter Druck zu setzen, beschließen Aigner und die Kreisleitung, die Geheime Staatspolizei in Wien davon zu informieren, dass die beiden ein homosexuelles Verhältnis haben. Und
was die Gestapo mit Homosexuellen macht, das wissen die
Kremser Parteigenossen ganz genau: ab ins Gefängnis oder
ins Konzentrationslager nach Dachau! Auch wird sich die Gestapo sicher dafür interessieren, dass Rieger und Robitschek
»Legitimisten« sind, Anhänger des vertriebenen Kaiserhauses,
und dass sie das Regime von Kanzler Schuschnigg unterstützt
haben und dem Nationalsozialismus gegenüber ablehnend
eingestellt sind. Somit sind sie »Staatsfeinde«. Außerdem heißt
es in Kremser Parteikreisen, dass der Rieger ein »Judenfreund«
sei. Da hat die Geheime Staatspolizei in Wien einiges zu er-
mitteln.

Und so schreiten Kreisleitung und Ortsbauernführer Aigner zu
weiteren Schreibtischtaten.

»An die Reichsstatthalterei für Österreich in Wien, Herrengasse 11.

Das kommissarische Aufsichtsorgan des Weingutes Robitschek (Jude) in Krems, Pg. Franz Aigner, Ortsbauernführer in Krems, meldet der Kreisleitung Krems folgenden Tatbestand: Mit Vertrag, abgeschlossen am 9. April 1938, verkaufte Robitschek an Rieger die Kellerei samt dem Weingut Krems um die Kaufsumme von 50.000 Schilling (Reichsmark 33.333.33). Die hiebei festgesetzten Zahlungsbedingungen lassen Unkorrektheiten vermuten. Die Kreisleitung Krems ersieht in dem ganzen Vorgange nur einen Scheinkauf und dadurch eine Umgehung der bestehenden Vorschriften. Die Liegenschaften sind bereits seit der Machtübernahme von der bestehenden Winzergenossenschaft in Krems zur Gründung einer Kellereigenossenschaft für Krems und Umgebung zum Ankaufe in Aussicht genommen und wurden diesbezüglich beim vom Staatskommissar beauftragten Vertrauensmann für Landwirtschaft, Dr. Johannes Hardegg, respektive beim Kommissar für besondere Verwendung, Dr. Hoschek-Mühlhaimb, Schritte unternommen. Die Kreisleitung Krems beantragt, den Kaufvertrag Robitschek-Rieger nicht zu bewilligen, um dadurch die Ankaufsmöglichkeit seitens der Winzergenossenschaft nicht zu verhindern. Heil Hitler!«

Franz Aigner schickt ein wörtlich fast gleichlautendes Schreiben an Dr. Hardegg in Wien und legte eine Kopie seines Schreibens an die Reichsstatthalterei bei.

»Die Errichtung einer Kellereigenossenschaft in Krems ist eine dringende Notwendigkeit, in deren Begründung nicht näher eingegangen zu werden braucht. Die Kellerei Robitschek ist die für diesen Zweck am besten geeignete. In den letzten Tagen kam dem Gefertigten nun zur Kenntnis, dass Robitschek an Rieger die Kellerei samt Weingärten verkauft hat. Dieser Kaufvertrag wird vom Kreisgericht Krems als Grundbuchsgericht, da Verkäufer Jude ist, der Reichsstatthalterei zwecks Genehmigung übermittelt. Gefertigter Ortsbauernschaftsführer stellt nun den Antrag dahin einzuwirken, dass der Kaufvertrag Robitschek-Rieger die Genehmigung nicht erhält und einen Verkauf der Kellerei und

Weingärten an die Hauerinnung Krems in die Wege zu leiten. Heil Hitler. Der Ortsbauernschaftsführer: Franz Aigner«

Aigner wendet sich aber auch an den Parteigenossen Diplomingenieur Walter Rafelsberger, den Leiter der neu geschaffenen »Vermögensverkehrsstelle« in Wien zwecks »Ankauf eines jüdischen Weingutes«.

»Die Weinhauerschaft von Krems und Umgebung beabsichtigt in Krems eine genossenschaftliche Verwertung ihrer Weine und benötigt zu diesem Zwecke eine Kellerei. Die Kellerei Robitschek ist für diesen Zweck in Lage und Größe besonders geeignet und beantrage ich den Ankauf dieser Kellerrealität samt Inventar und Weingärten für die Winzergenossenschaft Krems. (…) Mit Rücksicht auf die vorgeschrittene Zeit wird ersucht, die Angelegenheit als dringlich zu betrachten. Heil Hitler! Der Ortsbauernschaftsführer: Franz Aigner m.p. Krems-Weinzierl N 53«

Für seine Rieger schädigenden Aktivitäten verrechnet Franz Aigner als »kommissarischer Verwalter« dem August Rieger den Betrag von sechs Schilling als »Zeitentschädigung«. Der Geschädigte muss – wie zum Hohn – noch seinen Denunzianten für die Denunziation bezahlen …

Albert Herzog hat keine Ahnung, dass die Behördenmaschinerie, die Franz Aigner gegen August Rieger in Gang gesetzt hat, bereits auf Hochtouren läuft. Und so betritt er ahnungslos und vertrauensvoll am Dienstag, dem 3. Mai 1938, das Grundbuchamt in Krems, übergibt dem Beamten das Duplikat des Kaufvertrages und verlangt dafür – wie vier Tage zuvor vereinbart – das Original zurück. Herzog ist höchst erstaunt, als ihm der Grundbuchbeamte unfreundlich und barsch erklärt: »Die Sache hat sich geändert.« Aufgrund einer Weisung der Kreisleitung bekomme Herzog weder das Original noch das Duplikat zurück. Herzogs Hinweis, der Dokumententausch sei doch ausgemachte Sache, stößt auf taube Beamtenohren. Er habe seine Anweisungen, und Anweisung sei eben Anweisung. »Herr Herzog, wenn's

Ihnen nicht passt, können Sie sich ja bei der Kreisleitung beschweren.« Mehr gäbe es amtlicherseits dazu nicht zu sagen. Gedemütigt und unverrichteter Dinge muss Herzog das Grundbuchamt verlassen.

Stunden später taucht Franz Aigner in Triumphstimmung am Weingut auf und erklärt dem verdutzten Herzog, der Kaufvertrag sei hier, bei ihm, in der Brusttasche, und Herzog werde ihn keinesfalls zurückerhalten.

Von diesem Tag an erscheint Aigner mit seinem engsten Berater, Gemeindesekretär Matthias Fally, regelmäßig zu schikanösen Inspektionen der Sandgrube.

Jahre später wird sich beim Volksgerichtshofprozess gegen die Winzer Krems herausstellen, dass Aigners Behauptung, er habe den Kaufvertrag bei sich, eine Lüge war, um Herzog, Rieger und Robitschek zu ärgern.

Als Erster reagiert Parteigenosse Graf Hardegg auf Aigners Interventionsschreiben. Er lässt den Herrn Ortsbauernführer Aigner wissen, dass er, was die Sandgrube betrifft, die Angelegenheit der Winzer Krems bei den maßgebenden Stellen mit allen Mitteln unterstützen werde.

Franz Aigner hofft, der Behördendruck werde Rieger und Robitschek mürbe und nachgiebig machen. Und sollte Rieger bis dahin nicht nachgeben, nun, dann lässt er sich vielleicht im Zuge der Feierlichkeiten zum alljährlichen Weinfrühling in Krems bei einem gemütlichen Beisammensein mit der Kreisleitung doch noch umstimmen. Zweieinhalb Wochen hat der Rieger ja noch Zeit bis zum großen Wachauer Frühlingsfest. Ein paar Viertel in Feierlaune haben schon so manche Schwierigkeit aus dem Weg geschwemmt. Und bis dahin war auch sicher schon die Gestapo aktiv …

Und so ist es denn auch: »Robitschek und ich wurden«, wird sich August Rieger später in einer persönlichen Notiz erinnern, »einem peinlichen Verhör unterzogen. Wir wurden beide beschuldigt, zueinander in homosexuellen Beziehungen zu stehen.«

Wenige Tage nach Albert Herzogs vergeblichem Besuch am Grundbuchsamt wird frühmorgens heftig gegen Riegers Wohnungstür geschlagen und gerufen: »Aufmachen! Aufmachen!« Als er öffnet, halten ihm zwei Herren ihre Dienstmarken entgegen: Die Gestapo-Beamten zwingen ihn und Paul Robitschek mitzukommen. Die beiden werden zum Polizeiwagen vor dem Haus getrieben. Im Gang zur Haustür steht, herausgelockt durch den Lärm, Hausmeister Schmittner und wundert sich. Die Fahrt geht zum »Métropole« am Morzin-Platz. Das ehemals noble Hotel, in dem bisher Gäste aus aller Welt logierten, ist jetzt die Wiener Gestapo-Zentrale. Ihr Ruf als Ort des Schreckens, als Folterkerker der Nazis, hat sich seit dem Anschluss schnell in der Stadt verbreitet. Auch Rieger und Robitschek wissen, dass eine Vorladung zum »Morzinplatz« Schlimmstes befürchten lässt. Gerüchteweise seien Vorgeladenen bei Verhören durch Stockschläge schon die Knochen gebrochen worden. Schmerzensschreie seien aus den Verhörzimmern zu hören. Blutend und um Gnade winselnd seien Zusammengeschlagene zu Füßen ihrer Peiniger am Boden umhergekrochen. Vielen seien Zähne ausgeschlagen, der Kiefer zerschmettert, die Nase gebrochen worden. Um rascher zu einem Vernehmungserfolg zu kommen, würde bockigen Delinquenten mit grellen Tischlampen ins Gesicht gestrahlt, oder sie würden, von hinten an den Haaren gepackt, mit der Stirn gegen die Schreibtischplatte geschlagen, was stark blutende Platzwunden zur Folge hat. Nach erpressten Geständnissen, aber auch ohne Geständnisse, würden viele Geschundene und Gedemütigte gleich ins KZ Dachau verschickt. Manche hätten durch die Quälereien den Verstand verloren und sich das Leben genommen.

Im Gestapo-Gebäude, am Weg zum Verhör, begegnet ihnen zufällig einer ihrer Bekannten: Oberregierungsrat Dr. Büngener. Der erkennt sofort die kritische Lage der beiden und fragt die zwei Polizisten, weshalb die Herren vorgeladen seien und wohin sie gebracht würden. Die Polizisten nennen eine Zimmernummer, schweigen aber über den Grund der Verhaftung. Ehe Rieger und Robitschek die Freitreppe hinaufgedrängt werden, kann Rieger den Regierungsrat gerade noch bitten, sich so rasch als möglich nach ihrem Verbleib zu erkundigen. Dann werden Rieger und Robitschek durch eine Tür ohne Namensschild in ein Zimmer gedrängt. Und Oberregierungsrat Büngener hält Wort. Ein paar Minuten, nachdem sich die Tür hinter ihnen geschlossen hat, betritt er das Vernehmungszimmer und hört sich einige Minuten lang die Beschuldigungen und Vorwürfe an. Von einem »widernatürlichem Verhältnis« zwischen den beiden ist die Rede, von Analverkehr und Besuchen in einschlägigen Etablissements wie dem Café Habsburg in Mariahilf. Außerdem sei Robitschek als verurteilter Homosexueller polizeibekannt und Rieger als sein »Bettknabe«. Beide sollen nicht herumreden, es gäbe Beweise und Aussagen. Sie brauchten einfach nur zugeben, dass sie Homosexuelle seien, und schon wäre alles überstanden und man müsse keine anderen Saiten aufziehen. Es gäbe viele Methoden, die Wahrheit herauszufinden. Obwohl vor Angst zitternd, empört sich Rieger über die Anschuldigungen. Was ihm vorgeworfen werde, sei ungeheuerlich. Man möge ihm den oder die Urheber dieser Verleumdung nennen. Er werde gerichtlich gegen diese schändlichen, ehrabschneiderischen Behauptungen vorgehen. Statt einer Antwort bekommt er eine Schimpftirade zu hören: Homosexuelle seien »bevölkerungspolitische Blindgänger«, »Staatsfeinde«, »minderwertig« und eine »Volksseuche«, weil jeder gesunde Arier das »rassemäßige Gebot und die Pflicht« habe, sich zu vermehren. Schwule wie sie beide entziehen »hunderttausende Männer dem natürlichen Fortpflanzungsprozess«. Dadurch werde die »Volkskraft« geschwächt. Ihr »unmännliches Verhalten« schädige den Staat schwer. Homosexualität sei ekelhaft, widerlich und ein »Verbrechen gegen den deutschen Volkskörper«. Aus diesem Grund muss – und wird – der nationalsozialistische Staat härtestmöglich durchgreifen und alles »Entartete« und »Minderwertige« ausmerzen. Nicht nur dem Führer sei ein »kalter Krieger« lieber als ein »warmer Bruder«, sondern jedem Volksgenossen, vor allem jeder arischen Volksgenossin mit »gesundem weiblichem Empfinden und Empfängnisbereitschaft«. Nicht zu vergessen: Homosexuelle seien meistens auch Umstürzler, wie der ehemalige SA-Chef

Ernst Röhm einer war. Was aus dem und seinem warmen Bubenzirkel geworden sei, das wüsste man ja: Der Führer hätte den Verräterhaufen an die Wand stellen lassen. Schwulsein sei schon schlimm. Aber dieser Fall von Homosexualität sei besonders scheußlich, weil sich ein Arier mit einem Juden nicht nur geschäftlich, sondern auch geschlechtlich eingelassen hätte. Es sei ja bekannt, dass Juden geil, arrogant und hinter arischen Mädchen her seien. Aber, wie man nun sehen könnte, seien manche Juden auch hinter arischen Herren her. Dann droht der Beamte mit der sofortigen Deportation nach Dachau. Dort bemühe sich die SS, Homosexuelle wie sie wieder auf Vordermann und den richtigen geschlechtlichen Weg zu bringen. Und wenn Dachau nichts helfe, dann gäbe noch andere Möglichkeiten: Sterilisation oder Kastration. An diesem Punkt unterbricht Dr. Büngener den Gestapo-Beamten. »Was ich da von Ihnen höre, ist eine Schweinerei, eine niederträchtige Verleumdung. Ich kenne die Beschuldigten persönlich, und außerdem ist mir bekannt, dass Herr Robitschek zu einer Frau Elisabeth Farkas in engen Beziehungen steht. Die Herren sind sofort freizulassen.«

Geschockt verlassen Robitschek und Rieger die Gestapo-Zentrale. Zu Hause sagt August Rieger zu Paul: »Wäre der Büngener nicht gekommen, Paul, wir wären rettungslos verloren gewesen.«

Seit dem Verhör in der Gestapo-Zentrale schläft August Rieger schlecht und hat fast jede Nacht Albträume. Kriminalbeamte tauchten immer wieder bei ihm auf, durchwühlen Schränke, Laden und seinen Schreibtisch, nehmen Bücher aus den Regalen, blättern sie durch, werfen sie zu Boden, beschlagnahmen Geschäftsunterlagen und persönliche Dokumente. »Für die Steuerbehörde«, wie sie sagen.

Rieger versteht nicht, was da vor sich geht. Wer hat sie denunziert? Rieger zermartert sich das Hirn. Paul und er haben doch immer peinlichst darauf geachtet, ihre Beziehung geheim zu halten. Nur die allerengsten Freunde und Bekannten wissen davon. Mag sein, dass manche Leute über sie tuscheln, aber nie gab und gibt es in der Öffentlichkeit eine Berührung, keine auffälligen

Blicke. Für Außenstehende sind sie nur Geschäftspartner und beste Freunde, die ihr Leben lieber als Junggesellen genießen als mit Familie. Um ihre gegenseitige Zuneigung zu verschleiern, umschwärmt Gustl demonstrativ die Damen. Wenn er eine Abendgesellschaft gibt, begrüßt er die Frauen mit einer leichten Verbeugung, einem vollendeten Handkuss und Komplimenten. Dabei wirkt er vornehm, aber nicht unmännlich. Nein, nichts Lautes, nichts Polterndes, nichts Hölzernes oder Tölpelhaftes ist an seinem Auftreten, kein männlich-gockelhaftes Gehabe. Auch macht er nie derb-anzügliche Bemerkungen Frauen gegenüber. Rieger gilt einfach als zuvorkommender, graumelierter Gentleman, den die Damen – ob verheiratet oder nicht – attraktiv finden und auf den so manche von ihnen ihre Begehrlichkeit richtet, weil er eben – anders als die meisten Männer – Stil hat und es versteht, nett zu plaudern und sich auf dem glatten Wiener Gesellschaftsparkett elegant zu bewegen. Nie lässt er den Faden der Konversation reißen. Heiter und unbefangen unterhält er die Damenwelt mit launigen Geschichten. Vollends hingerissen sind alle, wenn er sich in Champagnerlaune ans Klavier setzt, Operettenmelodien spielt, Schlager und Gassenhauer singt und dabei – zum Gaudium seiner Gäste – manchmal die ölig-sentimentale Art von Heurigensängern nachahmt. Auf die Frage von zuneigungsentflammten Damen, ob nicht bald eine Heirat anstünde, denn menschliche Reife, das beste Alter, Wohnung und Geschäft seien ja als Basis für ein gesichertes, glückliches Familienleben mit Kindern vorhanden, antwortet er stets, und dabei seufzt er bisweilen theatralisch, leider, leider, leider …, die Richtige für ein gemeinsames Leben sei noch nicht gefunden. »Das«, fügt er immer hinzu, »gilt bedauerlicher Weise auch für unseren lieben Paul …« Rieger ist überzeugt, die Wenigen in ihrem Freundes- und Bekanntenkreis, die um ihr Liebesverhältnis wissen, stören sich nicht daran oder würden sie nie deshalb bei der Gestapo denunzieren.

Wer also könnte Interesse daran haben, Paul und ihn ständig in Angst zu halten, sie fertigzumachen? Haben Konkurrenten sie angezeigt? Natürlich gibt es solche im Weingeschäft, die ihnen die Wiener Firma mit dem Riesenkeller in Heiligenstadt und den Kremser Besitz neiden. Albert Herzog hatte ihnen schließlich doch einmal hinterbracht, dass die Winzer in Krems gehässige Fragen stellten, etwa, wer von den beiden wohl der Mann sei und wer die Frau. Natürlich hatte Rieger Differenzen mit Aigner wegen des Kremser Weinguts. Aber er will nicht glauben, dass die Kremser Parteigenossen so weit gehen würden, sie bei der Gestapo anzuzeigen, um endlich an die Sandgrube zu kommen. Die mussten ja wissen, was eine Anzeige wegen Homosexualität bei der Gestapo für Folgen hätte. Was Rieger nicht weiß: Dass er und Paul bei ihrem zärtlichen Picknick von einem Winzer beobachtet worden sind …

15
Auf der Flucht

»Besonders wurde mir meine judenfreundliche
Einstellung verübelt.«
(AUGUST RIEGER IN EINEM BRIEF AN EINEN FREUND AM 30.6.1946)

Auch Paul lebt seit dem Verhör am Morzinplatz in ständiger
Angst vor einer neuerlichen Verhaftung. Etliche Male hätte er
schon verhaftet werden sollen, aber jedes Mal hat ihn Ferdinand
Schmidt vorher gewarnt. Er schläft deshalb nicht mehr bei Gustl
in der Praterstraße, und auch nicht in der Wohnung seiner Mutter in der Perinetgasse oder in seinem Haus in Heiligenstadt,
sondern wechselt so oft wie möglich das Quartier. Einmal findet
er Unterschlupf bei diesem Freund, einmal bei jenem. Die Angst
verursacht ihm bereits körperliche Beschwerden. Jedes Klingeln oder Klopfen an der Tür lässt ihn zusammenzucken und
macht sein Herz rasen. Aus Angst vor Entdeckung hat er mit
Gustl eigene Telefonzeichen ausgemacht, »damit man weiß, ob
man sich melden soll. Ich bin«, notiert er in sein Tagebuch, »für
Nicht-Vertraute unsichtbar.«

Aber eines Tages spüren ihn Polizeispitzel doch auf. Er hält sich
gerade bei einem Freund versteckt, in einem »Privat-Palais mit
Eisentüren«, als es gegen zehn Uhr abends läutet. Er tritt ans
Fenster und sieht drei parkende Autos. Davor Männer in Zivil.
Sie fordern Einlass. Er ruft ihnen zu, er sei allein, er könne nicht
öffnen, er habe keinen Schlüssel und der Eigentümer sei ausgegangen. Paul, der »Verschleppung und Beraubung« fürchtet,
ruft in seiner Verzweiflung Ferdinand Schmidt an. Wenn jetzt jemand helfen kann, dann nur er. Außerdem hat Paul viel Geld bei
sich, »etwa 50.000 Schilling«, die er »in der Früh für die monat-

liche Weinsteuer einzahlen wollte«. Aber Ferdinand Schmidt ist nicht zu Hause, nur seine Mutter. Sie sichert Paul zu, ihren Sohn umgehend zu verständigen – und hält Wort. »Endlich meldete sich mein Freund Schmidt von der Polizei und versprach mir, sofort Polizei-Assistenz zu senden. Ich versteckte jedenfalls das Geld, da ich nicht wusste, wie es ausgeht.« Schmidts Intervention hat Erfolg. Die Autos fahren weg. Um Mitternacht erhält Paul dann noch den Anruf eines Kriminalbeamten, der ihm erklärt, die Leute vor dem Palais seien von der NSDAP gewesen. Unter dem Vorwand, sie müssten ihm eine Vorladung zustellen, hätten sie ihn verhaften und nach Dachau deportieren wollen. »Ich hatte«, resümiert Robitschek, »wieder einmal Glück gehabt.«

Dieses Erlebnis hat ihm klargemacht, dass er auf Dauer den Nazischergen nicht entrinnen würde. Auch hat er keine Hoffnung mehr, dass diese Zeit der »schrecklichen Gefühle« irgendwann vorbeigehen würde. Solange er im Land ist, bleibt er ein Gejagter. Als Jude hat er im nationalsozialistischen Österreich keine Zukunft mehr. Und so fügt er sich ins Unvermeidliche. Er muss, wie Tausende andere Juden, aus seiner Heimat Österreich fliehen. »Nüchtern betrachtet«, sagt er zu Gustl, »bin ich ja jetzt schon in Wien auf der Flucht.« Die Entscheidung, wohin er flüchten wird, hat er gemeinsam mit Gustl schon seit Längerem getroffen: Triest soll sein Zufluchtsort sein. Viel spricht für die ehemals österreichische Hafenstadt an der oberen Adria. Juden sind dort seit Jahrhunderten ein geachteter Teil der Gesellschaft. Triest war immer ein rettender Hort für Juden auf der Flucht.

Von hier aus haben viele Juden, die um die Jahrhundertwende vor Pogromen in Osteuropa geflohen sind, ihre Reise nach Palästina angetreten. Deshalb nennen die Juden Triest auch »Zions Tor« oder »Tor nach Israel«. Seit Hitler an der Macht ist, haben sich viele deutsche, vorwiegend aber österreichische Juden hierher geflüchtet oder sind von hier aus in alle Welt weitergeflüchtet. Für Triest spricht auch, dass Paul und Gustl dort seit Jahren gute Geschäftspartner haben: die Wein- und Spirituosenfirma Cusin, und, was für sie am wichtigsten ist: Triest ist nur eine Nachtfahrt mit der Südbahn von Wien entfernt. Von Triest aus, meint Paul, könne er Gustl ganz leicht telefonisch durch die Turbulenzen des nationalsozialistischen Geschäftslebens lotsen. Außerdem hat Albert Herzog Verwandte in Triest, die notfalls auch weiterhelfen können. Paul spielt sogar mit dem Gedanken, italienischer Staatsbürger oder Bürger eines anderen Staates zu werden. Als solcher könnte er vielleicht eines Tages mit neuem Pass wieder ungehindert und legal in seine alte Heimat Österreich einreisen oder gar als ausländischer Weinhändler in Wien sein Geschäft gemeinsam mit Gustl weiterführen. Warum also nicht in Triest ein neues Leben beginnen? So steht die Entscheidung fest: Paul wird Österreich so rasch als möglich verlassen!

Kurz nach den Polizeiverhören und Haussuchungen erhält August Rieger vom Handelsgericht Wien die ersehnte Bestätigung, dass er nunmehr Inhaber von Pauls Firma sei und berechtigt »zum Handel mit Wein und Spirituosen in handelsüblich verschlossenen Flaschen und Gebinden sowie zum Handel mit Fässern«.

Gleichzeitig mit dieser guten Nachricht erreicht ihn auch eine Schreckensbotschaft von Ferdinand Schmidt: Paul soll am 15. Mai ins Konzentrationslager Dachau überstellt werden. Die Gestapo ist ihm auf den Fersen und weiß, wo er zu finden ist. Noch, hat Schmidt zu Gustl gesagt, habe er die Möglichkeit, Paul zu decken. »Aber dann«, vermerkt Paul in seinem Tagebuch, »ließ mir mein Freund von der Polizei plötzlich sagen, wenn ich mich nicht morgen operieren lasse, eine längst besprochene Operation, könne er für mich nicht mehr garantieren.«

Denn Kranke, frisch Operierte oder Rekonvaleszente seien vom Transport ins Konzentrationslager ausgenommen … noch, … betonte Schmidt, seien sie ausgenommen, … noch …

Unverzüglich begibt sich Robitschek ins Sanatorium Auersperg in der Josefstadt, in das modernste Privatspital von Wien. Jedes Krankenzimmer hat ein Bad und ein Nebenappartement mit Telefonanschluss. Im Auersperg lassen sich Diplomaten und Gesandte operieren, Gräfinnen und Freifrauen bekommen dort ihre Kinder, auch Schauspielerinnen wie Paula Wessely. Seit Mai 1938 steht das Sanatorium ebenfalls unter kommissarischer Verwaltung und soll »arisiert« werden. Im Auersperg will sich Paul einer längst fälligen Mandeloperation unterziehen. Allerdings bittet er Professor Emil Glas, einen anerkannten Spezialisten auf diesem Gebiet, mit dem Eingriff noch zu warten, weil noch viel Geschäftliches zu erledigen sei. Dafür brauche er einen klaren Kopf, vor allem aber seine Stimme. Vom Krankenzimmer aus wickelt Robitschek noch etliche Geschäfte ab. »Ich leitete mein Unternehmen rein aus dem Kopf und traf dabei täglich alle notwendigen Anordnungen. Mit einem Wort: Man musste seine Sinne und Nerven beisammenhaben.«

Die Entfernung der Mandeln von Paul Robitschek ist eine der letzten Operationen von Professor Emil Glas, der nur wenige Monate später selbst vor den Nazis in die USA flieht.

16

Der »Deutsche Frühling« in der Wachau

»Als naturverbundene Menschen sind die Worte von Blut und Boden nicht leere Phrase.«
(KREISPROGANDALEITER OTTO MÜHLWERTH BEIM FRÜHLINGSFEST IN KREMS)

Der Himmel über Krems strahlt in hellstem Blau. Triumphbögen aus Reisig, Spruchbänder und Hakenkreuzbeflaggung begrüßen die vielen, auch aus dem deutschen »Altreich« angereisten, Gäste. Immer noch strömen Menschen zum bereits gut gefüllten Festplatz im Stadtpark. Beim Musikpavillon haben Trommler der Hitlerjugend Aufstellung genommen, Abteilungen des Bundes deutscher Mädel, Wachauerinnen in Tracht mit glitzernden Goldhauben und Winzer im braun-weiß-schwarz karierten Janker. Rund um den Stadtpark bauschen sich riesige Hakenkreuzfahnen im Wind. In Kürze wird der »Deutsche Frühling in der Wachau« eröffnet werden, ein mehrtägiges Fest, organisiert von der Kreisleitung der NSDAP-Krems. Als die Lautsprecher das Eintreffen der Ehrengäste verkünden, fliegen die Arme der strammstehenden Hitlerjungen hoch, in ihren Händen wirbeln die Trommelschlägel und sausen auf die Landsknechtspauken nieder. Das feierlich-düstere Getrommel des Deutschen Jungvolks lässt die aufgeregt schwatzende und lachende Menge verstummen. Wichtig und ernst – mit Orden und Ehrenzeichen an der Brust – schreiten die Granden der Kremser NSDAP, der Stadtverwaltung und der Wehrmacht durch das erwartungsvoll schweigende Menschenspalier. Allen voran Staatssekretär Dr. Wimmer. Ihm folgen Landeshauptmann Dr. Jäger, Landesstatthalter Ingenieur Kampitsch und Bürgermeister Dr. Stingl. Die Ehrengäste nehmen Platz und der Rechtsanwalt Dr. Otto Mühlwerth tritt als Kreispropagandaleiter und Obmann des Fremdenverkehrsverbandes ans Rednerpult. Zackig hebt er den rechten Arm, beugt sich zum Mikrophon und brüllt der Menge zu: »Deutsche Volksgenossen und -genossinnen, deutsche Jungens, deutsche Mädel! Unserm Führer – ein dreifaches … Sieg Heil!«. Ein dreifaches »Sieg Heil!« kommt als Echo zurück.

Ein Hitlerjunge und ein BDM-Mädchen – rotbackig vor Aufregung – treten neben Dr. Mühlwerth ans Mikrofon und rezitieren im Duett: »Führer, wir lieben dich! Führer, wir grüßen dich! Führer, wir folgen dir! Führer, wie helfen dir! Wir wollen tüchtige Menschen werden und Deutschland Ehre machen!« Dann der Hitlerjunge solo: »Viele tapfere deutsche Männer haben Blut und Leben für das Vaterland geopfert – wir ehren sie!« Applaus. Dann gibt das BDM-Mädchen ein Versprechen ab:

»Ich will auf uns'rer deutschen Erden ein echtes deutsches Mädel werden!

Wir tun voll Freude unsere Pflicht, und raunzen nicht und schwatzen nicht.

Wir wollen immer fleißig sein, gesund und froh und wahr und rein. Heil Hitler!«

Lachend und mit gestrecktem Arm nehmen der Hitlerjunge und das BDM-Mädchen den donnernden Applaus und die Bravo-Rufe entgegen und verlassen das Podium wieder. Dann ergreift Dr. Mühlwerth das Wort. »Liebe Parteigenossen und -genossinnen! Liebe Kremser und Kremserinnen! … Welch erhebende deutsche Worte der Garanten unserer Zukunft!« Er hält kurz inne und fährt dann mit seiner Eröffnungsrede fort. »Ja, es ist gewiss richtig, dass man nicht immer Feste feiern kann. Und doch ist es so, im Leben des Menschen gibt es Zeiten, in denen er weinen oder jubeln muss. So ist auch unser Fest hier und heute etwas … Ursprüngliches … nichts Gemachtes, nichts Gekünsteltes, sondern … es ist … tiefster und innerster Ausdruck der deutschen Wachauer Seele in ihrer jubelnden Freude darüber, … dass sie jetzt … im Dienst ihres Deutschtums … frei und froh leben und arbeiten kann.« Applaus und Heil-Rufe. Seine Worte greifen direkt nach den Herzen der Zuhörenden: »Uns Deutschen hier in der Wachau ... als naturverbundene Menschen ... sind die Worte von Blut und Boden nicht leere Phrase! ... Uns ist es tiefste Erkenntnis, dass wir ohne diesen deutschen Boden hier nicht leben könnten!« Dann, im Ton rührselig werdend und beschwörend: »Es muss doch wieder Frühling werden! Ja ... so haben wir jahrelang gesungen.« Beseligt, fast priesterlich deutet er mit den Händen himmelwärts: »Nun ist der Frühling da, in unserer schönen Wachau! ... Das Gewölk ist verscheucht! ... Die Sonne scheint, der Himmel blaut, die Wachau jauchzt! ... Ein einziges Glücksgefühl ist es, dass wir nunmehr Teil des großen Deutschen Reiches geworden sind! In Not und Leid, in Glück und Freude! ... Dem Führer sei Dank, Sieg und Heil!« Jubel, Applaus, Heil Hitler!- und Sieg-Heil!-Rufe. »Parteigenossen und -genossinnen, gedankt sei aber auch all jenen, ... die durch ihre unermüdliche Arbeit in kürzester Zeit ... die Vorarbeit zu diesem Fest leisteten. Am besten werden sie dafür in diesen Tagen durch die zahlreichen Besucher der Wachau belohnt werden. So möge er beginnen, der ›Deutsche Frühling‹ in der Wachau!«

Frenetischer Applaus, Heil-Rufe. Auch die nachfolgenden Redner beschwören das stolze Deutschtum der Wachauer, ihren deutschen Charakter. Sie bemühen die Nibelungen und ihre Treue. Sie reden vom tiefen Pessimismus, von der düsteren Zeit vor dem Umbruch, von der »Systemzeit« unter Dollfuß und Schuschnigg. Sie erinnern daran, dass noch vor Kurzem viele der hier am Platz Anwesenden arbeitslos an den Straßenecken herumgestanden seien, hungernd, ohne Sinn im Leben und Aussicht auf eine Zukunft. Auch viele Jugendliche hätten sich bis vor Kurzem nur auf der Straße herumgetrieben mit traurigen Gesichtern. Jetzt seien sie kaum wiederzuerkennen. Man schaue sie sich doch nur an! Der Nationalsozialismus habe ihre innere und äußere Haltung vollkommen verändert. Sie hätten eine neue Selbstachtung. Ihnen gehöre jetzt die Zukunft. Dem Führer sei Dank! Zu gelten hätten deshalb im neuen, gemeinsamen, schönen Deutschland: Gehorsam und Treue dem Führer gegenüber,

Opferbereitschaft für die Volksgemeinschaft, Pflichtbewusstsein und Kameradschaft. Nach dem Lob für Führer und Nationalsozialismus wird gegen die Juden gehetzt, wofür die Redner Applaus und Lachen ernteten. Schließlich wird der versammelten Menge noch die Sonderschau »Das illegale Krems« im Stadtmuseum ans Herz gelegt, zusammengestellt von SA-Sturmführer Edwin Heindl, in der die Kämpfer der Bewegung geehrt werden und die Größe ihrer Opfer gewürdigt wird. Ein Menuett von Mozart beendet schließlich den Eröffnungsakt.

Mit dem Verklingen des letzten Tones ist auch die Andachtsstimmung verflogen, und die Volksgenossinnen und -genossen in Tracht und Alltagskleidung stürzen sich gemeinsam mit den Uniformierten von Partei und Wehrmacht ins Wachauer Frühlingsvergnügen. Blaskapellen spielen Landler, auf den Tanzflächen hüpfen Lederhosen und Wadelstutzen, drehen sich wehende Röcke, blitzen Goldhauben in der Sonne, Hände klatschen rhythmisch zur Musik, Füße stampfen im Takt auf die Tanzböden. Ohrenbetäubend und übermütig ist die Stimmung beim Massenschunkeln an langen Tischen bei Gulasch, Würsteln, Semmeln, Wachauerlaberln und Brezen. Überall heiterstes Zuprosten mit Wein und Bier. Von Stunde zu Stunde steigert sich die Stimmung, wird ausgelassener, es mehren sich die alkoholgeröteten Gesichter, aus vielen glotzen bereits glasig-trunkene Augen. Etliche Parteigenossen schwanken bereits durchaus schwer und können sich nur mühsam auf den Beinen halten, allenthalben gestützt von Kameraden. Und so manche Schirmkappe, braun oder schwarz mit silbernem Totenkopf, rutscht von einem volltrunkenen Schädel und landet auf dem Boden. Ja, die neue arisch-deutsche Wachauer Volksgemeinschaft lässt sich's wohl sein im Rausch des »Deutschen Frühlings«.

Von Beginn an hat Albert Herzog das deutschtümelnde Spektakel als Zaungast beobachtet, um August Rieger berichten zu können. Ihm ist, als litten alle Festbesucher an einem Hirnfieber. Hinter der hysterischen Fröhlichkeit der Gesichter spürt er eine rücksichtslose Brutalität, eine lauernd-aggressive Verschlagenheit, vor der ihn schaudert. Angewidert von der, wie er

Rieger später sagt, »arschleckerischen Deutschtümelei«, fährt er zum Sandgrubenkeller zurück, wo August Rieger seinen Beitrag zum »Deutschen Frühling« vorbereitet hat.

Um das Fest stilgerecht im nationalsozialistischen Sinn zu begehen, hat Rieger sich bei Franz Aigner erkundigt, welche Farben und Embleme als Dekoration für die Festlichkeit passend und von der Partei erwünscht seien. Die Vorschläge des Ortsbauernführers haben dann Albert Herzog und seine Frau Gretl verwirklicht und die Wände des Kellers mit kleinen Hakenkreuzen aus Papier, Hakenkreuzfähnchen und Reisiggirlanden geschmückt. Das Prunkstück aber haben sie an der Stirnwand der Kellerröhre befestigt: einen riesigen, rechteckigen Fleck aus grellrotem Leinen. In die untere Hälfte ist ein mächtiges Hakenkreuz gestickt. Darüber prangt eine Art Sonnenrad, darinnen die Initialen »AR« und die Jahreszahl »1938«. Gretl hat dieses Prachtstück an Stickerei fotografisch festgehalten. Auch für Musik hat Rieger gesorgt. Aus Wien hat er sein Grammofon und Schellackplatten mitgebracht. Aus dem Trichter schallt den eintreffenden Wiener Freunden Sentimentales entgegen: »Geschichten aus dem Wienerwald«, »Da draußen in der Wachau«, aber auch Martialisches: der von Hitler geschätzte »Badenweiler-Marsch«, das »Ostmark-Lied« oder der »Radetzky-Marsch«. Geschäftig wieselt Albert Herzog zwischen den Gästen umher, füllt geleerte Gläser, sodass Riegers Gesellschaft bald bester Stimmung ist. Viel Lachen, viel Lob für Gretls Kochkünste, vor allem für ihren Schweinsbraten, der förmlich auf der Zunge zergehe. Immer wieder heben die Gäste ihre Gläser und lassen August Rieger als neuen Kremser Großwinzer, Weinhändler und großzügigen Gastgeber hochleben.

Zum geselligen Beisammensein im Sandgrubenkeller hat Rieger auch Franz Aigner eingeladen, um dem »Herrn Ortsbauernführer« vorzuführen, dass auch er nicht nur beste Verbindungen zu den neuen Machthabern in Wien hat, sondern tatsächlich der neue Eigentümer der Sandgrube ist – mochte Aigner auch noch immer kommissarischer Verwalter sein. Rieger scheut den Konflikt wegen des Kaufvertrages und der verhinderten Grund-

buchseintragung weder mit Aigner noch mit der Kremser Kreisleitung, und er wird sich das Weingut von den Winzern Krems
weder rauben noch abpressen lassen. Wenn die Winzer Krems
es unbedingt haben wollen, dann können sie es allenfalls von
ihm kaufen. Aber zu seinen Bedingungen und nicht um einen
schändlich niedrigen Preis.

Am späteren Nachmittag holt Herzog den Ortsbauernführer
mit dem Auto ab. Als Aigner im Sandgrubenkeller eintrifft, geht
es schon hoch her. Lachen und laute Musik. Als Aigner unter
den Gästen zahlreiche hoch- und höchstrangige Parteigenossen
in SA- und SS-Uniform erblickt, ist er sprachlos. Rieger stellt sie
ihm der Reihe nach vor: Parteigenosse Dr. Ferdinand Schmidt,
Jurist und Chef der Exekutivabteilung der Gestapo-Leitstelle
Morzinplatz in Wien, Parteigenosse Ingenieur Karl Gratzenberger, Staatsbeauftragter für den Bereich Handel und Präsident
des Handelsbundes, früher Handelskammer. Erst vor knapp vier
Wochen hat ihn Reichsleiter Robert Ley in Anerkennung seiner
Verdienste persönlich als Mitglied in die Reichsarbeitskammer
nach Berlin berufen. Aigner ist beeindruckt, denn beide sind
»Alte Kämpfer«, Blutordensträger und Träger des goldenen Par-
teiabzeichens und somit NS-Elite. Gratzenberger trägt sogar den
silbernen Totenkopfring der SS am Finger, eine Auszeichnung,
die bisher nur wenigen vom Reichsführer-SS Heinrich Himmler
persönlich zuteil wurde. Und da ist ein weiterer Uniformträger in
schwarz: SS-Hauptsturmführer Karl Sobolak, seit dem 15. März
1938 Führer im Stab des SS-Abschnitts XXXI – Wien. Er hat mit
Gratzenberger und ein paar weiteren SS-Männern in der »An-
schlussnacht« die Wiener Rathauswache entwaffnet und am Ge-
bäude die Hakenkreuzfahne gehisst.

Rieger ist es nur recht, wenn Aigner ihn wegen seiner
Freunde für einen »130-prozentigen Nazi« hält, mit Einfluss und
allerbesten Beziehungen zur Wiener NSDAP, bis hinauf zu Gauleiter Bürckel. Wohlwollend prosten die Wiener Parteigenossen
Aigner zu, lachen, scherzen und plaudern mit ihm. Erst über Be-
langloses, dann über den Wachauer Wein und die neue Situation
in Österreich. Sie erkundigen sich, wie der »Umbruch« in Krems

vonstatten gegangen sei. Schließlich lenken sie das Gespräch auf den Kauf der Sandgrube durch Rieger und die dadurch entstandenen Missstimmigkeiten. Gratzenberger und Schmidt geben Aigner zu verstehen, dass Rieger durch den Kaufvertrag die älteren Rechte am Kremser Weingut habe. »Herr Ortsbauernführer«, sagt Schmidt, »für Ihre Sache besteht wenig Aussicht. Da wird die Genossenschaft verzichten müssen. Glauben Sie's mir, Rieger hat in dieser Angelegenheit bessere Aussichten auf Erfolg. Ich empfehle Ihnen dringendst, die Winzergenossenschaft soll sich nicht weiter für den Erwerb der Sandgrube interessieren. Das wird nur unangenehme Folgen haben.« Rechtlich, meint Schmidt, werde da für die Kremser Winzer nichts mehr möglich sein. Aigner gerät über diese Worte in Wut, hat ihm doch Parteigenosse Kreisbauernführer Heiminger das Judengut bereits fest zugesagt. Sollte er das Proponentenkommitee der Winzer Krems vergeblich organisiert haben? Durfte er als Ortsbauernführer und strammer Nationalsozialist seinen Winzern gegenüber wortbrüchig werden? Auch wenn er nicht bei der SS ist, heißt seine Ehre doch auch Treue. Er hat den Winzern doch schon alle möglichen Versprechungen und Hoffnungen auf Wohlstand durch die Genossenschaft gemacht. Er, Franz Aigner, Ortsbauernführer und kommissarischer Verwalter, sollte klein beigeben und auf die Sandgrube verzichten? »Sie muten mir zu«, erwidert Aigner erbost, »dass ich meine Pflichten als Obmann der Winzergenossenschaft vernachlässige, dass ich den Winzern gegenüber zum Lumpen werde und meine Versprechungen nicht einhalte? Das lehne ich ab! Sie, meine Herren, Sie sind ja die Lumpen, dass sie mir so was vorschlagen! Das darf doch nicht wahr sein, dass ein Privatmann einer Genossenschaft vorgezogen wird! Dass eine Genossenschaft benachteiligt werden soll, nur damit ein Privatmann Nutzen daraus ziehen kann! Ich bin tief enttäuscht über das Bonzentum im Nationalsozialismus! Beim Erwerb dieses Judenguts geht's doch darum, die Wachauer Weinhauerschaft auf eine gesunde Grundlage zu stellen, und dass verhindert wird, dass sie durch die jüdische Händlerschaft weiter ausgenützt wird!« Aigner redet sich in Rage. »Anstatt dass

Sie, als alte Nationalsozialisten und hohe Parteigenossen, die ausgeblutete Wachauer Weinhauerschaft schützen und ihr helfen, wollen Sie die jüdische Robitschek-Kellerei dem Rieger zuschanzen! Und dafür lassen Sie sich noch von ihm in auffallender Weise bewirten! Wenn die Verhältnisse schon so sind, dann hat sich ja gegen die frühere Systemzeit nichts zum Vorteil geändert, sondern eher verschlechtert! Außerdem ist es unpassend und ungehörig, sich auf einem jüdischen Besitz anzusaufen, während zur selben Zeit in Krems ein von der NSDAP veranstaltetes Fest gefeiert wird. Hätte er, Aigner, den wahren Grund dieser Einladung gekannt, er wäre nie im Leben hergekommen. Der Herr Baron Rieger könne sich sein Kaufanbot an die Kremser Winzergenossenschaft sonst wohin schieben. 107.000 Schilling! Weit überhöht. Er sei nicht blöde und zahle den mehr als doppelten Preis, den der Herr Baron dem Juden gezahlt hat. »Ich hab' hier nix mehr verloren unter lauter Schurken. Sie tragen zwar alle das Ehrenkleid der Partei, verhalten sich aber hinterhältig wie Juden!« Unter diesen Umständen, poltert Aigner weiter, bleibe ihm gar nichts anderes übrig, als dieses Kellerfest sofort zu verlassen. »Und ihr alle, wie's da seid's, könnts sicher sein, dass in dieser Angelegenheit das letzte Wort noch nicht gesprochen ist!«

Die hohen Parteigenossen aus Wien sind verblüfft über den dreisten Ton, den Aigner ihnen gegenüber anschlägt. Aber sie lassen sich die Feierlaune nicht verderben. Wer ist denn dieser Aigner schon? Ein unerträglicher Rüpel ohne Manieren, ein kleines Provinzlicht der Partei. Wenn sie wollten, er wäre ganz schnell seines Amtes enthoben.

Es ist dunkel geworden und kühl, das Wetter hat umgeschlagen und es hat zu regnen begonnen. Herzog bietet Aigner an, ihn nach Hause zu chauffieren. Der lehnt entrüstet ab und herrscht Herzog an: »Wenn sich diese Wiener Parteigenossen noch einmal auf's Gut 'raustrauen, dann lass ich sie alle verhaften! Und bildet's euch ja nicht ein, dass ihr hier jemals wieder einen Weinhandel betreiben werdet! Das lässt die Kremser Hauerschaft nicht zu. Keinen Tropfen Wein werdet ihr von den Kremser Kellereien mehr beziehen. Aber falls ihr den Weinhandel weiter betreibt's, dann garantier ich euch, dann kommen die Hauer und werden alles zusammendreschen! Und wenn sich der Herr Rieger untersteht, den Keller in Besitz zu nehmen, werde ich die Türen vom Weinkeller aufbrechen und den Fasseln den Boden ausschlagen! Als Verwalter werde ich dafür sorgen, dass weder der Zeiner noch der Paradeiser, diese armen Pächterschweine, oder sonst irgendein Kremser Hauer dem Herrn Baron mit Weingartenarbeit untertänigst den Arsch lecken wird!« Grußlos verlässt Aigner das Weingut und geht im strömenden Regen nach Hause.

Ab jetzt, das wissen sowohl Rieger als auch Aigner, wird ihre Auseinandersetzung um die Sandgrube richtig hässlich werden. Beide glauben im Recht zu sein. Aigner, weil sämtliches jüdisches Eigentum per Gesetz in »arische Hände« überzuleiten ist, und Rieger, weil er das Sandgrubengut zu einer Zeit gekauft hat, als noch österreichisches Eigentumsrecht gegolten hat.

Von jetzt an werden sie einander nichts schenken. Aigner ist entschlossen, jedes Mittel einzusetzen und jede Parteiverbindung zu nützen, um den Sandgrubenkeller und die Weingärten für die »Winzergenossenschaft Krems« zu bekommen.

Rieger wiederum wird alle gesetzlichen Möglichkeiten und alle Kontakte ausschöpfen, um endlich als rechtmäßiger Eigentümer der Sandgrube im Grundbuch Krems eingetragen zu werden.

Paul Robitschek befindet sich an diesem turbulenten nationalsozialistischen Wachauer Festtag bereits seit einer Woche im Sanatorium Auersperg in Wien.

17

Flucht nach Triest und Kampf um die Sandgrube

»Alle empfingen mich freundlich,
jedoch schon mit einer gewissen Reserve.«
<small>(Paul Josef Robitschek, Tagebuch)</small>

Als Ferdinand Schmidt von Gustl erfährt, dass Paul die Operation hinauszögert, lässt er ihm am 1. Juni 1938 ausrichten, wenn er sich nicht sofort operieren lasse, könne er nicht mehr für ihn garantieren, weil immer mehr Beamte aus Deutschland in der Gestapo das Sagen haben und sein Einfluss stetig schwinde. Außerdem wolle er demnächst ganz aus dem Polizeidienst scheiden und in die Wirtschaft wechseln.

Paul Robitschek notiert in sein Tagebuch: »Am 2. Juni hat mich Prof. Glas im Sanatorium Auersperg operiert. (…) Es wurde alles für mein Exil in Triest vorbereitet.« Der Eingriff verläuft ohne Probleme. Doch kurze Zeit später stellen sich schwere Komplikationen ein. Paul bekommt hohes Fieber. Seine Mutter und seine Freunde kümmern sich täglich um ihn. Wieder kommt Ferdinand Schmidt zu Besuch, der immer mehr Schwierigkeiten hat, Paul zu schützen und Gestapo-intern bereits wegen »Judenbegünstigung bei Arisierungen« angezeigt worden und nur knapp der Verhaftung entgangen ist. Schmidt gilt mittlerweile bei den reichsdeutschen Referatsleitern in der Gestapo als »weicher Österreicher, dem die Schärfe in der Verfolgung politischer Gegner völlig fehle« und dessen »Umgang mit Juden« nicht länger geduldet werden könne. Paul müsse daher jederzeit auf seine Abreise aus Österreich vorbereitet sein. Gustl versucht, den verängstigten Paul zu beruhigen. Er habe gute Verbindungen zu einflussreichen Leuten. Bezüglich der Einreise nach Italien werde er seine Kontakte zum italienischen Konsulat und zu den Faschisten in Wien nützen. Und was die Ausreise betrifft, da habe der Ferry Schmidt trotz all seiner eigenen Probleme im Amt versprochen, dass Paul bei der Ausreise keine Probleme haben werde. Paul solle jetzt nur ja rasch auf die Beine kommen.

Alle fluchthelfenden Freunde halten Wort. Gustl hat sich mit Polizeimajor Modrini vom italienischen Konsulat in Verbindung gesetzt. Der hat die italienische Grenzpolizei in Tarvis verständigt, dass gegen die Einreise des Paul Josef Robitschek aus Wien keine Einwendungen zu machen seien, »da er im Interesse der deutschen und italienischen Wirtschaft reise«. Eine ähnlich lautende Gestapo-Anweisung hat die Kärntner Grenzpolizeistelle in Arnoldstein von Ferdinand Schmidt erhalten.

Obwohl gesundheitlich schwer angeschlagen, gönnt sich Paul keine Ruhe. »Trotz meiner Krankheit war mein Geist sehr rege, und ich gab täglich gute Ratschläge für das Geschäft und entwarf immer neue Ideen. Das Telefon ruhte nicht, ich mobilisierte Kunden und Agenten, und wenn es Erfolg brachte, war ich schon zufrieden. Ich verkaufte rasch meine Effekten, darunter eine teure goldene Taschenuhr, sowie um ca. 100.000 Schilling Ware zu einem Unterpreis, um nur ja noch flüssig zu sein, damit ich meine Verpflichtungen vorzeitig einlösen konnte. An mich dachte ich eigentlich gar nicht. Es floss noch viel Geld durch meine Hände, und es wäre mir nicht eingefallen, 100.000 Schilling für mich zu verstecken. Ich dachte nur immer, alle Verpflichtungen vor der Abreise ehrenhaft ordnen.«

Und dann, am letzten Sonntag im Juni, ist es so weit: »Am 26. kam mein Freund von der Polizei und sagte, in drei Tagen müsse ich aus Österreich, sonst blühe mir Dachau.« Als Paul seiner Mutter mitteilt, er werde in zwei Tagen Österreich verlassen – möglicherweise für immer – fragt sie ihn ungläubig, ob er das ernst meine und ob er sich das auch gut überlegt habe. »Von wollen«, antwortet ihr Paul, »kann keine Rede sein. Ich habe nur mehr die Wahl zwischen Konzentrationslager hier oder Freiheit in Italien. Die Fremde fürchte ich nicht so sehr wie meine österreichische Heimat.«

Zwei Tage später, am 28. Juni 1938, einem strahlend schönen Dienstag – in Wien werden 30 Grad gemessen – verlässt Paul Robitschek, begleitet von August Rieger und Albert Herzog, am späten Nachmittag das Sanatorium Auersperg. »Mit einem kleinen Koffer, welchen meine Freunde vorbereitet hatten, bin ich – nach einem kurzen Aufenthalt in der Wohnung meines Freundes – zur Süd-Bahn. Meine arme Mutter hat schweren Herzens von mir vor dem Bahnhof Abschied genommen. Sie hoffte auf baldiges Wiedersehn. Ich werde nie ihr liebes Gesicht vergessen, wie traurig es war. Einige Freunde begleiteten mich zum Waggon. Meine Mutter hatte ich wegen des Aufsehens früher verabschieden müssen. Ich hatte ja keine Unbedenklichkeitsbescheinigung. Dadurch war meine Reise mit Gefahren verbunden. Offiziell reiste ich im Interesse des Deutschen Staates aus und hatte einen Scheck über 3.000 Lire mitbekommen. Eine Zigarettendose aus Gold, eine Uhr mit Kette und einen Brillantring verwahrten mir Mitreisende: Friedman, feine Leute aus Genua, und Graziella Gruber, die Frau eines Ministerialrates aus dem Finanzministerium. Mein Freund Gustl und mein lieber Beamter Herzog begleiteten mich bis zur Grenze. Die Gestapo in Wien machte Nachtdienst für mich. Wenn es eine Beanstandung gäbe, hatten sie Ordre, mich passieren zu lassen.«

An der Grenze kommt es wider Erwarten dann doch zu einem Zwischenfall. »Der italienische Polizeibeamte fragte bei der Visitierung in Tarvis, ob ich Jude sei, was ich nicht ableugnen wollte, sondern bejahte. Daraufhin musste ich aussteigen. Meine Freunde in Wien hatten jedoch bei der Italienischen Geheimpolizei für mich erwirkt, dass die Grenze von meinem Kommen verständigt war, und so konnte ich anstandslos passieren. Ich atmete auf. Nach einer für mich endlosen Fahrt kam ich nach Triest. Dort stieg ich im ›Hotel Central‹ ab. So landete ich an meinem ersten Flucht-Ort.«

Gleich nach seiner Ankunft geht Paul Robitschek auf Quartiersuche und wird noch am selben Tag fündig. »Ein schönes Zimmer, luftig, im ersten Stock, im Zentrum, bei einer adeligen Familie; vor der Ponte-Rosso, bei feinen Leuten. Ich war froh.«

Am Abend des 30. Juni 1938 erhält Gustl endlich den erlösenden Anruf von Paul: »Die Flucht aus Österreich ist gelungen, ich habe schon einen Platz zum Wohnen.«

Paul Robitschek sucht auch gleich seine Triestiner Geschäftspartner auf. Der Einstieg in den Weinhandel scheint kein großes Problem zu sein, denn als Großimporteur italienischer Weine hatte er mit allen Firmen in Triest und im damaligen Fiume stets gut zusammengearbeitet. Und doch spürt er, dass jetzt atmosphärisch etwas anders ist: »Alle empfingen mich freundlich, jedoch schon mit einer gewissen Reserve. Sie wussten ja alle nicht, wird sich das Hitler-Regime halten oder nicht, brauchen sie vielleicht diese Kunde noch einmal. Man sah wieder: Geld regiert die Welt«, vertraut Robitschek seinem Tagebuch an.

Doch in jenen sechs Wochen, in denen Paul Robitschek im Sanatorium Auersperg Zuflucht gefunden hat und August Rieger, Albert Herzog und Ferdinand Schmidt in Wien seine Flucht vorbereitet haben, ist auch Ortsbauernführer Aigner in Krems nicht untätig gewesen. Als kommissarischer Verwalter hat er in Wien ständig mit den Beamten der neu geschaffenen Vermögensverkehrsstelle wegen des Sandgrubengutes verhandelt. Immer wieder hat er den Beamten erklärt, Robitschek sei ein Geschäftsmann der übelsten jüdischen Sorte. Die Winzer von Krems und Umgebung seien immer schon schwer davon abzuhalten gewesen, mit Gewalt gegen ihn vorzugehen. »Die Weinbauernschaft von Krems verlangt daher, dass diese Kellerei und die Weingärten aus der jüdischen Hand wieder in die Hände zurückgelangt, in die sie gehören, das ist der arbeitende Weinbauer. In Krems wird am 3. Juli nun eine Winzergenossenschaft gegründet. Gemeldet haben sich bereits 122 Weinbauern mit 220 Vierteln Weingärten. Mit Rücksicht, dass die Kellerei bereits für die heurige Weinernte benötigt wird, ersuche ich um dringliche Behandlung. Heil

Hitler! Franz Aigner, Ortsbauernführer, Weinzierl 53«, versucht Aigner zu intervenieren.

Und seine Denunzierungsschreiben, tatkräftig von der Kreisleitung Krems unterstützt, haben bei der Vermögensverkehrsstelle Erfolg. Der dortige Beamte, »Müller II«, zuständig für Liegenschaften, skizziert handschriftlich auf Konzeptpapier, wie Rieger zugunsten der Winzergenossenschaft Krems ausgebootet werden kann: »Der Weinkeller in Krems ›Sandgrubenried‹: Keller u. Weingutsbesitz wurde an August Rieger (war Kompagnon von Robitschek) verkauft. Dieser Kaufvertrag liegt zur Genehmigung vor (Reichsstatthalter) / Vorschlag: 1. Vertrag nicht genehmigen / 2. Vertrag zwischen Robitschek und Winzergenossenschaft genehmigen / Dieses Projekt ist am günstigsten in Krems / SPEKULATION!«

Müllers Argument wird aufgegriffen, und so schickt die Vermögensverkehrstelle am 14. Juni 1938 ihre Entscheidung an das Kreisgericht Krems: »Dem von Ihnen in Vorlage gebrachten Kaufvertrag, abgeschlossen zwischen Herrn Paul Josef und Frau Johanna Robitschek, Krems, und August Rieger, Wien II., sowie dem Ansuchen auf Einverleibung der im Kaufvertrag angeführten Liegenschaften wird die Genehmigung nicht erteilt. Heil Hitler! Rafelsberger / Der Staatskommissär in der Privatwirtschaft« Dazu wird noch angemerkt: »Eine Genehmigung wird nicht erteilt, da sich die Winzergenossenschaft Krems um die Liegenschaften bewirbt, und der jetzige Käufer, wie uns von der NSDAP Krems mitgeteilt wird, spekulative Zwecke verfolgt.«

Als Dr. Christelbauer, Richter am Kreisgericht Krems, Abteilung 4, die ablehnende Entscheidung der Vermögensverkehrsstelle in Händen hält, weist er sofort Riegers Antrag auf Eigentumsübertragung ab, »weil die Genehmigung des Statthalters in Österreich erforderlich ist und diese von ihm nicht erteilt wurde. Die Abweisung ist im Grundbuch Krems anzumerken.«

Christelbauers Beschluss trägt das Datum des 28. Juni 1938. Es ist der Tag, an dem Paul Josef Robitschek Österreich im

Nachtzug endlich Richtung Italien verlassen kann, um nicht ins Konzentrationslager Dachau deportiert zu werden.

Am selben Tag hat auch Lambert Ferdinand Hofer, Zivilingenieur für Hochbau, Baumeister, gerichtlich beeideter Sachverständiger und Schätzmeister in Wien, Schlossgasse 9, den Wert der Sandgrube mit 22.391 Reichsmark und 50 Pfennig festgesetzt – weit unter allen bisherigen Schätzgutachten und weit unter ihrem tatsächlichen Wert.

Und so findet, fünf Tage nach Robitscheks Flucht ins Exil, am Sonntag, dem 3. Juli 1938, unter der Leitung von Franz Aigner im Kremser Fellnerhof die feierliche Gründungsversammlung der Winzergenossenschaft Krems statt.

Obmann wird Ortsbauernführer Franz Aigner und Gottfried Preiß sein Stellvertreter. Vorstandsmitglieder werden Mathias Fally, Karl Fiegl, Josef Doppler, Johann Kniewallner, Ferdinand Seif sowie die Bürgermeister Leopold Harrauer (Egelsee), Josef Dettler (Droß), Leopold Hahn (Stratzing), Josef Hagen (Rehberg) und Karl Kalchhauser (Landersdorf).

Neun Tage später, am 12. Juli 1938, halten sowohl Ortsbauernführer Aigner als auch August Rieger ein Schreiben der Vermögensverkehrsstelle in Händen: »Anbei übermittle ich Ihnen eine Abschrift der Ablehnung des vom Kreisgericht Krems zur Genehmigung eingereichten Kaufvertrages zwischen Paul Josef und Johanna Robitschek einerseits und August Rieger andererseits zu Ihrer Kenntnisnahme. Heil Hitler! Der Staatskommissar i.d. Privatwirtschaft und Leiter der Vermögensverkehrsstelle.«

Franz Aigner hat damit die größte Hürde seines Raubzuges erfolgreich genommen und posaunt in Krems herum, jetzt könne der August Rieger sehen, wo er bleibe mit seinen dauernden Verweisen auf das österreichische Recht, das beim Kauf noch gegolten habe. Ja, jetzt könne ihm der Rieger den Buckel runterrutschen und ihm den Arsch lecken. Denn jetzt habe ihm die Vermögensverkehrsstelle schriftlich bestätigt, dass als Käufer des Sandgrubengutes niemand anderer als die Winzergenossenschaft Krems in Frage käme, und mit dem Schreiben auch gleich eine Forderung an Aigner verbunden: »Unter Hinweis auf das seinerzeitige billige Kaufangebot an Rieger wollen Sie möglichst einen billigeren Preis durchsetzen. Heil Hitler!«

Jetzt braucht Aigner keine Rücksicht mehr auf August Rieger zu nehmen und mit ihm Verkaufsgespräche führen. Und so ersucht er im Namen der neu gegründeten Winzergenossenschaft Krems, »die Zwangsarisierung des Besitzes in die Wege zu leiten, weil er von hoher volkswirtschaftlicher Bedeutung ist«.

Sein Amt als kommissarischer Verwalter der Sandgrube legt er sogar zurück, weil »in Anbetracht der in Schwebe befindlichen Verhandlungen zum Ankauf der Kellerei Robitschek durch die Winzergenossenschaft Krems« die »Wahrung der Objektivität erwünscht erscheint«.

Den Verkauf an die Winzer Krems wird ein Freund Aigners durchführen: Leopold Birringer aus Langenlois, Zwettlerstraße 12, der neue kommissarische Verwalter der Sandgrube. Birringer, geboren 1878, stammt aus einer seit 400 Jahren in Langenlois ansässigen Weinbauernfamilie und ist der bekannteste Landwirt und Winzer des Kamptals. Seit 1932 ist er Mitglied der NSDAP und seit 1938 Hauptabteilungsleiter bei der Kreisbauernschaft Krems. Sein Auftrag als Treuhänder ist klar: die Sandgrube »in die Winzergenossenschaft Krems überzuleiten«. Die Vollmacht der Vermögensverkehrsstelle ermächtigt ihn zur Veräußerung von Robitscheks Vermögen.

Aber Aigner und seine Kremser Parteigenossen haben nicht mit Riegers Widerborstigkeit gerechnet. Der hat gegen die Entscheidung der Vermögensverkehrsstelle durch seinen Anwalt, Dr. Hanns Zallinger-Thurn, eine Beschwerde beim Reichswirtschaftsministerium in Berlin eingereicht. Bei Abschluss des Kaufvertrags am 9. April 1938 sei eine Genehmigung durch die Vermögensverkehrsstelle noch nicht erforderlich gewesen. Erst 18 Tage später, am 27. April 1938, sei das Gesetz über die Genehmigungspflicht solcher Rechtsgeschäfte »ohne rückwirkende Kraft« erlassen worden. »Das Reichsministerium wolle die Entscheidung der Vermögensverkehrsstelle im Ministerium für Wirtschaft und Arbeit in Wien vom 14. Juni 1938, Zl. 201.589/38 aufheben und aussprechen, dass der Kaufvertrag nicht der Genehmigung bedarf. Wien, am 19. Juli 1938, August Rieger«

Kurz nachdem die Beschwerde abgeschickt ist, erhalten Rechtsanwalt Zallinger-Thurn und August Rieger eine Vorladung zu Diplomkaufmann Fritz Kraus, dem Leiter der Abteilung »Handel« in der Vermögensverkehrsstelle. Kraus, mit dem Fall »Sandgrube« durch Aigner und die Kreisleitung bereits bestens vertraut, empfängt die beiden in seinem Büro in SS-Uniform. Ohne Umschweife kommt er auf den Punkt: Er werde den beiden schon zeigen, was geschieht, wenn die Beschwerde nicht zurückgezogen würde. Dabei lässt er das Wort »Dachau« fallen, mit der Bemerkung, dass das kein Luftkurort in Bayern sei, was beide hoffentlich wüssten. Kraus lässt auch keinen Zweifel darüber aufkommen, wem seine Sympathie und Unterstützung gehören. »Die Winzergenossenschaft ist neu gegründet und registriert. Ihr Obmann ist ein erfahrener Winzer und alter Kämpfer der Bewegung. Der Filialkeller Krems der Firma Robitschek liegt außerordentlich günstig mitten im besten Weinbaugebiet der Stadtgemeinde Krems und ist für Genossenschaftszwecke außerordentlich geeignet, da er eine leichte Zufahrt hat, große bauliche Veränderungen nicht notwendig sind und die Erweiterung der Kellerstollen im Lößboden ohne Kosten durch die genossenschaftliche Zusammenarbeit leicht möglich ist.« Deshalb sei er bei der Arisierung für eine Bevorzugung der Genossenschaft. Außerdem sei Parteigenosse Rafelsberger, der Leiter der Vermögensverkehrsstelle, ohnedies nie gewillt gewesen, den Verkauf Robitschek / Rieger zu genehmigen.

Und auch der Kremser Kreisleiter habe klar zum Ausdruck gebracht, er werde unter allen Umständen den nationalsozialistischen Standpunkt »Gemeinnutz geht vor Eigennutz« zu vertreten wissen. Er erwartet, dass Rieger so viel Verständnis aufbringt und seine Interessen hinter jene der 107 Volksgenossen stellt, die immerhin zum größten Teil unter den schwierigen finanziellen und wirtschaftlichen Verhältnissen der Systemzeit gelitten hätten. Außerdem hätte der Jude Robitschek den Kaufvertrag ohne Zustimmung von Ortsbauernführer Aigner überhaupt nicht abschließen dürfen. Es mag schon sein, dass der Kaufvertrag Rieger / Robitschek rechtlich nicht angreifbar sei. »Aber Rieger, Ihnen muss auch bewusst sein, dass der Erwerb der Kellerei gegen den Willen der Hauerschaft nicht vernünftig und nicht durchsetzbar ist.«

Außerdem hat Gauleiter Bürckel einen Aufruf erlassen, dass auch alle vor dem 27. April 1938 getätigten Verkäufe genehmigungspflichtig seien. Wenn die Gedanken des Gauleiters auch nicht in einem Gesetz verankert seien, so sei der Aufruf des Beauftragten des Führers »nach reinem nationalsozialistischem Denken einem paragraphenmäßig verfassten Gesetz gleichzustellen. Rieger, Sie können sich nicht darauf berufen, dass Sie auf den Keller reflektieren, schließlich haben Sie selbst in einem Schreiben an die Winzergenossenschaft in Krems ausdrücklich den Keller einschließlich Einrichtung um 107.000 Schilling zum Kauf angeboten.« Außerdem habe er, Kraus, bereits schriftlich den herzlichen Dank des Kremser Kreisleiters Hans Heinz Dum in Händen, dass die Winzergenossenschaft Krems als Käufer genehmigt wurde. Damit sei der Weinhauerschaft von Krems ein großer Gemeinschaftsdienst erwiesen worden.

Derart von Kraus unter Druck gesetzt, rät Anwalt Zallinger-Thurn seinem Klienten, dass es in dieser Situation wohl das Klügste sei, wenn der Herr Baron seine Beschwerde zurückziehe und zu Gunsten der Winzergenossenschaft auf das Kremser Gut verzichte.

In Triest hingegen scheint alles zu Pauls Zufriedenheit zu laufen. »Ich machte mit Cusin, meinem Bekannten, einen stillen Gesellschaftsvertrag für ein Wein-Exportgeschäft. Fässer und Maschinen versprach mir mein Disponent Otto Lebensaft mit meinem

Freund August Rieger nach Triest zu senden unter dem Titel eines Verkaufes an eine Triester Firma.«

Schlecht läuft es nur mit seiner ersten Zimmervermieterin. Paul merkt bald, dass er sich in ihrem »adeligen Charakter« getäuscht hatte. »Mutter und Tochter beschimpften sich auf das Unglaublichste, und die Alte suchte auch mit mir Händel. Man durfte nicht Maschine schreiben, meine Stenotypistin dürfe nicht zu mir kommen.«

Nach zwei Monaten ständiger Reibereien und Querelen findet er unweit seiner ersten Unterkunft ein neues Quartier: »Das Zimmer war sehr groß und behaglich. Eine Biedermeier-Couch, das Bett und acht Biedermeier Möbel – Tisch, Sessel, Schreibtisch, Kasten, Kommode und Truhe – machten es gemütlich. Zwei große Nischen wurden als Garderobe und Küchenkasten eingerichtet. Ein Paravent mit Gasrechaud war die Küche. Ein großes Waschbassin mit fließendem Wasser mein Bad. Vis à vis habe ich den Markt, da bekam man alles zu kaufen. Gemüse, Obst, Fleisch, Fische, Hühner, was man nur wollte, sogar Krawatten und Wäsche. Auf meinem Gasrechaud kochte ich mir alles selbst, sodass ich mir das Gasthaus ersparte. Für sechs Lire stellte ich mir zwei Mahlzeiten zusammen. Nur Kaffee nahm ich einige Male am Tag außer Hause. Denn der Steh-Kaffee in den Bars war so gut und billig, dass ich in diesem Punkt zum Verschwender wurde.«

Auch Robitscheks finanzielle Lage bessert sich. »Langsam erhielt ich kleine Beträge durch meine Lieben geschmuggelt. Mein Freund Gustl brachte von Wien mit, was nur möglich war. So erhielt ich langsam eine stattliche Garderobe und Vieles für die Wohnung von Zuhause: Vorhänge, Decken und Polster, was nur zu bringen möglich war. Weiße Spitzenvorhänge, ein paar alte Bilder und Fotos meiner Lieben, sowie hübsches, antikes Porzellan von zu Hause gaben dem Raum seine Note. Dort hauste ich – mit Unterbrechungen – etwa vier Monate.«

Den Haushalt hält ihm Signora Sandri in Ordnung, die er schon lange kennt. »In Wien hatte ich eine Kunde namens Sandri. Das Ehepaar schuldete mir einen großen Betrag, etwa 40.000

Schilling, für meine heutigen Begriffe ein Reichtum. Der Mann starb plötzlich im Jahr 1937 auf mysteriöse Weise in Wien. Die arme Frau lebte mit ihrem 17jährigen Sohn in sehr bescheidenen Verhältnissen in Triest. Sie bemühte sich, mir das Leben zu erleichtern. Sie kam häufig saubermachen und wir kochten manchmal zusammen und plauderten viel. Ihr Sohn Leo, ein großer Bastler, zimmerte fleißig in der Wohnung herum. Er musste alles zerlegen und neu zusammensetzen, manches misslang, darüber aber war ich nie böse. Er gab mir italienische Sprachstunden. Sie hatten mich beide gern, obwohl der Junge ein Antisemit war.«

In Triest trifft Robitschek einen weiteren alten Bekannten: Antonio Heisse. Ihn hat er vor 15 Jahren in Triest kennengelernt. Damals war Heisse ein »netter junger Bursche von etwa 18 Jahren; artig, höflich in seinen Umgangsformen. Die nette Art gefiel mir und ich ließ mir die Stadt von ihm zeigen und alle Sehenswürdigkeiten erklären. Er sprach gut Deutsch und lebte bei seiner Tante. Seine Mutter war Dalmatierin und sein Vater Tscheche. Er wurde jedoch bei den Verwandten in Triest aufgezogen. Von Beruf war er Zahntechniker. So oft ich nach Triest kam, suchte ich ihn auf. Drei oder vier Jahre später rief mich telephonisch von Triest eine unbekannte Dame an, teilte mir mit, der Toni sei eingesperrt, wegen einer Anzeige seines Chefs, er habe eine Privatarbeit gemacht und das Material dem Chef entwendet. Letzteres sei unwahr und man müsse eine hohe Kaution erlegen.« Paul half Toni nicht nur damals aus der Klemme, sondern auch noch ein weiteres Mal, als Heisse ihn bei einem Wien-Aufenthalt um Hilfe bittet. »Wegen seiner Abenteuer hieß ich ihn immer den ›Galgentoni‹. (In der Geschichte von Egon Erwin Kisch war ›Galgentoni‹ zwar eine Frau, aber der Name stand Antonio Heisse gut.) Eines Tages schrieb er mir, er werde heiraten. Eigens wollte ich die Reise zu dieser Hochzeit machen, aber im letzten Moment musste ich absagen. Es kamen von ihm Briefe, er war zufrieden mit seiner Ehe. Plötzlich schrieb er mir ein Jahr später, er habe sich scheiden lassen und gehe wieder nach Triest. Etwa im Jahr 1935 oder 1936 sah ich ihn in Triest. Aus dem feinen schönen Jüngling ward ein Mann geworden mit harten Zügen, aber nicht unsympathischer Art. Er lebe wieder bei seiner Tante und klagte über die schlechten Verhältnisse. Ich war damals nur zwei Tage in Triest. Wir speisten daher zum Abschied einmal zusammen und ich sehe es noch, wie wenn es heute wäre. Nachher regnete es in Strömen, da kaufte ich einen schönen Regenschirm und schenkte ihn ihm zum Abschied. Einmal schrieb er mir, er möchte nach Wien kommen und als Vertreter bei mir arbeiten. Leider war dies schwer durchführbar. Ich dachte über eine Lösung nach und fand jedoch keine Idee, ihm zu einer leichten Existenz zu helfen. Leider habe ich aus Verlegenheit nicht geantwortet.«

Nun bekommt Paul in Triest Besuch von Toni. Es zeigt sich, dass der »Galgentoni« Besitzer eines Schiffes geworden ist. »Es war keine Vergnügungs-Jacht, sondern ein Schmuggelschiff. Sie kauften die steuerfreie Ware in der Frei-Zone, wie etwa Zigaretten, Spiritus und anderes mehr, und verkauften dann alles zu guten Preisen in Triest. Der Zollwächter am Hafen bekam ein Trinkgeld und schaute dafür bei der Ausladung weg. Es fehlte ihm jedoch Geld für die nächste Einkaufs-Fahrt. Und so borgte ich ihm gerne von meinen 2.500 Lire, die ich noch hatte, 2.000 Lire und gab ihm meine Golddose zum Versetzen, wofür er noch 1.000 Lire sich ausborgte. Also der Schmuggel gelang ihm, ich bekam die 2.000 Lire zurück und auf die restlichen 1.000 Lire in kleinen Raten 300 Lire, so dass noch 700 Lire offen blieben. Ich hatte eine Wechselforderung an jemanden, und er erklärte, aus Gefälligkeit das Inkasso zu machen. 400 Lire gingen ein. Zuerst sagte er, das Geld sei gesperrt, dann gingen noch 2.000 Lire ein. Diese Beträge verblieben bei ihm für folgenden Zweck. Er habe gute Beziehungen zu Jugoslawien und es wäre möglich, mir und zugleich noch einigen Personen die Einbürgerung zu verschaffen, das koste 3.000 Lire. Bei den anderen wolle er jedoch verdienen, diese Chance gäbe es einmal, und dann kann man ruhig mit diesem Dokument in Jugoslawien, Italien oder sonst wo leben. Ich wollte für die Witwe eines Freundes, ihre Schwester, meine Mutter und für mich die Dokumente beschaffen. Meine beiden Pässe wären zum Kostenpreis von je 3.000 Lire anzufertigen und die der Witwe und ihrer Schwester für je 6.000 Lire. Und ich brachte ihm noch einen Interessenten, der ihm 15.000 Lire bezahlte. Von mir erhielt er zu dem einkassierten Betrage noch weitere Kassa, zusammen 5.800 Lire, was er bestätigte, um das Geld zu retournieren, falls es nicht geht. Mein Bekannter mit den 15.000 Lire gab ihm 5.000 à Konto. Antonio fuhr nach Jugoslawien, depeschierte und kam in die Schweiz. Alles gehe in Ordnung. Nur: die Preise seien gestiegen. Man müsse mehr Geld geben, er hätte alles erlegt und in einigen Tagen wäre alles fertig. Ich sandte vorsichtiger Weise den kleinen Albert Herzog, meinen Beamten, zur Übernahme. Alles war Bluff! Ob mein Bekannter das Geld retour erhielt, weiß ich nicht. Mich jedenfalls hat der ›Galgentoni‹ so um das Geld gebracht. Auf meine vielen netten Briefe erhielt ich nie mehr eine Antwort.«

Nach diesem fehlgeschlagenen Versuch, einen jugoslawischen Pass zu erhalten, bemüht sich Paul neuerlich um eine andere Staatsbürgerschaft – diesmal mit Erfolg. »Ich fuhr nach Mailand und holte mir bei dem haitianischen Konsulat meine Einbürgerung mit Pass ab, um die ich angesucht hatte. Die Dokumente waren vom 15. XII. 1937 ausgestellt und scheinbar sehr günstig. Ich erlegte beim Konsulat 10.000 Lire und 700 Lire für Formalitäten.

Ich war wegen dieser Durchführung glücklich, denn Triest war ein Schauplatz großer Tragödien geworden. Man sah täglich Bekannte und Freunde ankommen. Ich, der ich so viele Menschen kannte, traf täglich 40 bis 50 Neuangekommene. Menschen aus kleinen und großen Verhältnissen, welche unter den abenteuerlichsten Romanen hier landeten, um sich im Hafen nach Palästina, China, Amerika, Argentinien und weiß Gott wohin einzuschiffen, Menschen, die effektiv 50 Lire im Sack hatten, einen Ehering aus Gold oder eine goldene Uhr, Dinge, von denen sie dachten: ›Für die äußerste Not doch etwas‹. Das alles anzusehen war herzzerreißend. Man sah, wie die Menschen von Hotels, Verkehrsgesellschaften u.s.w. ausgenützt wurden. Wie ich die Armen so sah und ihre Geschichten hörte, fühlte ich mich wie ein Krösus und dankte dem Herrgott, dass mir so viel Kummer erspart blieb. Aber es gab auch edle Menschen, die viel für die anderen machten. Besonders möchte ich die Familie Stock–Triest erwähnen (Destillerie, sowie auch die Cementfirma). Sie hat sich wiederholt in humanster und selbstlosester Weise hervorgetan. Gott möge es ihr lohnen. Auch ich half gerne mit Rat und Tat; was in meinen Kräften stand«.

Die Schmuggelfahrten von August Rieger, Albert und Margarethe Herzog und Otto Lebensaft, dem ehemaligen Buchhalter, sichern Robitschek das Überleben im Triestiner Exil. Nur manchmal überkommen ihn Anflüge von Selbstmitleid. Aber das Gefühl, Opfer der Nazis zu sein, weicht schnell der Wut und Empörung darüber, von den Hakenkreuzlern in Krems und Wien verhöhnt, erniedrigt, beraubt und aus der Heimat vertrieben worden zu sein. Am meisten fürchtet er, zum Bettler zu werden. Er hat jene verarmten, von allen verachteten Juden vor Augen, die noch zu Kaisers Zeiten zu Tausenden aus Galizien und Russland vor Pogromen nach Wien geflüchtet waren. Viele dieser Flüchtlinge trieben sich Tag und Nacht bettelnd in den Straßen der Leopoldstadt herum und waren froh, wenn sie in Wärmestuben und Armenausspeisungen Zuflucht fanden, in der Hoffnung, dass sich ihr elender Zustand eines Tages doch noch ändern werde.

Obwohl Paul Robitschek nicht allzu gläubig ist, fragt er sich dennoch, ob ihm in Triest jemand den Kaddisch, das Totengebet, sprechen würde, falls er hier, in der Fremde, sterben würde. Manchmal fragt er sich sogar, ob sich auch nur einer von der Winzergenossenschaft Krems, Aigner oder Fally, die ihm sein Weingut geraubt haben, Gedanken darüber macht, was aus ihm, dem Juden Robitschek geworden ist. Tief und schmerzlich ist sein Gefühl der Demütigung, dass er zum Überleben im Exil auf Schmuggelfahrten von Gustl, Albert und Gretl angewiesen ist. Wie hat sich sein Leben in nur dreieinhalb Monaten verändert!

18

Die Flucht geht weiter

»Nach Frankreich kam ich mit den
freundschaftlichsten Gefühlen und hoffte,
hier endlich meine dritte Heimat zu finden.«
(PAUL JOSEF ROBITSCHEK, TAGEBUCH)

Das einzig Tröstliche für Paul sind die regelmäßigen Treffen mit
Gustl in Triest. Im September 1938 verabredet sich Paul allerdings mit Gustl in Venedig, wo er in Bahnhofsnähe wohnt. »Ein
schönes Logis bei einer netten Frau, schön, sauber und nicht
teuer«, notiert Paul in seinem Kalender. Er liebt das Viertel mit
seinen Bars und Osterien.

Aber nicht wegen der Schönheit der Lagunenstadt und ihrer
Kunstschätze haben sich Paul und Gustl in Venedig verabredet,
sondern aus Angst vor Gestapo-Spitzeln. Denn in Triest geht seit
einiger Zeit unter den jüdischen Flüchtlingen das Gerücht um,
sie würden ausspioniert und stünden unter Beobachtung italienischer und deutscher Polizeistellen. »Darum hieß es: vorsichtig sein.« Auch Gustl hat schon den Verdacht geäußert, in Wien
überwacht zu werden. Er meint, sein Telefon werde abgehört,
denn immer, wenn er in Triest anruft oder sonst ein Auslands-
gespräch führt, knackt es seltsam in der Leitung.

Seit seiner Flucht aus Österreich freut sich Paul auf jedes
Wiedersehen mit Gustl. Er ist für ihn ein lebendes Stück Wien,
eine Art Heimatersatz geworden ist. Mit ihm kann er in Erinnerungen an bessere, glücklichere Tage schwelgen oder sich über
die Schändlichkeiten der Kremser und Wiener Nazis ärgern. In
Gustls Gesellschaft fühlt Paul zugleich auch schmerzlich, wie
sehr er Wien vermisst, und dass er in Italien, trotz seiner Liebe
zum Land und trotz seines Bemühens, sich den italienischen

Lebensgewohnheiten anzupassen, immer ein Fremder bleiben wird, ein Heimatloser, ein Flüchtling, angewiesen auf das Wohlwollen der faschistischen Behörden und die Hilfsbereitschaft seines geliebten Gustl, der fast wöchentlich zwischen Wien und Triest hin- und herpendelt. Paul fragt sich auch immer wieder, wie er heute dastünde, würde ihm Gustl nicht bei jedem Besuch Geld, Schmuck und Kleidung »auf alle mögliche und unmmögliche Art« bringen. Einmal »das Lorgnon und eine Brosche meiner Mutter«, ein anderes Mal »ein Goldstück 100 Schilling«. Nicht auszudenken, wenn Gustl ihn gar im Stich ließe, wenn er in Wien verhaftet oder zu Tode kommen würde! Jedem ihrer Treffen geht auch die Ungeduld des aus Liebe und Sehnsucht verzweifelten Gemüts voraus. Hält Gustl noch zu ihm, liebt er ihn noch … Wenn sie einander haben, überkommt sie ein Hochgefühl des Glücks. Bei jedem Abschied ist für Stunden nichts anderes in ihnen als bitterer Liebesschmerz. Nichts scheint ihnen vergleichbar mit der bangen Unsicherheit und der Furcht, einander fremd zu werden. Übergroß ist daher bei jedem Abschied die Angst, einander mit der Zeit für immer zu verlieren.

Paul, der in der lärmigen Bahnhofshalle auf Gustl wartet, schreitet zwischen eilfertigem Bahnpersonal, Eis- und Limonadenverkäufern, schwitzenden Gepäckträgern und schweigsam Wartenden auf und ab. Die Heurigen in Grinzing kommen ihm in den Sinn und die dort mit Gustl verbrachten weinseligen Nächte. Auf grün lackierten Tischen flackern Kerzen in Windlichtern, umschwirrt von Insekten. Darüber leuchten, kreuz und quer zwischen die Kastanienbäume gespannt, Girlanden aus bunten Glühbirnen. Verliebte halten sich eng umschlungen in dunklen Ecken. Paul hört nicht mehr die Geräusche der Bahnhofshalle, das Zischen der Lokomotiven unter Dampf, die kreischenden Stahlräder der schweren Frachtwaggons. Nur der Kies knirscht in seinem Kopf unter den Schritten der Heurigenbesucher. Gläser klingen und klirren durch Gesprächsfetzen, vom Wein animierte Herren lachen laut, und sie begleitende Damen kichern. Er hört Geigen, Gitarren, eine Zither, eine quengelnde Harmonika und rührselige Wienerlieder, gesungen von schmalzstimmigen Heurigensängern: »Wenn der Herrgott net will, nutzt des gar nix ...« Ein Jahr später, als Gefangener im südfranzösischen Draguignan und unter Verdacht, ein deutscher Spion zu sein, wird er die liebevollen und weinseligen Nächte in einem selbstverfassten Gedicht festhalten.

»Guter Wein und rotes Blut, berieseln den Körper immer gut.
Feurig macht der Saft der Reben unsern Geist und unser Leben.
Täuscht uns vor manch schöne Stunde und erheitert rasch manch schöne Runde.
Knüpft der Liebe zarte Bande, macht den Menschen manchmal Schande.
Vieles kann der Saft der Reben uns im Glück und Unglück geben.«

Während des Wartens auf Gustl fragt sich Paul plötzlich, wie es Erzsi jetzt wohl geht. Seit die Hakenkreuzler in Österreich regieren, hat er sie nicht mehr getroffen, nichts mehr von ihr gehört. Ob sie noch in Wien ist oder wieder bei ihrer Familie in Budapest? Wenn sie in Wien ist, hat sie hoffentlich keine Schwierigkeiten mit den Nazis. Eigentlich hätte sich Paul längst bei ihr melden sollen oder ihr wenigstens einen Brief oder eine Ansichtskarte aus Triest schicken können. Er fühlt sich deshalb ein wenig schuldig. Aber seit dem 11. März, seit diesem »Anschluss«, hat er den Kopf nur noch voll mit Fragen des Überlebens. Aber vielleicht weiß Gustl, wie es um Erzsi steht. Er wird ihn nach ihr fragen.

Durch die Ankunftshalle klirrt eine Lautsprecherdurchsage. »Vienna« ist das einzige Wort, das Paul versteht. Waggontüren öffnen sich, Reisende steigen aus. Im Getümmel der Ankommenden erblickt Paul einen hellen Sommeranzug und Panamahut. Gustl ist's, der große Koffer aus dem Waggon hebt. Paul läuft zu ihm hin, drückt ihn an sich, winkt einen Träger herbei. Der packt die Koffer auf seinen Karren, und fort geht es, zu Pauls Unterkunft.

Als sie später auf die Straße treten, verklärt bereits das erste Abendlicht die abgeblätterten und verblichenen Fassaden der Häuser. Spaziergänger und Touristen flanieren in den schmalen Gassen, Gondeln und Frachtboote gleiten durch die Kanäle. Nein, nichts Bitteres, kein Übel soll ihnen diesen Abend trüben. Nicht Franz Aigner, nicht Matthias Fally und all die anderen Kremser und Wiener Nationalsozialisten, die so viel Angst über sie gebracht haben.

In einer Osteria nahe San Marco nehmen sie Platz. Einen sorglosen Abend wollen sie miteinander verbringen. Keinesfalls will Paul über die hässliche Seite seines jetzigen Lebens reden; nicht über den Kampf mit der Vermögensverkehrsstelle in Wien und der Justiz in Krems, und vor allem nicht über den, wie er ihn nennt, Obernazi Aigner und dessen Kompagnon Fally, die hinter dem Sandgrubengut her sind wie Jagdhunde hinter der Beute. Nur über heitere Dinge. Eine Weile gelingt es ihnen, aber dann fragt Paul doch, wie es denn jetzt, fünf Monate nach dem Umsturz, wirtschaftlich in Österreich so stehe. Nach dem Machtrausch, antwortet Gustl, hätten jetzt viele einen Katzenjammer. Statt des Schlaraffenlands hätten die Deutschen die Gestapo, die SS und Verhaftungen gebracht. Leute verschwinden und keiner wüsste wohin. Von einigen wüsste man, dass sie im KZ Dachau seien. »Damit haben die Jubeldeppen im März nicht gerechnet. Am Heldenplatz haben sie die Hand nicht hoch genug heben können. Viele von denen sagen jetzt, man hätte vielleicht doch Widerstand leisten sollen. Viele, die damals freudig dabei waren, ducken sich jetzt und machen sich unsichtbar.« Um das Gespräch ins Leichtere zu wenden, fragt Gustl, ob Paul schon den Witz über den Nazi-Kurzzeitkanzler Seyß-Inquart gehört habe, der in Wien kursiert. Paul schüttelt den Kopf. »Sei's in Quarten, sei's in Quinten, beschissen samma, vorn und hinten!« Sie lachen.

»Ist das nicht grotesk!«, meint Paul daraufhin ernst. »Da hocken wir zwei in Venedig beim Essen und lachen über einen Nazi in Wien, obwohl unser Leben zu Bruch geht und wir überhaupt nix zum Lachen haben. Gustl, ich bin ein Zerrissener geworden. Ich bin Österreicher und ein vor den Nazis ins Ausland geflohener Jude mit einer Riesensehnsucht nach Österreich, nach Wien. Ich fürchte, ich werde nie mehr zurückkönnen. Du kannst dir nicht vorstellen, wie das ist … dauernd am Sprung … kein sicheres Zuhause … Umgeben von Räubern und Mördern … Und jetzt geht's mit der Judenverfolgerei auch in Triest los.«

Die meisten Gäste sind gegangen. Der Wirt räumt die leeren Teller ab, bringt noch Kaffee und Grappa.

Traurig geworden, fragt Gustl, ob Paul wisse, dass seit dem »Anschluss« Hunderte Jüdinnen und Juden Selbstmord begangen haben. Einige seien aus dem Fenster gesprungen, andere hätten den Gashahn aufgedreht, Gift genommen, sich erhängt oder erschossen. Etliche Juden hätten sich sogar taufen lassen, in der Hoffnung, als Konvertiten mit Taufschein den Schikanen der Nazis zu entgehen – oder zumindest weniger Probleme beim Auswandern zu haben. In der Servitenkirche, im neunten Bezirk zum Beispiel. Das habe ihm auch der Hans, sein Bruder, bestätigt. Der wüsste es von einem Servitenmönch, den er kennen würde.

Und dann fragt Paul nach Erzsi. Gustl druckst verlegen herum. Die Erzsi, erzählt er dann, sei eine von denen, die sich das Leben genommen hätten. Schon im April. »Was den Tod der Frau Farkas betrifft, so verübte dieselbe deshalb Selbstmord, da sie Jüdin war und ihre Nerven verlor«, wird Gustl später in einem Gedächtnisprotokoll notieren.

Hoffnungslosigkeit macht sich in Paul breit und der Schmerz über den Verlust der Heimat, über den Verlust seiner Existenzgrundlage und darüber, dass er seine Mutter in Wien zurückgelassen hat. Warum sollen sie hier noch länger sitzenbleiben und einander in Trübsal anstarren? Das Schwelgen in Erinnerungen, der Alkohol und das Essen haben sie müde gemacht. Gustl zahlt. Wortlos erheben sie sich und gehen durch die nachtfinsteren Gassen zu Pauls Quartier.

Am nächsten Tag packt Gustl die Koffer aus. »Er brachte mir«, schreibt Paul in sein Tagebuch, »meinen schönen Pelz und Decken, sowie altes Porzellan und Silberbestecke.« Dann hat Gustl noch eine besondere Überraschung parat.«Er zog aus der Tasche eine schöne, ganz flache Platin-Uhr mit Kette. Er sagte: ›Du hast deine Platinuhr mit den Brillanten doch für eine Hitler-Transaktion weggeschenkt. Damit du dich nicht kränkst, hier hast du dafür eine andere.‹ Neugierig betrachtete ich die Uhr, dann fragte ich, woher diese sei, weil darauf ein Wappen mit fünf Pfeilen war. Da wurde er etwas verlegen, nahm sich ein Herz und sagte: ›Ich habe sie um 700 Mark von einem Kieberer gekauft. Wenn ich sie nicht gekauft hätte, wäre sie ja doch von jemandem anderen gekauft worden. Dies ist die Uhr vom Louis Rothschild aus dem Gestapogefängnis am Morzinplatz.‹ Ich freute mich und dachte, wer weiß, was sie noch Gutes bringen kann. Wenn ich in Paris oder London bei einem Haus Rothschild vorbeikomme, will ich sie abgeben und bei dieser Gelegenheit für einen unglücklichen Freund oder Verwandten etwas erbitten. Ich legte sie zu meinem anderen Schmuck und dachte: ›Deine Zeit wird auch kommen.‹«.

Während der nächsten Tage machen sie ausgedehnte Spaziergänge, unternehmen Gondelfahrten, besuchen Kirchen, bewundern die Goldmosaiken in San Marco, schauen vom Campanile über die Stadt und die Lagune, nehmen das Vaporetto zum Lido, schlendern den leeren Strand entlang, schauen schweigend in die dunstige Wasserferne, reden über die Zukunft und fragen sich, wie es mit dem Geschäft und mit ihrer Liebe weitergehen soll.

Nach Gustls Abreise erhält Paul noch den Besuch seines ehemaligen Buchhalters Otto Lebensaft und dessen Frau. »Das Paar war sehr nett, aber ich fühlte, die große Liebe für mich hatte nachgelassen. Die Frau brachte mir zwei kostbare Schmuckstücke meiner Mutter. Ihre Reise hat Gustl bezahlt. Ich bezahlte alles für sie in Venedig. Diesem Menschen aus sehr bescheidenen Verhältnissen, der vor etwa acht Jahren bei mir eine gute Stellung fand, sich etwas Geld ersparte, seine halbe Verwandtschaft versorgte, sich elegant einrichtete, hatte ich mit der Zeit liebgewonnen und mit ihm gesellschaftlich verkehrt wie mit einem Freund. Wenn man aber so das langsame Entfremden sieht, das tut einem weh. Eine große Enttäuschung für mich … sehr groß; aber auch das muss verwunden werden.«

Noch einmal kehrt Paul nach Triest zurück, wo sich die Lage für die jüdischen Flüchtlinge bald dramatisch ändert. am 18. September 1938 verkündet Benito Mussolini in Triest, das Weltjudentum sei der unversöhnliche Feind des Faschismus, daraufhin kommt es zu Schmieraktionen und Paul fühlt sich an die Tage des Umsturzes in Wien erinnert. »Heil Hitler!« war da an Hausmauern zu lesen oder »Nieder mit den Saujuden«. »Den nächsten Tag«, vertraut er seinem Tagebuch an, »wurde zwar alles abgewaschen, aber man fühlte deutlich, der Wind hat sich gedreht. Dann kamen Fremden-Zählungen, Juden-Zählungen, Konstatierung der Religionsbekenntnisse, Ahnennachweise u.s.w. Kurz darauf erfolgte die Beschlagnahme des jüdischen Realbesitzes. Also hat sich Mussolini von Hitler kaufen lassen. Selbstredend wurden die vielen Mitglieder der Faschisten, die Juden waren, trotz ihrer langen und anerkannten Leistungen ohne Unterschied hinausgeworfen. Die Nation, die immer stolz darauf war und sagte, bei uns gibt es keine Rassenfrage, hüllte sich in Stillschweigen. Die armen Emigranten, die hier unter den unglaublichsten Opfern und Entbehrungen in Italien eine Existenz gründeten, verließen fluchtartig diese neue Heimat. Dazu gesellten sich noch ca. 50.000 italienische Juden. Die Verhältnisse wurden von Tag zu Tag schlimmer. Die armen Menschen wurden ausgeplündert und bestohlen auf allen Ecken und Enden. An den Grenzen wurden die Reisenden von den Italienern grauenhaft visitiert, es kam zu unzähligen Verhaftungen. Es bildeten sich groß angelegte Schmuggelkonsortien, die Valuten und Schmuck oder Werte mit zehn bis 20 Prozent Abgaben in die Schweiz hinüberbrachten. Dies spielte sich in Chiasso-Ponte ab. Es ging alles Hand in Hand mit den Beamten der Behörden und funktionierte halbwegs sicher. Es gab aber arme Teufel, die nicht so viel opfern wollten. Für solche meldeten sich oft andere Ehrenmänner, die billigere Offerte machten. Diese gingen dann gewöhnlich mit der ganzen Habe durch. Die armen Emigranten wollten Visa. Die meisten Länder drosselten die Einwanderung. Nun kam es zu einem neuen Geschäft. Die Konsuln machten entweder direkt oder gewöhnlich durch ihre Agenten blendende Geschäfte. Die

Visa wurden besorgt, je nach Land und Nachfrage von 500 Lire bis zu 10.000 Lire pro Stück. Das englische Konsulat erfand überhaupt etwas Drolliges. Dort wurden Touristenvisa für Palästina ausgegeben, dafür mussten 5.000 Lire pro Kopf Kaution gegeben werden. Was damit geschieht, ist noch eine Frage. Es wurden falsche Visa verkauft, falsche Valuten, falsches Gold. Die Masse suchte die Verfolgten auszuplündern, wo es nur ging. Das Elend und die Not schrieen zum Himmel.«

»Nach kurzer Zeit«, erinnert sich August Rieger in einem Protokoll, »wurden wir bereits gewahr, dass ein dauernder Aufenthalt in Italien nicht durchzusetzen war. Unser Projekt, Robitschek an der Weinfirma Cusin in Triest zu beteiligen, fiel daher ins Wasser. An ein Bleiben in Italien war nicht mehr zu denken.«

Und Paul Robitschek zögert nicht lange: »Durch diese neuen Verhältnisse änderte ich meine Pläne und wollte nach Frankreich.« Er ist nun froh, sich rechtzeitig in Mailand einen haitianischen Pass und seine Einbürgerungsurkunde besorgt zu haben. Er löst seinen kleinen Haushalt in Triest auf und verlässt die Stadt Mitte Dezember 1938.

Am Weg nach Paris macht er Station in der Schweiz, wo er sich in Lugano mit Gustl trifft, der wieder Geld und Schmuck aus Wien mitbringt. Sie logieren im »Hotel Federal«. Dorthin hat Robitschek auch Otto Gottesmann bestellt, einen Bekannten aus Wiener Tagen, der jetzt in Mailand lebt. Gottesmann sollte ihm 700 Schweizer Franken nach Lugano bringen. Für diesen Freundschaftsdienst überlässt Paul ihm seine gesamte Wohnungseinrichtung in Triest und zusätzlich 3000 Lire. Als Gustl das hört, ist er entsetzt. Diese Vereinbarung, rügt er Paul, sei eine Leichtsinnigkeit gewesen. Was wisse er denn schon von diesem Herrn Gottesmann. Wer ist das? Was macht der? Welche Referenzen hat er? Paul versucht Gustl zu beruhigen. Da sei nichts zu befürchten. Gottesmann sei auch Jude, aus Wien gebürtig, und ebenfalls auf der Flucht. Sie beide säßen sozusagen im selben Boot. In Mailand, »an einem kalten Tag«, seien sie einander über den Weg gelaufen. Paul sei damals gerade dort gewesen, um Formalitäten wegen seines neuen haitianischen Passes zu regeln. »Gottesmann«, erklärt er, »war in einem dünnen schmutzigen Mantel in der Stadt unterwegs. Man sah ihm den Hunger an. Ich sprach ihn an, und da schilderte er mir seine Situation. Er lebe mit einer Tänzerin in einer Pension und habe derzeit kein Engagement, ebenso seine Partnerin nicht. Ich lud ihn auf einen Kaffee ein und er stellte mir seine Freundin vor. Beide waren Christen, jedoch er hatte einen Vater, der Jude war, und hatte durch die Heirat seiner Mutter dessen Namen erhalten. Mir tat der arme Kerl leid. Als ich sah, dass er fror, schenkte ich ihm einen schönen Mantel, worüber er sich freute. Bei dieser Gelegenheit machte er mich mit zwei Juwelieren bekannt.« Einer davon namens Abraham erklärte, er betreibe ein Juweliergeschäft in Nizza und könne, falls Robitschek Geld sicher anlegen wolle, Gold zu einem günstigen Preis besorgen. Paul habe diese einmalige Chance ergriffen und von Abraham und anderen seiner Bekannten vier Kilogramm Gold zur Gründung einer neuen Existenz in Frankreich gekauft. Außerdem habe ihm Abraham angeboten, in Nizza gemeinsam ein Juwelengeschäft zu betreiben. Rieger ist fassungslos und kann nicht glauben, was er da von Paul hört. Was da abgelaufen sei, meint er, sei eine einzige Abfolge von Abstrusitäten. Welche Referenzen hat Abraham vorgewiesen? Man wisse doch nie, wie ehrlich es diese flüchtigen Bekanntschaften meinen, zumal, wenn sie arme Schlucker auf der Flucht seien; er, Rieger, wolle Flüchtlingen damit nicht automatisch Unehrlichkeit unterstellen. Und was, wenn Gottesmann nicht vor Ablauf des Schweizer Visums mit dem Geld auftaucht? »Reg dich nicht auf, Gustl, der Gottesmann hat Handschlagqualität, er wird kommen«, es sei ja noch nicht aller Visumstage Abend. Tag für Tag wartet Robitschek auf den erlösenden Anruf von Gottesmann. Aber mit jedem Tag wachsen auch in Paul die Zweifel an Gottesmanns Vertrauenswürdigkeit, zumal er ihn auch telefonisch in Mailand nicht erreichen kann. Am 23. Dezember 1938 läuft Robitscheks Visum ab und er muss die Schweiz verlassen. Wie Gustl befürchtet hat, ist Gottesmann mit den sehnlichst erwarteten 700 Schweizer Franken nicht erschienen. Schmerzlich nimmt Paul im Tagebuch zur

Kenntnis, dass er, der sonst so gewiefte Geschäftsmann, einem Betrüger aufgesessen ist. »Der Gauner revanchierte sich für die Wohltaten, die ich ihm erwiesen hatte, und ging mit dem Gelde durch. Ich packte meine Sachen, zahlte alle Rechnungen und fuhr mit 500 französischen Francs nach Frankreich. Das Gold und meinen Schmuck gab ich separat in eine Aktentasche, die ich natürlich besonders behütete. Nur ein kostbares Armband meiner Mutter zog ich über mein Handgelenk. Man kann nie wissen … jemand reißt einem die Tasche weg, … dann hat man wenigstens doch noch einen Wertgegenstand.«

Gustl ermahnt Paul vor der Abreise eindringlich, nicht über Basel zu fahren, sondern über Lausanne. Das sei zwar ein Umweg, aber Basel sei zu nahe an der deutschen Grenze, und bei der kleinsten Beanstandung würden ihn die Schweizer Behörden ins Deutsche Reich abschieben. Was ihn dort als Jude, der gesucht wird, erwarte, könne er sich hoffentlich ausmalen. Paul befolgt Gustls Rat nicht, er will auf dem schnellsten Weg nach Paris, denn er freut sich, »den lieben Tibor«, den Sohn seiner toten Freundin Erszi Farkas, einige Stunden früher in die Arme schließen zu können. »So fuhr ich – schlimmer Weise – doch über Basel, passierte gegen zwei Uhr früh gut die Schweizer Grenze und kam endlich zur französischen Kontrolle.« Dort beschlagnahmen die Grenzbeamten Robitscheks gesamten Schmuck und das Gold, das sich als unecht erweist.

Wie soll er jetzt mittellos seine Reise nach Paris fortsetzen? In seiner Verzweiflung ruft er Gustl aus dem grenznahen Mülhausen an und schildert ihm seine prekäre Lage. Der telefoniert sofort mit dem belgischen Herzog Karl Emanuel Looz und Corswarem, mit dem er befreundet ist und der in Paris im »Hotel le Bristol« ständig ein großes Appartement unterhält. Um Paul beizustehen und bei ihm in Frankreich sein zu können, erbittet Rieger vom Herzog eine persönliche Einladung nach Paris, die er auch umgehend erhält. In Wien bekommt Rieger daraufhin vom französischen Konsulat ein gültiges Einreisevisum für neunzig Tage, das ihm gestattet, während dieser Zeit – sooft er will – die französische Grenze zu passieren.

19
Prosit 1939!

*»Da der Angesprochene der Gesellschaft nur mehr zur
Last fällt, wird er aufgefordert, sich zur Einäscherung
im Krematorium Zelle 8 Ofen 5 einzufinden.«*
(Satirisches Flugblatt das bei August Rieger die
Runde machte)

Endlich ist das Schreckensjahr 1938 zu Ende. Die ständigen
Schmuggelreisen zwischen Wien, Triest, Mailand und Lugano,
die Gustl unternommen hat, um Paul finanziell so gut wie möglich zu unterstützen, haben ihn zermürbt. Er musste sich bei
Freunden immer wieder größere und große Summen borgen,
weil sein eigenes Kapital seit der völligen Lahmlegung des Wein-
handels durch die Winzer Krems, die Vermögensverkehrsstelle
und den Weinwirtschaftsverband zusammengeschmolzen ist.
Zudem hatte Aigner schnell noch, ehe er seine Funktion als kommissarischer Verwalter aufgegeben hat, die gesamte 1938er-Wein-
ernte der Sandgrube an den Vorstand der Winzergenossenschaft
Krems, also an sich selbst, um 3000 Reichsmark verkauft. Tatsächlich war sie das Zehnfache wert.

Leopold Birringer, Aigners Nachfolger, hat mit Treuhänder-
vollmacht ein »Ansuchen um Veräußerung« der Sandgrube an
die Vermögensverkehrsstelle gerichtet. Gleichzeitig haben Franz
Aigner und Matthias Fally namens der Winzergenossenschaft
Krems bei der Vermögensverkehrsstelle ein Ansuchen um »Genehmigung der Erwerbung« der Sandgrube eingereicht, »um
mitzuhelfen, ein bodenständiges lebensfähiges Bauerntum zu
gründen«. Noch vor der Weinlese hat Aigner die Herzogs vom
Sandgruben-Gut gejagt. Seitdem wohnen sie wieder bei Gustl in
der Praterstraße.

Die Silvesternacht in der Praterstraße ist nicht heiter wie jene im Vorjahr. Still und nachdenklich sitzen Rieger, Albert und Gretl beisammen. Keinem ist zum Feiern zumute. Paul fehlt. Sie schenken einander zwar kleine rosa Schweinchen aus Marzipan mit vierblättrigem Glücksklee aus Papier im Maul, aber gießen nicht mehr Blei um Mitternacht. Niemand hat Lust, sich aus den vertrackten Gussfiguren eine schöne Zukunft herauszulesen. Unter wechselseitigen Glückwünschen für das Jahr 1939 stoßen sie beim Läuten der Pummerin mit einem Glas Champagner auf Paul an, lassen den Abwesenden hochleben und wünschten alles Glück des Himmels auf ihn herab. Allen ist das Herz schwer, auch, weil Gustl in ein paar Tagen wieder nach Paris fahren wird, denn Paul ist wieder in großen Geldnöten.

Mitte Januar 1939 trifft Gustl endlich in Paris ein; und da er Geld und Schmuck mitbringt, sieht für Paul die Zukunft etwas rosiger aus. In Paris wird ein Anwalt mit der Freigabe des Schmucks beauftragt. Mit Gustl an der Seite ist Pauls Stimmung wieder zuversichtlich. Gemeinsam reisen sie nach Nizza, um Abraham wegen des falschen Goldes zur Rede zu stellen. Doch in Nizza muss Paul entsetzt feststellen, dass ihm Abraham eine falsche Adresse gegeben hat. Ein Juwelier dieses Namens ist hier völlig unbekannt. Abermals ist er Opfer eines Betrugs geworden, den er besonders schändlich findet, weil es Juden waren, die ihn um viel Geld gebracht haben. Wiederum blickt Robitschek in den schwarzen Abgrund der Existenzangst. Die monatelangen Verfolgungen, die tiefen menschlichen Enttäuschungen und die Aussichtslosigkeit, sich mangels Kapital in Frankreich eine neue Existenz aufbauen zu können, stürzen ihn in Verzweiflung. Würden die französischen Behörden seinen beschlagnahmten Schmuck jemals freigeben? Er ist so zermürbt und niedergeschlagen, dass er ernsthaft mit dem Gedanken spielt, sich das Leben zu nehmen. Doch in Nizza kommt ihm ein glücklicher Zufall zu Hilfe. Ein Herr grüßt beide: »Herr Rieger, Herr Robitschek, wir kennen uns aus Wien. Erinnern sie sich an mich?« »Goldstein! Mein Gott!« Und natürlich erinnern sich Gustl und Paul an den Glasschleifer Goldstein und den Blumenkorso, bei dem sie einander kennengelernt haben. Nachdem ihm Paul den Grund seines Aufenthalts in Nizza erklärt hat, zeigt sich Goldstein erschüttert, Robitschek in einem so trostlosen Zustand anzutreffen. Er hat ihn als stets gut gelaunten, elegant gekleideten und gepflegten Menschen in Erinnerung. Als Goldstein ihm gerade Mut und Trost zuspricht, kommt zufällig ein Freund von ihm vorbei, Karl Münzer, ebenfalls Jude, ebenfalls Flüchtling. Münzer und seine Frau Vera haben bereits nach Hitlers Machtübernahme 1933 Berlin verlassen und sich in Cannet des Maures in der Provence ein Weingut gekauft. Goldstein macht die Herren miteinander bekannt, und als Münzer hört, dass Robitschek ein Weinfachmann von Ruf ist, lädt er ihn nicht nur auf sein Gut ein, sondern schlägt ihm vor, gemeinsam eine Exportgroßweinhandlung zu betreiben. Zurück in Paris besprechen Gustl und Paul den Plan. Rieger ist skeptisch und mahnt zur Vorsicht, ja, er ist sogar dagegen, weil Paul weder eine ständige Aufenthaltsbewilligung für Frankreich hat, noch im Besitz einer »Carte Commerciale« ist, die ihm den Weinhandel erlaubt hätte. Für Rieger ist Frankreich ein trügerisches Asyl. Wiederum hört der sonst so besonnene Paul nicht auf ihn. Er sagt nur: »Gustl, wer nix wagt, der g'winnt auch nix!« »Aber wer leichtsinnig ist«, erwidert Gustl, »kann ganz schnell alles verlieren. Vergiss nicht, was du durch deine unbesonnene Vertrauensseligkeit schon verloren hast, seit du aus Wien weg bist. Mach nicht noch einmal den gleichen Fehler.« Aber Paul hat sich entschieden. Frankreich soll seine neue Heimat werden. Offiziell ist er ja jetzt kein Österreicher oder gar Staatsbürger des Großdeutschen Reichs mehr, sondern haitianischer Staatsbürger. Was sollte ihm da noch geschehen? Emigranten gegenüber waren die Franzosen immer tolerant. »Gustl, keine Sorge. Die Franzosen haben einen großartigen Wahlspruch: Freiheit, Gleichheit, Brüderlichkeit! Also was soll mir geschehen …«

Gustl reist zurück nach Wien und Paul in die Provence, nach Cannet des Maures, zu Münzer. Als kurz danach die französischen Zollbehörden den beschlagnahmten Schmuck freigeben, belehnt Robitschek einen großen Teil davon und leistet bei

Münzer die notwendige Einlage für das gemeinsame Weinge-schäft. Sein neues Leben in Frankreich nimmt von da an einen ruhigeren Verlauf. Wirtschaftlich scheint er wieder Boden unter die Füße zu bekommen. Er telefoniert jede Woche mit Gustl, manchmal mehrmals am Tag. Wie schon in Triest will Paul, dass Gustl die Fässer und Gerätschaften aus der Sandgrube und den Kellerröhren in Heiligenstadt nach Frankreich überstellen lässt. Aber Gustl muss Paul enttäuschen. Denn Leopold Birringer, der neue Treuhänder und kommissarische Verwalter der Sandgrube, und die Kremser und Wiener Behörden behindern ihn, wo es nur geht. Und was beide nicht wissen: Die Gestapo in Wien hört bei jedem ihrer Telefongespräche mit …

Nach eineinhalb Jahren der Aufregungen, Ängste, Verfolgun-gen und tiefer Niedergeschlagenheit empfindet Paul sein neues Leben in Südfrankreich als geordnet und friedlich. Schön und heiß ist der Juli 1939 und heiter der August. Die Obstbäume tra-gen reichlich, die Felder stehen reif unter der Sonne. Die Zei-tungen, Illustrierten und Wochenschauen bringen Bilder einer heilen Sommerwelt. Menschen, die in Seen schwimmen, Kinder, die sich an Meeressträenden tummeln, im Wasser plantschen und Sandburgen bauen, Menschen, die es sich in Strandkörben be-quem gemacht haben, auf Handtüchern sonnenbadende junge Frauen und Männer, weidende Kühe, lächelnde blonde Bäuerin-nen mit Kopftuch bei der Heuernte, Bergfexe, die über Almen wandern, über Felsgrate klettern und, mit Hakenkreuzwimpeln in Händen, ergriffen über das mächtige Panorama der Alpen in glühende Sonnenuntergänge schauen. Was Paul besonders freut: Auf Münzers Weingut reifen die Trauben reichlich und prächtig, und Gustl, der sie besucht hat und erst vor ein paar Tagen nach Wien zurückgereist ist, war beeindruckt. Die beiden wollen sich schon bald wieder in Saint Raphaël treffen.

In Krems machen währenddessen Franz Aigner und Matthias Fally Druck auf Leopold Birringer. Sie haben genug von Rie-gers – wie sie meinen – juristischen Winkelzügen und Quertreibereien und wollen die Winzergenossenschaft Krems endlich als Eigentümer des Sandgrubengutes im Grundbuch eingetragen wissen. Auch Landwirtschaftsminister Anton Reinthaller drängt auf die endgültige »Entjudung« des Robitschek'schen Weingutes.

Am 15. August 1939 verkauft Treuhänder Leopold Birringer die Sandgrube um 26.303 Reichsmark an die Winzergenossenschaft Krems. Den Vertrag errichtet der Kremser Rechtsanwalt Dr. Friedrich Fiegel, und Notar Rudolf Dorn beglaubigt ihn. Vom Kaufpreis gehen 4.202,45 Reichsmark an Handwerker sowie die Pächter Zeiner und Paradeiser. Vier Tage später, am 19. August 1939, überweist Dr. Fiegel die endgültige Kaufsumme für das Sandgrubengut in Höhe von 22.100,55 Reichsmark auf das Sperrkonto »Paul Josef Israel Robitschek und Johanna Sara Robitschek« bei der Österreichischen Creditanstalt.

Aigner und seine Winzergenossenschaft Krems haben die Sandgrube nach eineinhalb Jahren Kampf mit August Rieger endlich »entjudet«.

August Rieger, erst vor ein paar Tagen aus der Provence zurückgekehrt, sitzt mit Albert und Gretl beim Frühstück im Salon und wartet auf die endgültige Entscheidung der Vermögensverkehrsstelle. Dass die Winzer Krems die Sandgrube gekauft haben, weiß er an diesem 1. September 1939 noch nicht. Das Radio läuft und Hitler hält eine Rede. Er spricht von Danzig und Polen, von volksdeutschen Frauen und Kindern, die misshandelt und verschleppt worden seien. Das könne er als Führer und Kanzler des Deutschen Reiches – bei aller Friedensliebe – nicht länger hinnehmen. Die jüngsten Vorfälle machten es notwendig, die deutsche Minderheit in Polen zu schützen. Daher sei eine Änderung im Verhältnis zu Polen herbeizuführen, die ein friedliches Zusammenleben für alle Zukunft sicherstelle. Und dann poltert er: »Polen hat heute Nacht zum ersten Mal auf unserem eigenen Territorium auch mit bereits regulären Soldaten geschossen. Seit 5 Uhr 45 wird jetzt zurückgeschossen! Und von jetzt ab wird Bombe mit Bombe vergolten ...« Von jetzt an werde er nur noch der erste Soldat des Reiches sein. Er habe damit wieder jenen

Rock angezogen, der ihm einst der heiligste und teuerste war. »Ich werde ihn nur ausziehen nach dem Sieg, oder ich werde dieses Ende nicht erleben!«.

»Krieg!«, sagt Rieger, »schon wieder Krieg! Es ist zum Kotzen! Albert, dreh ab!« Diejenigen haben also doch Recht behalten, die nach dem Anschluss gewarnt haben: »Hitler bedeutet Krieg.« Gelacht haben die meisten über diese Befürchtung. »Angstmacherei« haben sie es genannt. Erst 25 Jahre ist es her, dass Österreich und Deutschland die Welt in einen Strudel aus Vernichtung und millionenfachem Tod gerissen haben. Noch immer humpeln viele ehemalige Frontsoldaten auf Krücken und hölzernen Beinstumpen durchs Land. Überall sieht man in den Straßen noch Kriegsblinde mit weißem Gehstock und schwarzen Brillengläsern, Arm- und Beinamputierte, Querschnittgelähmte in Rollstühlen und Kriegszitterer mit zuckenden Gliedmaßen. »Nie wieder Krieg!«, hat es 1918 geheißen. »Nie wieder Krieg!« Und jetzt das? Alles noch einmal?

»Es ist ein Elend! Und was«, fragt Gustl, »wird die Welt diesmal machen? Schweigen und zuschauen, wie die Wehrmacht polnische Städte und Dörfer zerbombt und das Land unterwirft?« Alle drei sehen einander ratlos an.

An diesem Tag, an diesem 1. September 1939, dem Tag der Kriegserklärung an Polen, entscheidet die Vermögensverkehrsstelle in Wien wie zum Hohn, dass Riegers Kaufvertrag vom April des Vorjahres gültig ist und nicht genehmigungspflichtig war. »Der Betrieb des August Rieger gilt somit als nichtjüdischer Betrieb (...) und kann im Geschäftsverkehr die Bezeichnung ›Arische Firma‹ verwenden. Die Herstellung der diesem Bescheid entsprechenden Lage habe ich veranlasst. Heil Hitler! Dr. Weixelberger.«

Rieger hat zwar Recht bekommen – aber zu spät. Er hält später in einem Protokoll fest: »Die Firma ist bereits ruiniert, denn alle Erträgnisse und Einkünfte wurden von dem kommissarischen Leiter übernommen. Es wurden vor allem meine eigenen Einlagen zunichtegemacht. Nationalsozialistische Kunden, an die die Firma große Forderungen hatte, wurden unter dem Titel, dass sie seinerzeit unreell von uns bedient worden wären, auf 50 Prozent herabgesetzt und ihnen jahrelange Ratenzahlungen bewilligt. Die Weine selbst wurden als minderwertig bezeichnet und dadurch weit unter den Einkaufspreis herabgesetzt. Endlich konnte ich durch eine Intervention in Berlin einen Erfolg erzielen. Als man dort meinen Kaufvertrag für gültig erklärte, entschied sich auch die Rechtslage über das Kremser Weingut zu meinen Gunsten. Es wurde nämlich mein Standpunkt, dass ich die Firma rechtmäßig erworben habe, anerkannt und die Vermögensverkehrsstelle Wien beauftragt, mir darüber eine Bescheinigung auszustellen. Diese Bescheinigung war deshalb notwendig, weil mir der Weinbauwirtschaftsverband in Wien das Einkaufsbuch, welches man beim Einkauf von Weinen benötigte, vorenthielt. Mit der Begründung, dass die Firma noch immer nicht als arisiert anzusehen sei, sondern als eine jüdische Firma gelte. Obgleich ich nun den endgültigen Entscheid in Händen hatte, so bekam ich trotzdem weder ein Einkaufsbuch, noch Einkaufsscheine. Auch diesen Umstand verdankte ich den Quertreibereien der Vermögensverkehrsstelle.«

20
Krieg, Haft und Verfolgung

»Ich fürchte dieser Krieg ist das Ende Europas.
Es kommt eine traurige Epoche. Gute Nacht.«
(PAUL JOSEF ROBITSCHEK, TAGEBUCH)

Die Welt schweigt nicht zu Hitlers Überfall auf Polen. Am 3. September 1939 erklären Frankreich und England Deutschland den Krieg. Doch nichts geschieht. Alles bleibt ruhig an der deutsch-französischen Grenze. Die Stimmung in Frankreich ist gespannt. Nicht nur wegen der Kriegserklärung, sondern auch wegen der vielen vor den Nazis Geflohenen, die im Land leben, nicht nur Juden, sondern auch zahlreiche politische Flüchtlinge. Viele haben keine Ausweispapiere oder Aufenthaltsgenehmigungen.

Im Departement Var in der Provence geraten Münzer und Robitschek als Ausländer ins Visier der Behörden. Acht Tage nach Kriegsbeginn wird Paul aufgefordert, sich am 10. September bei der Gendarmerie in Le Luc einzufinden und seine Dokumente und Ausweispapiere mitzubringen. Als er sich beim Gendarmerieposten meldet, lässt man ihn warten, »unruhige 30 Minuten, dann wurde mein Nationale aufgenommen und ich wurde in Ketten gelegt und mit dem Auto nach Draguignan überstellt. Beim Eintritt musste ich mich splitternackt ausziehen. Alles wurde visitiert und mir – bis auf die Kleider, die Körperwäsche und einen Kamm – abgenommen. Dann wurde ich in die Zelle transportiert. 1.90 m im Quadrat und 2.40 m hoch. Ein Holzbrett mit Stroh und eine Rohleinendecke ohne Polster ist das Bett. Eine transportable Blechschüssel das Klosett. Das ist die ganze Einrichtung. Einmal des Tages werde ich allein in einen Hof geführt, wo ich ca. 30 Minuten bleibe und mich bei einer Wasserleitung waschen kann.«

Einziges Zugeständnis der Gefängnisleitung sind Feder, Tinte und ein kariertes Schulheft. Paul verwendet es als Tagebuch. Am nächsten Tag nennt man ihm den Grund der Verhaftung. Er sei ein deutscher Spion und komme demnächst vor ein Militärgericht. Schwankend zwischen Hoffen und Verzweiflung wartet Paul in seiner Zelle auf das Verhör. »Der dritte Tag kam. Es wartete ein dicker Gendarm auf mich, etwas unfreundlich, mit einer Kette: ›Kommen Sie!‹ Die Kette wurde um meinen Arm gebunden und ich wurde in ein Auto gepfercht, wo ich zwischen zwei Gendarmen Platz nahm. Es gab noch ein zweites Auto mit der Untersuchungskommission und wir fuhren – acht Mann hoch – auf das Gut. Ich bat auf dem Gut ohne Kette sein zu dürfen, da wurde ich verlacht, da doch Krieg sei. Nun kam eine gründliche Hausdurchsuchung. Trotz allen Anstrengungen war nichts zu finden, was auf Spionage hindeuten könnte. Diese Verdächtigung entbehrte nämlich jeder wie immer gearteten Grundlage. Nachdem die Kommission alles besichtigt hatte, wurde ich wieder in mein altes Verlies zurücktransportiert. Ich, der ich mein großes Vermögen dem Massenmörder Hitler zurückließ und als Bettler in die Fremde flüchtete, kann doch unmöglich als Freund dieses Regimes betrachtet werden! Nach Frankreich kam ich mit den freundschaftlichsten Gefühlen und hoffte, hier endlich meine dritte Heimat zu finden.«

Die Haft macht Paul appetitlos: »Ich habe alle Speisen zurückgewiesen, weil es mir graust«, die Kälte im ungeheizten Zellenbau und die Isolation setzten ihm gesundheitlich schwer zu. »Der Rheumatismus plagt mich und Nierenschmerzen, aber der Krankendiener hat kein Verständnis dafür. Ab und zu kommt ein guter Alter, der hat aber leider wenig Einfluss. Der Hauptwärter begrüßt mich jeden Morgen mit den Worten: ›Was, Sie sind noch nicht tot?‹«

Regelmäßig schreibt er in sein Schulheft:

Dienstag, 19. September 1939

Den ganzen Tag verfolgen mich die Gedanken, was machen alle, die ich liebe, daheim? Sind sie gesund? Ist ihnen kein Leid widerfahren?

Wann werde ich sie wiedersehen? Wie werde ich sie wiedersehn? Ob ich sie werd' wiedersehen? So verfolgt es mich den ganzen Tag. Ich erlebte mit offenen Augen, wachend am Tage, eine traurige Vision: Krank, schwach und elend hab' ich die Freiheit erlebt. Endlich finde ich nach Hause. Da höre ich die schreckliche Kunde, mein Mutterl ist nicht mehr, sie hat ausgelitten. Von Schmerz gebeugt ras' ich weiter und such Gustl, mein Liebchen, ich find's nicht. Da geh' ich zu seinem Bruder, dem Pfarrer Hans, der sagt mir, es hat auch ausgelitten. Er versucht mich zu trösten. Ich such noch Tante Carlotta, auch sie ist nicht mehr. Da ras' ich weiter und trete die Reise nach Jerusalem an. Endlich, matt und müde, breche ich am Ziele zusammen, in den Armen meines Bruders. ... Ich war den ganzen Tag traurig.

Mittwoch, 20. September 1939

Man sagte mir, ich kann mir einen Anwalt nehmen. Daraufhin brachte man mir eine Liste. Auf mein Schreiben kam er den nächsten Tag zwei Mal. Ein großer dicker Mann. Die Wochenspeisekarte sah man auf seinem Anzug. Er habe sich erkundigt, in meinem Dossier läge nichts vor. Er erklärte mir, dass ich gleich Auftrag geben soll, ihm Geld zu geben. Also leider eine schwache Leistung und schlechte Aussichten für eine gute anwaltliche Vertretung. Nun schrieb ich nach Toulon, um einen anderen Anwalt, der hat sich bis heute leider nicht gemeldet. Morgen will ich mir die Liste geben lassen und einem anderen schreiben.

Donnerstag, 21. September 1939

Ich bin jetzt schon 10 Tage eingesperrt, es ist unglaublich, was der Mensch alles aushält. Ich bin mit den Gedanken bei Euch meine Lieben. Gute Nacht.

Samstag, 23. September 1939

Bis halbsechs Uhr abends hat sich nur das Normale abgespielt. Dann endlich erschien der lang ersehnte neue Anwalt: ein buck-

liger, artiger Herr, etwa 60 Jahre alt. Er hat mir Mut zugesprochen. und teilte mir mit, dass wahrscheinlich in acht Tagen die Verhandlung vor dem Kriegsgericht in Marseille stattfindet.

Meine Dokumente von Haiti erhielt ich von dem Konsulat im Sommer 1938 und waren dieselben in Triest zurückgeblieben. Gustl fuhr eigens nach Triest. Dadurch erhielt ich endlich die langersehnten Dokumente am 20. August per Post.

Sonntag, 24. September 1939

Hatte schreckliche Wahnvorstellungen, dass es Euch schlecht gehen könnte, und nahm mir vor, mich an allen euren Peinigern zu rächen. Dann schlief ich endlich ein. Die Nacht war voll von Träumen, die Fantasie war rege, es kam alles wirr durcheinander, Pläne wurden geschmiedet, Existenzen wurden gebaut, Glück wurde gemalt. Es war ein großes Chaos.

Montag, 25. September 1939

Eine Totenstille ist heute. Man hört nur ab und zu das Klirren der Schlüssel des Kerkerwärters abwechselnd mit dem Bellen der Hunde. In diesen Tagen bin ich sehr alt geworden. Ich sah heut in das Fensterglas und sehe wie rasch man dahinwelkt. Viele weiße Haare kommen zum Vorschein und die Krähwinkel, die Falten um die Augen. Hoffentlich ist Gustl nicht eingerückt, ich denke viel an ihn, er ist doch so zart und könnte die Strapazen unmöglich lange aushalten.

Dienstag, 26. September 1939

Gefroren habe ich die letzte Nacht nicht, nur weckten mich dafür die Kreuzschmerzen. Ich träumte so schön von der Traubenernte, es war so viel zu tun, und eine so herrliche Qualität. Die Leute waren unbeholfen, ließen sich aber alles erklären, und so ging es flott vonstatten. Dann fing mein Kreuz an, und die Träumerei war zu Ende. Anfangs fürchtete ich, ich werde heute nicht aufstehen können, aber ich sehe, wenn ich auf bin, lassen die Schmerzen nach. Es wird jetzt langsam lebhaft im Hofe. Jetzt bin ich schon 14 Tage hier. Heute kommt der Friseur, mein Bart ist schon groß, aber ich habe mich daran gewöhnt. Ob nur der Anwalt heute kommen wird? Die Niere macht mir ernstlich immer mehr Schwierigkeiten. Die Jahreszeit wird jetzt alle Tage kälter und ich fürchte, ich werde mich nicht mehr erholen können. Aussichten, in ein Spital zu kommen, sind sehr schlecht hier. Man hat so viel Zeit zum Nachdenken, und je mehr man denkt, desto leichter wird man irrsinnig.

Mittwoch, 27. September 1939

Wieder eine Nacht vorbei. Heute ist schon der 15. Tag, dass ich gefangen bin. Geschlafen habe ich ein wenig, aber dafür geträumt gut: Mein Freund Gustl war vom Kriegsdienst suspendiert und wurde Generaleinkäufer für die Land- u. Forstwirtschaft. Ich war glücklich, dass er nicht in diesen grässlichen Krieg musste. Hoffentlich wird dies alles wahr sein. Er ist ein seltsamer Charakter mit einer ganz großen Herzensgüte, viel zu gut für die heutigen Menschen.

Donnerstag, 28. September 1939

Ich klagte über die großen Schmerzen in der Niere und bat schließlich, zur Konstatierung in ein Spital geschickt zu werden, Da kam ich schön an den Gefängnisdirektor, der der Assistent des Arztes ist. Er sagte, ohne die Antwort des Arztes zu erwarten, so was gibt es nicht, das ist nur für Kriegsverwundete. Der Arzt in seiner Verzweiflung verschrieb mir Kartoffel. Wozu ich zu dieser Visite ging, weiß ich nicht, besser ist, wenn ich wegen ärztlicher Behandlung überhaupt nicht gehen werde. Ich wäre schon froh, wenn die Verhandlung anberaumt ist.

Samstag, 30. September1939

Das Traumreich war rege. Zwanzig Jahre dachte ich mich zurück, es war alles so herrlich und eine glückliche Zeit. Mein Leben spielte sich in Budapest, Wien, Italien und Frankreich ab. Es mischten sich die alten Erlebnisse mit den jetzigen. Meine liebe Freundin Erszi erwartete mich vorm Gefängnis in ihrer Wohnung, sie war noch so jung und schön. Sie war recht lieb und beruhigte mich. Es wird alles in Ordnung kommen. Ich kann mich auf sie verlassen, sie hatte nicht geruht. Sie verfügte über eine Unmenge guter Beziehungen und hätte alles in die Wege geleitet. Dann kam der liebe Junge Tibor und sah mich mit seinen großen Augen lieb an und küsste und herzte mich. Es war alles sehr schön. Dann sah ich die große Soiree im Hause meines Freundes Gustl in Wien, 18 Jahre später, wo Erszi – in großer Abendtoilette – einen lustigen Abend verbrachte. Ich vergesse diesen Abend nicht. Es war mein letzter großer Abend in der Gesellschaft. Damals gab es viele elegante Leute, auch darunter manche nette Menschen. Alles war in Abendtoilette, hoch elegant. Die Herren im Frack oder Smoking, Die Damen tief dekolletiert. Es wurde getanzt und geplaudert in angeregter Stimmung, bis es Morgen wurde. Ich glaube zwischen ½ 4 – 4 Uhr früh löste sich die Gesellschaft auf. Zirka 25 Personen waren beisammen, das große Lichtmeer erhöhte den Reiz der Räume. Der große Salon war zu einer Bar improvisiert. Es waren 12 Miniatur-Tische mit antiken Barocksesseln und roten Hockern zusammengestellt. Ein großes Buffet mit allen nur möglichen Delikatessen und eisgekühlter Wein, Champagner und Liköre vollendeten die Genüsse des Abends. So erlebte ich noch unendlich viel Schönes aus meiner Vergangenheit, vermischt mit traurigen Einlagen der heutigen Wirklichkeit. Es ging so die ganze Nacht mit kleinen Unterbrechungen

Wenn der Krieg nur schon zu Ende wäre und wir endlich wieder zusammen sein könnten: Dann will ich das Leben aufbauen – jetzt habe ich zu viel erlebt, dass ich alles Überflüssige abgestreift habe und auch befähigt bin, eine Existenz auf anderer Basis aufzubauen. Ich möchte mit Euch, meinem lieben Kreis, in ein neues Land zu fremden Menschen und dort neu das Leben beginnen. Hier habe ich zu viele Enttäuschungen erlebt. Ich habe zu viele Menschen wirklich kennengelernt. Wann werde ich meinen Traum verwirklichen können? So wirbeln meine Gedanken den ganzen

Tag bis es Nacht wird. Ich wollte gerade mich einige Augenblicke ausruhen, da öffnete sich das Guckloch und man brachte mir einen Brief. Des Gustls liebe Hände bauten dies Werk.

1. Oktober 1939

Der Sohn meiner großen Liebe Erszi, die sich leider das Leben nahm, lebte in Paris und war adoptiert von dem belgischen Prinzen Looz und Corswarem. Den Herzog kannte ich persönlich. Ein alter, sympathisch aussehender Mann, ca. 80 Jahre alt, Witwer, kinderlos. Er liebte den Jungen wie seinen Sohn und war auf jedermann eifersüchtig. Der Junge selbst, ein großer stattlicher Mann von 25 Jahren mit bester Erziehung und seltsamer, geradezu klassischer Schönheit, verbrachte bereits 5 Jahre mit dem Prinzen. Ich liebte den Jungen und sorgte mich viele Jahre mit seiner Mutter um ihn. Ich war zufrieden, dass er einen guten Adoptiv-Vater hatte. Meine Freunde in Wien riefen den Bruder der Erszi in Budapest an und hörten, Tibor sei gerade in Paris. Gustl telefonierte dann nach Paris, und der kleine Junge (mit 1.85) war herzlich beim Telefonieren und er werde sich selbstredend in jeder Weise um mich kümmern.

Dienstag, 3. Oktober 1939

Endlich besuchte mich Dr. Crapelet. Er wird mich vertreten. Er teilte mir mit, dass mein Akt zum Studium bei dem Militärgericht in Marseille sei und wahrscheinlich in drei bis vier Tagen zurück sein wird. Dann wird entschieden, wo die Verhandlung stattfindet. Der Anwalt versprach mir, in ca. drei Tagen mich wieder zu besuchen und mir dann zu berichten. Der Besuch des Anwaltes hat mich aufgemuntert. Er machte auch ein Gesuch für mich, um mein Wörterbuch zu bekommen. Den Nachmittag wusste ich nichts Richtiges anzufangen. Das Lesen ermüdete mich heute schon, so ging ich auf etwas Neues über, ein Gedicht – an Gustl.
»Getrennt von meinem Liebchen«
»Du denkst sicher Tag und Nacht, was der Bösewicht an uns vollbracht.

Der getrennt hat uns're Körper, der geschaffen unser Weh!
Bring' zusammen uns're Liebe, wo die Herzen zu einander
stehn.
Dass, das Glück uns neu erprieße, wollen wir von Dir erfleh'n.
Nimm die Sorgen von dem Liebchen, hilf ihm doch in bittrer
Stund,
dass es niemals mehr verzaget, mach's ihm irgendwie doch
kund!«
Jetzt werde ich mich niederlegen und will mit Euch meine Lie-
ben im Traumreich weiterplaudern. Gute Nacht.

Mittwoch, 4. Oktober 1939

Die Nacht ging traumlos vorüber, ich schlief wenig und denke wa-
chend über die verflossenen Ereignisse nach und studierte, was ich
für die Zukunft vorbereiten könnte. Ich verbrachte meine Zeit mit
Nachdenken, Berechnungen machen, wo und wie man eine Zu-
kunft baut. Ich bin der Meinung, dass ich doch weiter wandern
müsste. Bis ich etwas Vermögen realisiert habe, müsste ich in ein
Land gehen, wo eine Aufbruchsstimmung herrscht, wo es freie Be-
rufe gibt, wo Arbeits- und Ausbau-Möglichkeit ist. Entweder Land-
wirtschaft oder Handel, oder ein Kaffeehaus mit Getränke-Hand-
lung. Ich will jedoch nicht mehr allein, sondern mit meinen Lieben
leben oder sterben. Die vierte Woche hat heute schon begonnen,
ich kann es gar nicht glauben. Ich fürchte dieser Krieg ist das Ende
Europas. Es kommt eine traurige Epoche. Gute Nacht.

Donnerstag, 5. Oktober 1939

Heute ist schon der 23. Tag, dass ich hier schmachte. Ich habe hier
zwei Spitznamen erhalten, der eine harmlos: »Beefsteak«, weil
nach ihrer Aussprache mein Name schwer von der Zunge geht,
und so ähnlich herauskommt. Und mein zweiter Name ist »Spion«.
Nie hätte ich geglaubt, dass ich in einen so abenteuerlichen Roman
verwickelt werde. Mein größtes Vergnügen ist zu träumen und die
Wirklichkeit zu vergessen. Eigentlich passiert mir das oft auch am

Tage. Dann erschrecke ich öfters und sage mir dann, das hat doch keinen Sinn, lass alles Verflossene, denk an die Zukunft! Und dann schmiede ich realere Pläne. Ich habe schon nachgedacht, was ich alles werden könnte, natürlich hängt diese Idee teilweise auch von meinem Betriebskapital ab. Also zum Beispiel meine Projekte, die ersten mit Kapital, dann langsam bis ohne Kapital:

I.) Landwirt. Ankauf einer Wirtschaft mit ca. 10 Hektar mit Anzahlung ca ¼ den Rest in 10 Jahresraten Preis 1000 Dollar BK 1.000 D.

II.) Errichtung einer kleinen Getränke-Handlung 1000 Dollar BK 1.000

III.) Pachtung eines Kaffeehauses, einer Landwirtschaft eines Weingutes 500 Dollar BK 500

4.) Pachtung eines Modewarengeschäftes 500 Dollar. BK 500

5.) kleines Lebensmittelgeschäft, Parfumerie-Geschäft 300 D. 2000 D. Juwelengeschäft BK 300 D

6.) Alt-Flaschen-Einkauf BK 100 D

7.) Alt Eisen-Einkauf BK. 100 D.

Stellungen.

Als Leiter eines Weingutes

Als Leiter eines Weingroßhandels

Als Leiter Getränke-Industrie

Als Kellermeister, Koch, Kellner, Kammerdiener, Damen-Friseur, Pedicure, Chauffeur, Magazineur, Reisender, Verkäufer in einem Warenhaus oder irgendeinem Geschäft (ausgenommen Maschinen), als Manipulant in einer Wäsche-Erzeugung, Anstreicher, Auslagenarrangeur, Reisebegleiter, Sekretär, Arbeiter in Kanditen-Fabrik, Wurstfabrik, Bäckerei, Molkerei, Käserei, als Gärtner, Pfleger in Sanatorium. Es gibt vielleicht noch eine Menge Berufe, wo ich mich hineinfinden würde, nur möchte ich schon gerne den ersten sehen, wo ich endlich zu arbeiten beginne. Hoffen, hoffen und wieder hoffen.

Ach ist das Leben schwer geworden!

Hier regnet es wieder, es sieht auch so aus, wie wenn es endlos wäre.

Die Weinlese auf Domaine du Rouse wird erst zur Hälfte fertig sein, und bei dem Wetter geht es nicht, vielleicht kommen noch schöne Tage und die restliche Qualität wird besser. Vielleicht, vielleicht, kann ich sie mit Münzer beenden, das wäre herrlich, wer weiß, vielleicht … vielleicht … wer weiß? Vielleicht auch nicht … vielleicht, doch, wer weiß? … und das Leben geht weiter.

Meine Weingüter und meine Heimat habe ich ganz vergessen, gar kein Heimweh, nur nach meinen Lieben sehne ich mich, dies macht Herzweh, nicht mehr Heimweh. Mir ist so, als hätte man mir ein Stück Fleisch aus dem Körper geschnitten. Es gehört Mut dazu, wenn man da nicht irrsinnig wird.

Freitag, 6. Oktober 1939

Furchtbarer Schmerz kommt heute über mich, die Trennung von Euch ist mir das Entsetzlichste. Ich bin zum Schreiben, so wie auch zum Reden vollkommen unbegabt und staune selbst, dass ich meine Lebensgeschichte in Sätze formen kann. Dafür erhielt ich zu viel Gefühl von der Natur, worunter ich sehr leide.

Montag, 9. Oktober 1939

Meine Lieben, ich hoffe auf einen günstigen Wendepunkt meines Lebens. Gute Nacht meine Lieben, gute Nacht.

Das Militärgericht in Marseille bestätigt schließlich Pauls Unschuld, er wird vom Vorwurf, ein deutscher Spion zu sein, freigesprochen. Aber man entlässt ihn nicht in die Freiheit, sondern überstellt ihn in ein Lager für Emigranten bei Aix en Provence, aus dem er aufgrund seines haitianischen Passes schließlich entlassen wird. Anfang Dezember 1939 verlässt er Frankreich.

In Wien wartet Gustl sehnlichst auf Nachrichten von Paul. Aus Portugal erhält er von ihm die Nachricht, er möge Briefe postlagernd an Familie Pollak in Lissabon richten. Gustl schreibt an die angegebene Adresse. Antwort kommt keine mehr. Von Paul verliert sich zunächst jede Spur.

Durch ihr Zusammenleben fühlen sich August Rieger, Gretl und Albert Herzog irgendwie als Familie. Aber eine Familie ist nach Gustls Ansicht ohne Kind unvollständig, und ein Kind würde auch sein Liebesverhältnis zu Albert verschleiern. Und, als hätte Albert Gustls Wunsch als Auftrag angesehen, schwängert er Gretl, die am 25. November 1941 ein Mädchen zur Welt bringt: Ingrid Auguste Herzog. Wegen der strahlenden hellblauen Augen wird sie nur »Guggi« genannt. Gustl ist so beglückt über die Geburt des Mädchens, als wäre er der Vater. Und so erlebt August Rieger eine weitere Metamorphose. Albert und Gretl rufen ihn manchmal »Vati«, und für die kleine »Guggi« wird er der »Onkel Gusti«, »der liebe Onkel Gusti«. Die Familienidylle scheint vollkommen. »Wir werden zusammenhalten«, sagt Albert zu Gustl, »wie Pech und Schwefel. Komme was da wolle.« Und der »Guggi« schenkt der »liebe Onkel Gusti« ein Stammbuch, das sich mit Widmungen seiner Salongäste füllt. Raoul Aslan schickt am 23. November 1942 »der kleinen Herzogin« zum ersten Geburtstag »viele gute Wünsche für ihre Zukunft«. Wilhelmine Sandrock, die Schwester der Schauspielerin Adele Sandrock, verewigt sich »zur freundlichen Erinnerung« am 19. August 1943 mit Treudeutschem: »Das Deutsche Kind! Vor allem Eins mein Kind, sei treu und Wahr … Deutsche Kinder kämpfen tapfer allezeit.« Alma Seidler schreibt: »Immer niedlich, immer heiter, immer lieblich und so weiter, stets natürlich, aber klug: Nun das, dächt ich, wär genug (Goethe). Was man einer jungen Dame wünschen mag – ich tue es von ganzem Herzen meiner süßen Gucki!« Auch andere Bühnenstars widmen der »Guggi« ein paar Zeilen: Maria Eis, Maria Becker, Leopold Lindtberg. Architekt Clemens Holzmeister grüßt als »alter Onkel aus der wilden Türkei« sein »liebes Guggerl« und ihre »Onkels«. Der Komponist Alexander Steinbrecher skizziert mit Füllfeder ein Notenblatt, darauf die ersten zwei Takte seines Liedes »Zwei aus Ottakring« gewidmet »Guggi mit herzlichen Grüßen.« Auch der Klavierbegleiter, Kapellmeister und Komponist Gustl Zelibor kritzelt Noten ins Stammbuch und darunter »Mir kommen Tränen, dass die kleine Guggi Herzog nicht mein Kind ist«. Auch Paul Hörbiger wünscht der »Guggi Herzog alles Gute«.

Trotz des »kleinen Glücks« lässt Rieger im Streit mit der Winzergenossenschaft Krems nicht locker. Seit ihm die Vermögensverkehrsstelle bestätigt hat, sein Kaufvertrag sei völlig korrekt und nie genehmigungspflichtig gewesen, kämpft er um das Recht, als Eigentümer ins Grundbuch eingetragen zu werden und sein Sandgrubengut in Besitz zu nehmen. Aber er rennt gegen Mauern.

Er nennt in Sachverhaltsdarstellungen alle Beamten und Behörden mit Namen, die ihn gemeinsam mit der Winzergenossenschaft Krems um die Sandgrube gebracht und fast in den vollständigen Ruin getrieben haben: Baron Schweitzer vom Weinwirtschaftsverband Wien, die Referenten Robert Schubert und Dr. Müller II von der Abteilung für Land- und Forstwirtschaft bei der Vermögensverkehrsstelle in Wien, ebenfalls von dort die Referenten Kraus und Knoll der Sektion Handel, die Kreisbauernschaft sowie die Kreis- und Gauleitung Krems. Er wendet sich an die Obere Siedlungsbehörde im Landwirtschaftsministerium und beschwert sich bei Ministerialrat Dr. Michel, der das Sandgrubengut in einer Blitzaktion an die Winzer Krems verkauft hat, und bittet ihn, er möge die Sache rückabwickeln und ihn, Rieger, als rechtmäßigen Eigentümer im Grundbuch eintragen lassen. Aber Dr. Michel wimmelt Rieger ab und erklärt ihm klipp und klar, dass er sich weder an den Bescheid der Vermögensverkehrsstelle, noch an deren Intervention halten könne und werde. Das Weingut Sandgrube habe er durch den kommissarischen Verwalter Birringer an die Kremser Winzergenossenschaft verkaufen lassen, weil er dazu den direkten Auftrag von Landwirtschaftsminister Reinthaller erhalten habe. Und damit sei in dieser Angelegenheit Schluss und nichts mehr zu wollen. Eine Wiederherstellung des rechtmäßigen Zustands sei nur durch eine Klage möglich. Und August Rieger bringt die erforderliche Klage ein, wie er in einer Niederschrift festhält: »Ich strengte einen Prozess an. Meine Gegner verstanden es aber, den

Prozess in die Länge zu ziehen und führten immer Gründe an, die eine Vertagung der Verhandlung zur Folge hatte. Als ich einmal länger abwesend von Wien war, wurde dies dazu benützt, um innerhalb 48 Stunden eine unwiderrufliche Verhandlung anzusetzen, mit dem Bemerken, dass das Urteil auch ausgesprochen werden würde, wenn ich, der Kläger nicht zugegen wäre. Mein Sekretär verständigte mich telefonisch und ich kehrte rechtzeitig zurück. Als mein Anwalt und meine Zeugen noch vor der Verhandlung auf dem Gang des Gerichtsgebäudes warteten, kam plötzlich der Richter auf meinen Anwalt zu, nahm denselben beiseite und sagte ihm, er möge mich doch dahingehend beeinflussen, dass ich die Klage zurückziehen möge. Mein Anwalt war darüber mehr als erstaunt, frug den Richter, warum ich dies tun sollte, dazu wäre es doch gar nicht notwendig gewesen, dass wir uns nach Krems bemühten. Darauf antwortete der Richter, dass die Verhandlung normal zu Ende geführt werden müsse, denn er habe den Auftrag, die Klage abzuweisen. Es kam dann zu einer sehr bewegten Verhandlung, da ich in derselben vollends meine Empörung zum Ausdruck brachte. Mir war damit klar, dass Michel und Birringer unter einer Decke steckten. Somit erhielt ich keinen Pfennig, im Gegenteil: ich musste noch aus meinen eigenen Mitteln für alle Spesen, die während der Bewirtschaftung des Gutes bis zum Tage der grundbücherlichen Übereignung des Gutes an die Kremser Winzergenossenschaft erwuchsen, aufkommen.« Und abschließend hält er fest: »Hätte ich mich neuerlich gesträubt, so wäre ich wieder Gefahr gelaufen, verhaftet zu werden.«

Um August Rieger endlich zum Aufgeben zu bringen, erhält nicht nur die Gestapo allerlei Hinweise auf Riegers Lebenswandel, es wird auch die Finanzbehörde in Wien eingeschaltet. Buchhalterisch gebe es sehr viele Ungereimtheiten. Wovon lebt der angebliche »Herr Baron«? Wie finanziert er seinen aufwändigen Lebensstil, ohne entsprechende Einkünfte zu haben? Vor allem seine Steuerleistung wirft viele Fragen auf. Und obwohl Adelstitel in Österreich 1918 abgeschafft wurden, bewegt sich August

Rieger als »Baron« mit einer Selbstverständlichkeit, Sicherheit und Gewandtheit in der Wiener Gesellschaft und Geschäftswelt, die vor allem die NS-Bürokraten umso mehr verwundert, als gar nicht klar ist, ob er sich den Titel »Baron« nur anmaßt oder ob dieser tatsächlich »familiär« bedingt ist. Und alle mit dem Fall der Kremser Sandgrube befassten Wiener Behörden beginnen in August Riegers Leben herumzuschnüffeln. Sie wollen herausfinden, ob er tatsächlich adelig oder nur ein geschickter Hochstapler und Blender ist. Und so wird 1942 eine Steuerprüfung Riegers veranlasst.

In den beschlagnahmten Unterlagen finden die Steuerfahnder keinen einzigen direkten Hinweis auf seine adelige Herkunft. Lediglich im Protokoll des prüfenden Obersteuerinspektors ist zu lesen: »August Rieger ist, wie er mir vertraulich mitteilte, unehelich geboren und entstammt hocharistokratischen Kreisen. Die noch immer aufrechten Verbindungen zu diesen früher einmal hochgestellten Persönlichkeiten ermöglichten es ihm, sein Leben ganz nach seinen Wünschen und Gewohnheiten zu gestalten und so ohne wesentliche Beschäftigung zu bleiben. Sein Aufwand, der in den letzten Jahren die normalen Grenzen weit überstiegen hat und von ihm selbst auf jährlich 18.000 RM geschätzt wird, konnte nur durch ein außergewöhnliches Schuldenmachen bestritten werden. Dazu kamen dann noch Einnahmen aus dem Abverkauf von Wohnungseinrichtungsgegenständen und andere flüssig gemachte Geldmittel.«

Ein Blick in die Geburtsmatrikeln zeigt den Behörden, dass Riegers adelige Abstammung nicht den Tatsachen entsprechen kann. Im Taufregister der Evangelischen Kirche A.B. in Wien I ist am 24. Feber 1896 als Vater August Wilhelm Albert Heinrich Rieger vermerkt, der als Beruf »Pianist« angibt. Die Mutter ist Elisabeth, eine geborene Neugebauer. Beide Elternteile stammen aus Deutschland, der Vater aus Maxau bei Karlsruhe und die Mutter aus Mainz.

Die Daten und Hinweise – ehe August Rieger als »Baron« durch die Wiener Gesellschaft zu geistern beginnt – sind dürftig. Mit 19 Jahren, am 13. April 1915, verpflichtet er sich freiwillig zu einem dreijährigen Präsenzdienst, den er allerdings nicht kämpfend an der Front absolviert, sondern als Schreiber in Wien, im Kriegsministerium. Auf dem sogenannten »Unterabteilungs-grundbuchblatt« ist zu lesen, dass Rieger nur vier Klassen Gymnasium absolviert hat, aber als Beruf »Student« angibt. Richtig ins Staunen versetzt die Beamten hingegen das Wiener Melderegister. Nach Ende des Ersten Weltkriegs hat August Rieger ständig den Wohnsitz gewechselt, was für die Ermittler nahelegt, dass er keiner geregelten Arbeit nachgegangen sein kann. So ist er nach dem Juli 1919 in der Weihburggasse 18/3 im 1. Bezirk und gleichzeitig in der Sechskrügelgasse 2/22 im 3. Bezirk gemeldet. Zwischen Juli 1923 und Februar 1924 hält er sich in Leipzig auf. Zurück in Wien, steigt er für nicht ganz einen Monat im »Hotel Müller« am Graben 19 ab, wohnt danach in der Hornesgasse 15/4 und dann in der Hohlweggasse 32/15. Dazwischen ist er immer wieder in Leipzig. Ab November 1924 wohnt er wieder für zwei Jahre in der Weihburggasse und übersiedelt danach in die Jaso-mirgottstraße 3/11, ebenfalls im 1. Bezirk. Länger – immerhin von 1927 bis 1932 – ist August Rieger am Rennweg 23/3a ansässig, ehe er in die weitläufige, prachtvoll ausgestattete und mit Antiquitäten eingerichtete Wohnung in der Praterstraße 46 einzieht, in der ab 1939 auch Albert und Gretl Herzog wohnen. Mit der Wohnung am Kärntner Ring 15, in unmittelbarer Nähe zur Staatsoper, ist August Rieger endlich im gesellschaftlichen Zentrum der Stadt angekommen. Über ihm wohnt die Schauspielerin Alma Seidler. Dort logiert er offiziell bis zur Übersiedlung in die Hei-ligenstädter Straße 67, Ende der Vierzigerjahre. Seine Wohnung in der Praterstraße beziehen Albert und Gretl.

Je mehr Einblicke die Beamten in Riegers Leben bekommen, desto weniger wird fassbar, wer er tatsächlich ist. Im Telefonbuch steht »Geschäftsinhaber und / oder Pensionsbesitzer«. Wie sie feststellen, besitzt er tatsächlich seit März 1927 eine »Hotel-Pen-sion mit Dependence« in Bad Aussee, Obertressen 28 und 29, die er verpachtet hat.

Der Blick in das Grundbuch weist ihn – unmittelbar nach dem Kauf der Pension – als Finanzjongleur aus. Laufend werden im Lastenblatt der Liegenschaften zwangsweise Pfandrechte in unterschiedlichsten Höhen eingetragen, um Forderungen zu bedecken. So schuldet Rieger 1928 einem Goldschmied in Mariahilf 1000 Schilling, 1929 nimmt er ein Darlehen in Höhe von 16.000 Goldschilling auf, 1932 sind es 20.000 Schilling, 7.000 Schilling im Jahr 1933. Es ist ein ständiges Belehnen und Zurückzahlen. Dazwischen tauchen immer wieder Forderungen von Privaten auf, wie etwa jene des Kaufmanns Samuel Landau, dem Rieger 2000 Schilling schuldig ist, oder jene des Kreditbüros Karl Lichtmann oder des Medizinalrats Dr. Wilhelm Loll.

Eines nehmen die ermittelnden Beamten staunend und widerwillig zur Kenntnis: Ob Baron oder nicht, August Rieger hat sich in der Zusammenarbeit mit Paul Robitschek tatsächlich viel Wissen über das Weingeschäft angeeignet und in der Verteidigung des Sandgrubengutes einen Mut und eine Hartnäckigkeit entwickelt, die manchmal an selbstmörderische Sturheit grenzt.

Alle von den verschiedenen Behörden gesammelten Fakten über August Rieger – sein Finanzakt, die Meldeauskünfte, zahlreiche Hinweise auf seine defätistischen, nazikritischen Äußerungen, seine Nähe zu habsburgtreuen Legitimisten, seine Fluchthilfe für Juden, der Kampf gegen die Winzergenossenschaft Krems und die Vermögensverkehrsstelle, das Abhörprotokoll seiner Telefonate ins Ausland sowie die Hinweise von Franz Aigner und der Kreisleitung Krems auf Riegers Homosexualität – landen schließlich in der Gestapo-Leitstelle Wien beim Parteigenossen Otto Schleiffer, dem Gruppenleiter im Referat II-2a (Marxismus und Kommunismus), der als gnadenloser Folterknecht berüchtigt ist. Um die Verhafteten gefügig zu machen und Geständnisse zu erzwingen, lässt er diejenigen, die bockig sind, mit den Händen am Rücken an der Tür seines Amtszimmers aufhängen, sodass sie gerade noch mit den Zehenspitzen den Boden berühren können. Er lässt sie mit nach hinten gebundenen Händen knien, was durchaus einen ganzen Tag und eine Nacht dauern kann, oder ihnen mit starken Lampen ins Gesicht leuchten.

Am 22. März 1943 wird August Rieger verhaftet und in die Gestapo-Zentrale am Morzinplatz überstellt. Die Effektenstelle übernimmt »(...) einen Bund Schlüssel der Wohnung des Hr. Rieger whft. Wien I., Kärntnerring 15, Tür 9, bestehend aus 2 Wohnungs-, 1 Haustor- und 1 Liftschlüssel«. Danach wird er Otto Schleiffer in Handschellen vorgeführt. Der begrüßt ihn mit den Worten: »Sehen Sie«, und dabei deutet er auf ein dickes Aktenkonvolut auf seinem Schreibtisch, »was Sie für ein Gauner sein müssen, da gegen Sie schon seinerzeit dieses Material vorlag. Fluchthilfe, Verhaftung mit drei Pässen für Juden am 3. September 1938 im Café de l'Europe am Stephansplatz, homosexuelles Verhältnis zu einem Juden ...«, notiert Rieger in einem Gedächtnisprotokoll und erinnert sich, dass Schleiffer amüsiert aus der Abschrift einer Postkarte Anfang September 1938 zitierte, mit der Rieger damals aus dem Gestapo-Gefängnis seinen Anwalt Zallinger-Thurn – neben Leibwäsche und Toiletteartikel – um »eine Dose ›Flieder‹-Rasiercreme« bat. Schleiffer hält Rieger weiters vor, eine Abtreibung an einer Arierin durch einen jüdischen Arzt in seiner Wohnung zugelassen zu haben, sowie politische Unzuverlässigkeit als Mitbegründer der Vaterländischen Front. Ein hitlerkritisches Flugblatt, gefunden in seiner Wohnung, sei von allen Delikten das Schlimmste, nämlich Hochverrat. Rieger rechtfertigt sich. Die drei jüdischen Pässe seien für die ehemaligen Compagnons von Robitschek gewesen, für Herrn Adolf und Frau Gisela Blau sowie für Robitscheks Nichte Erika. Die Pässe und die Ausreisebewilligung habe er für die Drei auf ganz legalem, aber verkürztem Wege besorgt. Die Abtreibungsgeschichte sei eine freie Erfindung und glatte Lüge seiner Gegner, dafür gibt es Zeugen. Und ja, es stimme, er sei Mitbegründer der Vaterländischen Front gewesen. Aber mit dem Flugblatt habe er nichts zu tun, er sei kein Verschwörer oder Hochverräter. Stundenlang wird Rieger von Schleiffer verhört. Manchmal versucht Schleiffer, Rieger durch Schlafentzug und Nachtverhöre zu zermürben, um ein Schuldeingeständnis zu erzwingen. Manchmal lässt er die Schließketten derart heftig zusammendrehen, dass Riegers Hände fühllos werden.

Am 14. August 1943, nach 144 Tagen, wird August Rieger aus der Gestapo-Haft entlassen. »Nur durch die intensivsten Bemühungen meiner Familie und meiner Freunde, Hauptmann Alfons Komarek und Dr. Karl Amoser, sowie durch schwere Geldopfer gelangte ich noch einmal in die Freiheit. Während dieser Haftzeit war ich allein 85 Tage in Einzelhaft und wurde durch 35 Tage verhört. Aber auch diese schwere Prüfung habe ich überstanden, obgleich ich seither an einer schweren Rückenerkrankung zu leiden habe. Ein Damoklesschwert hing über mir. Diese Qualen haben es aber nicht zustande gebracht, mein österreichisches Herz zu brechen.«

21

Überleben auf Kredit

»Ich baue für die Zukunft.«
(AUGUST RIEGER IN EINEM BRIEF VON 7. AUGUST 1945
AN ALBERT HERZOG)

Wovon August Rieger nach dem Verlust der Weingüter in Krems und Wien lebt, ist niemandem so ganz klar, ebenso wenig, wovon er die Rechtsanwälte bezahlt. In den Jahren 1938, 1939 und 1940 verfügte August Rieger zwar über eine Konzession für den Weinhandel, bekam aber keine Weinzuteilung. »Diesen Umstand verdankte ich den Quertreibereien der Vermögensverkehrsstelle. Erst im Jahr 1941 bekam ich vom Weinbauwirtschaftsverband die erste Weinzuteilung von 9200 Liter für ein ganzes Jahr. So erhob ich dagegen Beschwerde, da meine Zuteilung mindestens 600.000 Liter betrug. Ich erhielt darauf zur Antwort, dass mir dieses Quantum deshalb nicht zustünde, da ich in den Jahren -38, -39, -40 keinerlei Einkäufe getätigt hätte. Auf mein Vorhalten, dass ich dies doch nur deshalb nicht tun konnte, da mir ja vom Weinbauwirtschaftsverband in diesen Jahren keine Einkaufsbewilligung erteilt worden wäre, wurde ich glatt abgewiesen mit der Begründung, ich sei als eine neugegründete Firma zu betrachten. Durch die dreijährige Stilllegung meines Geschäftes erhielt ich einen Schaden von mindestens 600.000 Reichsmark.«

Riegers Einkommenssteuererklärung aus dem Jahr 1942 macht deutlich, wie er seinen Lebenswandel finanziert: Es gibt ein Darlehen von der Lederhandlung Komarek in der Großen Mohrengasse und eines vom Transportunternehmer Anton Koci in der Höhe von 190.000 RM. Einnahmen aus dem Abverkauf von Porzellangegenständen an Ing. Detlev Büll (Praterstraße 42), Alfons Komarek (Kärntnerring 15) und ungenannte Privatpersonen belaufen sich auf 44.000 RM. Der Verkauf der Mietrechte und des Inventars der Wiener Winzergenossenschaft schlägt mit 15.000 RM zu Buche. »Aus freiwilligen Zuwendungen von Verwandten, die aristokratischen Kreisen angehören, rund 20.000 RM. Die Hotelpension in Obertressen verkaufte er im Herbst 1941 um 105.000 RM an die Firma Rauscher und Söhne in Hausmenning, um diesen Betrag Herrn Anton Koci für einen ›gemeinsamen Weinhandel‹ zur Verfügung zu stellen. Aus der Verpachtung der Pension in den Jahren 1938/39 waren lediglich 6.500 RM an Einkünften angefallen.«

Sowenig Geld August Rieger auch zur Verfügung hat, die Beträge, mit denen er dennoch jongliert, sind groß. So kauft er am 21. Oktober 1941 einem Dr. Walter Ahlefeld einen Brillantring im Wert von 100.000 RM ab und erhält außerdem von Ahlefeld einen Betrag von 130.000 zum Ankauf von Bildern aus dem Wallraf-Richartz Museum, die als gemeinsames Eigentum von Rieger und Ahlefeld beschrieben werden. Da Letzterer das Geld benötigt, bekommt er von Rieger drei Akzepte in derselben Höhe. Wenig später bestätigt dann ein Kammersänger Heinz Werner, 75.000 Reichsmark in bar und 8.000 RM als Postsparkassenscheck für Dr. Ahlefeld übernommen zu haben, wodurch der Wechsel an Rieger retourniert werden kann.

August Rieger macht den widrigen persönlichen und finanziellen Umständen zum Trotz wieder Geschäfte und sitzt wieder im Burgtheater, wie er im Taschenkalender notiert. Ende Oktober 1944 ist das Haus am Ring bis auf den letzten Platz besetzt. Uniformen dominieren die Reihen: Wehrmachtsuniformen, SS-Uniformen, Parteiuniformen und Krankenschwesterntracht. Im Dämmerlicht der Aufführung scheinen die frischen Verbände der Verwundeten zu leuchten. Eine Versammlung von Untoten, viele in weiblicher Begleitung. Ein Goethe-Abend mit Maria Eis, Ewald Balser und Alma Seidler, der »Schauspielerin der Herzensgüte und der innigen Schlichtheit«, soll mit unsterblichen Versen des unsterblichen deutschen Dichterfürsten aus Weimar ein Dank an diese geschlagenen Kreaturen des Krieges sein.

August Rieger, der rechts in der fünften Reihe auf einem Eckplatz sitzt, scheint es, als würde nur für ihn gespielt und rezitiert, und alle Sehnsucht, alle Leidenschaft, alle Gefühle, deren ein Mensch fähig ist, würden hier auf der Bühne nur für ihn ausgebreitet.

Alma Seidler weiß, dass August Rieger vor einem Jahr in Gestapo-Haft war. Vor der Haustür – sie war gerade am Weg zur Probe – hat es ihr damals der Ledergroßhändler Alfons Komarek erzählt. Ama Seidler weiß auch, dass August Rieger mit dem großgewachsenen Mann, von dem ein sonderbar herber Parfümduft ausgeht, in Kontakt steht. Bei einer zufälligen Begegnung hat Komarek ihr gegenüber auch beiläufig erwähnt, dass er dem »Gustl«, wie er August Rieger nennt, einige Antiquitäten abgekauft hat, als dieser wieder einmal »finanzell klamm« war.

Lange Zeit hat es kein Lebenszeichen von August Rieger gegeben. Nur manchmal sind sein junger Sekretär oder dessen Frau vorbeigekommen, um die Fenster zu öffnen und die verwaiste Wohnung zu durchlüften. Dabei hörte sie immer auch Kinderlachen. Im Treppenhaus ist sie den beiden ab und zu mit deren Töchterchen Ingrid, »Guggi« gerufen, begegnet.

Kinderlärm hört man selten im Haus am Kärntnerring 15. Es ist ein Haus, in dem vorwiegend Firmen ihren Sitz haben. Ein Rechtsanwalt hat hier sein Büro, die Witwe des Internisten Wenckebach wohnt da, und dann ist da noch dieses Fotostudio Manassé. Auch wenn das ungarische Ehepaar längst nicht mehr in Wien ist, wer einmal die erotischen Fotos gesehen hat, die hier entstanden sind, der kann kaum an der Tür des Studios vorbeigehen, ohne sich vorzustellen, welche Schnappschüsse hier gemacht wurden.

August Rieger ist nach diesem Schriftsteller Essad Bey in die Wohnung unter Alma Seidler eingezogen. Dieser Essad Bey war auch ein schöner Mann, eine kluge Erscheinung, eine schillernde Persönlichkeit. Es war immer eine Freude, ihn zu treffen. Nicht nur der Verlust des Absatzmarktes für seine Bücher in Deutschland hatte Essad Bey zu schaffen gemacht, war er doch russisch-jüdischer Herkunft, sondern auch seine Frau, die ihn mit dem besten Freund betrogen hat. Nach der Trennung, die ihn schwer getroffen hat, musste sich Bey in ärztliche Behandlung begeben. Danach hatte er sich für einige Wochen, wie es hieß, in die Wüste zurückgezogen und Wien für immer verlassen.

Nach dem Auszug von Essad Bey war das Haus am Kärntnerring wieder langweilig gewesen, doch seit August Rieger auf Tür Nummer 9 wohnt, gaben und geben sich interessante Männer die Türschnalle in die Hand. Bereits kurz nach seinem Einzug hat August Rieger eine Reihe von Festen gegeben. Auch Alma Seidler ist ein paar Mal seiner Einladung gefolgt und hat ihm die Ehre ihrer Anwesenheit gewährt. Bei Rieger konnte man sicher sein, keine Nazis zu treffen, zumindest dann nicht, wenn er Schauspieler eingeladen hatte. Ja, der Herr Baron war in Alma Seidlers Augen ein angenehmer Mensch, gepflegt und höflich, ausnehmend höflich. »Küss die Hand …«, eben ein richtiger Kavalier. Über alles kann man mit ihm reden. Manche in seinem Freundeskreis nennen es »Blumengespräche«, doch was soll daran schlecht sein? Die Zeitungen konnte und wollte man ja gar nicht mehr aufschlagen. Nur mehr Krieg: »Kampf am Orelbogen«, »U-Boot-Krieg«, versenkte Bruttoregister-Tonnen, »Achtung, Feind hört mit« und »Kohlenklau«-Geschichten. Der Herr Baron dagegen sprach lieber über Oper und Schauspiel, spielte Klavier und zitierte Klassiker. Wer kann das heute schon? Als Alma Seidler erfuhr, dass er in Gestapo-Haft war, war sie geschockt. Es schien ihr, als wäre mit Riegers Verhaftung die Gestapo auch ihr wieder gefährlich nahe gerückt. Zwar ist der Moment, als ihre Wohnung kurz nach dem »Anschluss« durchsucht wurde, schon lang vorbei, aber nicht vergessen. Damals sind im Treppenhaus, bis zum zweiten Stock hinauf, Frauen auf den Stufen gesessen, die in Ohnmacht gefallen waren, weil sie am Balkon des »Imperial« den Führer gesehen und ihm in Hysterie zugejubelt hatten. Und während sie gelabt wurden, hat man in ihrer Wohnung nach Waffen gesucht. Zum Glück hatte ihr Sohn Johannes seine Pistole am Vortag zu einem Onkel gebracht. Seither ist viel geschehen. Obwohl ihr

Mann, der Regisseur Karl Eidlitz, als Anhänger von Kanzler Schuschnigg vor den Nazis in die Schweiz geflohen war, hatte sie weitere Hauptrollen bekommen und war von Hitler sogar zu einem Empfang eingeladen worden. Vorgedrängt hat sie sich nie, nicht so wie die Paula Wessely. Die Kritiker hatten sie weiterhin mit fantasievollsten Lobhuldigungen geehrt, sie schwebe »wie ein Schmetterling durch die Stücke«, sie sei »die Silberstimme auf Elfenflügeln«. Eigentlich müsste sie doch glücklich sein. Andere Frauen bangten um ihre Männer und Söhne, weil sie an der Front waren. Sie dagegen sorgt sich, weil ihr Sohn Johannes mit Tuberkulose als »dienstuntauglich« nach Hause gekommen ist. Die Wehrmacht, hatte Johannes ihr gegenüber immer behauptet, war fast ein Schutz gegen Denunzianten. Und jetzt, da ihr Sohn wieder in Wien ist, hat sie Angst, dass auch er, wie August Rieger, verhaftet werden könnte. Wie groß wäre erst ihre Sorge gewesen, hätte sie gewusst, dass Johannes im Keller einige Maschinenpistolen versteckt hat. Und hatte ihr Sohn nicht auch so nebenbei einmal erwähnt, dass er bei einem Herrn Baron in einer Gesellschaft in der Praterstraße gewesen ist? Hatte der Herr Baron August Rieger etwa noch eine weitere Wohnung? In der Praterstraße? »Ausgesehen hat's dort, wie eine Kulisse für den Rosenkavalier«, hat der Johannes ihr über die Einrichtung erzählt. Später, nach dem Krieg, wird Rieger gerne erzählen, dass die Widerstandsgruppe 05 bei ihm in der Wohnung gegründet worden sei. Bei einem dieser konspirativen Treffen wurde auch ein sonderbares, höchst makabres Flugblatt verlesen, das sich in den hinterlassenen Papieren von August Rieger gefunden hat. Es heißt »Gestellungsfehl« und ist datiert mit 6. Jänner 1941: »Da der Angesprochene der Gesellschaft nur mehr zur Last fällt, wird er aufgefordert sich zur Einäscherung im Krematorium Zelle 8 Ofen 5 einzufinden. Mitzubringen ist ein Bund Holz, ein Zentner Koks und eine Schachtel Zünder, weiters ein Topf für ihre Grammeln und ein Zeitungspapier für ihre Knochen.« Eine Holznarkose koste extra, diese würde jedoch entfallen, wenn der Leichnam der angeschlossenen Seifenfabrik überschrieben werde. »Mit der Ihrem Kadaver gebührenden Hochachtung zeichnet Dr. Mordknochen als Referent für Altersversorgung.«

Als Alma Seidler August Rieger im Oktober 1943, nach Monaten der Abwesenheit, wieder im Stiegenhaus traf, hatte es sie viel Überwindung und schauspielerisches Talent gekostet, ihr Entsetzen zu überspielen. Um Jahre gealtert, mit leicht gekrümmtem Rücken, als hätte er Schmerzen, stieg er langsam Stufe um Stufe zu seiner Wohnung hoch und musste sich dabei am Handlauf festhalten. Früher war in seinem Gang immer ein tänzelndes Wiegen, wenn er mit federndem Schritt die Treppe hinaufgeeilt ist.

Die Karten für den Goethe-Abend hat sie ihm durch ihre Haushälterin schicken lassen, mit einem kleinen handgeschriebenen Billett, das August Rieger aufhebt: »Heiß mich nicht reden, heiß mich schweigen, Denn mein Geheimnis ist mir Pflicht. Vielleicht tut ihnen dieser Abend gut. Alma Seidler.«

Die Mignon-Lieder, von Alma Seidler an diesem Abend innigst vorgetragen, sind für August Rieger wahrlich ein Trost. Umgeben von verwundeten Wehrmachtssoldaten und mit dem Wissen, was sich an den Kriegsfronten, vor den Toren des Theaters und in den Gestapo-Kellern am Morzinplatz abspielt, grenzen die Worte: »Edel sei der Mensch, hilfreich und gut« fast an Zynismus. Als er das Gedicht aus Goethes Roman »Wilhelm Meister« hört, muss er die Tränen zurückhalten und ein Schluchzen unterdrücken.

Heiß mich nicht reden, heiß mich schweigen,
Denn mein Geheimnis ist mir Pflicht;
Ich möchte dir mein ganzes Innre zeigen,
Allein das Schicksal will es nicht.
(…)

Ein jeder sucht im Arm des Freundes Ruh,
Dort kann die Brust in Klagen sich ergießen,
Allein ein Schwur drückt mir die Lippen zu,
Und nur ein Gott vermag sie aufzuschließen.

Wird diese Zeit je wieder für ihn anbrechen, und die Lippen nicht mehr schweigen müssen, vielleicht wieder küssen können? Würde es für ihn je wieder den Arm seines Freundes geben? Wird er vielleicht eines Tages doch auch wieder Pauls Hand spüren, der seit der Freilassung aus dem Gefängnis in Draguignan verschollen ist?

Dass August Rieger wieder hier, im Burgtheater, sitzen und Goethe-Verse hören kann, verdankt er auch seiner Schwester Elsa Sakuler. Deren Mann ist zwar ein Nazi, aber in diesem Fall ist seine Parteizugehörigkeit gar nicht schlecht gewesen. Immerhin konnte sie das ausspielen: »Mein Mann ist Gauhauptstellenwart für Fürsorge. Mein Sohn hat den Heldentod gefunden, mein Bruder Hans hat den nach dem Dollfuß-Putsch zum Tode verurteilten Nationalsozialisten in der Systemzeit geistlichen Trost auf ihrem letzten Weg gespendet; und in so einer Familie soll ein Bruder ein Hochverräter sein?« Wie Elsa es angestellt hat, Gustl frei zu bekommen, hat sie ihm nie gesagt. Jedenfalls war sie zweimal in Berlin, im Prinz-Albrecht-Palais, bei Ernst Kaltenbrunner, dem gefürchteten Chef der Sicherheitspolizei und des SD mit dem vom Mensurfechten bei der Burschenschaft Arminia Graz verunzierten Gesicht, dem Nachfolger von Reinhard Heydrich, dem »Schlächter von Prag«, und hat für ihren Bruder, ihren Gustl, interveniert. Einmal Ende März und dann noch im Juli 1943.

Dass er freigelassen wurde, war nicht nur für August Rieger selbst ein Wunder, denn Dr. Franz Meuren, der mit Rieger als Hochverräter verhaftet worden war, wurde ins KZ Dachau gebracht. Natürlich machten Gerüchte die Runde, der Rieger habe Spitzeldienste für die Nazis gemacht und nur deshalb sei er entlassen worden.

Aber August Rieger war und blieb schließlich nicht der einzige, für den Elsa interveniert hat. Als sie 1948 stirbt, würdigt die jüdische Zeitung »Der neue Weg« ihren Einsatz für Menschlichkeit: »Sie war ein Mensch, der alles in Bewegung setzte, nichts scheute, keine Gefahr, keine Brüskierung, keine Zurückweisung, wenn es galt, ein Menschenleben zu retten. Ihr war es sogar öfter gelungen, von der Nazijustiz Verurteilte, deren Gnadengesuch sogar von Hitler verworfen worden war, dem fast gewissen Tod zu entreißen.«

Der Goethe-Abend ist ein Riesenerfolg. Rieger geht erschüttert und beseligt zugleich nach Hause.

Im März 1945 wird August Rieger abermals gewarnt, dass eine Verhaftung durch die Gestapo bevorstünde. Er taucht unter und findet in Gastein Unterschlupf. Trotz aller persönlichen und politischen Schwierigkeiten verliert er das Geschäftliche nie aus den Augen. So hat sich zum Beispiel ein Lieferschein aus Hofgastein vom 7. Mai 1945 erhalten, demzufolge August Rieger »20.000 Zigarren, 48.000 Zigaretten, 30 Flaschen Sekt, 12 Flaschen Spirituosen und 5.000 Zünder« im Wert von 9.880 RM übernommen hat. Die Zahl der Zigarren und Zigaretten wird im weiteren verdoppelt, so dass sich der Wert nun auf 18.720 RM erhöht. Eine Investition in die Zukunft: Zigaretten sind die neue Nachkriegswährung. Es ist jener Tag, an dem Generaloberst Jodel in Reims, im Hauptquartier von General Dwight D. Eisenhower, dem Oberbefehlshaber der alliierten Streitkräfte in Europa, die bedingungslose Kapitulation des Deutschen Reichs unterzeichnet. Vor diesem Hintergrund erhellt sich auch August Riegers briefliche Andeutung an seinen »lieben Albert«, er habe schon »gute Verbindungen angeknüpft. Ich habe die Absicht, hier etwas zu kaufen, und stehe auch schon mit mehreren Leuten in Verbindung. Ich baue für die Zukunft«, schreibt er in einem Brief.

Bei der Industriellenfamilie Kapsch ist Rieger 1945 »persona grata«, da er für den Firmenbesitzer bürgt und bestätigt, dass dieser sich in der NS-Zeit korrekt verhalten habe. Dies gibt Gustl Anlass zur Hoffnung, dass Kapsch, mit dem er gemeinsam unterwegs ist, mit ihm eine Firma in Westösterreich gründen würde.

22

Das Winzerjahr 1945 – und schicksalhafte Begegnungen

»Sie verpassen die schönste Gelegenheit,
denn jetzt ist die Zeit damit sie entschädigt werden
für die sieben Jahre, die sie geblutet haben.«
(ALBERT HERZOG, BRIEF VOM 22. JUNI 1945 AN AUGUST RIEGER)

Am 8. Mai 1945 ist das »Dritte Reich« Geschichte und Österreich befreit. Doch manche verhalten sich weiterhin, als wäre nichts geschehen. Dazu gehört die am 3. Juli 1938 gegründete Winzergenossenschaft Krems. Ihrem Vorstand gehören 1945 zwölf Personen an. Einige sind NSDAP-Mitglieder wie Franz Aigner, ihr Gründer und Obmann. Weil statutengemäß die Periode des Vorstandes vier Jahre dauert, wurden am 26. Juli 1942 Obmann Aigner wiedergewählt und die übrigen Vorstandsmitglieder in ihrer Funktion bestätigt.

Um jetzt, nach Kriegsende, Ordnung zu schaffen und die alten, politisch belasteten Vorstandsmitglieder abzusetzen und durch unbelastete zu ersetzten, wird Franz Petschk, Wirtschafts-verwalter, mit Wohnsitz in der Reitenhaslacherstraße 6 vom Staatsamt für Land- und Forstwirtschaft zum öffentlichen Ver-walter der Winzergenossenschaft bestellt. Erst ein halbes Jahr nach der Befreiung und einem zähen Ringen mit dem alten Vorstand, entschließt sich die Winzergenossenschaft am 9. No-vember 1945 ihre alten Vorstandsmitglieder zu entlassen und aus dem Register zu löschen. Es sind dies Franz Aigner, Matthias Fally, Karl Fiegl, Josef Doppler, Johann Kniewallner, Ferdinand Seif, Leopold Hahn und Karl Kalchhauser. Dafür braucht Franz Petschk mehr als fünf Monate. Die offizielle Löschung der be-

Ortsbauernschaftsführung Krems a.d. D.

Betrifft: Ankauf eines jüdischen
Weingutes.

An die

Der Staatskommissar
für die
Privat zu Handen des Pg. Dipl. Ing. Walter Rafelsberger

Vermögensverkehrsstelle

in Wien I. Strauchgasse 1.

—————————————————————————

Der gefertigte Ortsbauernschaftsführer in Krems Aigner
Franz als Vertreter der Kremser Bauern und Weinhauer bringt
folgendes zur Kenntnis bzw. als Antrag:

Die jüdische Weinfirma Robitschek Josef und Paul und
Johanna in Wien XIX. Heiligenstädterstrasse 67 hat in
Krems eine Kellerei samt Einrichtung und Weingartenbesitz
im Ausmahse von cca. 2½ ha.

Die Weinhauerschaft von Krems und Umgebung beabsichtigt
nun in Krems eine genossenschaftliche Verwertung ihrer Weine
und benötigt zu diesem Zwecke eine Kellerei. Die Kellerei
Robitschek ist für diesen Zweck in Lage und Grösse besonders
geeignet und beantrage ich den Ankauf dieser Kellerrealität
samt Inventar und Weingärten für die Winzergenossenschaft
Krems.

Bemerke noch hiezu, dass Robitschek mit einem Herrn
Rieger bereits einen Verkauf getätigt hat und dieser Vertrag
am 2.5. l.J. vom Kreisgerichte Krems gefertigt und an die
Reichsstatthalterei zur Genehmigung eingesendet wurde. Näheres
aus beiliegender Abschrift an die Reichsstatthalterei und
Pg. Dr. Josef Hardegg.

Mit Rücksicht auf die vorgeschrittene Zeit wird ersucht
die Angelegenheit als dringlich zu betrachten, da für die
Hauerschaft es wichtig ist, ehestens zu erfahren, ob die Rea-
lität Robitschek erreichbar ist, ansonsten ein anderes Ob-
jekt gesucht werden muss.

Ministerium für Handel u. Verkehr
Vermögensverkehrsstelle
Eingelangt am 30 MAI 1938
Zahl 201264 Blg. 2

Heil Hitler !

Der Ortsbauernschaftsführer:

Franz Aigner.

Krems - Weinzierl N 53.

2. Beilage

N.S.D. Krems a.D.
Der Kreisbauernführer

Joh.

Franz Aigner an Vermögensverkehrsstelle, 30.5.1938

In dreifacher Ausfertigung!

An die Vermögensverkehrsstelle, Wien 1, Strauchgasse 1.

41
14

Ansuchen um Genehmigung der Erwerbung.

Vor- und Zuname: **Winzergenossenschaft   Krems a.d. Donau G.m.b.H.**

Wohnort und Fernruf: **Krems, Rathaus Tel. 131**

Geboren am: in:

Staatszugehörigkeit (auch die frühere):

Arier?

Verheiratet?   Rassezugehörigkeit der Ehegattin?

Kinder (Anzahl, Alter)?

Haben Sie einen Verkäufer?

Sind Sie mit diesem verwandt oder bestehen sonstige Abhängigkeitsverhältnisse?

Beruf:

Bisherige berufliche Beschäftigung, eventuell Zeugnisabschriften:

Welche Art von Betrieb wollen Sie erwerben? **Kellerei und Weingartenbesitz**

Haben Sie einen bestimmten Betrieb in Aussicht? **der jüdischen Firma Robitschek**
Paul Josef und Johanna

Wie hoch ist ihr Gesamtvermögen? **Anteilscheine 8.000.- RM + 15 fache Haftung**

Wie hoch ist das eigene Barvermögen? **8.000.- RM**

Welchen Betrag wollen Sie investieren? **36.000.- RM**

Wie hoch sind die fremden Geldmittel? **68.000.- RM**

Wer ist der Geldgeber? **Genossenschaftszentralkasse Wien**

Haben Sie oder Ihr Ehegatte schon ein Geschäft?

Krems,   , am 25. Juni   1938.   Heil Hitler !

Franz Aigner
Unterschrift.

Unwahre Angaben sind strafbar!   Obmann des Proponentenkomites-
Siehe 2. Seite!

Reichsnährstand

Kreisbauernschaft
in Krems a/Donau

Blut und Boden

28.VI.1938.

Gesch.-Z. F/S
Im Schriftverkehr stets angeben

Zum Schreiben vom

Gesch.-Z.

An die
Vermögensverkehrsstelle,

W i e n   I.,Strauchgasse 1.

Das Schreiben des Ortsbauernführers Franz
A i g n e r ,Krems-Weinzirl vom 27.d.M. wurde mir zur
Kenntnisnahme vorgelegt.Die Übernahme der Kellerei
Robitschek von seiten der Weinbauernschaft Krems wird von
mir unter allen Umständen befürwortet.Eine amtliche
Schätzung des Besitzes ist bereits durch einen Sachver-
ständigen vorgenommen worden.Schwierig wird der Fall allerdings dadurch,daß inzwischen Robitschek den Besitz an einen
gewissen Herrn Rieger in Wien veräußert hat.

H e i l   H i t l e r !

Kreisbauernschaft Krems / Donau an die Vermögensverkehrsstelle, 28.6.1938

Nationalsozialistische Deutsche Arbeiterpartei

Gauleitung Niederdonau

Kreisleitung Krems a. d. D.
Fernruf 412 u. 413
Scheck-Kto.: Sparkasse in Krems Nr. 170

Krems a. d. D., den 13. August 1938.
Rathaus

Unser Zeichen: (In der Antwort zu wiederholen)	D/D
Ihr Schreiben vom	5.8.1938
Ihr Zeichen	Kr./Hfm.

An die
Vermögensverkehrsstelle im
Ministerium für Wirtschaft und Arbeit,
Abteilung Handel,

W i e n , I.,
Strauchgasse 1.

Betrifft: Weingut und Weinkellerei Robitschek, Krems

Für den von Ihnen in der Arisierungssache Robitschek-
Rieger eingenommenen Standpunkt, dass nicht Herr Rieger
als Käufer zu genehmigen ist, sondern die Winzergenossenschaft in Krems, welche für diesen Keller einen dringen-
den Bedarf hat, danke ich Ihnen herzlich. Sie haben damit
der Weinhauerschaft von Krems einen grossen Gemeinschaftsdienst erwiesen.

Ich habe vor einiger Zeit bereits meine Ansicht über diese Angelegenheit als Antwort des an mich gerichteten
Schreibens, des Vertreter des Herrn Rieger, Rechtsanwalt
Dr. Hans Zallinger-Thurn, Wien, I., in einer Eingabe an den
Gau-Wirtschaftsberater von Niederdonau festgelegt und
deckt sich diese mit den von Ihnen vorgebrachten Äusse-
rungen. Ich ersuche um Ihre weitere Unterstützung.

H e i l   H i t l e r !

(Dum)
m.d.Klt.b.

Vermögensverkehrsstelle im Ministerium für Wirtschaft und Arbeit	
Eing. 16. AUG. 1938	
Zahl.: Vu – 1490 IV	
Abt.:	Blg.: 0

NSDAP Gauleitung Niederdonau an die Vermögensverkehrsstelle, 13.8.1938

Finanzamt Innere Stadt-Ost
Reichsfluchtsteuerstelle
für das Land Österreich
Rfl. **Johanna Sara Robitschek, 519,**
— Zimmer
Bitte, stets angeben!
Parteienverkehr nur Dienstag und Freitag von 9 bis
12 Uhr.

Wien 1., **17. Juli** **39.**
Riemergasse 2
Fernsprecher: R-22-5-95, Hausanschluß

Zahlungsart:
Sie haben die Steuer im Wege der Postsparkasse
an das Finanzamt Innere Stadt-Ost auf Kontonummer A 43.167 einzuzahlen. Bei allen Zahlungen
ist die Kontonummer und die Steuerart anzugeben.

Nummer Ihres Kontos:

An
Frau Johanna Sara Robitschek,

Wien, 20.,

Abschrift!

Perintetgasse 1,

Reichsfluchtsteuerbescheid

A. Steuerfestsetzung und Fälligkeit

Nach meinen Feststellungen haben Sie Ihren Wohnsitz — gewöhnlichen Aufenthalt im
Land Österreich oder im übrigen Reichsgebiet aufgegeben. Sie haben daher gemäß §§ 13, 14
der Ersten Verordnung zur Einführung steuerrechtlicher Vorschriften im Land Österreich vom
14. April 1938 (Reichsgesetzbl. I S. 389) eine Reichsfluchtsteuer zu entrichten. — Die gleiche
Verpflichtung haben die mit Ihnen ausgewanderten Angehörigen (Ehefrau, Kinder), soweit
sie mit Ihnen zur Einkommensteuer oder zur Vermögensteuer zusammen veranlagt worden
sind oder zusammen zu veranlagen sind.

Das Ihnen ~~und Ihrer Ehefrau sowie Ihren Kinder~~ gehörige Gesamtvermögen am
1. Januar 1938 betrug nach meinen Ermittlungen . . . . **95.999.—** *R.M*

~~Der Gesamtwert ist gemäß § 3 Abs. 3 des Reichsflucht-~~
~~steuergesetzes und § 8 Absatz 1 und b) der Verordnung zur Durch-~~
~~führung der Neuanmeldung der Reichsmark im Land Österreich vom 14. April~~
~~1938 hinzuzurechnen:~~

Summe *R.M*

~~Hiervon ist der Anteil Ihrer Ehefrau und Ihrer Kinder an~~
~~dem gemeinschaftlichen Vermögen mit~~ . . . . *R.M*

abzuziehen; es verbleiben als steuerpflichtiger Anteil am Gesamtvermögen . . . . **95.999.—** *R.M*

Die Reichsfluchtsteuer wird hiermit gemäß § 15 Absatz 1 der eingangs genannten Verordnung auf ein Viertel dieses Betrages

23.999.— *R.M*

festgesetzt. Die Reichsfluchtsteuer ist gemäß § 5 des Reichsfluchtsteuergesetzes*)

am **25. Juli 1939.** fällig geworden;

sie ist gemäß § 6 des Reichsfluchtsteuergesetzes mit einem Zuschlag von 1 vom Hundert für
jeden auf den Zeitpunkt der Fälligkeit folgenden angefangenen Monat an mich zu entrichten;
der Zuschlag beträgt mindestens 2 vom Hundert des Rückstandes.

*) Reichssteuerbl. 1937 S. 1269; Reichsgesetzbl. I 1931 S. 699; 1932 S. 571; 1934 S. 392, 941; 1935
S. 850; 1937 S. 1385; 1938 S. 389.

Rfl. 3. (Abschrift des Rfl-Steuerbescheids.) — 3. 39. — 2000. — Staatsdruckerei Wien. 189139

Reichsfluchtsteuerbescheid Johanna Robitschek, 17.7.1938

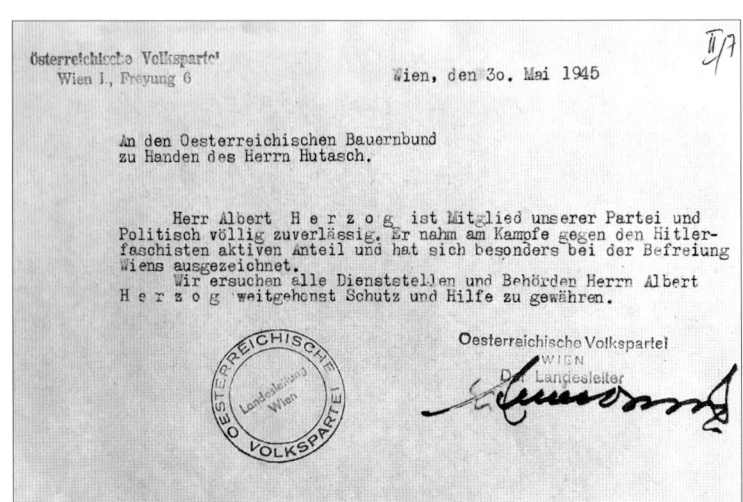

Österreichische Volkspartei
Wien I., Freyung 6

Wien, den 3o. Mai 1945

An den Oesterreichischen Bauernbund
zu Handen des Herrn Hutasch.

     Herr Albert H e r z o g ist Mitglied unserer Partei und
Politisch völlig zuverlässig. Er nahm am Kampfe gegen den Hitler-
faschisten aktiven Anteil und hat sich besonders bei der Befreiung
Wiens ausgezeichnet.
     Wir ersuchen alle Dienststellen und Behörden Herrn Albert
H e r z o g weitgehenst Schutz und Hilfe zu gewähren.

Oesterreichische Volkspartei
WIEN
Der Landesleiter

Widerstandsbestätigung der ÖVP für Albert Herzog, 30.5.1945

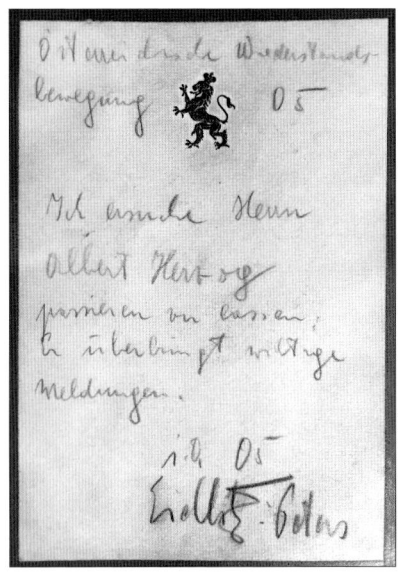

Bestätigung der Widerstandsbewegung 05 für Albert Herzog

Zur Anzeige:

Im Jahre 1938 entschloss ich mich, ausschliesslich um die Interessen der Kremser Hauerschaft entsprechend vertreten zu können, mit mehreren, die Genossenschaftsgedanken betreffend, Gleichgesinnten, wieder der NSDAP beizutreten, um durch Ausnützung der sich dadurch ergebenden Verbindungen die Kremser Winzergenossenschaft verwirklichen zu können. Ich ging mit einigen anderen Hauern und Weinfachleuten noch in den Umbruchtagen des Jahres 1938 daran, die Hauer aus Krems in der erwähnten Winzergenossenschaft zusammenzuschliessen. Schon nach kurzer Zeit umfasste der Mitglieder stand ca. 15o Personen, der sich in verhältnismässig kurzer Zeit auf 25o erhöhte.

Die Kremser Winzergenossenschaft, mit deren Leitung ich als Obmann beauftragt war, hatte aus verständlichen Gründen das Hauptinteresse, geeignete Kellereien zu erwerben, um den Betrieb überhaupt aufnehmen zu können. Es waren zu diesem Zeitpunkt in Krems einige Realitäten vorhanden, die in Frage kamen, von denen sich dann aus verschiedenen Gründen, besonders der Reichshaltigkeit des Fassinventares wegen, der Keller der Firma R o b i t s c h e k als der am geeignetsten erwies. Wir traten sofort in entsprechende Verhandlungen mit den zuständigen Behörden, da R. Jude war und Österreich zu diesem Zeitpunkt bereits verlassen haben dürfte, da er nicht mehr auffindbar war. In der Folgezeit wurde ich als kommissarischer Verwalter für das Weingut Krems der Firma Robitschek von der VVSt eingesetzt. Als solcher kam ich mit dem Rechtsnachfolger Robitscheks, R i e g e r , in Verbindung. Nach anfänglich guter Zusammenarbeit kam es dann zu einer Spannung im gegenseitigen Verhältnis und Rieger zog sich sichtlich zurück. Ich nehme an, dass dies auf Grund meiner Gaugerichtsverhandlung erfolgte.

Im Laufe der sich nun ergebenden Verkaufsverhandlungen wurde auch das Einvernehmen mit Rieger gepflogen, da wir gewillt waren, den Keller unter allen Umständen zu erwerben, auch wenn Rieger Besitzer gewesen wäre.

Es ist unrichtig, dass ich den Original-Kaufvertrag des Rieger vom Grundbuchgericht Krems an mich genommen habe. Ich hatte lediglich eine Ermächtigung, Einsicht zu nehmen.

Soweit mir erinnerlich, wurde der Kaufvertrag zwischen der Kremser Winzergenossenschaft und der Vermögensverkehrstelle Wien über das Weingut Robitschek in Krems abgeschlossen und von der Kremser Winzergenossenschaft der Betrag von RM 26.ooo,- bezahlt.

Ich selbst habe Rieger nicht angezeigt, dass er verschiedene Einrichtungsgegenstände aus dem Besitz Robitscheks abgeführt hat, sondern mir selbst wurde zum Vorwurf gemacht, dass ich Rieger ungehindert diese Gegenstände abtransportieren liess.

Zu den Angaben, dass Rieger zu Robitschek in widernatürlichen Beziehungen gestanden hätte, bemerke ich, dass ich das immer nur als Gerücht angeführt habe. Ich hatte keinerlei Absicht, Rieger damit einen Schaden zuzufügen.

V.g.g.

Verhörprotokoll Franz Aigner, 1948

Rechtsanwalt
Dr. Anton Leithner
Wien, I., Freyung 6   Wien, den 3.November 1948.

                          Herrn

     Dr. L./Les.   Dr. Josef F ü h r e r
                              Rechtsanwalt,

                                        W i e n , I.,

Betrifft: Winzergenossenschaft   Freyung 6, 7. Stiege
           Krems ca. Robitschek

           Sehr geehrter Herr Kollege !

           Im Sinne der Rücksprache im Zuge der Verhandlung an
Ort und Stelle in Krems hatte ich heute mit den Herren des Vorstandes der Winzergenossenschaft Krems wegen vergleichsweiser Bereinigung
im Sinne der Anregung der Rückstellungskommission eine eingehende
Besprechung.

           Vorausschicken möchte ich, dass der rückstellungsgegen-
ständliche Keller ehestens allerhand beträchtliche Investitionen erfordert. So ist das Fundament des heutigen Kellereibetriebes aus Stein-
mauerwerk mit Lehm gebaut; im früheren Presshaus (heute Flaschenwasch-
raum) ist die Brustmauer (hintere Mauer) einsturzgefährdet; die Decke
ist in .beiden Müllerräumen erneuerungsbedürftig, ausserdem ist der
rückwärtige Gang des tiefer gelegenen Kellers, wo sich die grössten
Fässer befindet, im Gewölbe sehr defekt und ebenfalls einsturzgefährdet.
Der gesamte Flaschenkeller ist nur Trockenmauer, so dass die Haltbarkeit
desselben auch nicht gegeben ist. Der Ausgang des Kellers in den Bründl-
graben ist einsturzgefährdet und muss ehestens erneuert werden.

           Hieraus allein geht zur Genüge hervor, dass der gegen-
ständliche Keller noch bedeutende Investitionen erfordert.

           Trotz dieser Mängel hat meine Mandanschaft ein be-
trächtliches Interesse, den Keller zu erhalten, zumal sie ihn durch
die Anlage der Wege als Kellereibetrieb für ihre Winzergenossenschaft
eingerichtet hat, dieser daher für die Genossenschaftszwecke besonders
geeignet ist.

           Meine Mandantschaft ist nun im Vergleichswege bereit,
sämtliches Gebinde und Inventar , das von Herrn Robitschek stammt,
zurückzustellen.

           Nachdem nun der gegenständliche Keller einschliesslich
Inventar seinerzeit um den Betrag von S 26.000.-- käuflich erworben
wurde, das Gebinde zurückgestellt wird, handelt es sich noch darum,
bezüglich des Kellers ohne Gebinde zuzüglich der Weingärten eine ver-
gleichsweise Bereinigung zu finden.

Vergleich zwischen Winzergenossenschaft und Paul Robitschek, 3.11.1948 lasteten Vorstandsmitglieder dauert nochmals ein halbes Jahr und wird erst am 22. Februar 1946 beim Handelsgericht Krems eingetragen.

Zunächst läuft alles wie bisher, als hätte sich politisch nichts geändert. Zwar sind die belasteten Herren aus ihrer Vorstandsfunktion entlassen, aber sie sind sich ihrer Sache sicher: Die Sandgrube gehört ihnen und dafür werden sie auch kämpfen.

So, wie August Rieger in der Verteidigung von Pauls Gütern – und damit seiner eigenen Lebensgrundlage – über sich hinausgewachsen ist, so schlüpft Albert Herzog, ehemals Verwalter der Sandgrube, unmittelbar nach der Befreiung Österreichs im Mai 1945 in diese Rolle.

Albert, der »Kleine«, das »Eselchen«, entwickelt eine Energie, die auch sein »Vati«, wie August Rieger seine Briefe aus der Nachkriegszeit an Albert zeichnet, nicht erwartet hätte. Treu wie Albert nun einmal ist, verteidigt er August Riegers Wohnung am Kärntnerring gegen Plünderer und gegen eine Beschlagnahmung. Er kämpft verbissen um das Vermögen seines väterlichen Freundes, der sich bei Kriegsende in Oberösterreich und Salzburg, in der sicheren amerikanischen Besatzungszone, aufhält.

Weil es zwischen den Besatzungszonen noch keinen regulären Postverkehr gibt, werden die Briefe Bekannten mitgegeben oder sonstwie über die Zonengrenze nach Wien geschmuggelt. Im Juli 1945 ist Albert aufgeregt, er weiß jetzt, wer Verrat an Gustl geübt hat, wer die »Schweine« unter den vermeintlichen Freunden waren: etwa der Schauspieler Alteneichinger. Ganz förmlich schreibt Albert: »Bitte Herr Rieger, kommen Sie bald nach Wien. Sie verpassen die schönsten Gelegenheiten. Sie haben sieben Jahre geblutet und man hat Ihnen alles weggenommen und jetzt bei der Wiedergutmachung müssen Sie hier sein. Die meisten Freunde sind Schweine.«

Und Albert weiß, mit wem der Herrn Baron in den letzten Monaten des Dritten Reichs Umgang gehabt hat: Zahlreiche Mitglieder der österreichischen Widerstandsbewegung 05 haben sich bei ihm in der Wohnung am Kärntnerring getroffen, und auch Albert Herzog selbst war zu Kriegsende für die Freiheitskämpfer unterwegs.

Am 2. April 1945 ist er von der Sanitätsabteilung desertiert und hat sich bei der Widerstandsbewegung in der Hofburg gemeldet. Dort hat er den Auftrag bekommen, in die Provinz zu fahren und sämtliche Dienststellen über das Verhalten bis zur Ankunft der russischen Truppen zu unterweisen. »Die Waffen und die Koppel sollen weggeworfen und weiße Fahnen vorbereitet werden«, schreibt er an Gustl. Bei der Tullner Donaubrücke musste er allerdings umkehren, da eine SS-Division im Anmarsch war. Mit falschen Papieren war Herzog zurück nach Wien geflohen, wurde im IX. Bezirk, in der Liechtensteinstraße, von Feldjägern verhaftet und in die Rossauer Kaserne gebracht. Er konnte jedoch entkommen. Und weil die Streifen der Feldgendarmen Jagd auf Deserteure machten, versteckte er sich am 10. April im »Hotel de France« am Ring und »floh über die Dächer zu den Russen«, von denen er einen Durchlassschein bekam. »Ich meldete mich bei Prinz Taxis und Eidlitz. Später machte ich mich von der 05 frei und ging dem Geschäft in Heiligenstadt und Krems nach.«

Im Brief vom 17. Juli 1945 schreibt Albert an August Rieger, dass Johannes Eidlitz jetzt Organisationsleiter bei der Österreichischen Volkspartei sei und dass »Herr Raoul Aslan sämtliche Theater unter sich hat und ein großer Mann ist. Herr Meuren, der mit Dir von der Gestapo verhaftet wurde, ist vor kurzem von Dachau zurückgekommen, er hat auch eine leitende Rolle. Ich habe ihn für kommenden Freitag eingeladen.«

Albert berichtet Gustl auch vom Schicksal des Hausmeisters Schmittner. »Dem hat eine Granate bei den Kämpfen am Riederberg beide Beine weggerissen, worauf er sich erschossen hat.«

Am Schluss des Briefes richtet Herzog beste Grüße aus. »Herr Rieger ich soll sie von allen schön grüßen lassen. Herr Eidlitz, Frau Alma Seidler (sie spielt jetzt sehr viel im Burgtheater, dzt. Ronacher), Prof. Aslan, Paul Hörbiger …«

Die Anweisung für Riegers damalige Verhaftung findet Herzog in einer Rolle bei Gustls Freund Alteneichinger, der vor dem »Anschluss« so gerne mit Paul und den anderen Wiener Freunden im Sandgrubenkeller gefeiert hat; und er wünscht sich August Rieger, seinen »Chef«, täglich wieder zurück nach Wien, weil der für Gerechtigkeit sorgen soll und auch, »weil die Zeit jetzt günstig ist, um Geschäfte zu machen«.

Wenn nur ein Auto und ein Lastwagen vorhanden wären! »Wir könnten damit in der Weinbranche viel verdienen.« Albert stellt sein Licht nicht unter den Scheffel. »Ich habe 20.000 RM verdient, aber alles wieder ausgegeben«. Gemeinsam wären Gustl und er stark: »Du hättest, wenn wir beide in Wien beisammen wären, mit deiner Machtposition ein großes Vermögen verdient und könntest ein reicher Mann sein. In zwei Jahren wären wir Millionäre.«

Jeder Brief Herzogs in den Westen Österreichs, in die amerikanische Besatzungszone, ist ein Zeugnis seiner Treue, und die Ferne lässt die Beziehung fester und inniger werden als je zuvor. Manchmal schreibt Albert an »Herrn Rieger«, wechselt aber immer öfter zum innigeren »Du«, und schließt zuweilen Briefe mit »Sei auf das Herzlichste gegrüßt sowie tausend 0000000 Bussi von uns allen, Gretl, klein Guggi und dein treuer alter Kleiner«.

Stolz berichtet Herzog über seine ersten geschäftlichen Erfolge. Es gäbe praktisch keinen Wein mehr, da die Bestände aus den Fässern ausgelassen oder, um sie vor Plünderungen in Sicherheit zu bringen, eingemauert worden seien. Die Lieferung nach Wien sei nicht einfach, da die Straßen ständig kontrolliert würden. »Ich selbst habe einen ganz feinen Plan und nach diesem habe ich schon einige tausend Liter Wein ohne Anstand samt Kontrolle reingebracht. Ich selbst kaufe für die Staatspolizei Wein und Kartoffel ein. Auch für die Schoellerbank habe ich Kartoffeln aufgetrieben, man könnte so vieles durchführen, wenn man einen eigenen Wagen hätte.«

Das Verhältnis zwischen August Rieger und Albert Herzog war seit den Gasthauszeiten in der Gärtnergasse im Jahr 1936 nicht bloß das eines Chefs zu seinem Angestellten. Während Albert in den letzten Kriegstagen, im Februar 1945, nach Mährisch-Krumau zu einem Gasschutzlehrgang beordert wird, berichtet Gustl seinem »Kleinen« über das Leben in Wien. Noch sei durch die alliierten Bombenangriffe die Praterstraße verschont geblieben. Er besucht auch Herzogs Frau Gretl und ihre Tochter. »Ich war«, lässt er Albert Herzog wissen, »oben bei Guggi und als ich wegging, zog sie sich den Mantel an, um mich bis zur Stiege zu begleiten. Dann rief sie mir auf einem Mal über die Stiege nach ›Ich lass den Papa schön grüßen‹.«

Albert stellt Fotos von Gustl und Paul mitten ins Wohnzimmer, »damit sie immer bei uns sind«. Beide Bilder sind in den Kriegswirren unbeschädigt geblieben. »Nur der Kaiser Josef II«, lässt Albert Gustl wissen, »wurde im Endkampf tödlich verletzt, das Ölbild hat einen Schuss in den Hals bekommen.«

Albert fühlt sich für Gustl verantwortlich und predigt ihm, dass er wirklich nur mehr jenen Menschen helfen solle, die auch ihm geholfen hätten, er solle sich von den alten Nazis fernhalten. Auch nach Kriegsende versucht der treue Albert, seinem »Chef« eindringlich die Augen zu öffnen. Mit seiner Hilfsbereitschaft solle er sorgsam umgehen. »Lieber Gustl, ich kann mir leicht dein Leben draußen vorstellen, es wird die gleiche Jagd sein wie früher in Wien, du wirst sicherlich von vielen Menschen umlagert sein und jeder will deine Unterstützung und deine Hilfe. Aber Gustl, ich gebe Dir einen guten Rat, Hilf nur denjenigen Leuten, die Dir in der schlechten Zeit geholfen haben aber ansonsten trachte Verbindungen mit den Amerikanern und mit Robi zu bekommen.« Aber August Rieger hat nun einmal den Ruf, ein äußerst hilfsbereiter Mensch zu sein, und er kann aus seiner Haut nicht heraus.

Sogar Kriemhilde, die Frau des zu zwanzig Jahren verurteilten Gestapo-Mannes Schleiffer, der Rieger verhört und gequält hat, wendet sich am 28. April 1953 an ihn.

»Sehr geehrter Herr Rieger! Bitte sind Sie mir nicht böse, wenn ich mich wieder melde. Aber in meiner Lage muss man halt alles versuchen, etwas zu erreichen. Es handelt sich ausschließlich um mein ältestes Töchterchen, das heuer aus der Schule kommt. Sie ist eine sehr gute Schülerin in allen 8 Jahren gewesen und machte mir sehr viel Freude. Aber was nutzt das alles, davon kann sie nichts abbeißen. Darum wollte ich Sie fragen und bitten, ob in Ihrem großen Bekanntenkreis nicht jemand wäre, der solch einen Lehrling aufnehmen würde. Bitte lassen Sie meinen Brief nicht unbeantwortet. Wenn es nicht möglich ist oder Sie irgend einen anderen Grund haben, es nicht zu tun, dann schreiben Sie mir eben ein ›Nein‹, und ich werde Ihnen auch niemals böse darüber sein. Ich als Mutter suche halt überall einen Weg, um meinem Kinde etwas Gutes zu verschaffen. Mich im Voraus bestens bedankend verbleibe ich mit herzlichen Grüßen Kriemhilde Schleiffer.«

Wie es zu diesem Kontakt gekommen ist, darüber schweigt Rieger, aber wenn Kriemhilde, die Frau seines einstigen Gestapo-Peinigers, um Hilfe für ihre Tochter bittet, dann will er nicht nachtragend und kleinlich sein. Und der Herr »Baron« verspricht zu helfen.

Selbst Pauls ehemaligem Prokuristen Otto Lebensaft gegenüber will Rieger sich großzügig verhalten. Lebensaft ist immerhin der Urheber des haltlosen Gerüchts, dass Rieger nur deswegen in den Westen geflohen sei, weil er ein Nazi gewesen wäre. Außerdem, meint Albert, hat Lebensaft nach seiner Tätigkeit für Robitschek und Rieger als Oberwachtmeister der Schutzpolizei gearbeitet. In dieser Funktion wäre es ein Leichtes für ihn gewesen, dem ehemaligen Chef Lebensmittel in die Gestapo-Haft zu schmuggeln. Doch in dieser schweren Zeit gab es von Lebensaft kein Zeichen der Dankbarkeit. Aus der Ferne rät Rieger, Albert solle mit Frau Lebensaft sprechen. Sie solle doch ihren Mann zur Vernunft bringen, er tue sich nichts Gutes, wenn er jetzt weiterhin behaupte, dass er, Rieger, ein illegaler Nazi gewesen sei. Baron Gustl hat trotz allem den Glauben an die Menschheit noch nicht verloren. Albert Herzog erfüllt Gustls Wunsch und besucht die Familie Lebensaft. Dabei erfährt er, dass sie Rieger die Freundschaft aufgekündigt hätten und in Zukunft von ihm nichts mehr wissen wollten. Im Brief an Gustl schildert Herzog die Reaktion der Frau, die ihn im Weggehen gefragt hat, was er jetzt zu tun gedenke. Die Antwort, dass er alles tun werde, um »die uns geraubten Weingüter sowie Keller zurückzuholen«, quittiert Frau Lebensaft mit einem Bekenntnis zum Deutschtum. »Sie war scheinbar noch immer im Glauben, dass die Sauhunde von Nazis zurückkommen.« Erst nach diesem Gespräch erfährt Herzog, dass Lebensaft auch Parteianwärter gewesen ist.

Der Baron ist zwar nicht in Wien, aber trotz der noch nicht funktionierenden Post für Albert immer erreichbar, ob er sich nun in Bad Gastein, im Hotel L'Europe, in Aussee oder in Goldegg aufhält. Albert kennt auch alle Freunde, bei denen August Rieger sein könnte. Und seine Verehrung ist grenzenlos. »Du wurdest von der Gestapo verfolgt, eingesperrt, geknechtet und aus Wien verjagt, du hast doch alle Beweise in Wien in Händen, alles habe ich aufbewahrt. Trete dementsprechend bei den Behörden auf.«
Ungewiss ist jedoch noch immer das Schicksal von Paul Josef Robitschek. Fast so häufig und eindringlich wie die Warnung, vorsichtig zu sein, sind Herzogs Bitten, die Adresse von »Robi« ausfindig zu machen.

Seit Paul aus Gustls Leben verschwunden ist, hat der Baron in Albert, Gretl und der kleinen Guggi eine Ersatzfamilie und einen Hort der Liebe gefunden. Für Albert ist diese Situation nicht einfach. Wir sind, denkt Albert Herzog, schon eine komische Familie. Aber warum muss Liebe so kompliziert sein? Ja, räsoniert er über sein Verhältnis zu Gustl, ich hab' Frau und Kind, und ja, ich liebe und verehre den Gustl. Alles ist wirklich familiär, wie man so sagt. Gustl schreibt Briefe an meine Gretl, unserer Guggi schickt er dicke Busserl. Alles können wir vom Gustl haben. Aber es ärgert mich, dass er mich wie ein Kind behandelt und nicht wie einen Erwachsenen … Er sagt, ich bin ein »nervöses Patscherl, das ihm jedes Wort krumm nimmt«. Ich würde überhaupt nicht bedenken, was alles auf ihm lastet. Der Gustl kann sich doch meiner Liebe sicher sein. Er will mir das Herz nicht schwer machen mit seinen Sorgen, und deswegen sollt' ich Rücksicht auf ihn nehmen. Er weiß, dass er mich manchmal kränkt, aber nie mit Absicht, sagt er und predigt mir, ich soll mir immer sagen: »uns hat er am liebsten«; er vergisst nie auf uns, vor jedem Einschlafen denkt er an uns und betet für uns. Er will uns nur Freude bereiten und das Beste geben. Das seien doch letzten Endes Beweise seiner Liebe und Freundschaft und keine Schmeicheleien, die jeder leicht sagen kann. Neulich meinte er zu mir, er darf viel fehlbarer sein, weil er eben Herz und Gemüt hat, so als würde nur er das in seinem Kasten haben, neben den Anzügen, den Hemden und Krawatten. Ich solle ihn immer wie einen Vater ehren und achten, ich sei wie ein Adoptivsohn für ihn, und ich müsse ihn als älteren Freund eben achten und respektieren. Er habe ein schweres Leben gehabt. »Mein Leben war seelisch und nervlich viel mehr schweren Kämpfen ausgesetzt als Gott sei Dank dein Leben, Albert. Erst wenn Du einmal auf diese einsame Höhe kommst, dann darfst Du vielleicht einmal ungerecht sein.«

Albert hat allerdings vollkommen recht, wenn er August Rieger im Herbst 1945 in Hinblick auf die Rückstellung des Sandgrubengutes immer wieder zu Taten drängt: »Du musst unbedingt die Adresse von Paul herausbekommen, denn wenn wir sein Vermögen als Vermögen eines amerikanischen Staatsbürgers anmelden können, dann ist es leichter.« Nur so bestünde eine Chance, alles Geraubte zurückzubekommen. Denn die alten Nazis säßen noch immer auf ihren Posten, auch wenn sie langsam weniger würden. August Rieger kramt daraufhin alle Briefe und Dokumente durch, vielleicht hat er eine Auslandsadresse übersehen. Pauls letzter Brief nach seiner Flucht fällt ihm in die Hände. Es war ein eigenartiges Schreiben. Mit Erstaunen und Befremden liest ihn Rieger wieder.

»8. Juli 1941. Meine innigstgeliebte Lilly. Seit mehr als einem Jahr die erste Nachricht von Dir. Du lebst. Ein Stein fiel mir vom Herzen. Ich betete oft für Dich und sorgte mich um Deine Gesundheit. Mir ist das Herz so weh, dass ich es nicht in Worte kleiden kann. Ich mache mir 1000 Gedanken über Dein Stillschweigen und Dein Brief war so kurz und inhaltslos, dass ich mir keine Erklärung weiß. Ist das Unmöglichste möglich? Hast Du mich wirklich vergessen? (…) Ich habe in letzter Zeit so oft den Tod ins Auge gesehen und immer kam die Rettung, da denke ich mir, vielleicht habe ich doch noch einen Lebenszweck. (…) Liebste, ehrlich, wie stets, was habe ich von Dir zu erwarten, keine Rücksicht, keine Trostworte, die Wahrheit, auch wenn sie bitter ist, nur keine Lüge ich will wissen, wie ich daran bin. Schwör mir, es ist die Wahrheit was Du schreibst. Mit großer Ungeduld warte ich auf Deine Nachricht. Alles nur denkbar Liebe. Dein alter José.« Ja, wo war der Paul nur? Wo nur in der Welt ist er jetzt?

Nach einem Termin bei Rechtsanwalt Dr. Führer auf der Freyung ist August Rieger auf dem Weg in Alberts Wohnung in der Garnisongasse 1, als er plötzlich seinen Augen nicht traut. In der Schottengasse kommt ihm ein junger Mann in amerikanischer Uniform entgegen, den er zu kennen glaubt. Sicher ist er sich nicht. Aber mit jedem Schritt, den sie aufeinander zugehen, verfliegen seine Zweifel. Das ist doch … der Leo Handl, dem die Flucht nach Venezuela geglückt ist! Wie auch dem Max Weisinger! Wäre Leo Handl nicht in Uniform, Rieger würde ihm vor Freude um den Hals fallen. Was für eine glückliche Fügung! Tausend Gedanken, Fragen und Erinnerungen stürmen durch seinen Kopf. Sieben lange Jahre, sieben schlimme Jahre ist's her! Ein richtig fescher Mann ist der Leo geworden und die Uniform steht ihm sehr gut. Vor dem Anschluss war Leos Vater Pauls Sekretär im Heiligenstädter Kontor. Auch ihm und seiner Frau ist im letzten Moment die Flucht aus Österreich gelungen, ehe die Nazis die Grenzen geschlossen haben. Weil Leo Handl ebenfalls in Eile ist, spricht Rieger überglücklich eine Einladung zu sich nach Hause aus. Er wohne allerdings nicht mehr in der Praterstraße, sondern am Kärntnerring 15. Noch am selben Abend kommt Leo Handl. Sie sitzen in bequemen Fauteuils, plaudern, trinken Cognac und rauchen am Balkon amerikanische Zigaretten.

Leo zeigt in Richtung »Imperial«. »Genau dort«, sagt er, »ist der Führer gestanden und unten haben ihm Tausende Wiener hysterisch zugejubelt.« Und heute? Heute will keiner dabei gewesen sein. In den USA hätten sie den Hitler oft im Kino gesehen – am Heldenplatz, bei Paraden … Und immer, wenn er zum Geifern und Bellen angefangen habe, hätten sie im Saal »Buuuhhh« gerufen. Zur US-Army, sagt Leo, habe er sich gemeldet, um gegen die Nazis zu kämpfen und Europa zu befreien. Aber jetzt, wo der braune Spuk vorbei sei, wolle er die Geschichte ruhen lassen und in die Zukunft schauen. Weil – er sei in Caracas verheiratet, er habe einen lieben vierjährigen Sohn. Seinem alten Vater ginge es dort gut, nur die liebe Mama sei leider vor einem Jahr gestorben. Auf Riegers Frage, ob er jetzt, nachdem das mit der Hitlerei aus und vorbei sei, nicht wieder nach Wien zurückkommen wolle, sagt Leo Handl: »Nicht mehr in diesem Leben. Not in this lifetime!« Die Erinnerungen an den März 1938 seien noch immer zu schlimm. Und in den Köpfen würde der braune Mist noch lange herumspuken, auch wenn sich's die Leute nicht zuzugeben trauten. Das wird noch Generationen so gehen, mit dem Antisemitismus und der Sehnsucht vieler nach einem starken Mann. Die Nazis hätten sich doch nicht in Luft aufgelöst. Und irgendwann wären sie wieder da, in anderer Form. Rieger lenkt das Gespräch auf Paul Robitschek, auf die Arisierungen, die Winzer Krems, auf die Schwierigkeiten, die sie ihm gemacht, und auf die Sandgrube, die sie ihm letztendlich geraubt hätten. Paul, erklärt Rieger, sei nach seiner Inhaftierung in Draguignan in Südfrankreich verschwunden. Einen letzten Brief von ihm habe er im Sommer 1941 bekommen. Dann sei der Kontakt abgebrochen. Alle Rückkehrer, die er seit dem Kriegsende nach Paul gefragt hat, hätten keine Ahnung, wo er sich aufhält. Einige bezweifelten sogar, dass er noch am Leben sei. »Der Herr Paul«, sagt Leo erstaunt, »der lebt – wie wir – in Caracas. Ich kenne zwar seine genaue Adresse nicht, aber mein Vater ist mit ihm oft zusammen.« Wenn der Herr Baron Paul schreiben wolle, könne er ihm den Brief durch seinen Vater zukommen lassen. Jetzt aber, meinte Leo Handl, sei es Zeit, zu gehen. Er könne nicht länger bleiben, weil der Dienst rufe, aber er werde sich wegen des Briefes wieder melden.

Kurz vor dem Treffen mit Leo Handl hatte Rieger noch eine andere wichtige Begegnung. In der Straßenbahn ist ihm plötzlich Moritz Kraus gegenübergestanden, ein früherer Geschäftspartner im Weinhandel, den er für tot gehalten hatte. Auf Riegers Frage, wie es ihm nach dem Anschluss ergangen sei, ließ ihn Kraus wissen, dass er im selben Judentransport gewesen war wie Pauls Mutter Johanna. Am 14. Juli 1942, es war ein Dienstag, sei es vom Aspangbahnhof in Wien ins Konzentrationslager Theresienstadt gegangen. Dieses Datum habe sich ihm eingebrannt. »An die tausend Menschen, tausend Juden … sind wir vor der bereitgestellten Zugsgarnitur gestanden. Jeder mit einem kleinen Koffer. Mehr mitzunehmen, war nicht erlaubt, denn in Theresienstadt, hat es geheißen, könne man alles kaufen, was man brauche. Es gäbe volle Geschäfte, Kaffeehäuser, Theater, Konzerte … Viele verzweifelte, verzagte Herzen haben so vor der Abfahrt wieder ein wenig Hoffnung geschöpft. Registriert wurden wir mit Nummern wie Viecher. Meine Transportnummer werde ich mein Lebtag nimmer vergessen: IV/4-313. Römisch vier hat Wien bedeutet, die Vier nach dem Schrägstrich ist für den vierten Judentransport nach Theresienstadt gestanden und die 313 war meine persönliche Transportnummer auf der alphabetischen Deportationsliste. Bevor sich der Zug in Bewegung gesetzt hat, hat so ein Schwein vom Begleitpersonal noch einen schäbigen Witz gemacht und gefragt: ›Haben eh alle eine Fahrkarte? … Theresienstadt einfach?!‹ … Mir ist schlecht geworden vor Wut und Ohnmacht.«

Ein paar Tage nach der Begegnung in der Straßenbahn hatte sich Kraus bei Rieger eingefunden und lange hatten sie über die Jahre zwischen 1938 und 1945 gesprochen, über ihre Liebsten und was aus ihnen geworden war.

Und so tippt Gustl am 24. September 1945 in seine Schreibmaschine den ersten Brief an Paul nach vier Jahren.

»Liebster Paul! Das letzte Schreiben, welches ich von Dir besitze, ist vom 8. Juli 1941. Du schriebst mir, dass Du Dir tausend Gedanken über mein Stillschweigen gemacht hast, aber unbegreiflich war es mir, dass Du deshalb an mir gezweifelt hast. Ferner schreibst Du, dass ich Dich scheinbar vergessen haben dürfte. Damit hast Du mir unerhört weh getan. Wie kann nur ein Freund so wenig Vertrauen besitzen, wenn er vorher tausende

Beweise von Treue und Liebe erfahren hat. Bei allem Leid, was ich damals schon mitgemacht habe, trafen mich Deine Zeilen sehr schwer. Ich würde Dir darüber gar nicht schreiben, obgleich ich jahrelang über Deine Denkungsart traurig war. Aber ich halte es in Deinem Interesse für notwendig. Denn wenn ein Mensch so dumm ist, an dem man mit allen Fasern seines Herzens hängt, so muss das aufgeklärt werden. Ohne mich irgendwie brüsten oder Dir etwas vorhalten zu wollen, so muss ich Dir schon sagen, dass ich mich doch dauernd, sowohl durch meine Reisen zu Dir und durch die Betreuung Deiner Mutter in größte Lebensgefahr begeben habe. Und nun hoffe ich, dass somit das traurigste Kapitel unserer langjährigen Freundschaft aufgeklärt ist. Nun zu dem, was Dich interessieren dürfte. Wir haben mit Gottes Hilfe alle den Krieg gut überstanden. Deine liebe Mutter haben wir allerdings verloren, und zwar während der langen Zeit, in der ich Häftling der Gestapo war. Sie ist nicht vergast worden, wie Gerüchte besagten, sondern sie hatte einen normalen und ruhigen Tod gehabt und es ist ihr das Schrecklichste erspart geblieben. Viel Böses wäre sonst noch über sie hereingebrochen. Moritz Kraus war bis zu ihrem letzten Augenblick bei ihr. Deine Mutter hat gewiss sehr viel mitgemacht, aber im Vergleich zu anderen Juden ging es ihr in Wien noch immer sehr gut. Sie wollte oder konnte die Zeit nicht erfassen, denn sie machte oft Dinge, dass einem wirklich angst und bange wurde. Als sie aus der Perinetgasse ausziehen musste, zog sie in die Paffrathgasse zu einer sehr lieben alten Dame. Eines Tages musste Mama aber auch diese Wohnung räumen und sie zog mit Frau Popper in die Rembrandtstraße 1, und zwar in ein Geschäftslokal. Leider ließ sich Mama wenig belehren oder Ratschläge geben. Sie machte aus diesem Geschäftslokal beinahe einen Salon. Wenn der Schlafzimmerluster brannte, so war die ganze Straße vor dem Hause hell beleuchtet. Dies hat natürlich viel Anlass zu Unstimmigkeiten gegeben. Mit Lebensmitteln war Mama verhältnismäßig gut versorgt. Obwohl ich durch Dr. Flatischler und andere die größten Schwierigkeiten hatte, weil ich der Mama noch immer ihre Apanage auszahlte.«

Doch Gustl schreibt Paul nicht alles, was er von Kraus über den »Transport« noch erfahren hatte. Die Fahrt nach Theresienstadt war schrecklich, und furchtbar war die Ankunft am Mittwoch, dem 15. Juli 1942. SS-Männer mit großen Schäferhunden an der Leine standen vor den Waggontüren und brüllten: »Raus! Raus! Dalli! Dalli!«. Für gebrechliche Alte, die nicht schnell genug die hohen Waggonstufen heruntersteigen konnten, gab es Fußtritte und Schläge. Zu Fuß mussten sie dann ins Lager gehen. Dort wurden alle leibesvisitiert. In alle Körperöffnungen wurde geschaut, ob dort nicht Geld oder Edelsteine versteckt seien. Unterschiedslos. Männer, Frauen, Kinder. Ringe, Schmuck und Devisen sind allen abgenommen worden. Danach ist es, wie die Wachmannschaft sagte, »ins Quartier« gegangen. Nicht, wie versprochen, in Wohnungen, sondern in ein Massenlager mit Stockbetten und ein paar Matratzen auf dem Boden. Tagelang gab's keine Möglichkeit sich zu waschen. Ein halbes schimmeliges Brot musste für eine Woche reichen, dazu ein kleines Stückchen Margarine, für die Arbeitsfähigen gelegentlich zwei, drei Stückchen Fleisch. Das Tier, von dem es stammte, war nicht zu identifizieren. Altes Pferdefleisch hieß es. Acht Monate nach ihrer Ankunft in Theresienstadt starb Johanna Robitschek. Am 14. März 1943, drei Tage vor ihrem 75. Geburtstag, ist ihre Leiche im Krematorium verbrannt worden. Statt in einer Urne wurde ihre Asche in einer Pappschachtel aufbewahrt, im Kolumbarium, unter zigtausenden anderen Pappschachteln mit Namen, Registrierungsnummer und Sterbedatum. Im Oktober 1944, als sich das Kriegsende abzuzeichnen begann, erschienen Traktoren. Häftlinge, Frauen und Kinder mussten eine Kette bilden, und die tausenden Karton-Urnen aufladen. Dann fuhren die Traktoren zum Ufer der Eger; und unter scharfer Bewachung wurde die Asche von mehr als 20.000 Juden in den Fluss gekippt. Darunter auch jene von Pauls Mutter Johanna.

23

Verzögerung von Amts wegen

»Es wird ein harter Kampf sein,
doch wir werden und müssen auf jeden Fall siegen.«
(Albert Herzog, Brief vom 18. Juli 1945 an August Rieger)

Rudolf Buchinger, Minister a.D., sitzt in seinem Büro in der Genossenschaftlichen Zentralbank in der Schauflergasse und blickt auf die Rückseite der Hofburg. Auf seinem Schreibtisch ist gerade noch so viel Platz, dass er die Zeitungen, die er studiert, ablegen kann, ehe er sich den Akten widmet, den Briefen und Eingaben.

Ist das, fragt er sich, heute wirklich ein guter Tag für eine lästige Besprechung? Dieser August Rieger und sein Anwalt geben keine Ruhe. Seit bald einem Jahr geht das nun schon so mit den Briefen, Sachverhaltsdarstellungen und Beschuldigungen gegen die Winzergenossenschaft Krems und die Wiener Winzergenossenschaft. Erst ist nur der Sekretär des Herrn Baron, ein gewisser Albert Herzog, in Aktion getreten, weil sein Chef noch vor Kriegsende in den Westen Österreichs, in die US-Zone, geflüchtet ist. Dieser Sekretär hat sich gleich im Juli 1945 beschwert, dass noch nichts vom Robitschek'schen Besitz rückgestellt ist, dass alles auf dem Staatsamt für Land- und Forstwirtschaft liegt, und dass er die Angelegenheiten für seinen abwesenden Chef und für den Exilanten Robitschek jetzt in Ordnung bringen will. Was hat sich der nur vorgestellt! Hat der geglaubt, das geht von heut auf morgen? Und jetzt kommt dieser Rieger daher, dieser »Sommerfrischler«.

Buchinger kennt den Fall Rieger/Robitschek bereits zur Genüge, er hängt ihm fast zum Hals heraus: Die ganze Nazi-Zeit über hat der Rieger um das Kremser Gut des Juden gekämpft, das er von dem gekauft hat, dann hat sein Sekretär, der Herzog, für seinen nichtjüdischen Chef drum gekämpft, der bei Kriegsende irgendwo in Aussee gesessen ist. Sonderbare Freundschaften! Buchinger begegnet der Person Rieger mit einer gewissen Verächtlichkeit, weil alle, die sich noch rechtzeitig in den Westen, in die US-Zone, abgesetzt haben, es dort sehr gut getroffen haben, weil dort alles zum Leben vorhanden ist. Essen, Trinken, Rauchwaren … Davon ist Buchinger überzeugt, dass alle dort wie die Sommerfrischler leben. Und er räsonniert, dass man heut' durchaus sagen könne, in den Wochen nach Kriegsende ähnelte das Salzkammergut der Stadt Buenos Aires. Die beiden haben zwar weder das Klima noch die Landschaft gemeinsam, aber hier wie dort haben bei Kriegsende 1945 – wie nirgendwo sonst – viele Nazis und ihre Opfer Tür an Tür gelebt.

Dieser Rieger! Noch im März 1945 ist er ins Salzkammergut geflohen, wenige Wochen später war der Krieg vorbei. Und dann hat er am Wolfgangsee, in St. Gilgen, jene Nazi-Beamten und Nutznießer wieder getroffen, die ihn durch sieben Jahre geschädigt haben. Diesen Albert Herzog hat er brieflich gleich über die Irritationen informiert, die sein Anblick in den Gesichtern derer ausgelöst hat, die ihn 1938 um die Kremser Sandgrube gebracht haben. »Bei dieser Gelegenheit möchte ich Dir gleich mitteilen, dass ich in St. Gilgen den Diplomkaufmann Kraus von der Vermögensverkehrsstelle getroffen habe. Ich habe nicht mit ihm gesprochen, er wurde ganz blass, als er mich sah. Er war doch einer von denen, die mir Krems und das Wiener Geschäft weggenommen haben, und ohne seine Mithilfe wäre das doch gar nicht möglich gewesen. Ich habe auch in Nußdorf am Attersee den Salomon aus Weißenkirchen getroffen. Dieser war ja Präsident oder so etwas Ähnliches beim Weinbauwirtschaftsverband und hat mich doch die ganzen Jahre nicht mehr gekannt. Als er mich sah, war er wie gelähmt. Ferner habe ich in Aussee unseren allerersten kurzzeitigen kommissarischen Verwalter Jakob Zimmermann getroffen. Auch dieser fiel beinahe in Ohnmacht. Doch wenn die zurückkommen nach Wien, dann wird der Stein, den sie geworfen haben, sicher auf sie zurückfallen. Was sie den Juden angetan haben, das wird nun ihnen widerfahren. Zwar nicht Straßen waschen, aber Bombenschutt werden sie unter Bewachung wegräumen müssen.«

Rudolf Buchinger will mit dieser Besprechung für sich und alle Beteiligten endlich Klarheit schaffen, eine Generallinie für die nächsten Monate vorgeben. Im Juni 1945 ist der erste Brief gekommen. Nein, es war kein Brief. Rechtsanwalt Dr. Hans Zallinger-Thurn hat beim Staatsamt für Land- und Forstwirtschaft namens des Herren Paul J. Robitschek eine Darstellung des Sachverhalts, also der »Arisierung« eingebracht und um Bestellung eines öffentlichen Verwalters für die Weingüter ersucht. Aber auch die Kremser Winzer waren nicht untätig. Im September 1945 hat die Winzergenossenschaft Krems den Besitz der Robitscheks zwar als »arisiert« angemeldet, aber zurückgeben wollen sie ihn partout nicht. Sie sträuben sich regelrecht dagegen. »Durch die Rückführung des Besitzes«, schreiben sie, »würde die Genossenschaft ihres einzigen Kellers verlustig und dadurch der Weiterbestand der Genossenschaft mangels eines geeigneten Kellers in Krems unmöglich. Vom wirtschaftlichen Standpunkt aus wäre eine Liquidierung der Genossenschaft für die Kremser Weinhauerschaft von unübersehbaren Folgen.« Außerdem habe die Hauerschaft den Robitschek in Krems immer als drückende Belastung empfunden. Er hat es nie für notwendig gefunden, »im Kremser Weingebiet einzukaufen, sondern schleppte Weine aus qualitativ minderwertigen Weingebieten nach Krems und setzte diese wieder auf Kosten des Kremser Qualitätsgebietes zu höheren Preisen in den Handel.« Der Keller, wie er jetzt sei, habe für die Firma Robitschek fast keinen Wert, da die Genossenschaft auf Traubenübernahme eingestellt sei, was für Robitschek nie infrage kommen könne. Und zudem ist ein Teil des Robitschek'schen Besitzes, der für die Genossenschaft keinen Wert gehabt hat, teilweise an Kremser Winzer verkauft, teilweise getauscht worden, unter anderem mit der Weinbauschule Krems. Bevor Entscheidungen getroffen werden, bittet die Winzergenossenschaft Krems um Entsendung einer Kommission, um die Sachlage überprüfen zu können. Das schreibt der Stöger Florian von den Winzern Krems – »mit vorzüglicher Hochachtung«.

Diesen verzwickten Fall zu lösen, ist für Buchinger eine wahre Sisyphus-Aufgabe. Und dann ist er auch noch vom Minister Josef Kraus in der Angelegenheit angerufen worden. Der hat gleich einen Witz gemacht: »War er schon bei dir, der schöne August?« Buchinger hat nicht sofort gewusst, wen oder was der Minister meint, aber als der Name des Rechtsanwaltes fiel, da war er gewarnt. »Nachher musst' lüften, es wird warm, und dieses Rasierwasser des Herrn Baron ist sehr blumig, Flieder …« Gut, dem Kraus steht eine Intervention für die Kremser zu, er ist jetzt Minister für Land- und Forstwirtschaft und ein Niederösterreicher obendrein. Für ihn ist nicht einzusehen, warum eine »Rasse«, die Juden halt, bei den Entschädigungen bevorzugt werden sollte. Aber dieser August Rieger war ja gar kein Jude, er war nur der Freund, der Geliebte eines Juden. Dieser Rieger und sein Anwalt wollen die angeblich »arisierten« Weingüter zurück … für sich und für den Geschäftspartner und … man weiß ja nichts Genaues, wo der geflüchtete Jud' jetzt ist … ach ja, richtig, in Venezuela.

In Nürnberg sollen auch die Bankiers, die Industriellen und Techniker vor Gericht gestellt werden, liest Buchinger auf der Titelseite der »Weltpresse« vom 14. August 1946. Krupp, Messerschmidt und Porsche sind nur einige von ihnen. In Wien versammeln sich jetzt auch wieder die jüdischen Kaufleute, und der Stadtrat Gottfried Albrecht verspricht, dass sämtliche von den Nazis »arisierten« Häuser Kriegsgeschädigten überantwortet werden. Alles schön und gut, aber wir dürfen es nicht zu weit treiben, denkt Buchinger. Mit den Nazis hat er die ganzen Jahre nichts am Hut gehabt. Ihm braucht damit niemand zu kommen. Er weiß, wovon er spricht, immerhin ist auch er für ein paar Tage inhaftiert gewesen, weil der polnische Zivilarbeiter auf seinem Hof bei Tulln mit den deutschen Gesindekräften die Mahlzeiten am selben Tisch eingenommen und sogar dieselben Trinkgefäße benutzt hat. Nach der Befreiung im Mai 1945 ist der Buchinger, der bereits 1919 als Abgeordneter in der konstituierenden Nationalversammlung gesessen ist, für kurze Zeit Staatssekretär für Land- und Forstwirtschaft gewesen. Jetzt kann er sich wieder dem Bereich widmen, der ihm schon immer am Herzen gelegen ist, dem Aufbau des landwirtschaftlichen Genossenschaftswesens. »Wie lange«, fragt Buchinger sich, ist man in diesem Land »a.D.«, also »außer Dienst«? Denn er wird noch immer als »Minister a.D.« angesprochen. Eine halbe Ewigkeit ist das her. Im Jahr 1926 hat er als Agrarminister demissioniert. Damals wurde dieser Handelsvertrag mit Ungarn geschlossen, offene Grenzen für den billigeren Wein aus dem Osten, die österreichischen Weinbauern haben darunter gelitten. Er hat diesen Vertrag zwar bekämpft, aber er hat sich nicht durchsetzen können. So ist er halt zurückgetreten. Konsequent, so ist er. Nur wenn die Weinbauern sich zusammenschließen, sind sie konkurrenzfähig. Genossenschaften, das war schon immer sein Ziel.

Bevor die Sitzung beginnt, will Buchinger noch kurz schauen, ob er das Kreuzworträtsel in der Rubrik »10 Minuten Kurzweil« lösen kann in der »Weltpresse«. Ob er noch so viel Zeit hat? Abkürzung für die Vereinigten Staaten von Amerika. Das ist einfach. Damit beginnt er und ist sich sicher. Sohn Noahs. Auch im Kreuzworträtsel kommen sie heute wieder vor. Drei Buchstaben. Da gibt es drei Möglichkeiten, wenn er sich an den Religionsunterricht erinnert. Das muss warten. Weinstock. Das ist leicht.

Als an die Tür geklopft wird, ist es mit Buchingers Kurzweil vorbei. Der Sekretär öffnet und geleitet die Gruppe ins Besprechungszimmer, wo auf dem langen Tisch bereits Kaffeetassen und Gläser stehen. Bei echtem Kaffee, da darf die Besprechung auch ein wenig länger dauern.

Staatssekretär Dr. Heinrich Herglotz sieht die Kannen auf dem Tisch und fragt, als wäre das das Wichtigste des heutigen Vormittags: »Ich hoffe nicht Feigenkaffee von Frank und Kathreiner!« Wer je mit Herglotz zu tun hatte, weiß, dass dem Satz noch ein Nachsatz folgt. »Nach einem guten Kaffee verzeiht man sogar seinen Eltern«, sagt er und fügt an: »von Oscar Wilde.« Diese Kerle aus dem Akademischen Gymnasium, ärgert sich

Buchinger, müssen es einem immer auf die Nase binden, dass sie zu allem und jedem ein Zitat parat haben. Er hat zwar keine Schule mit einem so klingenden Namen besucht, aber immerhin, er hat es um ein Stück weiter gebracht. Auf dem Tisch neben dem Kreuzworträtsel liegt das Manuskript seines nächsten Buches »Währungsschutzgesetz und Bauernschaft«.

Franz Aigner sorgt mit der fragenden Bemerkung: »Kaffee zu einer Besprechung mit Winzern?« für eine bodenständige Antwort auf das Kaffee-Zitat des zweiten Staatssekretärs und fährt fort: »Aber für einen Veltliner ist es wirklich zu früh.« Er stellt eine Papiertüte in Flaschenform zu Buchingers Platz. Der wird sich über einen guten Tropfen aus der Kremser Sandgrube nicht beschweren.

Die Obmänner der Winzergenossenschaft – Franz Aigner für die Kremser, und Rudolf Auer für die Wiener – nehmen auf der einen Seite Platz, Herglotz auf der anderen. Neben ihm sitzen eine Schreibkraft und Dr. Franz Hengl, der Weinbaureferent des Landwirtschaftsministeriums. Am unteren Ende des Tisches sitzt Dr. Hans Zallinger Ritter von Thurn, der Rechtsanwalt von August Rieger.

Nicht nur bei Hengl wäre – von außen betrachtet – bei diesem heiklen »Arisierungsthema« eine gewisse Befangenheit zu attestieren gewesen. Immerhin hatte sein Bruder Ferdinand – zwar nicht so vehement und mit so viel Wut und Hinterlist wie die Kremser – versucht, Weingüter von Rieger und Robitschek zu bekommen, und als Stellvertretender Obmann der Wiener Winzergenossenschaft und NSDAP-Mitglied ist er in dieser Frage zweifellos Partei. Doch das stört niemand, auch nicht Rudolf Buchinger, dessen Ziel es ist, die Genossenschaften zu stärken.

Die Herren der Genossenschaften – keiner von ihnen ist sich einer Schuld bewusst – wären unter sich, wenn da nur nicht dieser Rechtsanwalt wäre, von dem alle wissen, dass er den Mut hatte, auch im Krieg diesen Rieger gegen alle NS-Stellen zu vertreten – und da hat wirklich viel Mut dazugehört. Offen spricht das keiner der Anwesenden aus, aber insgeheim denken sie das, zumindest Buchinger und Herglotz.

Bevor die Sitzung noch so richtig eröffnet ist, hat sich Aigner schon Luft gemacht und zu Auer gemeint: »Warum sollen wir was zurückgeben, das seh' ich doch nicht ein.« Verdrückt habe sich der Robitschek 1938, poltert er, einfach abgehauen sei er, und das Sandgrubengut habe er im Stich gelassen. Und hätte er, Aigner, sich nicht als kommissarischer Verwalter darum gekümmert, es wäre völlig verlottert. Franz Aigner macht eine Pause. »Und jetzt will der« – fast wollte er sagen »der Jud'« – »wieder Ansprüche stellen! Wo kommen wir da hin!« Die Winzer hätten es schon ohne Rückstellungsansprüche schwer genug, und außerdem hätten sie die Sandgrube mit Notariatsvertrag gekauft und nicht gestohlen. Das hieße ja, sie müssten das Gut ein zweites Mal kaufen – das käme nicht in Frage! Franz Aigner ist immer noch ganz der alte, unbelehrbare Polterer, der Haudrauf der Winzer Krems. Mit Verzögerungstaktik wollen sie der Rückstellung begegnen, und sie wissen sich unterstützt. Nicht nur von Buchinger, sondern auch von Landwirtschaftsminister Kraus, dessen Vertreter Hengl mit am Tisch sitzt.

Dr. Zallinger-Thurn erläutert, wie der Verkauf von Robitschek an Rieger verhindert und hintertrieben, wie seinem Mandanten mit dem Konzentrationslager Dachau gedroht worden ist, wie er mehrmals von der Gestapo eingesperrt und traktiert worden war. Doch bald merkt er, dass er hier auch von Amtswegen nicht mit viel Unterstützung und Verständnis rechnen kann.

Rudolf Buchinger stellt klar, dass es ihm nicht möglich sei, gegen Genossenschaften aktiv zu werden. Denn nach den Satzungen könnten sich Genossenschaften zwar an ihn wenden, aber nicht umgekehrt, er an sie.

Aber Franz Aigner lässt keinen Zweifel daran, aus welchem Holz er geschnitzt ist. Er tritt auch hier, wie immer, wenn's um die Winzergenossenschaft Krems geht, forsch auf, als wäre er sicher, dass in der Angelegenheit von Rieger oder Robitschek nichts zu befürchten sei.

Rudolf Buchinger stellt klar, dass es jedem Beteiligten freistünde, »das zur Erreichung seiner Ziele Nötige vorzukehren«.

»Worauf noch warten«, sagt Rechtsanwalt Zallinger-Tuhrn

nach der Sitzung zu August Rieger. Eine friedliche Lösung der Rückstellung der »arisierten« Sandgrube ist also nicht möglich. Im September 1946 erhält August Rieger die erste Post aus Venezuela, keinen persönlichen Brief von seinem Paul, sondern lediglich eine Prozessvollmacht. Im gleichen Monat bringt Rieger eine Anzeige gegen die Proponenten der Winzergesellschaft ein, in der es heißt, dass »eine Gruppe von Personen unter Ausnützung der nationalsozialistischen Gewaltherrschaft bedeutende Vermögenswerte in Form eines Weingutes und großer Kellereien, einer unter nationalsozialistischer Führung stehenden Unternehmergruppe um einen, weit unter dem eigentlichen Wert stehenden Preis, zugeschoben haben. Die Mittel, derer sich die obengenannten Personen dabei bedienten, waren verleumderische Angaben über die Person des Vorbesitzers Rieger, Denunziation und Haftdrohungen.«

Und so erscheint in der Ausgabe der »Wiener Zeitung« vom Sonntag, dem 20. Oktober 1946, auf Seite drei die Notiz: »Winzer als Ariseure verhaftet. Anfang Oktober wurden von der Wiener Polizei Mitglieder der Kremser Winzergenossenschaft verhaftet. Es sind dies Franz Aigner aus Krems-Weinzierl und Leopold Birringer aus Langenlois. Die genannten Personen haben im Jahre 1938 unter Anwendung verwerflicher Methoden, wobei sie auch vor Denunzierungen bei der Gestapo nicht zurückschreckten, die Realitäten einer Wiener Weingroßhandlung und eines Weingutes in Krems für die Kremser Winzergenossenschaft erworben. Nun wurden sie wegen Verdachtes nach § 11 V.G. und § 6 K.V.G. von der Staatsanwaltschaft angezeigt und dem Landesgerichte eingeliefert.«

Bei den Verhören in der Untersuchungshaft gelingt es Aigner, den Eindruck zu erwecken, er sei nur deswegen der Partei beigetreten, »um durch Ausnützung der sich dadurch ergebenden Verbindungen die Kremser Winzergenossenschaft verwirklichen zu können«. Nach kurzer Zeit habe die Genossenschaft bereits 250 Mitglieder gezählt. Über die Verhandlungen bezüglich des Verkaufs des Weingutes in Krems habe er nichts Bemerkenswertes zu berichten, außer dass der Vorbesitzer Jude gewesen sei und Österreich »zu diesem Zeitpunkt bereits verlassen haben dürfte, da er nicht mehr auffindbar war«. Mit seinem Nachfolger Rieger seien die Gespräche anfänglich gut gelaufen, dann habe sich Rieger jedoch zurückgezogen. Bezüglich seiner Aussage, dass Rieger und Robitschek zueinander in einem »widernatürlichen Verhältnis« gestanden seien, und Rieger »des Juden Bettknabe« sei, fühle sich Aigner von jeder Schuld frei, da er dies ja immer nur als Gerücht angeführt habe und nicht als Tatsache. Und er spielt bei der Vernehmung durch den Untersuchungsrichter den Naiven: »Ich hatte keinerlei Absicht, Rieger damit einen Schaden zuzufügen.«

Im Jänner 1947 wird die Voruntersuchung eingestellt. Das Gericht hat die »missbräuchliche Bereicherung nach § 6 des Verfassungsgesetzes vom 26. Juni 1945 über Kriegsverbrechen und andere nationalsozialistische Untaten« als nicht erwiesen erachtet.

Letztlich entscheiden die Gutachter. Sie sollten feststellen, ob der Preis, der für die Weingüter in Krems und die Kellerei in Wien bezahlt worden war, angemessen war. Ein Spiel mit Zahlen und Fakten beginnt. Es ist nicht leicht, Gutachter zu finden, denn gerade in Krems ist die Winzergenossenschaft eine Macht, und nicht wenige erklären sich für befangen. Am Ende ergibt sich, dass die bezahlten 26.000 Reichsmark, 4000 davon teilweise für den Ortsbauernführer Franz Aigner als »Entschädigung« für seine Arbeit als kommissarischer Verwalter, für die Pächter Zeiner und Paradeiser sowie für Arbeiten und Materialien für die Weingärten, angemessen und die Rieden der Sandgrube gar nicht so wertvoll und bedeutend gewesen seien.

Die Drohungen, die Abmachungen und Versprechungen hinter den Kulissen, als Rieger versichert wurde, wenn er dem Verkauf in Krems zustimme, könne er zumindest Wien und die Konzession als Großweinhändler behalten, all das zählt nicht. Und von wegen »Verbindungen in Nazikreise« … Immerhin, Rieger solle nicht jammern und die Unschuld vom Land spielen. Auch er hätte ja prominente Bekannte und gute Freunde bei den Nazis gehabt und somit könne er nicht behaupten, Opfer gewesen zu sein.

Manche Gutachter versuchen, nicht nur den Wert der Rieden und des Inventars festzustellen, sondern auch gleich den Nationalsozialismus zu definieren. »Die Beschuldigten haben sich nicht selbst eingesetzt, sondern sind von höheren Dienststellen eingesetzt worden und konnten auch gar nicht selbständig handeln, sondern waren auch auf höhere Befehle angewiesen, wie dies ja in der nationalsozialistischen Ära üblich war.«

Die Beschuldigten werden von der missbräuchlichen persönlichen Bereicherung zwar freigesprochen, doch kommt es kurze Zeit später bei einem Lokalaugenschein in Krems im Rahmen des Rückstellungsverfahrens doch zu einem Vergleichsangebot der Winzer Krems. Die Akten zu diesem Vergleich sind verschwunden, aber immerhin gibt es ein Schreiben des Kremser Rechtsanwaltes Dr. Anton Leithner, der zuvor auch Franz Aigner vertreten hatte, an Dr. Josef Führer, den neuen Rechtsanwalt von Robitschek und Rieger.

Dr. Leithner bietet am 3. November 1948 alles an Freundlichkeit auf: »Sehr geehrter Herr Kollege. Im Sinne der Rücksprache im Zuge der Verhandlung an Ort und Stelle in Krems hatte ich heute mit den Herren des Vorstandes der Winzergenossenschaft Krems wegen vergleichsweiser Bereinigung im Sinne der Anregung der Rückstellungskommission eine eingehende Besprechung.« Das erste Angebot, wenn sich der Klient für eine Gesamtabfertigung in Geld entschließen würde, laute 350.000 Schilling. »Ich bringe Ihnen, sehr geehrter Herr Kollege, dies zur Kenntnis und bin gerne noch zu einer Aussprache über diesen Vorschlag bereit, bevor Sie diesen an ihre Mandantschaft weiterleiten. Mit vorzüglicher kollegialer Hochachtung.«

Waren also die als Kaufpreis bezahlten 26.000 Reichsmark, wie die Gutachter gewunden und mit vielen Finessen festgestellt hatten doch nicht rechtens und entsprachen nicht dem wahren Wert des Sandgrubengutes? Fiel für die plötzliche Verhandlungsbereitschaft der Winzer Krems eine Zeugenaussage von Robitscheks ehemaligem Buchhalter Otto Lebensaft vor dem Volksgerichtshof also doch ins Gewicht? »Nach meiner Ansicht handelt es sich im vorliegenden Fall um eine typische Arisierung der Fa. Rieger/Robitschek, bei der sich die Erwerber und ihre Behörden, erstere unter Ausnützung ihrer politischen Verbindungen, über alle Bedenken hinweggesetzt haben, um das Unternehmen um einen Schleuderpreis zu erwerben.«

Als es zum Vergleich mit der Winzergenossenschaft kommt, ist August Rieger gerade in Venezuela. In einem Telegramm kabelt er an Herzog: »Führer berechtigt auch unter 700.000 abschließen« und er schließt mit den Worten: »Wenn Krems bezahlt. Behebe Geld was Du brauchst. Herzlichst August Rieger«

Die Einigung und der Vergleich erfolgte bei 600.000 Schilling – unter der Hälfte des wahren Wertes.

24

Paul Robitschek in Caracas

*»Mit einem Wanderstab, in Lumpen, als ein Greis
trete ich die Reise in die alte Heimat an.«*
(PAUL JOSEF ROBITSCHEK, TAGEBUCH)

Pauls Kontaktaufnahme mit den Freunden in der Heimat erfolgt schrittweise. Im September 1946 schickt er aus Caracas zunächst bloß die besagte Prozessvollmacht an Gustl. Aber über seine persönliche Befindlichkeit, sein Leben in Venezuela, schweigt er sich aus. Erst fast zwei Jahre später erreicht August Rieger ein Brief von Paul, der einiges aufklärt.

»Caracas 12. Juli 1948. Mein lieber Gustl! Es ist lange, lange … her … zehn Jahre, schreckliche zehn Jahre sind vergangen. Ich lebe wie im Traum, es ist alles nicht wahr! Entschuldige mein Stillschweigen, meine Gefühle sind zu Dir wie zuvor, jedoch die Erinnerung der Geschehnisse seit der Zeit meines Weggehens haben mich matt und müde gemacht. Das Gespenst der Vergangenheit verfolgt mich bei Tag und bei Nacht. Mir fehlt es an Kraft, ich lasse mich leider von der Zeit treiben und mache nur das Notwendigste. Ich bin immer so müde bei Tag und bei Nacht. Am Tag möchte ich schlafen und bei Nacht kann ich nicht. Ich weiß nicht, wie ich Dir das alles erklären soll. Ich möchte Dich nicht kränken, darum schrieb ich nie und sagte es auch niemandem. Ich hoffe, es wird sich mit der Zeit mein Zustand bessern. Hoffentlich wird es auch anders. Ich habe keine Schmerzen und habe keine Freude. Es ist das Schrecklichste … ich habe mein ›ich‹ verloren … und will es wiederfinden, das ist alles. Heute seit Jahren, weine ich das erste Mal. Ich habe mich sehr verändert und wollte nicht, dass Du kommst, damit Du nicht eine so große Enttäuschung erlebst an mir. Ich will im Juli nächsten Jahres nach Europa … zu Dir kommen. Diesmal wirklich kommen. Früher dachte ich, dass ich Europa nie mehr sehen will. Nun will ich kommen. Ich hoffe bis dahin seelisch zu gesunden. Nun ist es mir leichter um die Seele herum, weil ich Dir alles schreiben konnte. Sende Dir ein altes Bild von Dir und ein neues von mir. Ich wollte mich nie mehr im Leben fotografieren lassen, aber für das amerikanische Visum brauchte ich Bilder, so sende ich Dir ein hässliches Bild von mir, damit Du nicht erschrickst, wenn ich komme, sondern vorbereitet bist. Nun zu Deinen vielen lieben Briefen und Telegrammen. Ich glaube, ich habe alle erhalten. Mein Kompagnon öffnet wohl irrtümlich manchmal Telegramme. Du sollst für die Zukunft das Wort ›Küsse‹ weglassen, es könnte missverstanden werden. Nun, lieber Gustl, ich hoffe, dass Du weniger traurig bist und habe wieder ein bisschen Vertrauen und Geduld. Recht innig Dein Paul«.

Nach der Lektüre ist Gustl klar, dass sich Paul in den Kriegsjahren sehr geändert hat. Auch wenn Paul nicht will, dass Gustl nach Caracas kommt, Gustl zieht es übermächtig zu Paul nach Venezuela.

Kurze Zeit später erhält Paul Robitschek Post der unerwarteten Art aus Österreich. Von Dr. Ferdinand Schmidt, ehemals Gestapo-Kurzzeit-Chef und später Direktor der arisierten Firma Bunzl und Biach, die 1940 in »Kontropa Kontinentale Rohstoffe und Papierindustrie« umbenannt wurde. Paul ist ob dieser Post überrascht, bestätigt aber den Erhalt des Briefs vom Juni und beantwortet die Fragen des »lieben Ferry« ausführlich. Paul hat nicht nur einen scharfen Blick, was Geschäfte betrifft, sondern auch dafür, wer ihm in den schlimmsten Notzeiten 1938 geholfen hat. Diese Freunde will auch er nicht im Stich lassen. Offenbar hat auch Ferdinand Schmidt – wie viele ehemalige Nazis – den Plan gefasst, nach Südamerika auszuwandern. Nein, Paul hat seinen Lebensretter nicht vergessen. Zu allererst, lässt er wissen, möge sich Ferry einen Grundsatz für die mögliche neue Heimat stets vor Augen halten: »Wenn Ihr Eure Pläne ohne Illusionen machen werdet, dann werdet ihr auch leichter durchkommen.« Grundvoraussetzung sei das Erlernen des Spanischen, aber auch des Englischen. »Wenn Du Englisch in Stenogramm und Stil beherrscht und Maschine schreibst, dann wirst Du leicht bei einer Petroleumkompagnia im Interior unterkommen und im Anfang etwa 200–300 Dollar verdienen. Ein solches Einkommen kann auch eine Frau verdienen.« So viel würde auch ein Taxichauffeur verdienen in der Hauptstadt. Wichtig sei es, sich mit den Einheimischen verständigen zu können. Wer es schaffe, in einer Petroleumgesellschaft aufgenommen zu werden, der sei ein gemachter Mann, da diese Gesellschaften den Angestellten Lebensumstände bieten würden, von denen die einheimischen Venezolaner nur träumen könnten.

Trotz Pauls Widerständen lässt Gustl sich nicht von der Überseereise abhalten. Im Februar 1949 trifft er endlich in Caracas ein, ist aber schon nach wenigen Tagen desillusioniert und enttäuscht. Nur Max Weisinger, der früher in Wien bei Robitschek gearbeitet hat und nach dem »Anschluss« sechs Monate im Konzentrationslager Dachau interniert war, dem Gustl die Flucht und die Überfahrt nach Venezuela finanziert hatte, und der jetzt ebenfalls in Caracas lebt und ein Geschäft mit Bekleidung aller Art führt, kümmert sich rührend um Gustl. »Er hat mir«, schreibt Gustl an Herzog nach Wien, »auch mit Bargeld ausgeholfen und viel über Paul erzählt, von dem ich Paul gegenüber aber nicht Gebrauch machen kann.«

Gustl hat sein erstes Urteil gefällt, doch er wird es noch mehrmals ändern, je nach Stimmungslage und Intensität seiner Sehnsucht. Er hat den Eindruck, als wäre Paul im Exil falsch und verlogen geworden. Seine Undankbarkeit und sein langes Schweigen ihm gegenüber will er bemänteln, indem er behauptet, dass er nur schlechte Erinnerungen an Wien hat.

Paul ist in Venezuela seiner Profession treu geblieben. Jetzt ist es nicht mehr nur Wein, mit dem er handelt, sondern auch Hochprozentiges: Rum. In dieser Weltgegend sehr gefragt, und Paul versteht sein Geschäft. Pauls Firma »La Economica. La Casa

De Los Buenos Vinos« hat einige hundert Angestellte und er soll mittlerweile sieben eigene Häuser besitzen. »Gezeigt«, schreibt Gustl gekränkt an Herzog, »hat er sie mir bis heute nicht.«

Pauls Kompagnon in Caracas heißt Katz. Er ist verheiratet und hat eine schöne Villa, Paul dagegen lebt in einer eleganten Wohnung.

Rieger jedenfalls will sich einfach nicht damit abfinden, dass alles aus sei zwischen ihm und Paul. In Briefen an Albert Herzog schüttet er diesem sein Herz aus. »Es wird noch der Tag kommen, an dem Paul froh ist, dass ich zu ihm stehe«, schreibt Gustl. »Fast habe ich den Eindruck, als schämte sich Paul vor mir, als habe er Angst. Er ist kein schlechter Mensch, aber so eigenartig zwiespältig mir gegenüber. Wenn er nicht dabei ist, dann erzählen mir alle seine Bekannten unaufgefordert, wie gut er über mich die ganze Zeit gesprochen hat. Aber Paul ist geizig geworden. Nur weil es günstiger für ihn wäre, wenn ich innerhalb von 30 Tagen zurückfliege, wollte er mich überreden, noch vor seinem Geburtstag nach Wien zurückzufliegen. Nach zehn Jahren die erste gemeinsame Feier – und die soll nicht 150 Dollar wert sein?«

»Auf seine letzte Geschäftsreise durchs Land«, bedauert Gustl, »hat er mich nicht mitgenommen, er hat mich nicht einmal gefragt. Wer weiß, was er neben den Geschäften noch so treibt. Ich muss alles tun, damit Paul nicht merkt, welche geschäftlichen Sorgen ich habe. Vielleicht lässt er mich dann gänzlich fallen. Ich habe mit Paul auch überlegt, ob ich nicht nach Caracas übersiedeln soll. Aber eines ist für mich klar: ohne meine Familie, ohne dich, Albert, ohne Gretl und Guggi will ich nicht hierher ziehen. Hier muss man seine Lieben um sich haben, sonst ist es für Menschen mit einem großen Herz unmöglich, hier zu leben. Eine schöne Villa in einem schönen Viertel und sich dann ein schönes Geschäft einrichten, das hätte schon etwas für sich.« So fremd ihm Paul auf der einen Seite geworden ist, so nah ist ihm jetzt Albert, und er lässt ihn wissen: »Ich habe meine Uhr hier in Caracas nicht umgestellt, damit ich Dich in Gedanken in Wien verfolgen kann, damit ich Dir nah bin. Mit Paul könnte ich nicht mehr zusammenleben. Er lässt sich gehen, wie es ihm passt. Für ein kultiviertes und seelenvolles Leben hat er nichts übrig, er ist ein Triebmensch. Wir sind in Wien geblieben und haben für ihn gekämpft und wir haben ihn suchen müssen, er hat nichts unternommen, um uns zu finden, er hat sich nicht gerührt, er hat uns nichts geschickt, kein Paket, keine Aufmerksamkeit. Dass wir in Wien hungern, auf diese Idee ist er nicht gekommen. Als ich ihm das so gesagt habe, da hat er gestutzt, als ob er wirklich nicht daran gedacht hätte.«

Paul selbst ist, trotz seines komfortablen Lebens, nicht glücklich im Exil: Vier Jahre, räsonniert er, war es ihm unmöglich, Briefe nach Wien zu schreiben, und dann hat er es nicht fertiggebracht, zu schreiben. Und jetzt erwartet Gustl wie immer Hilfe, weil die Dinge in Wien schieflaufen, weil er mit Geld nicht umgehen kann oder in die falschen Dinge investiert. Ich merke doch, dass er meine Nähe, aber doch auch mein Geld will, denkt Paul. Die Vergangenheit kommt zurück. Paul kann und will sich über Gustl nichts mehr vormachen.

Eigentlich wollte ich nicht, dass Gustl hierherkommt. Ich habe Max Weisinger gebeten, es ihm auszureden, ich wollte, dass er nicht sieht, wie gut es mir geht. Alles vergessen wäre einfacher, aber Gustl macht es mir nicht so einfach, er kommt her und er beschämt mich, ob ich will oder nicht, ich muss mir eingestehen, dass er wirklich viel für mich getan hat, dass er und der Ferry Schmidt mir das Leben gerettet haben. Wenn mich der Gustl ansieht, kann ich seine Gedanken erraten, er meint, dass ich nicht mehr so gepflegt bin, zu wenig auf mein Äußeres achte. Ich glaube, er ekelt sich vor mir und verachtet mich. Nur die Erinnerung an die Vergangenheit verbindet uns, was das für eine Kraft sein mag. Eigentlich habe ich für den Gustl und den Albert nicht mehr viel übrig. Wenn er hier ist und vor mir sitzt, dann wird dieses Gefühl verdrängt, aber ich bin froh, wenn er wieder wegfährt. Soll ich etwa nach Wien fahren, um das Geschäft von Gustl auf Vordermann zu bringen? Er hat keinen Sinn fürs Geschäft, er ist einfach zu gut, versteht nichts vom Geld, verborgt, trifft Vereinbarungen, die mich einfach nur wundern. Wie kann man einem Vertreter ein Fixum zahlen, den Preis für die nicht eingebrachte Ernte schon garantieren, wer weiß, ob es nicht regnet, die Fäule einsetzt. Mit mir an der Seite würde alles laufen. Gustl ist gut für den Smalltalk bei den Verhandlungen. Die Regeln, die Zahlen und manchmal auch die notwendige Härte sind seine Sache nicht. Es ist typisch für Gustl, wenn er von der Möglichkeit einer Übersiedlung nach Caracas spricht, dann meint er eine schöne Villa in einem schönen Viertel, und sich dann ein schönes Geschäft aufbauen. Bei Gustl kommt zuerst die Villa und dann das Geschäft, aber so funktioniert das nicht. Zuerst kommt das Geschäft und dann der Rest. Wenn das Geschäft gut geht, dann kann man auch gut leben und gut wohnen. Ich wohne in einer Wohnung, Villa habe ich keine, ich träume von einer Villa, aber habe nicht die Zeit dazu. Katz will auf seine Villa nicht verzichten, der versteht zu leben, weil ich so viel arbeite. Er genießt auf meine Kosten.

Eines muss ich dem Gustl aber lassen, er ist beliebt und alle schwärmen von ihm. Bei der Rückfahrt von Caracas ist er bei den Kohorns in New York eingeladen … Oskar Kohorn, einer der einflussreichsten jüdischen Großindustriellen Deutschlands, musste auch vor Hitler fliehen. Ist 1935 von einer Geschäftsreise nach Japan nicht mehr zurückgekehrt. Wie ist er nur mit dem bekannt geworden?

Dass ich nicht gerne an Österreich zurückdenke – ist das eine Empfindlichkeit von mir? Ich bekomme das Weingut in Mahrensdorf in der Steiermark von der Rückstellungskommission mit 1. November 1948 zugesprochen, und was schreibt mir der Ariseur, dieser Franz Sammer? Er schreibt mir, wie viel er mitgemacht hat und wie schlimm die Zeit in Österreich war. Da habe ich mich mit meiner Antwort ganz kurz gehalten: »Mitgemacht haben Sie in diesen Jahren gar nichts, sondern nur profitiert und profitiert. Ich jedoch wurde beraubt und vertrieben ohne Herz und Mitgefühl. Und meine Mutter und Verwandte, die dort blieben, wurden vergast. Also legen Sie auf die Waage, wo Recht und Unrecht liegt.«

Doch Paul hadert nicht nur mit Gustl, sondern auch mit seinem Bruder. In einem Brief an Gustl schreibt er: »Ich höre immer, er ist wegen mir aus Palästina gekommen, er sorgt sich um mich; aber ich bin es, der für die ganze Familie sorgt, ich zahle, ich bin es, der den Unterhalt von allen bestreitet. Es ist ja nett, wenn er mir in meinem Büro eine Antibakterienlampe baut, wenn er meinen Besprechungsraum umbaut. Alle sagen immer, ich soll mich erholen, aber keiner fragt, woher das Geld kommen soll.«

25

Ein Ende wie im Film

»Hie und da beschäftige ich mich mit dem Gedanken
irgendwohin auszuwandern, aber es ist schon ein
Entschluss so allein in die Welt zu wandern.«
(August Rieger, Brief an einen Freund vom 15. Juni 1947)

Die Trennung ist das Grab der Liebe. Es ist bereits nach Mitternacht, als August Rieger sich an seine Schreibmaschine setzt. Am Ring fahren keine Straßenbahnen mehr, und die erleuchteten Fenster der Wohnung des Barons sind das letzte Zeichen von Schlaflosigkeit. Der Barockschreibtisch ist zu hoch und nicht für eine Schreibmaschine gemacht. Und so hat sich August Rieger auf einen harten, dicken Polster gesetzt, um sich das Tippen der Tasten zu erleichtern. Von seinem Platz aus hat er den schönsten Blick auf sein Paradies, die Teppiche, das rote Licht der Stehlampe, die Engel an der Wand, darunter ein Foto von Paul und eines von Albert, Gretl und Guggi.

Der Baron ist alleine in der großen Wohnung, wie immer in den letzten Jahren. Die Zeiten, als er hier noch große Gesellschaften gegeben hat, sind schon lange her. Sein Paradies will er verteidigen, und das muss Paul wissen, er muss dafür Verständnis aufbringen. Vielleicht gelingt es ihm, wenn er ihn an alte Zeiten erinnert, und so tippt er: »Heute ist es genau ein Jahr, dass ich in Caracas ankam. Zehn Jahre lagen zwischen unserem Wiedersehn und Du kannst Dir denken, wie mir ums Herz war.«

Gustl weiß nicht weiter. Er steht auf und geht durch die Wohnung. Beim Klavier bleibt er plötzlich stehen. Lange schon hat er nicht mehr gespielt. Für wen auch? Er hat immer nur für Zuhörer gespielt, für mehrere oder auch nur für Paul, wenn sie alleine waren. Er klappt den Deckel hoch und beginnt mit der rechten

Hand eine Melodie zu improvisieren, einen Walzer. Er stutzt, wo hat er diese Tonfolge zuletzt gehört? War es hier in der Wohnung oder in der Praterstraße? Eine halbe Ewigkeit ist das her. Der Text dazu will ihm nicht einfallen. Wer hat das gesungen? Er weiß, wenn er jetzt die Erinnerung nicht herbeizwingen kann, wenn ihm das Lied nicht einfällt, dann wird er auch den Brief an Paul nicht weiterschreiben können, er wird sich nicht konzentrieren können. Er rückt den Klavierschemel näher, setzt sich und lässt seine Finger über die Tasten gleiten, und plötzlich schwingen die Bässe, und plötzlich ist er nicht mehr allein. Er summt, und ist alles da. Der Paul Hörbiger war's. Er ist von den Rosenhügel-Studios gekommen, wo er wieder einen Drehtag hinter sich gebracht hatte. Juni war's, und er hat gemeint, er singt uns was vor. Die Noten hat er mitgebracht. Und alle haben sofort gefleht: »Gustl, begleit den Paul, bitte, du kannst das.« Der Hörbiger hat den Finger gehoben, als müsste er das ganze Burgtheater zum Schweigen bringen, und dann hat er eine Pause gemacht: »Nur für Euch und nur jetzt und dann müsst ihr vergessen, dass ihr das kennt. Wenn das in den nächsten Monaten von euch jemand summt oder singt, bevor der Film Premiere hat, dann bekommen wir Schwierigkeiten.«

Paul Hörbiger ist immer gern zu Gustls Gesellschaften gekommen. Kein Wunder, bei Gustl hat es immer was zu essen gegeben, Lebensmittelmarken hin oder her, und natürlich auch zu trinken. Und da ist es, das Lied! Und wenn er es jetzt singt, dann ist er nicht der Gustl, sondern der Hans, und er hat die Hand um Pauls Schulter gelegt, ganz vertraut, in aller Öffentlichkeit. Wer singt, darf alles. Als Mann einem Mann ganz nahe rücken. Ganz natürlich sitzen sie eng zusammen mit einem Glaserl Wein in der Hand. Wenn es eine b'soffene G'schicht ist, dann ist sowas zwischen Männern erlaubt, zumindest im Film.

… Du warst jung, ich war jung,
Das ist vorbei
Nur die Erinnerung
Bleibt jetzt noch für uns zwei,
Ich war fesch, Du warst fesch,
Und so verliebt …

Zwei Minuten wie im Paradies – und dann küsst der Hans Moser den Paul Hörbiger auf die Wange und tätschelt ihn, als wäre es das Natürlichste auf der Welt, und legt den Kopf auf seine Schulter. Zwei graumelierte Männer im Herbst 1941 lachten, prosteten einander zu und tranken auf der Filmleinwand. An Gustls Klavier hat der Hörbiger ganz exklusiv für die kleine Gesellschaft das Lied gesungen, während am Rosenhügel noch die Dreharbeiten im Gang waren. So innig wie der Hans Moser und der Paul Hörbiger im Film sind auch Paul und Gustl manchmal in weinseliger Stimmung beim Heurigen gesessen, haben Wienerlieder gesungen und ihre Freunde unterhalten.

Am Schreibtisch liegt der erste Brief, den Paul aus Venezuela geschrieben hat. »Geliebte Lilly«, hat er geschrieben und an Gustls Liebe gezweifelt, den Schmerz, als er das gelesen hat, fühlt Rieger heute noch.

Trotz alledem: Der Paul soll zurückkommen. »Ich bitte Dich darüber nachzudenken, ob es nicht doch weit besser wäre, wenn Du mit Leo wieder nach Wien übersiedeln würdest. So jung bist Du doch nicht mehr, dass Du derart an Deiner ungebundenen Freiheit hängen kannst. Wie immer die Menschen zu Dir waren, hier hast Du doch Deine Heimat und das Klima ist gesünder, das ganze Leben doch ein anderes und reicheres. Es ist so schrecklich, dass man so weit getrennt ist. Obwohl Du Dich sehr geändert hast, so möchte ich doch neben Dir leben und Dich um mich haben. Es kommt die Stunde, wo die große Einsamkeit über den Menschen hereinbricht und wo man fühlt, dass man möglicherweise gern gelitten und gesehen ist, dass aber keine tiefere Liebe vorliegt. Nimm Dir ein Viertelstündchen Zeit und denke an all die Geburtstage, die wir zusammen feierten.«

Gustl könnte das Gefühl der fürchterlichen Entfernung von der Heimat nicht ertragen. Wenn seine Geschäfte gut laufen, dann könne er im Sommer für zwei Monate kommen. »Ich will nicht, dass unsere Freundschaft und Liebe an unserer Trennung zugrunde gehen soll.«

Der Besuch in Caracas, das war zwar kein Aufeinandertreffen von Fremden gewesen, aber das Gemeinsame, die Erinnerungen an die vielen gemeinsam verlebten Stunden, waren nur mehr ein schwaches Echo. Paul Robitschek und August Rieger sind zwei alte Männer geworden, daran konnte auch die Garderobe nichts ändern oder jugendliche Duftwässer. In den letzten Monaten hat auch Gustl mit gesundheitlichen Problemen zu kämpfen gehabt, und die jungen Männer in Venezuela, die sind für Paul sicherlich reizvoller als er. Aber das will er jetzt nicht schreiben, das wäre die endgültige Vertreibung aus dem Paradies, das weiß er. »Ich lasse diese Freundschaft nicht an der Zeit oder der Trennung scheitern.«

Sein Paradies lässt sich Rieger von keinem nehmen, und wenn Paul sich nicht mehr erinnern will, so muss er ihm ganz klar sagen, dass dies das Ende sei. »Wenn wir alles Erlebte, was wir als Vergangenheit betrachten, vergessen wollen, dann würden wir uns um das Paradies der Erinnerung bringen, wir würden aber auch jedes Gefühl der Dankbarkeit zu Gott verlieren. Und wo die Dankbarkeit zurückgesetzt wird, bleibt eine offene Schuld bestehen …« Gustl kämpft um Pauls Rückkehr nach Wien: »Außer des ewigen Frühlings ist in Caracas doch nichts los. Du würdest hier bestimmt sehr gute Weingeschäfte machen. Es ist schrecklich, dass man so weit getrennt ist. Man lebt doch nur einmal und die Jahre verfliegen.« Aber vergebens.

Paul macht im September 1949, obwohl gesundheitlich sehr angeschlagen, sein Versprechen wahr und kommt nach Wien. Gustl, der wieder gewaltige Schulden hat, hofft, wie 1936 – beim Golgotha-Filmprojekt –, dass Paul sie begleicht.

Aber seine Hoffnungen erfüllen sich nicht. Paul berät sich mit Rechtsanwalt Dr. Führer wegen der drei Häuser und der Geschäftslokalität in Heiligenstadt, die ebenfalls »arisiert« worden sind. Er hinterlässt Vollmachten und macht ein Testament. Kurz vor seiner Rückreise nach Venezuela schreibt Paul in aller Eile einen letzten Brief an Gustl, der den Hoffenden desillusioniert:

»Mein lieber Gustl! Traurig klang Deine liebe Stimme: ›Rette mich!‹ … Du musst doch fühlen, wie weh mir alles tut. Auch meinen guten Willen musst Du doch akzeptieren, ich bin doch kein Unmensch. Du hast mir vieles gesagt, was nicht notwendig war und mir weh tut … doch verstehe ich, es war ein letztes Kämpfen. Du hast jedoch all dies nicht notwendig, lebe, wie wir leben müssen; schmeiße allen Tand von Dir, alle falsche Scham, dies hat mit Ehre nichts zu tun. Du bist ein Träumer und musst endlich erwachen. Es ist nicht das erste Mal, dass Du solche Dummheiten machst. Aber leider kann ich diesmal nicht mit. Ich bin kein so reicher Mann, wie Du glaubst, sondern rechne mit jedem Bolivar, jung und gesund bin ich auch nicht, wenn ich weiter leben will, darf ich nicht heute schon alles realisieren.«

Er rät Gustl, für einige Zeit aus Wien zu verschwinden und unterzutauchen, bis sich die Wogen geglättet haben. »Fahre sofort weg von Wien, lasse Dr. Führer und Herzog eine Vollmacht. Sage, Du bist in Deutschland. Von Arregoni wirst Du einen Brief erhalten, dass Du zum Uhrmacher nach Triest kommen sollst. Damit bekommst Du ein Visum vielleicht für 60 Tage. Ich habe bei Frau Sandri es so geregelt, dass Du diskret untergebracht wirst und du bei Freunden von mir durch drei bis vier Monate 140.000 Lire beheben kannst, dies reicht für ein normales Leben. Sie selbst braucht mit ihrem Sohn (bescheiden) 24.000 Lire. Sodass ich hoffe, Du wirst damit auskommen. Sie wird sich sehr um Dich kümmern, dort spricht man deutsch und lebt sehr gut.«

Und Paul entwirft die Strategie, wie Gustl rasch aus den offenbar horrenden Schulden kommt: »Deine Abwesenheit benütze, durch Dr. Führer einen Ausgleich durchführen zu lassen. Soll beginnen außergerichtlich. Wenn es nicht geht, dann gerichtlich 35 % in 12 Monatsraten (60 Tage nach Annahme. In diesem Falle gebe ich Dir als Sicherstellung für die Gläubiger meine drei Häuser in Wien als Pfand. Im Ausgleich – als Zusatz – den Erlös des Prozesses Winzergenossenschaft. In diesem Falle stelle ich meine Ansprüche zurück aus dieser Prozessführung. Dadurch kommen die Gläubiger auf 100 Prozent ihrer Forderungen und niemand ist geschädigt. Alle gedrohten Strafanzeigen werden in einem Vergleich gegenstandslos. Es gibt keine Bevorzugung. Keinerlei.

Keine falsche Scham. Es gibt keine Rücksicht auf Deine Familie etc., denn sonst hat alles keinen Sinn. Während Deiner Abwesenheit beruhigen sich die Gemüter. Übersiedle provisorisch ins Haus in Heiligenstadt (ohne Fußboden), stelle die Möbel einfach dort ein und gleich sind 60.000 für die I. Rate und Spesen da. Dann verkauft man Wein und sind weitere zwei Raten da. Dann wird sich aus Krems was realisieren lassen und so weiter. Schreibe mir alles Wichtige und ich will Dir sofort antworten. Besprechе diesen Brief genauer mit Dr. Führer, habe keine falsche Scham vor ihm oder Angst. Er ist Dein Anwalt und Dein Freund. Nichts verheimlichen, es hat das Arrangement sonst keinen Sinn. Du kannst ihm ruhig diesen Brief vorlesen. Ich will ihm in den nächsten Tagen auch direkt schreiben.

Ich reise in einer Stunde nach Genua–Turin, und fliege Dienstag früh nach Caracas. Dürfte Samstag dort eintreffen und bitte mir inzwischen zu schreiben. Ich sende Dir die nächsten Nachrichten zu Dr. Führer.

Nun lieber Gustl, höre auf mich und Gott wird Dir sicher beistehen. Wenn der Vergleich durchgeführt ist, kehrst Du zurück und niemand kann Dich behelligen. Nun, mein Sorgenkind, sei guter Hoffnung und mit vielen innigen Grüßen – Dein Paul. Grüße mir Herzog bestens. Ich weiß, er sorgt sich viel um Dich.«

Gustl ist wie vom Donner gerührt. Paul will, dass Gustl die Forderungen der Gläubiger sofort abdeckt. Das wäre sein Ruin. Durch den Brief fühlt er sich wie eh und je in geschäftlichen Angelegenheiten durch Paul bevormundet. Er kann sich nur widerstrebend eingestehen, dass Paul einfach doch der bessere Geschäftsmann ist. Er hat es – mit nichts in der Tasche – in Caracas wieder zu einer Firma gebracht. Paul erweist sich trotz seiner Ablehnung, die Schulden zu übernehmen, als großzügig. Seine drei »arisierten« Häuser in Wien, die Paul nach der Rückstellung wieder gehören, soll Gustl bekommen und verkaufen. Sie sollen einen Teil der Unkosten ersetzen, die ihm durch Paul während der Nazi-Zeit entstanden sind. Er gibt Gustl ein lebenslanges Wohnrecht im Geschäftshaus in Heiligenstadt um einen symbolischen Schilling im Jahr.

Um Gustl vor sich selbst und seinen immer riskanteren Finanztransaktionen zu schützen, schreibt Paul Robitschek, schwer krank, am 8. Februar 1950 aus Caracas an seinen Anwalt in Wien: »Weil ich Angst vor der Zukunft habe, vermag ich nicht mehr die Dinge großzügig laufen zu lassen. Deshalb ersuche ich Sie auch, Herrn Rieger sehr nahezulegen, er möge klug und aufrichtig sein – Ihnen und mir gegenüber. Denn ich vermag ihm nach Überlassung der drei Häuser nicht mehr weiter zu helfen. Ich würde es wirklich nicht mehr können. Ich bin sehr interessiert zu erfahren, mit wem und unter welchen Bedingungen Herr Rieger ein Geschäftsverhältnis eingehen wird. Ich lege Ihnen besonders die Beendigung der Kremser und Wiener Prozesse ans Herz, denn damit hätten wir viele Sorgen beseitigt.«

Ein dreiviertel Jahr nach Pauls Abreise aus Wien erhält Gustl wieder Post aus Caracas. Aber die Anschrift auf dem Briefumschlag stammt nicht von Pauls Hand. »Caracas, 18. Juni 1950. Heute, an einem sonnigen Nachmittag, haben wir unseren guten Paul begraben«, schreibt Leo, sein Bruder. »Er ist nach Mitternacht im Schlaf ohne Kampf gestorben. Er kam von New York voller Lebensfreude zurück mit vielen schönen Kleidern und wirkte und fühlte sich jung. Die neun Tage seit seiner Rückkehr war er in richtig optimistischer Stimmung, er suchte einen Baugrund für eine Villa und fand das Richtige; vielleicht war er zu froh erregt für sein müdes Herz. Es muss uns ein Trost sein, dass ihm ein leichter Tod und letzte gesunde frohe Tage beschieden waren. Er hatte das Recht auf beschauliche Tage endlich gehabt, die er sich nie gönnen wollte. Wir sind alle fassungslos. Ich grüße Sie herzlichst – Leo Robitschek.«

Eine Woche später folgt ein ausführlicherer Bericht Leos über Pauls Ende: »Lieber Gustl, nun will ich Ihnen alles über unseren guten Pauli schreiben, dem Sie der beste Freund sind.« Er lässt Gustl wissen, dass er jeden Abend in den Tempel geht, um das Totengebet für seinen Bruder Paul zu sprechen, obwohl er nicht Hebräisch kann.

Leo war aus Palästina nach Venezuela gekommen, weil er Angst um Paul hatte. Dessen Briefe hatten ihn erschreckt. Dieser Lebensüberdruss! Die Nächte hat er in der Fabrik verbracht und nur gearbeitet. Das konnte nicht lange gut gehen. Als Leo mit seiner Familie gekommen ist, hat Paul zwar etwas kürzer getreten, und die Geschäfte florierten trotzdem. Aber dieses langsamere Lebenstempo hat nur eine Zeit lang gehalten.

Irgendwie bereut Leo nun seine Reise. Paul war einsam in Caracas gewesen und hatte versprochen, seinen Bruder und dessen Frau zu unterstützen. Leo lebte immerhin schon mehr als zehn Jahre in Palästina und hatte sich in seiner neuen Heimat einen Namen gemacht. Als Pionier der Fotografie – er hatte eine Stereokamera für Portraitaufnahmen erfunden – und als brillanter Zeichner. Wer wollte sich nicht aller von ihm porträtieren lassen! David Yellin, der im Jahr 1913 in Jerusalem ein College gegründet hatte, das sich für die Verbreitung des Hebräischen einsetzte. Edward Keith-Roach, britischer Gouverneur in Jerusalem zwischen 1926 und 1945, saß ihm ebenso Modell wie General Sir Alexander George Victor Paley, der zwischen 1941 und 1942 das dritte arabisch-libysche Bataillon kommandierte. Die prominentesten Vertreter der internationalen Gesellschaft, die sich von Leo Robitschek zeichnen ließen, waren sicher Prinz Peter von Griechenland und seine Frau, die russische Prinzessin Irina. In einem Artikel in der »New York Post« aus dem Jahr 1947 wurde eine Zeichnung von Leo Robitschek, die den Prinzen zeigt, abgedruckt. Aber natürlich konnte er vom Zeichnen alleine nicht leben, und der Druck und Vertrieb von Postkarten, den er seit 1934 gemeinsam mit Heinz Liegner betrieb, brachte nicht allzu viel ein. Wer schrieb schon Postkarten in Zeiten des Krieges? So kam Pauls Angebot zum richtigen Zeitpunkt, auch wenn dieser sich kurze Zeit später schon wieder beschwerte, dass ihm alle auf der Tasche lägen.

Eine dreiviertel Stunde muss Leo zu Fuß zum Tempel gehen, um für Paul zu beten, doch diese Strecke hilft ihm, seine Gedanken zu ordnen und ungestört den Erinnerungen nachzuhängen. Die Gedanken kreisen um die Firma. Was wird jetzt aus dem kleinen Imperium, das Paul geschaffen hat? Wer soll das Schiff lenken, jetzt, wo er nicht mehr da ist? Sein Kompagnon, dieser Katz, hat schon klargemacht, dass er die Firma nicht alleine führen will und kann. Pauls Geschäftssinn, sein Überblick, sein Charme, sein treibender, kluger Geist, die fehlen jetzt. Wenn Paul auf Verkaufsreise gegangen ist, hat das »Nein« eines möglichen Käufers nicht gegolten. Ein Nein war nur ein Ansporn für ihn, und meist hat er es geschafft, daraus ein Ja zu machen. Seine Verkaufsreisen durch das Land … nie hat er Ruhe gegeben, als ob er noch immer auf der Flucht wäre. Er war ein Getriebener. Paul alleine hat 30 Verkäufer ersetzt, das war nicht Leos Urteil, sondern die Einschätzung von Katz. Und Katz war es auch, der Paul immer angetrieben hat.

Leo liest den Kaddisch im Tempel in Lateinschrift, an seiner mangelhaften Aussprache wird sich Gott nicht stoßen, denn er fleht zu ihm um die Gnade für den Bruder, die dieser sich verdient hat. Für alle hat der Paul gesorgt, für seine Familie, für seine Freunde. Auf sich selbst hat er nicht geschaut.

Katz plagen jetzt Gewissensbisse, weil er ihn immer weiter angetrieben hat. Er war für Paul ein guter Kompagnon, aber er hat Pauls Talent, Geld zu machen, auch ausgenützt und ist damit auch selber reich geworden. Trotz strahlender Erfolgsstimmung kam Paul von den Verkaufsreisen immer erschöpfter zurück. Katz meinte dann, der Chef solle sich ausruhen, doch nach wenigen Tagen fragte er schon, wann er wieder fahre, um das Geld einzukassieren.

Das Aktienkapital der Firma hat Paul in den letzten Jahren von 300.000 auf eine Million Bolivar erhöhen können. Das war allerdings vor der Krise. Vor Kurzem wurde eine kommunistische Streikaktion in den Erdölgebieten niedergeschlagen, die Kommunistische Partei und die Gewerkschaft wurden verboten. Jetzt herrscht wieder Ruhe im Land, aber der Ausfall kann nur langsam aufgeholt werden.

Als Paul dann im September 1949 doch noch einmal nach Wien gereist ist, hat Leo gebeten, Katz möge die Zeit nützen, um einen guten europäischen Agenten einzustellen. Und was war dessen Antwort? »Ich nehme lieber 100 Schwarze als einen Europäer, weil diese rasch selbstständig werden wollen, und dann könnten wir wieder von vorne anfangen.« Und Konkurrenz brauche er keinesfalls. Diese Reise nach Wien, davon ist Leo überzeugt, hat Pauls Ende eingeleitet. Und er schlägt plötzlich auch kritische, vorwurfsvolle Töne gegen Rieger an. Rieger und Herzog hätten Paul mit Briefen förmlich bombardiert, und dann noch dieser Anwalt, dieser Doktor Führer. Der Paul hat sich einfach von seinem Freund Rieger nicht trennen können. Irgendetwas hat die beiden verbunden, es können nicht nur die Geschäfte in Wien von anno dazumal gewesen sein. Wie oft hat Paul versucht, Rieger zu helfen. Der Wiener Baron war ein Fass ohne Boden. Anstatt sich mit den Winzern zu vergleichen, hat er mit diesem forschen Anwalt Doktor Führer weiter prozessiert. Paul hat das Geld nicht gebraucht, er hat sich hier ein zweites Vermögen geschaffen. Und dann ist der Rieger nach Caracas gekommen, alle waren begeistert von ihm. Er hatte einen gefährlichen Charme, fand Leo. Ein geborener Verführer. Männer wie Frauen sind ihm erlegen und auch die Kinder. Leo hatte so seine Vorbehalte. Rieger wollte sich in Venezuela ansiedeln, um bei Paul zu sein, andererseits versuchte er, Paul zu überreden, doch wieder nach Wien zu kommen. Herzog, dieser Sekretär und ehemalige Verwalter von Paul, und dieser Rieger haben Paul mit einem fingierten Telegramm nach Wien gelockt. Der Baron liege im Sterben, hat es darin geheißen. Und Paul ist tatsächlich gefahren, Rieger ging es tatsächlich nicht gut, doch so schlimm nun auch wieder nicht. Schlimmer als Riegers Gesundheit war allerdings wieder einmal seine finanzielle Lage. Krank, halbtot und erschöpft ist Paul nach Caracas zurückgekommen. »Die Wiener Luft tut mir nicht gut«, hat er nur gemeint.

Als Leo versucht hat, Katz dazu zu bewegen, Paul zu schonen und nicht so anzutreiben, hat der ihn nur vertröstet und gemeint, zwei Jahre müsse Paul noch reisen, und dann werde er nur mehr Lustreisen machen. Katz hatte sich festgebissen, und auch als Paul in Wien war, hatte er ihm keine Ruhe gelassen und Briefe geschrieben, er möge nicht so viel Geld ausgeben und bald zurückkommen, da das Geschäft unter seiner Abwesenheit leide. Dauernd hat der Katz dem Paul Druck gemacht.

Testament hat Paul keines hinterlassen, bloß eines, das er in Wien geschrieben und das nur für seine Wiener Besitzungen gegolten hat. Paul war in Caracas eine Persönlichkeit des öffentlichen Lebens, und zur Testamentseröffnung war selbst die Presse anwesend, Fotos wurden gemacht und in Zeitungen veröffentlicht. Es kommt ja nicht so oft vor, dass ein Wiener Testament in Caracas verlesen wird. Für die Besitzungen in Venezuela gibt es keinen letzten Willen, aber es ist doch klar, dass der einzige Bruder der Universalerbe sein wird, meint Leo. Obwohl Paul keine leiblichen Nachkommen hat, gibt es plötzlich doch ein Problem, denn Gerüchte und Geschichten reisen scheinbar schneller um die Welt als Menschen. Niemand in der Familie hat noch an die Geschichte von Paul und der ungarischen Dame in Budapest gedacht. Wie hat sie doch geheißen? Erszi? Erszebeth Farkas. Aber das Gerücht, Paul habe einen Sohn, ist schneller in Caracas angekommen, als Leos Familie lieb war. Paul hatte doch keinen Sohn! In Österreich hatte er den Baron Rieger, und hier, in Caracas, lebte er alleine. Er wollte nie, dass das Dienstmädchen bei ihm über Nacht bleibt. Bis zum Schluss wollte er das nicht. Paul hatte keinen Sohn. Aber wie sollte das bewiesen werden?, überlegt Leo. Das Gerücht besagt, Paul habe 1939, in einem Konzentrationslager in Frankreich, einem spanischen Häftling erzählt, er habe einen Sohn, und jetzt ist die Geschichte 1950 in Caracas angekommen. Ja, die Erszi war schön, wirklich eine schöne Frau, aber das Kind, dieser Tibor, war nicht vom Paul, das war gewiss. Und warum Paul sollte eine Frau mit einem unehelichen Kind heiraten? Nie! Gekümmert habe er sich wohl, der Paul, um den Buben. Später ist der Tibor dann von einem belgischen Hochadeligen adoptiert worden, von Corswahrem … oder so ähnlich, und hat einen Grafentitel vor den Namen setzen können.

Diese blöden Geschichten halten nur auf, sie verzögern, dass Leos Familie das Erbe antreten kann. Sechs Monate dauert es sowieso, aber die Erbschaftssteuer ist innerhalb von 24 Stunden fällig. Wie soll das alles weitergehen! 900.000 Bolivar Außenstände gibt es, Bargeld ist keines vorhanden.

Paul hat geahnt, dass sein Herz seinem unsteten Leben nicht mehr lange standhalten würde. Doch den Ärzten in Caracas hat er nicht geglaubt, und so ist er nach New York geflogen, zu seinen Verwandten, den Reisers, denen ebenfalls die Flucht aus Wien geglückt war. Die Ärzte haben ihm von dieser Reise abgeraten, es sei nicht sicher, ob er auch zurückkehren werde. Sie hatten eine koronare Thrombose diagnostiziert, und das bedeutete die Möglichkeit eines ständig drohenden Herzinfarkts. Doch trotz seiner Erkrankung, die ihn zehn Tage ans Bett gefesselt hatte, ist Paul nach New York geflogen, er wolle sich auch neu einkleiden, hatte er gemeint, die Perlenschnur und den Schmuck seiner Mutter hat er mitgenommen, und mit vielen Koffern ist er zurückgekommen. Er hat gut ausgesehen, ein wenig abgenommen hatte er. Bekannte hatte er getroffen und Cousins und berufliche Fäden geknüpft, aber erholt hatte er sich nicht. Doch immerhin ist er aus New York zurückgekommen, er hatte eben großes Glück gehabt.

Danach sah alles so aus, als würde er nun tatsächlich ein ruhigeres Leben beginnen wollen. Pläne hatte er, jetzt wollte er sich eine Villa bauen, verhandelte mit einem Realitätenhändler, zeichnete Entwürfe. Ruhe, göttliche Ruhe hat er sich für sehr spät im Leben aufheben wollen. Neun Tage hat dieser Lebensabend gedauert. Er war bei Leo, ist mit seinem Neffen Daniel und seiner Nichte Juani spazieren gegangen, hat mit ihnen gespielt. Und dann ist Adeline, seine Haushälterin, am 18. Juni, ja es war ein Sonntag, um sieben Uhr Früh schreiend vor Leos Tür gestanden. »Als wir ins Schlafzimmer kamen, lag er da, ganz friedlich, das Bett glattgestrichen, die Kleidung hatte er fein säuberlich aufgehängt, friedlich lag sein Kopf seitlich und er schien zu lächeln.« So fanden ihn Leo und seine Frau. Jetzt hatte er seinen Frieden gefunden, doch Leo wäre es lieber gewesen, wenn er noch Jahre gelebt hätte. Bis zum Ende blieb Paul ein Getriebener.

26

August Rieger: ein unschöner letzter Akt

»*Meine finanzielle Situation ist derart katastrophal, dass ich meinen Lebensunterhalt durch Freunde bestreiten lassen muss.*«
(August Rieger an das Finanzamt für den 1. Bezirk am 16.10.1953)

Bis über den Tod hinaus währte die Wiener Verbindung zu den Robitscheks in Venezuela, und es waren nicht nur Gedanken und Wünsche, die bis ins ferne Caracas gingen, sondern auch Forderungen. Max Weisinger, Pauls ehemaliger Mitarbeiter, der ursprünglich den Kontakt zwischen Paul und Gustl wiederhergestellt hatte, bringt bei Gustl wohl auch eine erotische Seite zum Schwingen, denn er schreibt ihm »Mein lieber, lieber Maxl« und entschuldigt sich gleich dafür, dass er sein Herz sprechen lasse. In Bezug auf sein Verhältnis zu Paul zitiert Gustl auch gleich noch die Worte Solveigs aus Peer Gynt: »in meinem Glauben, in meinem Lieben und in meinem Hoffen«.

Max hat nicht nur Briefe nach Wien geschickt, sondern 1947 auch Lebensmittelpakete. Es waren nicht die einzigen Pakete, die Gustl erhalten hat. Adolf Blau hat welche geschickt und auch Albert Handl, Pauls ehemaliger Buchhalter.

Max hat etwas übrig für Oper, Theater und Konzerte, und so schreibt August Rieger ihm auch über eine kürzlich gesehene »Tristan«-Aufführung, bei der er unwillkürlich an Max habe denken müssen. Obwohl er sich die Wohnung erhalten habe können und sie mit schönen Kunstwerken ausgestattet habe, fühle er sich einsam und denke darüber nach, irgendwohin auszuwandern. Doch so einfach sei das nicht, »hier verbinden mich doch tausend schöne Erinnerungen, man liebt eben die Scholle, auf der man einmal die schönsten Stunden seines Lebens verbrachte«.

Max Weisinger hat Rieger bei seinem Besuch in Caracas mehr als tausend Dollar geborgt. Eine Lächerlichkeit angesichts der Beträge, mit denen der Baron, auch wenn er sie nicht hatte, jonglierte. Wechsel und Darlehen waren das A und O seines Alltags.

Max Weisinger jedenfalls wartet vergeblich auf die Rückzahlung des Geldes. Auch wenn seine Bitten eindringlicher wurden, verlor er nie eine gewisse Anhänglichkeit. Gustl Rieger hatte eben Charme, und er hatte treue Verteidiger, die für ihn eintraten. Einer davon ist eben Max Weisinger, der für seine Ansprüche auf Teile des Erbes von Paul Robitschek in Caracas kämpft. Natürlich mit Rechtsanwälten vor Ort.

Im Fall des Testaments von Paul Robitschek sind die Summen, um die es für Rieger geht, nicht unbeträchtlich. So hatte Rieger den »Lift«, den Transport von Möbeln und Bildern von Wien nach Venezuela in Auftrag gegeben und den Transport bis Genua bezahlt. Die Forderungen, die Paul Robitschek noch zu Lebzeiten akzeptiert hatte, beliefen sich immerhin auf 54.400 Dollar. Da ist die Weinlieferung von 1000 Hektoliter italienischen Rotweins inkludiert, die Paul dem Freund im Gegenzug dafür versprochen hatte, die allerdings nie geliefert wurden. Dazu kommt noch die Verwertung von Paul Robitscheks drei Wiener Zinshäusern, die ebenfalls Rieger zugesprochen wurden. Max Weisinger bekommt für seinen Einsatz nichts bezahlt. »Ich mache das alles nur, weil ich die Ungerechtigkeit und Unverschämtheit des Leo Robitschek nicht ertragen kann und mich berufen fühle, auch wenn es gegen einen Robitschek ist, die Sache in die Hand zu nehmen.« Max ist bereit, mit allen Mitteln zu kämpfen, es geht für Rieger immerhin um mehr als eine Million Schilling. Max erwägt sogar, Leo Robitscheks Familie die Pässe abnehmen zu lassen (»dann wäre die Sache schnell bereinigt«), er verhandelt mit Rechtsanwälten, er macht Druck und lässt Dokumente übersetzen, doch er ist der festen Überzeugung, dass alles leichter und schneller abgewickelt werden könnte, wenn Rieger nach Caracas käme; und so bemüht er sich um ein Visum und holt Bestätigungen von Ministern ein. Rieger hat offenbar den Wunsch geäußert zu übersiedeln. Eine zwiespältige Sache, denn Max kämpft in Caracas selbst mit dem Heimweh.

Gute Freunde sind eben dazu da, um der Gerechtigkeit Geltung zu verschaffen, aber auch, um gute Ratschläge zu geben. »Handeln Sie vorsichtig schnell und gut. Reinigen Sie sich von all den ›Mitfressern‹ und ›Schöngesichtemachern‹; ich hätte die ›guten Freunde‹ schon längst hinausgeschmissen. Lauter gute Wiener, mit dem ›goldenen Wiener-Herzen‹. Ob Sie hierherkommen wollen oder nicht, nur auf jetzt, oder für immer, das müssen Sie schon selbst wissen, aber wenn Sie weiter in Wien leben wollten, so ist es besser, man hat weniger gute Freunde. Ich zumindest habe hier gar keinen und fühle mich am wohlsten.«

Fast hat es den Anschein, als wäre es zum Hauptberuf von Max geworden, für Riegers Recht zu kämpfen. »Uns fehlen Sie schon alle hier«, schreibt er, und weil dies so ist, so meint er 1952 noch bezüglich des Geldes, das Gustl ihm schuldet: »… und fehlt mir das Geld wirklich an allen Enden und Ecken. Aber auch diesbezüglich will ich Dich nicht belästigen und warte geduldig, bis Du es für Gut findest mir aus meiner Patsche zu helfen.« Um vielleicht doch noch an sein Geld zu kommen, wendet sich Max Weisinger an Albert Herzog und fragt diesen, ob er ihm nicht bei der Beschaffung der geschuldeten tausend Dollar helfen könne, in dem Falle wäre er bereit, auf 10 Prozent zu verzichten. »Dies ist gegen Herrn Rieger keine Unredlichkeit oder Hintertürlpolitik, sondern nur ein Sich-Bewahren gegen die anderen Gläubiger.«

Der Baron hat ein weiches Herz, aber nicht so weich, dass er alle Schulden begleicht. Auch die Ehefrau von Max, Adele Weisinger, schreibt an Rieger und versichert, dass ihr Mann nichts von diesem Brief wisse. Max arbeite schwer, müsse sich immer wieder Geld borgen. Dazu komme noch ihre Zuckerkrankheit, die eine ständige ärztliche Betreuung erfordere, die Tochter sei am Blinddarm operiert worden. »Die Ärzte sind hier gute Kaufleute«, meint sie und hofft, dass sie nicht lange auf eine Antwort warten muss.

Einen Monat vor diesem flehentlichen Brief aus Caracas hat sich der Baron wieder trachtenmäßig neu eingekleidet mit Steireranzug, Weste, und, weil er doch großzügig ist, hat er auch für Albert Herzog zwei Garnituren schneidern lassen. Die Kosten von 4.620 Schilling sind für das Jahr 1952 ansehnlich.

27

Kein Blitz und Donner über Krems

*»Das Gusterl hat durch seine Sorgen
etwas an Nimbus eingebüßt.«*
(August Rieger, Brief an Albert Herzog)

Weder August Rieger noch die Herzogs haben nach dem Krieg
eine Bleibe in Krems. Die Sandgrube gibt es für sie nicht mehr.
Trotz seiner schlechten Erinnerungen an die Kremser Zeit nach
dem »Anschluss« und an die finanziellen Probleme hat August Rieger beschlossen, seine »Familie« – Albert, Gretl und
»Guggi« – kurz vor seinem 57. Geburtstag in die »Alte Post« in
Krems einzuladen.

Ohne dass sie die Vergangenheit beschwören müssen, liegt
die Erinnerung an den Gasthausbesuch nach der Fronleichnamsprozession 1937 wie ein süßer Schatten über diesem Fest-
essen. Der Besuch in Krems ist Gustls Versuch, noch einmal in
eine Zeit einzutauchen, als alles gut war, als Erszi noch lebte und
lauter lachte als die ganze Gaststube, als Robi den Hitler gab und
Albert und Gretl noch die Sandgrube verwalteten.

Einerseits hat sich Gustls Wahrnehmung seit damals nicht
verändert. Er hatte schon schwierigere und gefährlichere Zeiten
erlebt, aber wie ein »Ehrenmann« alle Probleme gemeistert. Andererseits sieht seine Wirklichkeit jetzt, 1953, grundlegend anders
aus als damals: Er kann keine Geschäfte mehr abschließen, er hat
kein Betriebskapital, niemand gibt ihm mehr Kredit. Er kann
nicht einmal mehr die Telefonrechnung bezahlen. Er lässt sich –
widerwillig zwar – von Freunden zum Essen einladen. Manche
bringen ihm Lebensmittel und stellen sie diskret in die Küche.

In der »Alten Post« in Krems will er beim familiären Schwelgen in Erinnerungen noch an ein gutes Ende glauben, auch

wenn der Gerichtsvollzieher schon da war und Möbel, Teppiche, Bilder, Geschirr, ja sogar einen Teil seiner umfänglichen Garderobe gepfändet hat. Bisher hat ihn sein Hang zum Verdrängen über belastende Situationen hinweg geholfen, jetzt dämmert ihm, dass ihm sein Ruin, sein gesellschaftliches Ende, bedrohlich nahe gerückt ist, ein Ende mit Schrecken. »Aber wenn schon ein Ende«, hatte er einmal zu Albert gesagt, dann hätte er gern ein theatralisches, bühnenhaftes Ende mit Blitz und Donner. Das würde ihm behagen. Der Blitz würde seine Erscheinung heldenhaft überhöhen und alles schlagartig ins richtige Licht rücken, seine vielen guten Taten sichtbar machen, und das Donnergrollen würde all jene, die ihn und Paul betrogen und bis heute kein Unrechtsbewusstsein haben, das Fürchten lehren. Nur verkannte er, dass sich in Österreich im Jahr 1953 niemand, der einen jüdischen Betrieb »arisiert«, der andere denunziert und so für die Verhaftung durch die Gestapo gesorgt hatte, ernsthaft fürchten musste.

Kein Gewitter und kein krachender Donnerschlag über Krems lassen August Rieger am 19. Februar 1953 beim Verlassen der »Alten Post« erschauern und straucheln, sondern ein schmerzhafter Stich und ein blendender Blitz in den Augen. Als sich August Rieger nach der kurzen Seh- und Gleichgewichtsstörung vom Boden aufrappelt und wieder aufrecht steht, ist der Schmerz weg und der Blick ungetrübt. Beim Sturz hat er sich die Knie und die Hände aufgeschürft. Albert bringt ihn ins Kremser Krankenhaus, wo er verarztet wird. Allerdings rät man ihm, wegen der aufgetretenen Sehstörung noch ein paar Tage zur Beobachtung zu bleiben. Gustl bleibt, und die Herzogs fahren nach Wien zurück. Im Spital erreicht ihn fünf Tage später, am 24. Februar, gleich in der Früh ein Telegramm aus Wien, das ihn freut: »Herzlichsten Glückwunsch zu deinem Geburtstag und recht baldige Genesung wünscht dir Guggi, Gretl u. Albert«.

Kaum in Wien zurück, beginnt Gustl unter starken Kopfschmerzen zu leiden, ist gereizt und nervös. Ein paarmal hat er Albert fast nicht erkannt, nur einen grauen Schatten wahrgenommen. Ein anderes Mal hat er ihn doppelt gesehen und nicht mehr gewusst, welcher Albert der Echte war und welcher das Trugbild. Lichtempfindlichkeiten hatten sich danach eingestellt, ab und zu ein leichtes Kopfweh, öfter ein schwacher, dumpfer Schmerz hinter den Augen, und immer wieder Doppelbilder. Sicher nur eine Unpässlichkeit, die wieder vergeht, hat er gedacht. Sein Leid klagt er Albert, der ihn täglich besucht: Er schlafe schlecht, untertags müsse er sich vor Erschöpfung mehrmals niederlegen. Jede Kleinigkeit rege ihn auf. Gewitterwolken gleich hätten sich schwarze Gedanken in seinem Kopf hochgetürmt: Er habe das Gefühl, jedem mit seinen Sorgen zur Last zu fallen. Ihm sei auch zu Ohren gekommen, dass es viele Freunde störe, dass sie immer für ihn zahlen sollen. Dazu kommt die sich hinziehende Erbschafts- und Restitutionssache nach Pauls Tod, hohe Schulden und seine vielen Gläubiger, die endlich Geld sehen wollen. »Albert«, sagt er, »das Gusterl ist scheinbar auch nicht mehr so hoch im Kurs und hat durch seine Sorgen etwas an Nimbus eingebüßt. Ich fürchte zwar den völligen körperlichen Zusammenbruch, aber mehr noch den finanziellen und die unabwendbare endgültige Pleite.«

August Rieger fühlt sich wie ein Armenhäusler, dem nur noch für kurze Zeit seine schöne Garderobe bleibt. Am schmerzlichsten ist für ihn aber, hilflos zusehen zu müssen, wie sein Ruf verloren geht – als Adeliger und Geschäftsmann. »Wer seine Reputation verliert, Albert, der ist wirklich erledigt. Es wäre eine Erlösung, wenn endlich Schluss wär'. Gift oder den Gashahn aufdrehen und für immer einschlafen, dann hätt' man's hinter sich.«

Als Albert am nächsten Tag Gustls Wohnung betritt, ist es seltsam still. Herzog glaubt zunächst, Gustl sei ausgegangen. Aber dann findet er ihn im Bett mit herabhängendem Mundwinkel, unfähig sich zu rühren, unfähig zu sprechen und mit einer unsagbaren Verzweiflung im Blick. Albert ruft die Rettung und Gustl wird in die Universitätsklinik zu Professor Hoff gebracht. Auf der neurologischen Station wird ein Hirntumor diagnostiziert. Eine Operation und eine anschließende Strahlentherapie sind unumgänglich.

Die Bestrahlungen, gefolgt von Übelkeit und Schwächeanfällen, machen August Rieger das Dasein zur Hölle. Albert und Gretl, die ihn täglich besuchen, sprechen ihm Trost zu und sind entsetzt, wie schmal er geworden ist, wie glanzlos seine Haut, wie stumpf seine sonst so strahlenden Augen sind. Im Gegensatz zu früher meidet Gustl im Krankenzimmer jetzt den Blick in den Spiegel. Ihm genügt es, seine Hände zu betrachten. Ihr Anblick ist schrecklich genug. Altersfleckig sind sie geworden, die Finger dünn und knochig. Sein einst so geschmeidiger, flinker Gang ist nur mehr ein greisenhaftes Schlurfen. Er fühle sich, sagt er zu Albert, wehrlos wie eine am Rücken liegende Schildkröte, über der schon die Geier kreisen.

Zur Rehabilitation wird August Rieger in die Confraternität überstellt; und er erschrickt zutiefst, als er merkt, dass er dem Gespräch mit Albert nicht mehr folgen kann, dass er verwirrt und vergesslich ist, dass er keinen Gedanken zu Ende denken kann. Es bereitet ihm Qualen zu erkennen, dass er sich nie mehr, einem Seismografen gleich, auf jede Regung seines Gegenübers einstellen wird können. Diese Fähigkeit zur Anpassung und seine Überredungskunst hatten ihm oft in aussichtslos scheinenden Situationen Kredit und finanzielle Unterstützung eingebracht. Das Kartenhaus seiner Existenz ist eine Ruine. Die Schulden brechen wie eine Sturzflut über ihn herein. Ein fälliger Wechsel nach dem anderen wird ihm präsentiert. Seine Schulden betrugen im Juli 1952 370.734,20 Schilling und haben sich nun auf 1.102.618 erhöht. Als das Finanzamt im Oktober 1953 von ihm 80.611,91 Schilling fordert, muss Gustl um Stundung bitten: »(…) Mein Gesundheitszustand ist noch derart schlecht, dass ich außerstande bin, meine Angelegenheiten selbst zu führen. Meine finanzielle Situation ist katastrophal und ich bin außerstande, irgendwelche Steuerzahlungen zu leisten. Mein Lebensunterhalt wird derzeit von meinen Freunden bestritten. Mit vorzüglicher Hochachtung. August Rieger, derzeit Rekonvaleszentenheim Confraternität Wien XIX, Khevenhüllerstr. 18.«

Um die Begleichung der Spitals- und Rehabilitationskosten kümmert sich Albert Herzog. Gustls »Eselchen«, sein »getreuer

Kleiner«, geht auf Betteltour und treibt Geld auf bei der Österreichischen Volkspartei, bei zurückgekehrten jüdischen Freunden, denen Gustl vor Jahren zur Flucht aus Nazi-Österreich verholfen hatte, sowie bei Mitgliedern der Widerstandsgruppe 05. Einen Teil der Spitalskosten übernimmt die Krankenkasse der Kaufmannschaft Wien, einen anderen die Kammer der gewerblichen Wirtschaft. Gustl will Dankesbriefe an die Freunde schreiben, aber die Hand gehorcht ihm nicht mehr. Am Blatt stehen nur einige unlesbare Krakel.

Drei Tage vor Heiligabend 1953 kommt Albert, begleitet von Gretl und der mittlerweile aufblühenden zwölfjährigen Guggi, zu Besuch. Rieger lächelt Guggi, sein Patenkind, liebevoll an und murmelt: »Mein Augensternderl … wie lieb ich dich hab. Wirst seh'n, der Onkel Gusti wird mit euch heuer wieder den 24. Dezember verbringen. Das Christkinderl wird dir was Schönes bringen und auch deinen Eltern. Dafür wird dein Onkel Gusti schon sorgen. Er wird ein Wunschbrieferl schreiben und in den Himmel schicken.« Als Albert ihm die schmale, zerbrechliche Hand hält und streichelt, huscht ein seliges Lächeln über seinen Mund. In seiner glückseligen Euphorie flüstert er Albert zu, er habe alles für die Zukunft geregelt. Albert werde als sein Universalerbe nie mehr finanzielle Probleme haben. Er habe seine ihm liebsten Menschen gut abgesichert. Und was sein Begräbnis betrifft, da wisse der Zdenko Mares alles, der Hofreisedirektor seiner Majestät Kaiser Franz Joseph. Und der werde öffentlich bezeugen, dass er adeliger Abstammung sei und ein wirklicher Baron. Jetzt sei er müde und müsse ein wenig schlafen. Rieger atmet schlagartig ruhig, aber die Intervalle zwischen den einzelnen Atemzügen sind beängstigend lang. Albert lässt seine Hand los und weiß, dass er ab sofort sich und die Seinen allein durchs Leben bringen muss – ohne Gustl.

Am Mittwoch, dem 23. Dezember 1953, stirbt August Rieger, allein im Krankenzimmer. Sieben Tage später, am 30. Dezember, wird er am Matzleinsdorfer Friedhof im Familiengrab beerdigt.

Am 28. Jänner 1954 erklärt Albert Herzog dem Notar in der Verlassenschaftssache August Rieger, dass er die Erbschaft nicht annimmt und sich seines testamentarischen Universalrechts unwiderruflich entschlägt. In Anbetracht des exorbitanten Schuldenstandes werden mangels verwertbarem Vermögen alle gegen August Rieger laufenden Prozesse und Klagen eingestellt, seine bei den Banken offenen Kredite und offenen privaten Forderungen als uneinbringlich ausgebucht.

Der Rückstellungs- und Arisierungsakt Paul Josef und Johanna Robitschek wird am 24. August 1967 endgültig geschlossen. Auf die letzte Seite stempelt ein Beamter den Vermerk: »I.) Es ist weiter nichts mehr zu veranlassen. II.) Registratur zur Ablage.«

28

Post Mortem: Albert, Gretl, »Guggi«

Nach Gustls Tod versucht Albert Herzog, auf eigenen unternehmerischen Beinen zu stehen. Noch zu Lebzeiten Gustls hat er eine kleine Wein-, Obstwermuth und Spirituosenhandlung gegründet und ein Verkaufslokal im ehemaligen Schneiderladen seines Schwiegervaters in der Wolfgang-Schmälzl-Gasse im zweiten Bezirk eingerichtet. In seiner finanziell verzweifelten Situation will sich Gustl an der Geschäftsgründung beteiligen, aber Albert lehnt ab, weil er fürchtet, in den Schuldenstrudel seines »Vati« gerissen zu werden. Anfangs floriert Alberts Geschäft auch, aber Mitte der 1960er Jahre beginnt es durch die Konkurrenz der aufkommenden Supermärkte bergab zu gehen.

Aber nicht nur geschäftlich geht es bergab, auch privat. Die Eheleute haben sich immer weniger zu sagen. Sie leben immer sprachloser in den Schneckenhäusern ihrer Existenz. Der gesellschaftliche Glanz, der während der Jahre mit Gustl auch auf sie fiel, war nach dessen Tod dahin. Keiner der glamourösen Freunde Gustls meldete sich mehr bei ihnen.

Albert löst das Geschäft auf und arbeitet bis zu seiner Pensionierung als Hilfsarbeiter in einer Kartonagenfabrik. Er verlässt Gretl und zieht zu einer Seelenverwandten, die er schon lange kennt und die ihm zuhört, wenn er jemanden zum Reden braucht. Scheiden lassen sich Albert und Gretl nicht. Auch seine neue Lebenspartnerin heißt zufällig Margarethe und kümmert sich auf mütterliche Weise um ihn bis zu seinem Tod. Albert stirbt im 85. Lebensjahr. Beim Begräbnis am 10. Juli 1996 stehen nur zwei Personen an seinem Grab. Die Lebensgefährtin Margarethe Schmid und seine Tochter »Guggi«.

Gretl lebt, nachdem Albert aus der ehelichen Wohnung ausgezogen ist, mit »Guggi« und ihrer Schäferhündin Laika in der Garnisongasse 1. Da seit Jahren keine gesellschaftlichen Treffen mehr stattfinden, hat Gretl weiße Laken über die Möbel gebreitet, sie und »Guggi« leben gleichsam auf einem riesigen Leichentuch. Die Sommermonate verbringen die beiden in einem winzigen Haus in Salzburg-Elsbethen, das Albert von einer Tante geerbt hat und das sie als Ferienhaus benützen. Gretl erkrankt an Krebs, sie stirbt 1993 und wird in Salzburg am Friedhof in Aigen begraben.

Ingrid besucht nach der Volksschule das Ursulinengymnasium in Wien, scheitert in der fünften Klasse, verlässt die Schule. Albert meldet sie in der Weinbaufachschule Klosterneuburg an – in der Hoffnung, sie werde einmal einen Winzer heiraten. Aber auch dieser Ausbildungsversuch scheitert. Schließlich arbeitet sie am Statistischen Zentralamt in Wien, beginnt zu trinken und entwickelt sich zum »Messie«. Im Jahr 1996 übersiedelt sie in das Häuschen ihres Vaters in Elsbethen und beginnt, alles Mögliche zu sammeln: die Figuren von Überraschungseiern, Zeitungen, Bus-, Bahn- und Straßenbahnfahrscheine, Kochrezepte. Im Keller hortet sie Unmengen von Lebensmittelkonserven sowie Fleisch und Gemüse in riesigen Tiefkühltruhen, Reinigungsmittel, Schnaps- und Weinflaschen. Sie füllt das Haus vom Keller bis unter das Dach mit Memorabilien aller Art. Auch sie erkrankt an Krebs und stirbt 2008. Ihr Haus vermacht sie ihrem Cousin Bernhard Herrman, der bei der Räumung des Hauses jenen Brief- und Dokumentenschatz findet, der zur Grundlage für dieses Buch wurde. Ihr letzter Wunsch: »Ich will zur Mama ins Grab« ging in Erfüllung.

Ein paar Worte danach

Trotz der vielen Dokumente, Briefe und persönlichen Notizen, trotz der Akten, die in verschiedenen Archiven eingesehen, kopiert und bearbeitet werden konnten und die zahlreiche Ordner füllen, können wesentliche Lücken dieser Geschichte nicht geschlossen werden. Die Akten der Rückstellungskommission und die Unterlagen über den Vergleich zwischen der Winzergenossenschaft Krems und Paul Robitschek und August Rieger sind bis heute nicht auffindbar.

Dies scheint nicht verwunderlich, denn das Landesgericht für Strafsachen Wien hat durch Monate von der Finanzlandesdirektion für Wien, NÖ und dem Burgenland versucht, den Vermögensakt »Robitschek Paul Josef und Johanna« zu bekommen. Am 14.1.1949 war der Akt angefordert worden, ist aber niemals eingetroffen. Am 4.2. sei der Akt abermals übermittelt worden, traf aber wieder nicht ein und sei angeblich zurückgeschickt worden. Am 2.3. traf der Bote den zuständigen Referenten nicht an, am 9.3. wurde schriftlich mitgeteilt, dass der Akt abermals überwiesen worden sei. Ob der Akt jemals im Landesgericht für Strafsachen angekommen ist, bleibt unklar, Tatsache ist, dass er bis heute verschwunden ist.

Klar ist hingegen, dass es bei den handelnden Personen der Winzergenossenschaft nach 1945 keinerlei Unrechtsbewusstsein gab. Sie sahen sich selbst als Opfer, weil sie durch den Vergleich der Rückstellungskommission gezwungen gewesen seien, ihren Besitz zweimal kaufen zu müssen. Ein zentraler Punkt in der Verteidigung der Proponenten der Winzergenossenschaft Krems waren die Schätzgutachten, die die Frage zu klären versuchten, ob Rieger, respektive Robitschek, 1938 ein angemessener Preis für die Riede Sandgrube, den Weinkeller und die gelagerten Weine bezahlt worden war. Sonderbar mutet es heute an, die Gutachten zu lesen, die die Bedeutung der Rieden Sandgrube, Marthal und

Alland als gar nicht so besonders qualifizieren. Der bezahlte Preis von 22.000 Reichsmark wird als angemessen beziffert. Wenige Monate später, am 13. Mai 1949, wird ein Vergleich zwischen Rieger und Robitschek geschlossen, der die Winzergenossenschaft Krems zur Zahlung von 600.000 Schilling verpflichtet. Danach zieht Paul Robitschek seine Klage gegen Aigner und Birringer zurück, und das Verfahren vor dem Volksgericht wird im Juli 1949 eingestellt.

Die Autoren bedauern, dass die Winzergenossenschaft Krems bis heute nicht bereit ist, sich ihrer Geschichte zu stellen, und jede Zusammenarbeit abgelehnt hat.

Anhang: Verwendete Quellen

Staatsarchiv – Archiv der Republik

Sammelakt Paul Josef Robitschek; AT-OeStA/AdR E-uReang
    VVSt VA Buchstabe R 50171;
Sammelakt Johanna Robitschek; AT-OeStA/AdR E-uReang
    VVSt VA Buchstabe R 5949

Gauakten – Archiv der Republik

Ing. Karl Gratzenberger (NSDAP 51.623), (SS-Standartenführer
    Nr. 6.170), Buchdruckereibesitzer
Dr. Johannes Graf Hardegg (NSDAP 301.483), Gutsbesitzer,
    SA-Standartenführer
Dr. Rudolf Frh. v. Hoschek-Mühlhaimb (NSDAP 6,133.154),
    Kaufmann, Industrieller
Dipl. Ing. Rafelsberger Walter (NSDAP 1,616.497), (SS-Brigade-
    führer Nr. 293.726) Gauwirtschaftsberater
Dr. Ferdinand Schmidt (NSDAP 83.825) Polizeibeamter
    Gestapo Morzinplatz, Direktor der »arisierten« Firma Bunzl
    und Biach.
Georg Baron von Schweitzer (NSDAP 1,629524), Gutsbesitzer in
    Lengenfeld

Dokumentationsarchiv des Widerstands

Gestapo-Kennkarte August Rieger vom 23.3.1943
Strafakt Vg 4 c VR 2657/46 Dr. Ferdinand Schmidt

Akten des Volksgerichtshofes

Vg 2 a Vr 8107, Leopold Birringer und Gen.
I/B 1 c-720/46

Bezirksgericht Leopoldstadt

2 Nc 97/37 (Margarethe Herzog gg. Franz Babis wg. Gasthaus
   Gärtnergasse und Schulden)
17 C 515/37 (Klage Margarethe Herzog gg. Franz Babis wg.
   Unterhalt)
3 P 143/36/38 (Aufhebung der Entmündigung August Rieger)

Gemeindeamt Weikersdorf / Steueramt

Steuer wegen Hühnerfarm v. Albert Herzog

National Archives Washington

Dokumente »Fold3« (Internet)
Paul Josef Robitschek, Akten der US-Property Control in Vienna
(Declassified per Executive Order 12958, Section 3.5 NND Project
Number: 785007 By: NND Date: 1978) (Arisierung Weingut
Krems 1938 durch Winzergenossenschaft Krems; in Gutachten
WWG S. 6)

Paul Josef Robitschek

Tagebuch (mit freundlicher Genehmigung der Erbin Juana C. Robitschek, Nichte von Paul Josef Robitschek / Caracas-Venezuela

Briefkonvolut 1936 bis 1954

6 Büroordner Briefwechsel Paul Josef Robitschek, August Rieger,
   Albert Herzog, Max Weisinger u.a.
August Rieger: Gedächtnisprotokoll

Zeitungen

Der Landbote v. 1. Jänner 1938, 26. März 1938
Das Kleine Blatt v. 1. Jänner 1938
Die Bühne v. März 1938

Wiener Neueste Nachrichten v. 1. Jänner 1938, 27. April 1938,
22. Mai 1938
Vorarlberger Tagblatt v. 12. März 1938
Niederösterreichische Landzeitung v. 16. März 1938
Kronen-Zeitung vom 20. März 1938
Radio v. 18. März 1938, Heft 25
Der Bauernbündler v. 30. April 1938
Illustrierte Kronen-Zeitung v. 23. Mai 1938
Wiener Montagsblatt v. 23. Mai 1938
Neue Freie Presse v. 27. April 1938
Zeitungsbericht aus Caracas über den Tod von Paul Josef
Robitschek 1950
Wiener Zeitung vom 20. Oktober 1946

Schulchronik Stein

Internet

»Wachaulied«

v. Heinrich Strecker

Winzer Krems

Homepage: Gründungsbeschluss

Taschenkalender 1937 von Albert Herzog

Bücher

Streibel, Robert: Krems 1938–1945. Verlag Bibliothek der Provinz,
Weitra 2014
Streibel, Robert: Plötzlich waren sie alle weg. Die Juden der »Gau-
hauptstadt Krems« und ihre Mitbürger, Picus, Wien 1991
Frühwirth, Hans: Der Kremser Wein und die Kremser Wein-
kultur, 2005

Gedye, G.E.R: Als die Bastionen fielen. Die Errichtung der Doll-
fuß-Diktatur und Hitlers Einmarsch in Wien und den Sude-
ten – Eine Reportage über die Jahre 1927 bis 1938. Wien 1981
(engl. Orig. 1939)

Auskunftspersonen

Herzog, Margarethe und Albert (Wien)
Herrman, Hedwig und Karl (Linz)
Fließer, Lucie (Linz)

Der große Dank der Autoren gebührt Juana C. Robitschek (Caracas, Venezuela) und ihrem Bruder Daniel Robitschek (Florida,
USA), ohne die wir das Tagebuch von Paul Robitschek nicht
hätten lesen können.

Inhalt

Robert Streibel

April in Stein

264 S., EUR 22,90
ISBN 978 3 7017 1649 4

„April in Stein" erzählt vom (Über-)Leben im Zuchthaus, von Zwangsarbeit und politischem Widerstand, vor allem aber erstmals vom Massenmord in Krems.

Während der NS-Gewaltherrschaft war das Zuchthaus in Krems-Stein das größte der „Ostmark". Hier wurden Regimegegner eingesperrt – Kommunisten und „Saboteure", Widerständler aus Österreich und Osteuropa. Am 6. April 1945 öffnet der Gefängnisdirektor angesichts der vorrückenden Roten Armee die Tore der Haftanstalt, doch SS, SA und lokale Bevölkerung jagen und ermorden Hunderte politische Häftlinge in einem beispiellosen Massaker. Einigen gelingt die Flucht, einige überleben versteckt im Keller, und ihre Berichte bilden die Grundlage von Robert Streibels vielstimmigem Panorama.

Streibel stellt ein kollektives, für die österreichische Zeitgeschichte wichtiges Ereignis aus vielerlei Perspektiven und derart fesselnd dar, dass es schwerfällt, in der Lektüre innezuhalten. (...) Ein Buch, das Staunen macht. (…) Gemessen an diesem Roman erscheinen die Neuerscheinungen der Saison wie Firmlinge in adretten Anzügen.

Erich Hackl, Die Presse Spectrum